Unkorrigiertes Lese- und Arbeitse

Liebe Buchhändlerinnen und Buchhändler,
wir hoffen, daß Ihnen dieses Buch Spaß bereitet und daß es für Ihre Arbeit hilfreich ist.
Geben Sie es bitte nach Lektüre an Ihre Kolleginnen und Kollegen weiter, da beim Vertreterbesuch ein Arbeitsexemplar mit vielen Beurteilungen sicher nützlich ist.

Gelesen von:	Kurzurteil:	Vorschlag für Einkauf:

Auch wir sind an Ihrer Meinung sehr interessiert. Schreiben Sie uns bitte auf der beiliegenden Antwortkarte.

Ihr
Albrecht Knaus Verlag

Ross King

Die Masken des Domino

Roman

Aus dem Englischen von
Hanswilhelm Haefs

Unkorrigiertes Leseexemplar
für Buchhandel und Presse

Erscheinungsmonat: März 1996
Bitte besprechen Sie dieses Buch
nicht vor dem 14. 3. 1996

Das Papier des Leseexemplars
entspricht nicht dem der Auflage

Albrecht Knaus

Die Originalausgabe erschien 1995 unter dem Titel
«Domino» bei Sinclair-Stevenson, London

Der Albrecht Knaus Verlag
ist ein Unternehmen der Verlagsgruppe Bertelsmann

Gesetzt aus Korpus Bembo
Satz: Filmsatz Schröter, München
Buchillustrationen von John Lawrence
Druck und Bindung: Graph. Großbetrieb
Pößneck GmbH · Printed in Germany
ISBN 3-8135-2711-5

Für Claire
und im Andenken an James

Verhehle, wer ich bin, und steh mir bei,
Mich zu verkleiden, wie es etwa taugt
Zu meinem Plan.

SHAKESPEARE, *Was ihr wollt*

Domino italien.; [eigtl. = Herr], ursprüngl. das etwa bis zum Ellbogen reichende Kapuzencape der Geistlichen und Mönche in Italien. Seit dem 16. Jh. vor allem Bezeichnung für den langen schwarzseidenen Maskenmantel mit Kapuze (Bauta), der vor allem im Karneval getragen wurde, sowie für den Maskenträger selbst.

MEYERS ENZYKLOPÄDISCHES LEXIKON

Prolog: London 1812

Wann – so frage ich mich – hatte ich zuletzt einen derart hübschen Jüngling als Zuhörer?
Der Knabe – denn er ist kaum mehr als das – sitzt auf Kissen zu meinen Füßen und sieht eher nach einem Studenten aus, der er vielleicht auch ist: ein geschmeidiger junger Mensch und, glaube ich, nicht älter als achtzehn. Er trägt ein weißes Gewand – seine Vorstellung von der *toga virilis*, nehme ich an – und Ledersandalen und einen Kranz aus Weinlaub hinter den Ohren (weiß Gott, wo er den gefunden hat). Er eifert einer griechischen oder römischen Vorgabe nach, wie so viele andere Gäste auf dem heutigen Maskenball: Satyrn, Minotauren und ein gelegentlicher Caesar oder Neptun eilen in Lord W — s länglichen Korridoren hin und her, auf und ab. Gelegentlich steckt einer der Gäste sein maskiertes Gesicht durch die Tür, bevor er sich unter Entschuldigungen zurückzieht und uns beide in unserem kleinen Raum allein läßt.

Warum der Knabe inmitten dieser fröhlichen Versammlung mir Gesellschaft leisten sollte, mag etwas rätselhaft erscheinen, denn es muß zugegeben werden, daß ich, George Cautley, durchaus kein besonderer Anblick bin.

Zwar bin ich groß genug, aber mein verschrumpelter Hals reckt meinen Kopf vorwärts, als duckte er sich beständig unter unsichtbaren Deckenbalken, und meine langen Gliedmaßen erreichen kaum den Umfang des eichenen Spazierstocks, auf den ich mich stützen muß. Unfreundliche Straßenbälger haben mich unterrichtet, daß meine Nase starke Ähnlichkeit mit einem Pulverhorn aufweise (doch war kein Pulverhorn meiner Bekanntschaft je so mit Warzen und Karbunkeln bedeckt) und der Hautfarbe nach mit Weintrauben. Eine gepuderte Zopfperücke verbirgt die scharfen Auswüchse meines kahlen Schädels, aber leider nicht den größeren Teil zweier dicker übergroßer Ohren, aus denen kräftige Büschel grauen Haares sprießen. Das Schädeldach unter der Perücke ist fast fahl geworden, wo es nicht mit großen schwarzen Sommersprossen gesprenkelt ist, die auch kaum weniger zahlreich auf den verrunzelten Oberflächen von Stirn und Wangen erscheinen. Meine Augen sind trübe und grau und in wäßriger Flüssigkeit erloschen, die von Zeit zu Zeit wie Kerzenwachs in das Furchengitter meines Angesichts herabtropft, und mein Mund ist zu einem ständigen Grinsen verzerrt ob des Verlustes der Mehrheit der Zähne vor vielen Jahren. Die wenigen überlebenden lassen sich nur bei jenen seltenen Gelegenheiten blicken, wenn ich mein unerfreuliches Antlitz zu einem Lächeln oder, häufiger, einer Grimasse verzerre.

Nein: Ich biete wahrlich keinen besonderen Anblick, nicht einmal für jemanden im sechzigsten Lebensjahr. Zum Glück kann ich jedoch die meisten Mängel meines Aussehens heute abend verbergen – verstecken hinter einer Maske oder verhüllen unter den Falten meines langen schwarzen Umhangs. So dürfte jemand anderer auf den ersten Blick kaum herausfinden, ob ich jung oder alt, hübsch oder häßlich, ja nicht einmal, ob ich ein Gentleman oder eine Lady bin. Darum geht es natürlich: Ich bin auf einem Maskenball. Und wozu dienen Maskenbälle, wenn nicht dazu, unser wahres Ich voreinander zu verbergen, oder sogar vor uns selbst?

Doch mache ich mir über meinen jungen Gefährten keine Illusionen. Dieser hübsche Knabe ist nicht im geringsten an mir interessiert, was immer er sich hinter meiner Maske verborgen denken mag. Er sieht mich nicht einmal an (Gott verdamme ihn!), denn seine Aufmerksamkeit wird von einem sehr viel schöneren Antlitz gefesselt, das ich ihm in die Hand gelegt habe. Dieses Portrait hat uns inmitten der wirbelnden Tänzer im Salon vor wenigen Augenblicken zusammengebracht: eine Porzellanminiatur, das Erzeugnis meiner Kunstfertigkeit. Ich hatte sie fallen lassen – ganz zufällig, versichere ich Ihnen –, und als sie auf den Schnallenschuh eines Tänzers traf, war dieser scharfsichtige Jüngling Kavalier genug, sie von ihrem letzten Ruheplatz unter dem Mahagoni-Schachtisch unseres Gastgebers aufzuheben. Als er sie mir reichte, fiel sein scheuer Blick für einen verhängsnisvollen Augenblick auf das Angesicht: Und dieses Angesicht übt unweigerlich immer dieselbe Wirkung auf scheue junge Männer aus. Glauben Sie mir – denn auch ich war einst ein scheuer junger Mann, genau wie er.

«Wer ist sie? Bitte sagen Sie es mir!» Er sieht nun von der

Miniatur auf zu mir, dann wieder zu der wunderschönen Verlokkung, die er in der hohlen Hand hält. Diese Mischung aus achtlosem Überschwang und gespielter Schüchternheit! «Sieht das Bild ihr ähnlich? Oh, sie ist die schönste Lady auf Erden! Bitte Sir, lebt sie noch?»

Ich hebe meine Hand, um diesen Sturzbach an Fragen aufzuhalten, und sein hübsches Gesicht übergießt sich blutrot. Ich gieße Stachelbeerwein in Gläser, reiche ihm eines und befreie ihn zugleich von dem Ebenbild, das ich trotz seiner Einwände wieder in den Falten meines venezianischen Umhangs berge. Vor der Tür perlt Gelächter der anderen Masken in der Galerie und dem achtekkigen Salon, in dem ein Streichquartett eine Versammlung von Göttinnen, Waldnymphen und anderen maskierten Egos unterhält.

Vielleicht liegt das an meiner Vorliebe für die Alten, aber wie er da so mit abgelegter Maske zu meinen Füßen sitzt, sieht der Jüngling aus wie Correggios Gemälde von Ganymed: ein zarter halberwachsener Knabe, nur rosiges Fleisch, mit üppigen Locken und weiten eichelfarbigen Augen. Ganymed ... Ja: Da ich seinen wirklichen Namen nicht kenne, werde ich ihn Ganymed nennen, denn eben dieser Name wurde mir vor vielen Jahren gegeben – zufälligerweise in eben diesem Raum, und als ich in seinem zarten Alter war – von jener Frau, deren Portrait er bewundert hatte.

«Dann sind Sie also mehr an ihr interessiert», sage ich, «mehr an der Miniatur als an mir, dem Künstler.»

Abermals will er widersprechen, aber ich biete ihm keine Gelegenheit.

«Nun gut», sage ich. «Ich verstehe. Sie sind von ihrem Antlitz wie erschlagen. Wohlan denn. Ja: Es ist ihr treffend ähnlich, wenn ich mein Talent nicht überschätze. Ich habe ihr Antlitz vollkommen eingefangen, wenn ich das selbst sagen darf. Damals habe ich sie geliebt, was die besondere Lebendigkeit von Farbe und Linie erklären mag.»

«So wunderschön», wiederholt Ganymed, ziemlich überflüssig, und ich frage mich kurz, ob ich neidisch oder erfreut sein soll, daß mein kleines Schmuckstück zum Ziel solcher Sehnsucht geworden ist.

«Um auch Ihre zweite Frage zu beantworten», fahre ich fort,

«nein, sie lebt nicht mehr. Sie ist seit über vierzig Jahren tot. Sie haben sich in das Antlitz einer toten Frau verliebt», betone ich etwas heftig, denn ich möchte ihn schockieren, sein hübsches Gesicht wieder die Farbe des Stachelbeerweines annehmen sehen. «Ja! Dieser hübsche Hals, den Sie so sehr bewundert haben, wurde zu Tyburn vor einer vulgären Menge gebrochen.»

«Sie war eine Verbrecherin? Unmöglich!»

«Sogar eine schöne Lady kann eine Verbrecherin sein», erwidere ich und bemühe mich, zynisch und weltläufig zu klingen.

«Aber ... wer war sie?» Neugierde hat seine Beklommenheit überwunden, oder was immer ein alter Mann wie ich, häßlich und unbekannt, jemandem einzuflößen vermag. «Bitte – wie hieß sie?»

«Ihren Namen werden Sie nie gehört haben», sage ich, während ich meine Pfeife mit einem Wachsstock entzünde. «Ich habe sie als Lady Beauclair gekannt. Aber sie hatte auch noch einen anderen Namen, einen, unter dem die Flugblätter und Pamphlete und Balladen an jeder Straßenecke ihr ‹monströses Verbrechen› ausriefen.»

«Monströses Verbrechen...? Sie müssen mir Ihre Geschichte erzählen», befiehlt er.

Ich biete ihm meinen Tabaksbeutel an, aber er lehnt ab. Ich rauche einen Augenblick lang schweigend.

«Bitte, Sir, erzählen Sie mir ihre Geschichte», wiederholt er.

«Ihre Geschichte ist meine Geschichte», sage ich ihm schließlich. «Sie können nicht von ihr hören, ohne erst von mir gehört zu haben. Ich muß mein eigenes Interesse an der Angelegenheit erklären. Ich kann Ihnen nichts über sie erzählen, ohne Ihnen zuerst von mir zu erzählen.»

«Dann erzählen Sie mir», sagt Ganymed und behält seine Haltung auf den Kissen bei, begierig, in die geballten Wolken und gefährlichen Zugwinde einer unbekannten Welt gezogen zu werden.

Wann hatte ich zum letzten Mal, frage ich mich erneut, einen solchen Jüngling als Zuhörer, so hübsch und so eifrig?

«Ich bin ihr hier begegnet», beginne ich langsam, «in diesem Haus, an einem solchen Abend. Es gab Gesellschaft und Musik. Die Kleidung war damals noch ausgefallener. Ich hatte mir eine kleine Verletzung zugezogen, und sie brachte mich in eben dieses Zimmer ...»

Doch jetzt sehe ich plötzlich durch den Türbogen unseren Gastgeber, Lord W—, wie er die Galerie entlanggeht. Ein unerträgliches junges Monstrum mit den Manieren eines französischen Freibeuters, der zu diesem Anlaß wie ein General gekleidet ist. Vielleicht will er, ein wenig durchsichtig, Bonaparte darstellen. Als er meinen Blick bemerkt, blickt er finster unter seiner Maske hervor, läßt seine Augen schielen und streckt seine Zunge auf eine höchst vulgäre Weise heraus.

«Ich kann hier nicht fortfahren», sage ich meinem neuen Freund. «Aber wenn Sie mich morgen abend in meiner Wohnung aufsuchen mögen ...»

«Vielleicht werde ich es morgen abend nicht mehr wissen wollen», erwidert er prompt. «Vielleicht habe ich bis dahin ihr Gesicht vergessen. Vielleicht werde ich jetzt aus diesem Raum gehen und ein anderes Gesicht sehen, das mich ihres für immer vergessen macht.»

Mein Ganymed ist also kokett.

«Wohl wahr», sage ich. «Wenn Sie mich aber morgen doch besuchen sollten, garantiere ich Ihnen, daß Sie sie niemals vergessen werden.»

«Das ist sehr viel versprochen, vor allem einem so jungen Menschen. Vielleicht», fügt er hinzu, «ist das *zuviel* versprochen.»

Er leert sein Glas, springt auf und verschwindet mit einem Rascheln seines weißen Gewandes durch das geschnitzte Portal in den wogenden Pantheon kostümierter Gottheiten.

Ich bleibe lange genug im Zimmer, um den Stachelbeerwein auszutrinken und die Asche meiner Pfeife in den kalten Kamin zu klopfen. Dann lösche ich die einsame Kerze auf dem Beistelltisch, bringe meinen Domino in Ordnung und gehe ebenfalls in den Salon.

Einen Moment später erblicke ich Ganymed, der mit einer großen Schäferin tanzt, der Tochter eines alten Peers, der sich in den Luxus seiner jamaikanischen Ländereien zurückgezogen hat. Dreister junger Bursche! Doch dann, plötzlich melancholisch, beneide ich die beiden um ihre Jugend, ihre Eitelkeit, und was immer sie für einander fühlen mögen, gleichgültig, wie falsch es sei oder wie kurzlebig.

Doch werden meine Gefühle eine Stunde später milder und optimistischer, als Ganymed unerwartet zu mir tritt, als ich eben aufbrechen will. Er lüftet seine Maske und zupft am Ärmel meines Dominos und flüstert: «Morgen also. Um neun . . .»

Eins

Ich will mit dem Anfang beginnen. Ich wurde geboren im Dorfe Upper Buckling, in der Grafschaft Shropshire, im Jahre 1753. Vor meiner Geburt hatte eine wahrsagende Zigeunerin meiner Mutter prophezeit, aus mir würde entweder ein wohlhabender Handelsherr oder aber ein edler Staatsmann. Meine Mutter gab glücklicherweise wenig auf solch heidnischen Aberglauben, da sie die Frau eines Kirchenmannes war; und dies war denn auch der Beruf, den für mich vorzusehen sie sich beschied, trotz jener Andeutungen künftiger Größe. Mein ehrwürdiger Vater weigerte sich gleichermaßen, daran zu glauben, daß die Schlüssel zu unserem Wesen in Teeblättern oder der Innenseite unserer Hände liegen könnten – wie die Zigeunerin zuversichtlich versichert hatte –, sondern war vielmehr der Ansicht, sie seien in unseren Gesichtern zu entdecken: in der Bildung des Kopfes, der Lage der Augen darin, der Länge der Nase, der Weite der Lippen, der Form der Brauen, dem Winkel des Kiefers. Er verwendete ziemlich viele Jahre und eine große Menge Schreibpapier darauf, die Unwiderlegbarkeit dieser Hypothese nachzuweisen, deren Endprodukt eine gelehrte Abhandlung mit dem Titel *The Compleat Physiognomist* war. Was er nun immer von meinem Lebensschicksal in den Flecken, Makeln und den aufsässigen Gebärden meines jugendlichen Gesichtes erblickt haben mag, hat er nicht enthüllt, doch stimmte er jedenfalls mit meiner Mutter in der Wahl meiner zukünftigen Beschäftigung überein. Diese Aussicht erwog ich keineswegs mit Begeisterung, doch gab ich als zweiter Sohn ihren Wünschen nach – wie wenig sie auch meine Phantasie anzuregen vermochten, die statt dessen Träume von literarischem Ruhm oder von jenem allgemeinen Beifall hervorbrachte, den ich mit meinem Malerpinsel in den Salons und Ausstellungshallen auf dem Kontinent erringen würde ...

Meine Aussichten auf die Klerisei änderten sich aber durch den Tod meines älteren Bruders William. Mit achtzehn Jahren hatte William ein Offizierspatent in der Armee erworben, doch wurde seine Karriere bald durch die Musketenkugel eines Indianerhäuptlings im Kampf unterhalb der Mississippifälle beendet. Dann änderte und veränderte sich meine Laufbahn noch weiter, nachdem im folgenden Frühjahr mein Vater, von einem Fieber dahingerafft, William ins Grab folgte; *The Compleat Physiognomist* blieb leider unvollendet. Da mein Vater eine philosophische Unbekümmertheit gegenüber finanziellen Dingen an den Tag gelegt und geglaubt hatte, daß die günstige Aufnahme seiner Abhandlung ihn aller Sorgen auf diesem Gebiet entledigen würde, blieb meine Mutter ohne einen Groschen zurück. Unter diesen veränderten Umständen wurde beschlossen, daß ich mit Erreichen meines siebzehnten Lebensjahres nach London abreisen sollte, um mich in die Obhut meines Verwandten, Sir Henry Pollixfen, zu begeben. Sir Henry war nicht nur der Vetter meiner Mutter, sondern auch ein Mann von Reichtum und öffentlicher Bedeutung; kurz, genau jene Art von Gentleman, dessen gesellschaftlichen Status die Prophezeiung der Zigeunerin unglaublicherweise mir vorbehalten hatte.

Bevor ich in die Welt hinausging, gab man mir zu verstehen, daß zur Vorbereitung einer jeglichen zukünftigen Etablierung durch meinen Verwandten ich mich der Dienste der vorsichtigsten Diplomatie würde zu bedienen haben, da der Umgang zwischen den Familien zu jener Zeit eine Trübung erfahren hatte, als meine Mutter sich von meinem Vater den Hof machen ließ, und nach der Hochzeit hatten die Beziehungen völlig aufgehört. Die Gründe für diesen Bruch, der nun ins dritte Jahrzehnt ging, lagen – soweit ich weiß – in einem Stückchen Ackerland, das sich unmittelbar an die Liegenschaften meines Großvaters mütterlicherseits anschloß, sowie in einem annehmbaren jungen Mann, dem dieses Grundstück rechtmäßig gehörte. Zu meines Großvaters Entsetzen vermochte dieser jugendliche Verehrer sich jedoch nicht die Neigung meiner Mutter zu erringen, die meinem Vater ergeben blieb, taub gegenüber allem Raten oder Drohen.

So geschah es, daß ich mich am Morgen nach meinem siebzehnten Geburtstag gen London aufmachte und auf meinem Packsattel zwölf Guineas mit mir führte, einen Anzug, drei gekräuselte

Hemden, zwei Paar Wollstrümpfe, meinen Malkasten, das flekkige, wellige Manuskript von *The Compleat Physiognomist* und einen Dreispitz, der in seinem früheren Dienst die schwereren Brauen des Autors dieser Abhandlung beschirmt hatte. Mit anderen Worten, ich führte alles mit, was ich auf der Welt besaß, und gestützt auf diese dürftigen Voraussetzungen und meiner Mutter Einführungsbrief an meinen geehrten Verwandten stürzte ich mich in die unergründlichen Tiefen jener gewaltigen Stadt.

Die einzige andere Hilfsquelle in London war mein Freund Topsham, oder Lord Chudleigh, wie ich ihn jetzt nennen könnte. Toppies Bekanntschaft und nachfolgende Freundschaftsbekundungen hatten sich aus der Ausübung verschiedener klerikaler Dienste meines Vaters für den vormaligen Lord Chudleigh ergeben, deren letzter vor zwei Sommern seine Beerdigung eingeschlossen hatte. Toppie folgte ihm als Besitzer weitläufiger Ländereien nicht nur in Shropshire, sondern auch in der Grafschaft Cork: ein Legat, das aus der Ergebenheit eines Vorfahren gegenüber Cromwell resultierte. Entschlossen, in den höchsten Kreisen zu leben, kam er einige Wochen nach mir in London an, doch war sein Weg von Shropshire aus länger und abenteuerlicher als meiner gewesen und hatte Landschaften zwischen Paris und Konstantinopel umfaßt. Ferner hatte er sich, bevor er nach London zurückkehrte, zwei Monate an der portugiesischen Küste aufgehalten, denn nach einem Jahr ausschweifender Studien in den minder bekömmlichen Klimata des Kontinents hatte er es für notwendig befunden, seine Gesundheit mittels einer schmerzvollen Quecksilberkur wiederherzustellen.

Unmittelbar nach seiner Ankunft in der Hauptstadt suchte Toppie getreulich meine bescheidenen Zimmer in Haymarket über dem Laden des Perückenmachers auf; oder vielmehr: Sein Diener suchte mich auf und ließ die gravierte Visitenkarte seines neuen Herrn durch die Ladentür gleiten. Danach hat Toppie mir oftmals versprochen, mich bei Personen von Stand einzuführen (wie er sie nannte), die, so sagte er, höchst begierig sein würden, mir mit materieller Hilfe beizustehen, sobald sie die Qualitäten meiner Landschaften und Portraits zu schätzen wüßten. Die Großzügigkeit dieses liebenswürdigen Angebots war an mich keineswegs verschwendet, da mein Verwandter bisher meinen verschiedenen

Annäherungsversuchen gegenüber unzugänglich geblieben war. Ein gutes Gesicht mag, wie *The Compleat Physiognomist* behauptet, «ein Empfehlungsschreiben für seinen Träger» sein, doch zog Sir Henry es leider vor, die Durchsicht dieses besonderen Dokumentes abzulehnen, wie verzweifelt es auch angeboten wurde, und hatte statt dessen unsere Korrespondenz mittels der Person eines großen und düsteren Portiers führen lassen, der mir bei meinem letzten Besuch der ansehnlichen Residenz am Queen's Square gedroht hatte, mich durchzuprügeln, falls diese Belästigungen andauern sollten. Der anhaltend traurige Zustand dieser Angelegenheit brachte mich daher dazu, Toppies Einladung anzunehmen, ihn zu einer Festveranstaltung in der Residenz von Lord W— zu begleiten, einem Edelmann, der wegen seiner heiteren Geselligkeiten bekannt, obwohl in der *beau monde* wegen seiner Familiengeschichte einigermaßen berüchtigt war.

Es geschah auf diesem Ball etwa zwei Monate nach dem Beginn meines Londoner Lebens, daß ich erstmals die Bekanntschaft von Lady Petronella Beauclair und ihres zweifelhaften Begleiters Tristano machte. Heutigentags sind diese Namen nicht mehr so wohlbekannt, wie sie es einst waren; in der Tat war Tristano, einstmals so berüchtigt und Gegenstand von Skandal und Geschwätz, von Pamphleten und Flugblättern, bereits ein alter Mann und nahezu vergessen, als ich ihm begegnete; und beide sind jetzt schon über vier Jahrzehnte tot. Ich allein bin übrig, um die Geschichte ihrer Leben zu erzählen, die während einiger kurzer Monate wie Kometen die Kreisbahn meines Lebens durchrasten und sie für immer veränderten.

Ohne den Rest meiner Erinnerungen aufs Spiel zu setzen, werde ich Sie jetzt davon unterrichten (falls das nicht schon zu deutlich geworden ist), daß ich weder ein wohlhabender Kaufherr noch ein edler Staatsmann und nicht einmal ein Dichter oder ein hervorragender Maler geworden bin. Und ebensowenig sollte ich materiellen Beistand aus der Hand meines Verwandten Sir Henry Pollixfen empfangen. Es scheint, als hätte ich mein ganzes Leben damit verbracht, die Prophezeiung der Zigeunerin zu widerlegen. Ich bin, wie ich gleich zu Anfang gestehen will, ein Mörder; und selbst jene, die nichts von meinem Verbrechen wissen – für das ich allein durch mein Gewissen gestraft worden bin –, würden sagen, daß ich zu einer verkommenen Kreatur geworden bin, zu einem Monster an moralischer Scheußlichkeit, geschmäht von allen, die Tugend oder Redlichkeit erstreben. Doch bitte ich Sie lediglich, mit Ihrem Urteil zurückzuhalten und sich meine Geschichte anzuhören, oder die von Lady Beauclair, oder die Tristanos – wie es auch immer der Fall sein mag.

Zwei

Unter anderen Umständen wäre ich wohl zu Fuß gegangen, denn Lord W—s Haus stand am St. James's Square, nicht weit von meiner Wohnung über Mr. Sharps Geschäft. Doch da die Einladung von Toppie ausging, hielt er es für angebracht, die Kosten für die Anmietung von Transportmitteln zu übernehmen – noch hatte er nicht jene Prunkkarosse erworben, für die er später so bekannt wurde –, und also klapperten wir um neun Uhr durch Haymarket in einer mit Seitenfenstern versehenen Sänfte, die stämmige, schwitzende Träger schleppten.

Ich sollte gleich zugeben, daß diese Gesellschaft nach zwei Monaten in London mein erster Ausflug in die feine Gesellschaft war. Das mag vielleicht einiges von dem erklären, wenn auch nicht gerade entschuldigen, was folgte. Zwar hatte ich einige Male die Ranelagh Gardens in Chelsea besucht, wo ich eine halbe Crown für das Recht bezahlte, um die Rotunde zu wandern oder Feuerwerk in der Gesellschaft von Personen von Stand zu betrachten; und noch in der letzten Woche hatte ich mit Toppie und einigen seiner neuen Freunde nach einem Konzert in den Vauxhall Gardens auf des Königs Gesundheit getrunken. Aber sehr viel häufiger hielt ich mich in der einfacheren und nüchternen Gesellschaft von Mr. Sharp und seiner Familie auf, die durch Quantität wettmachte, was ihr an Qualität ermangeln mochte. Diese Verbindung war eine, die Toppie immerzu mißbilligte: Denn, wie er mich häufig genug erinnerte, kein Perückenmacher, der sieben Mäuler zu füttern hat, würde den besonderen Wunsch verspüren, ein Portrait oder eine Landschaft in Auftrag geben zu wollen.

Als wir uns dem Hause näherten, das auf einem vom Mond beleuchteten Platz stand, den leichte vierrädrige Wagen, Zweispänner, Sänften und vom Schmutz der Landstraßen bespritzte polierte Vierspänner säumten, wurde Toppie freizügig in seinen Behauptungen über all die weibliche Bekanntschaft, die ich während des Balls heute abend machen würde. Ich lauschte seinen Beschreibungen von Miss Diese und Lady Jene mit großer Begierigkeit, denn nicht immer war ich so häßlich wie heute, und tief in meiner Brust barg ich scheue Hoffnungen auf eine Heirat. Er flößte mir auch Ermutigungen hinsichtlich der Qualität jener Gesellschaft ein, die kennenzulernen ich erwarten dürfte, und gab mir zu verstehen, daß es, wenn ich einen günstigen Eindruck erweckte, manches Gesicht geben werde, das nur zu bereit sei, meinen Zeichenstift und meine Farben in Anspruch zu nehmen. Er sprach ferner von jenem berühmten Portraitisten, dem Gründungsmitglied der Royal Academy, Sir Endymion Starker, der, wie er mutmaßte, heute abend anwesend sein werde. Er erklärte, daß es nicht ein berühmtes Gesicht in London und kaum eines in ganz Europa gebe, das nicht von Sir Endymions geschicktem Pinsel wiedergegeben worden sei: Lord North, der Herzog von Grafton, Edmund Burke, Lord Rockingham, der Marquês de Pombal, Madame Pompadour, sogar King George höchstselbst – jeder von diesen und viele andere hatten offenbar diesem trefflichen Gentleman zur einen oder anderen Zeit gesessen.

«Ich bin Sir Endymion ein- oder zweimal begegnet», sagte Toppie, «und falls ich ihn sehen sollte, George, werde ich dich ihm vorstellen, sei dessen sicher.»

Als wir in die kühl werdende Luft ausstiegen – es war Anfang September –, schwollen diese Worte wie jene der zigeunerischen Wahrsagerin zu einem Versprechen an, das gebrochen zu werden in diesem Augenblick unmöglich schien.

Als Toppie sich an der Tür ankündigte, wurden wir von einem livrierten Lakaien ins Haus eingelassen, der uns von unseren Hüten befreite. Dieser alte Wächter versank höflich in einer tiefen Verbeugung, obwohl es schien, als betrachte er meines Vaters verwitterten Dreispitz und einige meiner übrigen Ausstattungsstücke mit weniger Hochachtung, als er zu haben vorgab. Toppie hatte mich zu dieser Gelegenheit mit einem seiner Röcke und einem Paar goldbespangter Schuhe ausgestattet, auf die sein Lakai Thomas große Energie und einen Putzlappen sowie Politur verwendet hatte. Doch mochten meine Weste wie meine Kniebundhosen vielleicht nicht ganz der Gelegenheit gerecht werden und hatten außerdem seit einem oder zwei Jahren regelmäßig am Sonntagmorgen Dienst getan, einen Dienst, der sich deutlicher verriet, als mir lieb war.

Treppauf fanden wir die Gesellschaft in einem prachtvollen Salon versammelt, dessen Decke von einem Karnies geschmückt war und dessen Wände mit verschnörkelten Akanthusblättern, goldenen Garben und Geißblattkränzen verziert waren. Toppie stellte mich einigen Damen von Stand vor, die in tiefe Knickse versanken und meine Anreden höflich mit gesenkten Blicken entgegennahmen. Ich wollte mich gerade mit einer von ihnen für ein kommendes Menuett verabreden, als Toppie uns entschuldigte und mich in einen achteckigen Raum mit roten Samtwänden und antiken Marmorbüsten zog. Hier hatte eine Sängerin, die für ihren Mezzosopran berühmt war, eben eine Arie beendet, und ihre Zuhörerschaft nahm die Karten wieder auf, um mit dem Ombre-Spiel fortzufahren.

«Sie ist nicht gekommen», murmelte Toppie einigermaßen verzweifelt in seine Spitzenkrawatte.

Er war durch Lady Sacharissa Lascelles animiert worden, dem Ball beizuwohnen, oder vielmehr durch die Aussicht, sie wiederzusehen. Er hatte ihre Bekanntschaft am vorhergehenden Abend gemacht, als wir in den Adam-and-Eve-Tea-Gardens in der Tottenham Court Road Dutch-pins spielten. Ich hatte sofort vermutet, daß Lady Sacharissa, die Tochter eines kürzlich ernannten Peers, einen lebhaften Eindruck in seiner Brust hinterlassen hatte, denn in ihrer Gegenwart wurde sein Spiel voller Eifer und ungewöhnlich kampflustig.

Ich folgte ihm zurück in den überfüllten Salon, wo wir ein Glas Punsch zu uns nahmen. Während wir tranken, nannte mir Toppie die Namen und Ränge der verschiedenen anwesenden Würdenträger; aber diese Mitteilungen endeten abrupt, als seine Aufmerksamkeit schließlich auf dem Antlitz von Lady Sacharissa zur Ruhe kam, die sich in lebhaftem Gespräch mit einer kleinen Gruppe von

Spielern durch den Raum bewegte. Er entschuldigte sich, durchquerte den Raum unter dem Lüster hinweg, und bald darauf knicksten und verneigten sich die beiden voreinander.

Ich wandte meine Aufmerksamkeit den anderen Gästen zu. «Personen von *höchstem* Stand», hatte Toppie sie mit ehrfürchtigem Unterton genannt, als wir die prunkvolle Treppe hinaufgestiegen waren, eine Kaskade aus Marmor, die zwischen Paaren kannelierter Säulen herabströmte. Es waren dies die reichsten, edelsten, blendendsten Figuren der *beau monde*, alle parfümiert und gepudert, mit goldbetreßten Hüten und Degen mit silbernen Griffen ausgestattet, von Kopf bis Fuß in ihre feinsten gekräuselten und brokatenen Hofgewänder gehüllt. Hier und da konnte man einen Halsschmuck aus Diamanten, glitzernde Beute aus Indien oder Arabien, auf einem weißen Busen funkeln sehen, während auf der kunstvoll hochgetürmten Haartracht einer anderen Lady Rubine das Kerzenlicht auffingen, indes sie mit einem eleganten jungen Gentleman lachte, der ein Schönheitspflästerchen auf dem Rouge seiner Wange trug. Einige der Damen, nahm ich mit Verblüffung wahr, hatten sich einer höchst herausfordernden Mode unterworfen, denn Bouquets frischer Blumen, Weintrauben, junges Gemüse und kleine Modelle von Kutschen und Pferden sprossen aus ihren Décolletés, hingen von ihren herrlichen Haarfontänen herab oder fuhren über sie hin. Was mochten, fragte ich mich, die braven und nüchternen Matronen von Upper Buckling von derlei Gepflogenheiten halten?

Noch unglaublicher, einige der Gentlemen protzten in ihrer Kleidung ebenfalls mit monströsen Exzentrizitäten, die alle üblichen Grenzen der Mode überschritten. Ihre außerordentlich eng geschnittenen Westen und Kniehosen trugen die kühnen Streifen afrikanischer Zebras oder die leuchtenden Farben von Pfauen und Kanarienvögeln, und aus ihren Taschen hingen goldene oder silberne Uhrketten von erstaunlicher Länge, an deren Schlingen eine, manchmal gar zwei Taschenuhren von anscheinend unbequemen Ausmaßen baumelten. Mit der einen Hand umklammerten diese Geschöpfe winzige Ferngläser, durch die sie reichlich kritisch die Gesellschaft betrachteten; mit der anderen Rohrstöcke von phantastischer Länge, die mit gelben Quasten geschmückt waren. Ferngläser und Rohrstöcke wurden abwechselnd beiseite getan, so daß diese Burschen die seidenen Halstücher glattstreichen konnten, die mit großen Schleifen unter dem Kinn befestigt waren, oder den Sitz ihrer kleinen aufgestülpten Hütchen korrigieren konnten, die auf den Perücken thronten, welche zu so ungeheurer Höhe über ihrer Stirn emporstiegen. Wenn sie dann die Komposition dieser Accessoires geregelt und mittels der Gläser jemanden nach ihrem Geschmack entdeckt hatten, machten sie sich quer durch den Salon auf den Weg, in eigenartiger Gangart auf Zehenspitzen gehend, als ob ihre engen Bundhosen und ihre schmalen diamantbesetzten Schuhe ihnen die gräßlichsten Qualen und Schmerzen bereiteten.

Aber – ansonsten – solch elegante Kleidung! Solch edle Physiognomien! Ich sah einen Mann von hohem Rang im Unterhaus sich mit einem berühmten Schauspieler unterhalten, der erst jüngst den Othello im Drury Lane gespielt hatte; neben ihnen plauderte eine alte Herzogin, eine Freundin des Königs, mit einem Admiral und einem Botschafter, beide mit großen grauhaarigen Perücken; und unmittelbar zu meiner Linken verbeugte sich ein Peer, der wegen abenteuerlicher Liebespraktiken berühmt war, tief vor einer großen Dame, deren Gesicht hinter einer schwarzen Maske verschwand.

Der einzige Gast, der – abgesehen von mir selbst – jeglichen Reichtums, Einflusses oder Standes ledig schien, war ein älterer Gentleman, dessen Aufmerksamkeit ganz von seinen Schuhschnallen gefesselt war. Wenn er auch dem Anlaß gemäß eine gepuderte Perücke und elegante Kleidung trug, so wurde deren Wirkung doch weitgehend durch seine verschrumpelten Glieder und sein verwittertes Gesicht aufgehoben, das von Farbe und Beschaffenheit der Schrumpfhaut einer der weniger gelungenen Eiercremes meiner Mutter glich. Tatsächlich war er so verrunzelt und sah so kränklich aus, daß er wie eine ägyptische Mumie wirkte. Er hatte einen Binsenstuhl neben einem Fenster besetzt, dem er sich, wenn die Bewunderung seiner Schuhschnallen für Augenblicke nachließ, bisweilen zuwandte, als erwarte er mit Bangen die Ankunft eines besonderen Gastes.

Doch machte diese Person so wenig Eindruck, daß ich ihn bald vergaß und meine Aufmerksamkeit den anderen, glücklicheren Gästen widmete. Nachdem das Tanzen begonnen hatte und nach einem zweiten Becher Punsch, suchte ich mich den Paaren anzuschließen, die sich auf der Tanzfläche vergnügten. Nun war aber ein Großteil der Gesellschaft jüngst aus dem Long Room zu Hampstead hergebracht worden, was den Mangel an Neigung zu Menuetten bei den Damen erklärte. Denn als ich mehrere der jungen Schönheiten um die Gunst eines Tanzes bat, verwies eine jede anmutig auf die Anstrengungen jener vorhergehenden Gesellschaft. Doch mußte ich leider bemerken, wie eine jede sich ausreichend erholt fühlte, als einige Minuten später der junge Peer ihnen Anträge machte.

Ich ließ also meine Hoffnungen fahren und fand mich bald in der Gesellschaft dreier Männer, die mein Pech bei den Damen bemerkt hatten und ihr Mitgefühl zeigten, indem sie mich höflich an ihren Kartentisch baten, um mit ihnen eine Partie Whist zu spielen. Als ich meine Unkenntnis dieses Spiels gestand – bedenken Sie, ich kam ja aus dem Hause eines Geistlichen –, erklärte mir einer der Herren geduldig die Grundzüge und Regeln, während ein anderer mich von meinem Becher befreite, den er liebenswürdig erneut füllte. Wir spielten einige Zeit um drei Pence pro Spiel, und da ich von schneller Auffassungsgabe bin, entledigte ich mich meiner Aufgabe mit einigem Geschick und fand mich bald um eine halbe Crown reicher. Ich empfing formvollendete Glückwünsche von meinen neuen Freunden, die mich als klugen Burschen priesen. Sie baten um die Erlaubnis, ihre Verluste wettzumachen, und rasch stimmte ich zu, denn ich genoß ihre Gesellschaft, und die Glücksgöttin hatte mich bisher mit ihrer Gunst bedacht. Wir verdoppelten die Einsätze und nahmen das Spiel wieder auf. Ich hegte alle Hoffnung, meine Gewinne zu mehren, aber nach einem glücklichen Spiel zeigte die Göttin ein unstetes Benehmen und verließ mich schließlich vollends zu Gunsten von Mr. Larkins, einem meiner Gegenspieler: ein Gentleman, der Fernglas und bequasteten Rohrstock mit sich führte. Nach und nach nahm man mir nicht nur die halbe Crown ab, sondern auch den Rest meines Kapitals. Meine Gefährten hätten mir gerne gestattet, die Verluste wieder wettzumachen, aber ich mußte ihnen den unglücklichen Zustand meiner Börse bekennen.

«Sie müssen wissen, daß ich ein armer Künstler bin», sagte ich, «der sich in der Welt erst noch durchsetzen muß. Aber man hält mich für einen geschickten Portraitmaler», hielt ich es für klug meinem Bekenntnis hinzuzusetzen, «und daher hege ich große Hoffnungen für die Zukunft.»

Diese Ansprache ließ meine Gefährten nicht gleichgültig.

«Ich habe gesehen, daß Sie ein kluger Bursche sind», erwiderte der Partner von Mr. Larkins, ein Gentleman in weinroter, mit silbernem Brokat geschmückter Weste. Bei Erwähnung meines Berufes, den er mit einem verständnisvollen Lächeln zu registrieren schien, kam er mir von sich aus zu Hilfe. Unter der dichten Puderschicht und seinem mausfellfarbenen Schönheitspflaster wies sein Gesicht alle Anzeichen einer guten und freundlichen Gesinnung auf. «Ich habe keinen Zweifel daran, daß Sie sich verbessern werden», fuhr er fort, «sowohl im Spiel wie in Ihrem Beruf; deshalb will ich Ihnen eine Guinea vorschießen, oder – wenn Sie das wünschen – auch zwei, und dann können wir unser Spiel fortsetzen.»

Er lächelte noch freundlicher, als er eine Börse aus Wieselfell öffnete, einige Münzen hervorzog und sie über den Tisch schob. Ich überlegte, wie ungehobelt ich erscheinen würde, sollte ich dieses großzügige Angebot ablehnen, und außerdem hatte ich alles sehr genossen; so zögerte ich denn nicht, die Münzen anzunehmen. Erneut verdoppelten wir den Einsatz, diesmal auf meinen Wunsch hin, und fuhren fröhlich mit unserem Spiel fort, jeder von uns gestärkt durch eine Tabakspfeife und einen weiteren Becher Punsch. Jedoch erwies sich die Göttin mir gegenüber keineswegs so wohlwollend, wie das mein Gegenspieler getan hatte, denn sie benahm sich weiterhin kapriziös und tat binnen kurzem mit den beiden Guineas des Gentleman das, was sie bereits mit meiner halben Crown getan hatte. So sah ich mich erneut gezwungen, meine Börse zu leeren und für meine Verluste einzustehen.

Meine Gegenspieler drückten mir aufs heftigste ihr Mitgefühl aus. Mr. Larkins und sein Partner mutmaßten beide, daß diese einzigartige Flucht Fortunas nur von zeitweiliger Natur sein könne, und jetzt boten mir beide liebenswürdig den Beistand ihre Börsen an. So großzügig bedrängt, nahm ich drei weitere Guineas aus derselben Wieselfellbörse an und versprach dabei, das frühere Darlehen ebenso zurückzuzahlen. Trotz meiner besten Bemühungen jedoch widerfuhr mir weiterhin Unglück, und ich fand mich schließlich unfähig, auch nur eine der beiden Verpflichtungen einzulösen. Der Gentleman in der weinroten Weste nahm den Verlust seiner fünf Guineas jedoch mit großem Gleichmut hin und nannte ein Haus in der St. Alban's Street, wo ich mich, falls mir das Arrangement zusage, binnen zweier Tage zwecks Rückzahlung einfinden möge.

‹Aber ich besitze doch auf der ganzen Welt keine fünf Guineas›, hätte ich dem freundlichen Gentleman gestehen sollen. Doch fürchtete ich, daß dieses Eingeständnis von mangelnder Sicherheit als Bruch seines guten Glaubens und seiner Freundlichkeit erscheinen würde. Also versicherte ich ihm, daß mir sein Vorschlag genehm sei, worauf er und Mr. Larkins, der seinen Gewinn in seine Börse gleiten ließ, sowie Mr. Storch, ein eher schweigsamer Gentleman, der mein Partner gewesen war und ähnliche Verluste erlitten hatte, sich zulächelten.

«Nun müssen wir uns aus Ihrer Gesellschaft verabschieden», sagte der Gentleman aus der St. Alban's Street, als die drei sich zugleich erhoben und die Asche aus ihren Pfeifen klopften, «aber ich erwarte Ihren Besuch in der nächsten Woche, Cautley, und nicht nur, möchte ich sagen, wegen der fünf vagabundierenden Guineas. Fragen Sie nach Sir Endymion Starker», schloß er, bevor die drei im Gedränge von Reifröcken, Tournüren und betroddelten Rohrstöcken verschwanden.

Die Entdeckung, daß ich fünf Guineas an Sir Endymion Starker verloren hatte, einen Gentleman, der die Gesichter von so vielen Personen von Stand gemalt hatte, einschließlich dessen des Königs selbst, machte, wie Sie sich wohl vorstellen können, den tiefsten Eindruck auf mich. Ich bin sicher, daß mein Gesicht während der nächsten Minuten eine Studie in Widersprüchen war: eine Mischung aus begieriger Erwartung und akuter Bestürzung. Doch als ich erwog, daß ich nunmehr eine Verabredung mit einer so bedeutenden Person von Stand wie Sir Endymion Starker hatte, einem Vorbild in meinem angestrebten Beruf, schien es, als hätte Fortuna mir trotz allem gar nicht so schlechte Karten zugeteilt.

Ich verließ den Kartentisch und setzte mich auf einen der Buchenstühle an einem der Fenster, wo ich, teilweise von einem schweren Damastvorhang verborgen, darüber brütete, wie ich bei jenem Treffen meine Verpflichtungen erfüllen, ja vielleicht mich sogar einschmeicheln könnte. Inmitten meiner Erwägungen bemerkte ich, daß ich mir einen Stuhl nächst jenem alten Gentleman genommen hatte, der mir schon früher aufgefallen war. Diese verlorene Seele schien nicht länger mit ihren Schuhschnallen oder dem Fenster beschäftigt, sondern eingeschlafen zu sein, was mir die Gelegenheit bot, ihn mir näher anzusehen. Er schien mir etwas kleiner als der Durchschnitt zu sein, aber trotz der dürftigen Gliedmaßen, die in winzigen Händen und Füßen endeten, sprang sein Bauch unter einer blaßgelb-grünen Weste kräftig hervor. Das eiercremehäutige Gesicht war bis auf eine fleischlose Nase von kleinen Dimensionen, die aber wies eine starke Ähnlichkeit mit dem Schnabel eines Sperbers auf. Dieser stark gekrümmte Zinken reichte mit seinem tiefsten Punkt nahe an das wuchtig vorspringende haarlose Kinn und verbarg dabei nahezu vollständig einen Mund von kleinstem Kaliber. Hin und wieder öffnete sich diese verkniffene Mündung mühsam, stieß einen kurzen Atemzug aus, der die Krawatte betaute, und schnappte dann wieder schildkrötenartig zu. Während dieses seltsame Geschöpf schlief, hatte es die Beine, gekleidet in seidene Strumpfhosen, deren Farbe die der Weste wiederholten, ausgestreckt, und sein Kopf war in einem solchen Winkel nach vorne gesunken, daß der dauerhafte Halt seiner Perücke einigermaßen zweifelhaft erschien.

Während ich dieses Geschöpf studierte, bereitete mir irgend etwas in seiner Erscheinung Unbehagen, als sei er inmitten dieser Fröhlichkeit der geisterhafte Botschafter einer sehr fernen unglücklichen Provinz. Es schien mir, als ob der eine oder andere Gast ihm hin und wieder einen unruhigen Blick zuwürfe, als ob auch sie befürchteten, etwas Tragisches und Unbekanntes sei ihnen durch den funkelnden Salon einen oder zwei Schritte näher gerückt; doch wandten sich ihre Gesichter dann so schnell wieder ihren Partnern zu, daß ich mir keineswegs sicher sein konnte. – Bald darauf wurde mein Interesse von diesem Geschöpf abgelenkt durch eine nahebei geführte Unterhaltung zweier Damen, deren Gesichter hinter japanischen Fächern verborgen waren. Sie sprachen über unseren Gastgeber, den ich bisher noch nicht gesehen hatte.

«Lebt Seine Lordschaft schon lange am St. James's Square?» erkundigte sich die erste, während sie die Position verschiedener Orangen und Bananen richtete, die die Gegenden über ihrer Stirn bewohnten.

«Ja, meine Liebe», erwiderte ihre Gefährtin, deren Kopf die Nachbildung einer Windmühle schmückte, an deren beweglichen Flügeln Edelsteine flimmerten. Ihre träge Stimme schien daran gewöhnt zu sein, solch kleinere Nachrichten zu übermitteln. «Sein ganzes Leben lang. Die Pacht hat schon sein Vater erworben.» Eine Pause. «Sicherlich erinnern Sie sich an ihn?»

«Ja, ein Kaufherr im Türkeihandel, nicht wahr? Man hat mir erzählt, er habe ein Vermögen mit der South Sea Company verloren.»

«Er hat mehr als nur das verloren, sage ich Ihnen.»

«Ja?»

«Wie? Haben Sie die Geschichte nicht gehört? Die über seine Frau, Lady W—?» Eine weitere Pause; dann zischend: «So ein Skandal!»

Was nun aber der gerüchtweise verbreitete Skandal um die Mutter meines Gastgebers gewesen sein mochte, sollte ich nicht mehr erfahren – zumindest nicht an diesem Abend –, denn kaum setzte sich die Unterhaltung außerhalb meiner Hörweite fort, als sich das Geschöpf zu meiner Rechten, das sich bei der Erwähnung von Lady W— merklich gerührt hatte, plötzlich aufsetzte. Dann warf er den beiden Damen einen erschreckten Blick zu, sprang von seinem Stuhl, kam behende auf seine Beine und flüchtete mit einer Gewandtheit aus dem Salon, die seine Jahre ebenso verleugnete wie die vormalige Stumpfheit seiner Bewegungen.

Ich sah mich im Raume nach einer Bestätigung dieses seltsamen Vorfalls um: Die Damen, die es offensichtlich ausgelöst hatten, schienen nichts bemerkt zu haben; auch nahm niemand sonst das Phänomen wahr. Es war, als hätte ich von meinem Stuhl am Fenster den Aufbruch eines Gespenstes oder eines wandelnden Geistes erblickt, der für niemanden außer mir selbst sichtbar war.

Die Unterhaltung der Damen setzte sich rasch fort, diesmal wieder in meiner Hörweite; aber das Thema hatte gewechselt, und die Freizügigkeit ihres Kommentars über einige unserer Mitgäste beleidigte nun mein Feingefühl. Ich war damals, wenn ich Sie erinnern darf, ein sehr tugendhafter Jüngling. Sehr bald befiel mich mehr als nur milde Verlegenheit, als ich, in meiner Fensterecke gleichsam gefangen, Zeuge von Szenen und Mitwisser von Unterhaltungen und unerfreulichen Entdeckungen wurde, die meinen

Augen und Ohren hätten verborgen bleiben sollen. Die Erwähnung der Verluste von Lord W— in der South Sea Company hatten mich erneut an meine eigene, jüngst eingegangene Verpflichtung gemahnt, und erneut wurde ich inmitten der zügellosen Fröhlichkeit etwas besorgt.

Kurz danach verwirrte mir ein weiteres Glas Punsch die Sinne, und die scharfen Würzen des Duftes, so leicht und erfrischend zu Beginn, ließen die kannelierte Decke und ihren Lüster, einen mit Edelsteinen übersäten Kristallkraken, unsicher über meinem Kopfe schwanken. Weil ich etwas frische Luft schnappen wollte, erhob ich mich aus meinem Stuhl und verließ den überfüllten Salon. Dabei rammte ich mit meiner Schulter die Sängerin, die mir Vorwürfe in einer Mezzosopranstimme machte, welche keineswegs mehr so süß und sanft war wie beim Vortrag der Arie. Ich stotterte eine Entschuldigung und stolperte durch eine Reihe von Türen und eine Treppe hinab.

Auf halbem Weg umklammerte ich hilfesuchend das Geländer, bevor mir klarwurde, daß diese sich stetig verjüngenden Stufen nicht die prunkvollen waren – die Kaskade aus Marmor –, über die ich vor einer oder zwei Stunden den Salon betreten hatte. Sie öffneten sich am Fuß auf eine Tribüne, deren Decke von vier kannelierten Säulen getragen wurde, zwischen deren Paaren Wappenschilde aufgemalt waren. Nischen in den Wänden dienten zur Aufbewahrung von Urnen und Gemälden und für Abgüsse klassischer Statuen. Vor allem die Gemälde fesselten meine Aufmerksamkeit einige Zeit. Alle stellten entweder italienische Landschaften im Stil von Claude Lorrain dar oder, häufiger, wuchtig dastehende Herren in militärischer Kleidung. Etliche dieser Helden waren mit seltener Feinheit gemalt und schienen mir Werke des großen Sir Godfrey Kneller zu sein. Die stolzen kriegerischen Gesichter, die finster aus ihren vergoldeten Rahmen herabschauten, trugen all jene Zeichen von Würde, von denen ich mir in meinen kühnsten Träumen vorstellte, sie kennzeichneten das Antlitz meines vortrefflichen Verwandten, der mir leider bisher unbekannt geblieben war.

Das einzige Gesicht, das nicht zu dieser illustren männlichen Reihe gehörte, die ich durchaus begründet für Lord W—s Ahnen hielt, war das einer jungen Dame in türkischer Gewandung, die mit den Händen auf ihren Hüften posierte und ihren Portraitisten mit verächtlicher weiblicher Koketterie ansah. Obwohl ihre Schönheit vielleicht nicht vollkommen war – ihre Nase war eher zu lang, ihre Augen standen zu nahe beieinander, und ihre Gliedmaßen waren nicht ganz so fein geformt, wie es mein jugendliches Schönheitsempfinden vorschrieb –, entzündeten ihre Züge dennoch meine Phantasie und sogar eine Spur von Ehrfurcht. Ihre scharfen verschatteten Augen, die mich in meiner Ecke festhielten, übermittelten eine unendlich viel stärkere Version jenes Hochmuts, nach dem die militärischen Herren mit ihren Säbeln und Epauletten trachteten. Ferner war die Kleidung nachlässig um ihre Schultern geworfen und ließ im Profil einen Busen erblicken, zu dessen Vollkommenheit ein großes Juwel hinzugefügt war, maulbeerfarben und in der Form einer fallenden Träne geschliffen. Unweigerlich fragte ich mich, wer sie gewesen sein mochte; vielleicht eine Schauspielerin? Eine am Hofe Charles II. wohlbekannte reiche Kurtisane? Oder vielleicht, dachte ich, als mir die angebliche Beschäftigung von Lord W — s Vater in den Sinn kam, war sie ein türkisches Sklavenmädchen gewesen, mitgebracht aus einer zügellosen Karawanserei an den blütenduftenden Gestaden der Levante?

Zu einem anderen Zeitpunkt und bei besserer Beleuchtung hätte ich wohl länger verweilt, um die meisterhafte Ausführung feiner Details in diesen gewaltigen Physiognomien zu untersuchen. Aber da meine Augen erschöpft waren und ich immer noch nach der Wohltat frischer Luft lechzte, überquerte ich die Tribüne und geriet in einen Korridor, auf dessen Seiten sich je eine geschlossene Tür befand, die, wie ich annahm, in Spülküchen, Speisekammern, Weinkeller, Schlafstätten für Butler und Zimmermädchen führten. Da es mir widerstrebte, diese Türen zu erproben, setzte ich meinen Weg nach vorne fort und erreichte einen Augenblick später den Abschluß der Galerie, die nun in einem scharfen Winkel in einer engen Kammer endete.

In diesem Augenblick hörte ich hinter mir eine Reihe von Geräuschen näher kommen: ein Paar schlurfender Füße, unterstützt von einem Gehstock, dessen Ende alle zwei oder drei Schritte schwer auf die Fliesen gestoßen wurde. Als sich dieser Fußgänger langsam näherte, nahm etwas im Geräusch seines Fortschreitens, insbesondere im unrhythmischen Klopfen seines Stocks, eine unheilschwangere Bedeutung an.

Plötzlich der Tatsache bewußt, daß ich ein Eindringling war, kroch ich in die Kammer, ein winziges Ankleidezimmer, lediglich mit einem Mahagonistuhl möbliert, und hielt meinen Atem an, als das Klopfen immer näher kam. Doch war meine Neugier immerhin so erregt, daß ich mich hinter der Tür postierte, die ich so weit offengelassen hatte, daß sie mir einen Blick auf den nahenden Passanten gestattete. Mein Begehren wurde einen Augenblick später befriedigt, als niemand anderer als der alte Portier durch die Galerie kam, gestützt auf einen knorrigen Stock, gehüllt in einen samtenen Umhang. Da ich mich der unfreundlichen Blicke erinnerte, die dieses alte Faktotum auf meines Vaters Dreispitz geworfen hatte, legte ich keinen Wert darauf, gesehen zu werden, und verkroch mich noch tiefer in die Kammer. Eine Sekunde später vernahm ich das Knarzen eines Riegels und dann die Stimme des Portiers, während er eine Tür öffnete.

«*Signora!*» kommandierte er wie zur Einleitung eines Tadels und mit einer Stimme, die seine Verachtung nur mühsam verbarg. «*Signora!* Sie werden sich nicht erneut erdreisten . . .»

Eine weibliche Stimme antwortete von jenseits der Tür, scheinbar ebenso verächtlich, aber brüchig und unverständlich, als habe ihre Besitzerin die artikulierte Sprache noch nicht gemeistert.

Der Lakai fuhr in seinem verächtlichen Ton fort: «Sie haben sich nicht oberhalb der Treppe zu zeigen, besonders nicht heute abend.»

Auf diesen Vorwurf antwortete die sonderbar brüchige Stimme mit einem Wimmern in noch höherer Stimmlage.

«Man hat Sie gewarnt», intonierte der Lakai.

Wieder eine brüchige Unverständlichkeit – das ärgerliche Gebell einer eingeschüchterten Wölfin.

«Sie können die ganze Nacht im Garten bleiben, wenn Sie das wollen!»

Die Tür schnappte zu, dann tappte der Lakai seinen Weg zurück in mein Gesichtsfeld, aber diesesmal ohne den Umhang. Erst als das Getappe und Geschlurfe nicht mehr zu hören war, kroch ich aus meinem Versteck. Meine erste Eingebung war, sofort zur Tribüne zurückzukehren; doch erneut wurde meine Furcht von meiner Neugier überwältigt, und also untersuchte ich vorsichtig die Galerie auf den versteckten Eingang zum Garten hin. In dem schlechten Licht konnte ich keine Tür entdecken, doch befand sich hoch oben in der Wand ein kleines Fenster, das ich mit Hilfe des Mahagonistuhls erreichen konnte, den ich aus der Kammer holte. Also unterstützt stand ich auf den Zehenspitzen und blickte nach draußen, wobei ich den Atem anhielt. Zunächst sah ich nichts. Dann, Sekunden später, zog eine Bewegung dort unten meinen Blick auf sich. Ich spähte in den unbeleuchteten Garten und erblickte den sonderbaren alten Gentleman, der aus dem Salon geflohen war. Er starrte mit engstehenden verhangenen Augen zu mir empor, die schmalen Schultern in den samtenen Umhang gehüllt. Ich stieß meinen Atem mit einem kurzen Schrei aus, der ein Echo der brüchigen Stimme war – doch stieß ich diesen Alarmlaut nicht nur wegen der eigenartigen Gestalt im Garten aus, sondern auch, weil ich in eben dieser Sekunde das leise Geschlurf eines Schrittes hinter mir vernahm.

Als ich herumfuhr, um meinem unerwarteten Gefährten entgegenzublicken, spielte die Kraft dieser Bewegung der Tragfähigkeit des Mahagonistuhls und meiner Stellung auf ihm übel mit; und statt die große Dame mit der schwarzen Maske wahrzunehmen – denn sie war es, die gekommen war –, fand ich mich selbst an eine gewölbte Decke starren, die mit bebänderten Cupidos und den allegorischen Gestalten von Zeit und Liebe bemalt war. Erst als ich einige Sekunden später den Kopf hob, erhaschte ich den Anblick jenes Gesichtes, das, da die Maske entfernt war, in jedem einzelnen Punkt meinem jugendlichen Schönheitsideal entsprach.

Drei

«Bitte.» Dunkelheit. «Bitte, Sir.» Licht.

Die Terrakottafliesen hatten meinem Kopf einen so gemeinen Stoß versetzt, daß meine Augen nicht vor Ablauf einer vollen Minute wieder im Stande waren, sich erneut auf dieses *beau idéal*, dieses Emblem weiblicher Schönheit zu richten. Ich blinzelte – zweimal, dreimal, viermal – ob dieser einzigartigen Physiognomie, die, wie ich jetzt wahrnahm, vom Ausdruck der zärtlichsten Besorgnis gezeichnet war. Ich nahm ferner wahr, daß hoch droben die weiten Landschaften ihrer Frisur von einer großen Raupe und einigen anderen Insekten bevölkert waren, alle in geblasenes Glas eingeschlossen. Ob zufällig oder beabsichtigt stürzten hier und da ganze Gegenden der beeindruckenden Mähne in schwarzen Katarakten herab und umspülten als sanfter Schaum Ohren und Hals. Dieser war lang, gebogen, unglaublich schlank und von einem Satz Juwelen umfangen, deren Gefunkel selbst in diesem trüben Licht viel zu lebhaft für meine schmerzenden Augäpfel war. Ihre Besitzerin war in ein Gewand mit offenem Vorderteil gekleidet, dessen äußerste Enden sich irgendwo weit hinter ihr im Korridor befanden und dessen geschmückte Vorderseite mich mit seinen üppigen Wogen zu verschlingen drohte.

«Ein kleines Schlückchen wird Ihre Kräfte im Handumdrehen wieder auffrischen», sagte eine sanfte Stimme, als eine kleine Flasche, hervorgebracht aus einer der vielen Falten des enormen Gewandes, meine Lippen zum Trinken nötigte. «Bitte, trinken Sie doch.»

Ich ergab mich der Flasche, obwohl ich unter dem Einfluß ihres Inhaltes noch weniger Lust empfand, wieder auf die Füße zu kommen. Ich hatte der Dame kritischen Tadel erwartet, aber statt dessen streichelte ihre Hand, die bisher sanft meinen Kopf gestützt hatte, noch sanfter meinen Nacken. Sie entfaltete ihren Fächer und brachte damit den Hauch einer sanften Brise an meine Stirn.

«Sicherlich träume ich», sagte ich laut. «Wo bin ich?»

Dieser rettende Engel streichelte meine Wange mit einer Geste, die als Leidenschaft ebenso wie als zärtliche Sorge um meine Gesundheit gedeutet werden konnte, und die Falten ihrer Kleidung schlossen sich noch enger um mich zusammen. Ich beobachtete sprachlos, wie Cupido, Zeit und Liebe in den Wölbungen hoch, hoch oben über meinem Kopf einen Geistertanz vollführten ...

Im Rückblick – wenn ich nämlich an den folgenden Tagen an dieses Gesicht dachte – ging mir immer wieder eine Passage aus *The Compleat Physiognomist* im Kopf herum: «Der große *Platon*», hatte mein Vater in seinem Einleitungskapitel geschrieben, «betrachtet alle körperliche Schönheit als ein Zeichen der Schönheit der *Seele*: die äußere Erscheinung – insbesondere die *Physiognomie* –, glaubt er, wird von der *inneren Veranlagung* gestaltet. Gleicherweise setzt sein würdiger Schüler *Aristoteles* eine enge Beziehung zwischen *Körper* und *Seele* voraus; moralische Veranlagungen wie Sanftheit oder Freundlichkeit oder Dummheit werden (wie er in der *Physiognomica* sagt) höchst zutreffend aus physischen Erscheinungen erschlossen, die sich im Gesicht darstellen. So können wir denn, Aristoteles folgend, sagen, daß das Gesicht die *Maske der Seele* ist; doch aber mit diesem Unterschied: Es ist eine Maske, die den Träger nicht *verhüllt*, sondern ihn statt dessen unseren Augen *enthüllt*.»

Jetzt aber, da ich der Fremden anmutiges Antlitz vor mir schweben sah, die liebliche Stirn von Besorgnis durchfurcht, fragte ich mich, warum denn eine so schöne Dame einer Maske bedürftig sein sollte. Und es ist diese Frage zu Lady Petronella Beauclair – denn das, sagte sie mir kurz darauf, sei ihr Name –, die ich mir in den folgenden Wochen oftmals stellen sollte.

Einige Minuten später, nachdem ich mich den Diensten ihres hauchfeinen Taschentuchs und mancherlei mitfühlenden Schnalzern ihrer Zunge unterworfen hatte, brachte Lady Beauclair mich wieder auf die Füße und bot an, mich die Treppen hinauf zu geleiten. Erst als wir über die Tribüne gingen, bemerkte ich die sonderbar verhüllte Gestalt – die *«Signora»* – im Korridor hinter uns stehen, offenkundig Zeugin der Szene. Für einen Augenblick bannte mich ihr düsterer Blick auf meinen Platz. Durch die Anspielungen in meines Vaters Abhandlung wurde ich – erneut im Rückblick – an jene Physiognomien erinnert, die ein Jahrhundert zuvor Charles Le

Brun in seinem *Traité de L'Expression* gemalt hatte: menschliche Gesichter mit den Augen oder Nasen von Adlern oder Kamelen oder Schafen, obwohl mich in diesem Fall das verhüllte Geschöpf im Korridor eher an die wachsamen Augen eines Dachses oder Wiesels gemahnte.

Ich wollte nach einer Erklärung für diese geheimnisvolle Anwesenheit verlangen, aber entweder hatte der Schlag auf meinen Kopf oder der Inhalt der Flasche – oder vielleicht eine Kombination von beidem – mir das Sprechvermögen geraubt, so daß meine ersten Frageversuche kaum artikulierter klangen als die Töne der *Signora*. Ich war auch meines Gleichgewichtes beraubt, weshalb ich mich gezwungen sah, mich auf Lady Beauclairs Schulter zu stützen, eine Handlung, der sie sich mit unüblicher Bereitwilligkeit zu unterwerfen schien.

Ihre Befragung, während wir emporstiegen, war sehr kurz und betraf lediglich Einzelheiten meines Namens und meiner Anschrift, die zu verschweigen ich, da mir die Gabe des Sprechens wieder zuteil geworden war, keinen Grund sah. Als ich sie davon unterrichtete, daß ich meinen Freund Toppie, oder «Lord Chudleigh», wie ich sagte, wiederzusehen wünschte, antwortete sie, daß Seine Lordschaft kaum fünf Minuten zuvor aufgebrochen sei. Als sie diese Nachricht übermittelte, war ihre Stimme unvergleichlich lieblich und sicherlich eine Rivalin jener des hochgeschätzten Mezzosoprans. Dennoch war ich durchaus darüber im Zweifel, ob diese liebliche Stimme die Wahrheit sagte, denn in jenem Augenblick war ich mir sicher, daß ich Toppies Perücke erblickte, wie sie durch den Salon auf mich zuschaukelte.

Wie auch immer, Lady Beauclair jedenfalls kam einem Treffen zuvor, indem sie mich in ein leeres Zimmer geleitete. Hier setzte sie mich auf ein niedriges Sofa und begann mit der Hilfe eines jungen Dienstmädchens, mir unterschiedliche Umschläge auf die Stirn zu legen, ein Mittel, gegen das ich als nunmehr überflüssig protestierte, doch ergebnislos. Inmitten all dieser Dienstleistungen, die gleichermaßen von Lady Beauclairs sanften Worten wie dem Schnalzen ihrer Zunge begleitet wurden, fand ich schließlich die Nerven, Erkundigungen einzuholen.

«Wer, bitte, war die – Person», fragte ich, «die ich eben unten an der Treppe gesehen habe?»

Während unseres Aufstiegs hatte Lady Beauclair in einem gewissen Augenblick ihre Maske wieder angelegt, so daß ihr liebliches weißes Gesicht jetzt vor mir verborgen war, eine rätselhafte leere Fläche.

«Sie sind also immer noch neugierig», erwiderte sie neckend, während sie die Hantierungen des Dienstmädchens mit den Umschlägen überwachte. «Der Stoß gegen den Kopf hat Ihnen offenbar keine Lektion über die Neugier erteilt! Vielleicht», fuhr sie in derselben neckenden Stimme fort, «vielleicht also sind Sie stärker an dem Gentleman unten als an mir interessiert? Wie können Sie denn so undankbar sein, Mr. Cautley?»

Als sie diese Frage stellte, beugte sie sich näher zu mir, als es ihre Dienste möglicherweise wirklich erforderten. Ihre zarten Finger berührten meine Wangen, deren Farbe, wie ich vermute, noch leuchtender wurde; während unter dem Einfluß dieser fortdauernden Berührung, zu der sich das Kitzeln durch ihren spitzenbesetzten Ärmel gesellte, sich in meiner Hose eine unbeherrschbare Kraft zu einer, wie ich befürchtete, peinlich auffälligen Größe drängte.

«Natürlich nicht», stammelte ich, jetzt noch stärker durch die Tatsache gepeinigt, daß die Augen in der Maske Kenntnis von der veränderten Gestalt meiner Kniehosen zu nehmen schienen.

«Vielleicht erstreckt sich, mein Ganymed, Ihre Neugier auch nicht auf Amy», fuhr sie fort und wies auf das Dienstmädchen, dessen Farbe und Verwirrung meinem Zustand glichen. «Und dabei ist Amy so ein süßes Mädchen», sinnierte sie in bewunderndem Ton. «So eine Schönheit!»

Als ob sie sich selbst von der Wahrheit dieser Behauptungen überzeugen müsse, trat sie nun zurück, um Amy abschätzend zu betrachten, wobei die Augen in der Maske den Busen des verlegenen Mädchens besonders liebevoll taxierten. Die Hand, die mein Gesicht liebkost hatte, streckte sich nun aus und tat dasselbe mit Amys Gesicht, bevor sie nach und nach zur Kehle herabstieg und dann zum Mieder, das zu beschützen Amys Hände rasch herbeiflatterten.

«Amy ist, wie Sie selbst, erst seit kurzem in der Stadt. Nicht wahr, Amy?»

Amys einzige Antwort war ein noch tieferes Erröten.

«So frisch und sauber ...» Lady Beauclairs Hand durchbrach

gewandt die Blockade des Mädchens. «Berühr sie», befahl sie mir plötzlich und griff nach meiner Hand. Ihre süße und sanfte Stimme war wie ihr Gesicht durch etwas ganz anderes, Unergründliches ersetzt worden.

«Bitte, Ma'am», erwiderte Amy, deren zarter Teint nun bestürzend blaß geworden war.

«Küß sie», befahl Lady Beauclair, nun beharrlicher, als ihre Finger sich in das Mieder drängten, das in einiger Besorgnis zu wogen begonnen hatte. Sie ignorierte meine schweigende Weigerung, küßte in Befolgung des eigenen Befehls die bebende Amy in die Halsbeuge und machte sich dann an den Knöpfen von deren Bluse zu schaffen.

«Bitte, Ma'am!»

Mit einiger Mühe gelang es Amy, sich aus Lady Beauclairs Zudringlichkeiten zu befreien und zur Tür zu stürzen. Lady Beauclairs Antwort auf diese tränenreiche Flucht war ein Schauer unbekümmerten Gelächters, dessen Wirkung auf mich, ich muß es gestehen, der Wunsch war, Amy hastig auf dem Fuß zu folgen.

«Ich würde gerne mit meinem Freund Toppie sprechen», platzte ich heraus.

Lady Beauclair verhinderte meinen Aufbruch, indem sie sich neben mich auf das Sofa setzte und meine kalten Hände mit ihren warmen ergriff. Ihre Anstrengungen mit der armen Amy führten dazu, daß sie mit langen Seufzern Luft holte, deren duftender Hauch nun meine Wange liebkoste. Einige dünne Strähnen ihres pomadeglatten Haares hatten sich aus der Versklavung inmitten wimmelnder Insekten befreit und hingen jetzt als Locken um die Augenlöcher ihrer Satinmaske, und erneut drohten die Falten ihres Gewandes mich zu verschlingen.

«Nun gut», sagte sie einen Augenblick später. «Ich werde Ihnen von dem Gentleman erzählen, da Sie so beharrlich darauf bestehen.»

Jetzt leugnete ich jedes Interesse daran, die Identität des Gentleman zu erfahren; in Wahrheit hatte ich ihn völlig vergessen. Aber die süße Stimme von Lady Beauclair war zurückgekehrt, und sie wirkte nun weit sittsamer; so ließ ich denn für den Augenblick die Hoffnung auf ein Entkommen fahren und ergab mich der Nähe des maskierten Antlitzes und dem feinen Duft seines Atems.

«Dieser Gentleman», sagte sie mit verschwörerischer Stimme, obwohl niemand sonst anwesend war, «dieser Gentleman ist gewissermaßen ein Verwandter von Lord W—, der ebenfalls zu meiner Verwandtschaft gehört. Ich kann Ihnen hier nicht von ihm erzählen, doch sollten Sie mich morgen früh aufsuchen, wenn ich Besuche empfange ...»

Ich erinnerte sie daran, daß ich, da morgen Sonntag war, vormittags den Gottesdienst besuchen würde. Denn das war mein unumstößlicher Brauch – einer, von dem ich selbst wegen einer so schönen Frau wie Lady Beauclair nicht bereit war abzuweichen. Sie bekannte hastig ihre Gedankenlosigkeit.

«Ich wollte natürlich sagen, wenn Sie mich am *Montag* aufsuchen wollen ...»

«Das wird zu meinem Bedauern nicht möglich sein», wandte ich ein, da ich mich an meine Absprache mit Sir Endymion erinnerte. Ich erzählte ihr von dieser Verabredung, unterschlug aber den unmittelbaren Anlaß. Doch schien Lady Beauclair seltsamerweise meine Umstände im Hinblick auf meine neue Bekanntschaft zu kennen und deutete an, daß sie, falls ich sie aufsuchen sollte, sich in der Lage sehen könnte, materiellen Beistand zu leisten.

«Ich werde gegen vier Uhr speisen», sagte sie und nannte die mondänere Zeit statt der Drei-Uhr-Zeremonie, die Mrs. Sharp einhielt. «Sie werden dann an meiner Tafel willkommen sein, zu welcher Zeit ich Ihnen, falls Sie das noch immer wünschen, die Geschichte von Tristano erzählen werde.»

«Vielleicht könnte ich Ihr Portrait malen.» Ich war so kühn, das vorzuschlagen. «Ich gelte natürlich als sehr geschickt im Portraitieren ...»

«Das würde mir sehr gefallen», erwiderte sie. «Ich werde Ihr Patron sein. Oder heißt es Ihre *Patroness*?» Und nun ließ sie zwei goldene Guineas in meine Hand fallen. «Also gut – darf ich über Sie verfügen?»

Und aus Neugier, wegen der Verheißung von Gold und angestachelt durch etwas anderes, das ich noch nicht einmal entfernt zu begreifen vermochte: Um all dieser Dinge willen stimmte ich zu.

Vier

Im Jahre 1770 besaßen zwei Perückenmacher Geschäfte am Haymarket. Ein Schild über dem ehrwürdigeren Etablissement verkündete in goldenen Lettern den Handel von «Jules Regnault, Perückenmacher», darunter waren die feinsten Exemplare von M. Regnaults Kunst in den glänzenden Erkerfenstern der Reihe nach dargeboten, auf ledernen Perückenköpfen thronend wie elegant frisierte marmorne Portraitbüsten. Stärkeweiße Perücken mit Beuteln aus roter Seide in Form von Rosen, oder mit langen Zöpfen, in Satinschleifen gebunden; Perücken mit Locken wie fette Würste oder mit drei Reihen straffer *boucles* übereinander; Vollperücken für Richter, Rechtsanwälte und Ratsherren; Reitperücken, Feldzugsperücken, Fächerschwanzperücken, Knotenperücken zum Abendanzug; Perücken, die mit Entenfedern geschmückt oder mit Goldstaub überpudert oder grün oder gelb gefärbt waren und süß nach Veilchenwurzel und Pomade dufteten. Diese Kreationen, deren modische Machart alle vierzehn Tage neu erfunden oder mit Pariser Post importiert ward, türmten sich auf Londons feinsten und nobelsten Köpfen oder hingen von ihnen herab.

Das andere Geschäft, drei Türen weiter und auf der anderen Straßenseite, diente einer insgesamt viel bescheideneren Kundschaft. Anstelle eines Wappenschildes – denn anders als M. Regnault besaß er keines – hatte sein Besitzer ein Schild angebracht, auf dem Delilah dargestellt war, wie sie einem melancholisch-sehnsuchtsvollen Samson die goldenen Locken abschnitt. Darunter der Vers:

O SAMSON, Opfer arger TÜCKE,
Was trugst Du auch keine PERÜCKE?

Und unter dieser Inschrift, wenngleich in größerer Schrift:

KNOTEN-, GROSSKNOTEN-, KLEIN-, BLUMENKOHL & andere PERÜCKEN hier gefertigt, ebenfalls PUDER gegen Jucken; ebenfalls ZÄHNE ZIEHEN, RASIEREN und ADERLASSEN.

Und darunter, in noch größerer Schrift:

Mr S. SHARP, Bes.

Das angegraute Inventar, gewebt aus oder ausgestopft mit Haaren von Pferden, Ziegen und Leichen, war in einem Fenster von leidlicher Durchsichtigkeit ausgestellt. Die Ware verließ das Geschäft auf den Köpfen von Kutschern, Marktträgern, Apothekern, Kirchenmännern, Lebensmittelhändlern, Ladenbesitzern, Flugschriftschreibern, Dichtern, Kerzenziehern, Kneipiers – kurz, auf dem Kopfe eines jeden, der sich die modischeren und teureren Produkte von M. Regnault nicht leisten konnte. Diese bescheidenen Gentlemen wurden die Gegenstände meiner ersten Portraits in London, denn während Mr. Sharp ihre Köpfe vermaß, ihre Kinnknochen rasierte oder ihre Perücken mit großen Nieswolken aus seinem Mehlstreuer puderte, saß ich in einem Lehnstuhl in einer Ecke des Geschäftes und gab ihre knorrigen Schädel mit dem Bleistift wieder oder stellte, nachdem ich Farben in Muschelschalen angerührt hatte, ihre Gesichter wie geschälte Kartoffeln oder wie gekochte Rote Bete dar. Gelegentlich protestierte einer dieser Kerle gegen das Portraitieren seines nackten Schädels, und dann wurde ich, ihn zu beschwichtigen, von dem normalerweise wohlwollenden Mr. Sharp auf die Straße verbannt. Bei solchen Gelegenheiten lungerte ich an M. Regnaults Tür herum, durch die jedesmal, wenn sie geöffnet wurde, eine große Wolke auf die Straße trieb, die nach Veilchenwurzel und den Extrakten von Orangen- und Jasminblüten duftete.

Und hier preßte ich, während meine Gedanken auf diesen duftdurchtränkten Puderwolken emporgetragen wurden, mein Skizzenbuch an die Brust und träumte davon, jene kultivierten Häupter zu malen, die sich drinnen neigten und nickten und verbeugten. Denn in jenen Tagen hatte sich mir die Welt in zwei voneinander getrennte Sphären geteilt: die eine, die mit jenen bescheidenen Seelen gefüllt war, die ihre Perücken bei Mr. Sharp kauften, und die andere mit den sehr viel höhergestellten – den Personen von Stand –, die durch die glockenspielende Tür von «Jules Regnault,

Perückenmacher» rauschten. Ich lebte in der einen Sphäre, oder besser: zwei Stockwerke darüber, aber ich wünschte mir, eines Tages durch die tönenden Portale der anderen zu schreiten.

Am Morgen nach Lord W— s Ball erwachte ich in dieser bescheidenen Sphäre, in meinem kleinen Zimmer über Mr. Sharps Geschäft. Meine Träume waren erfüllt gewesen von den aufgeputzten Köpfen und edlen Gesichtern der Gesellschaft bei Lord W— – von zwei Häuptern und zwei Gesichtern im besonderen –, so daß ich, als mich die knarrenden Scharniere von Samson und Delilah weckten, unerfreulich dadurch überrascht wurde, mich auf meinem dünnen Strohsack neben einem toten Feuer wiederzufinden.

Doch trotz dieses kleinen Schocks und trotz reichlichen Konsums von Punsch und des kräftigen Schlags auf den Kopf war ich in blendender Verfassung. Ich sprang aus dem Bett, aus dem Nachthemd und den Schlafsocken, ehe auch nur ein einziger Sharp sich unten bewegte. Ich verrichtete mein Morgengebet; zündete ein kleines Feuer an; verzehrte ein Frühstück aus zwei Halbpennybrötchen, einem Mehlbrei und einer Portion Tee; kleidete mich an und genoß dann einen flotten Spaziergang durch die Nebel im St. James's Park.

Bis ich zurückkehrte, hatte sich die Mehrheit der Sharps erhoben, und schließlich wanderten wir zusammen durch Piccadilly, um in der St. James's Kirche zu kommunizieren. Die Familie war fromm, wenn auch ihre jüngeren Mitglieder ihrer Andacht einigermaßen lärmend oblagen. Meine Anwesenheit in der Kirche bildete für sie eine beliebte Attraktion, und sie wetteiferten untereinander um die Plätze zu meinen Seiten im Kirchgestühl. Normalerweise ließ ich derlei Aufmerksamkeiten gern über mich ergehen, aber an diesem Morgen war es mir zum ersten Mal mehr als unlieb, inmitten dieses zahlreichen und lärmigen Clans gesehen zu werden, hatte ich doch bereits unter den Kirchgängern die weißen Perükken, seidenen Jacken und Stöcke mit Knochenzwingen einiger der Gäste jener vorabendlichen Veranstaltung erkannt. Denn trotz aller Bemühungen von Mrs. Sharp trugen die jüngeren Mitglieder der Familie die Überreste ihres Frühstücks aus Tee und gebutterten Brötchen auf Händen und Gesichtern und, im bemerkenswerten Fall der kleinen Miss Henrietta, in einem Fleck, der ihren kleinen Spitzenrock im wesentlichen umfaßte. Sicherlich würde doch keine Person von Stand sich wünschen, einem Portraitisten einen Auftrag zu erteilen, der sich in solch unsauberer Gesellschaft aufhielt?

Der Pfarrer von St. James besaß eine schöne Stimme, deren Grabesklang an den vorhergehenden Sonntagen meine Gedanken zu nüchternen Überlegungen geneigt gemacht hatte. Doch trotz der feierlichen Zeremonie und trotz des gelegentlichen Stupsens oder Zwickens seitens eines jungen Sharp schweiften an diesem Morgen meine Blicke ständig über die Köpfe meiner Mitbeter und blieben bisweilen am Antlitz einer schönen jungen Andächtigen hängen, wie sie sich über ihr Gebetbuch beugte. Und dann begannen meine Gedanken ebenfalls zu schweifen, und mitten in der Predigt, die da aufzählte «Auf Welche Weise Wir Lernen Werden, Den Pfad Der Rechtschaffenheit Zu Wandeln», wurde ich den weisen Worten des Pfarrers völlig unzugänglich.

Obwohl ich an diesem Nachmittag Toppie treffen sollte, dürfen Sie sicher sein, daß nicht dies die Verabredung war, die meine Gedanken beschäftigte, die sich zunächst auf mein bevorstehendes Gespräch mit Sir Endymion und dann auf das mit Lady Beauclair richteten. In beiden Fällen, besonders aber im letzteren, wirbelten meine Gedanken wie ein rasender Wetterhahn und schwenkten erst in die eine, dann in die andere Richtung. Denn die Augenblicke konnten nicht hurtig genug dahingleiten, wann immer ich an meiner Dame liebenswürdige Blicke dachte, die angenehmen Berührungen ihrer Hände, ihre zärtlich besorgten Ausrufe; und doch war gleichzeitig jeder Augenblick von rastloser Erregung, wo nicht gar Furcht erfüllt, sobald ich über den Ausdruck ihrer rätselvolleren Leidenschaften nachdachte. Bevor sie am Vorabend von mir schied, hatte sie mir ihre *carte-de-visite* gegeben, zwischen deren schwarze Ränder eine Adresse in der Gemeinde St. Giles in goldenen Lettern geschrieben stand. Während der Predigt zog ich dieses Unterpfand mindestens ein dutzendmal wie zur Prüfung aus meinem Rock, wie um mich selbst zu überzeugen, daß das Ereignis mehr gewesen war, als es jetzt erschien: ein grotesker Traum.

Nach dem Gottesdienst stand ich im Sonnenschein und beobachtete, wie livrierte Diener Mitgliedern der Gemeinde in die Kutschen halfen, die sie dann dorthin transportierten, was ich mir als ihre großen Häuser in Piccadilly, Pall Mall oder Mayfair vorstellte.

Als ich das Parfüm ihrer Perücken und ihrer weißen Spitzen roch, fühlte ich mich plötzlich schwach vor Sehnsucht und krank ob meiner eigenen Wertlosigkeit, wie ein Tantalus, der nach den zurückweichenden Wassern dürstet.

Haben Sie von Tantalus gehört, dem Sohn des Zeus? Wie es seine Strafe im Hades war, bis zum Hals in Wasser zu stehen, das zurückwich, wann immer er, vor Durst vergehend, versuchte, davon zu trinken? Ich schien wie Tantalus plötzlich in Reichweite von allem zu sein, nach dem ich je gedürstet, wovon ich je geträumt hatte; doch fürchtete ich, wenn ich mich zu weit vorbeugte oder meine Hand zu schnell erhöbe, werde alles wie auf einen Streich verblassen und so schnell verschwinden, wie es erschienen war.

Einige Stunden nach dem Gottesdienst saß ich mit Toppie im Piazza-Kaffeehaus in Covent Garden, nachdem ich einige Zeit davor, vertieft in meines Vaters Abhandlung, den Rest mit Warten auf Toppie verbracht hatte. Ich hatte mir in den Kopf gesetzt, daß ich durch *The Compleat Physiognomist* ein Talent fürs Lesen von Physiognomien entwickeln könnte und dadurch in die Seelen der Männer – und Frauen – blicken mochte, die ich danach auf die Leinwand zu bannen verstünde. Sicherlich würde doch eine Person von Stand teuer für ein Portrait seiner Seele zu zahlen bereit sein? Darüber hinaus würde diese Studie sich, wie ich erhoffte, zweifellos auf andere Weisen bezahlt machen, denn die Begabung, Gesichter zu lesen, würde in London sicherlich eine unschätzbare Hilfe sein, wo die Perfidie der Männer – und Frauen – legendär war.

Nun, da ich die Zeitung las, stolperte ich über einen bemerkenswerten Bericht über die Perfidie der letzteren. In jüngster Zeit war es mir zur Gewohnheit geworden, hier einen guten Teil des Nachmittags zu verbringen, Kaffee zu trinken und mich mit Toppie über die Schändlichkeiten der Welt zu ereifern. Heute betrafen diese Schändlichkeiten – wenn meiner Zeitung Glauben geschenkt werden durfte – die Damen, denn ich las, wie unsere politischen Vertreter ein Gesetz verabschiedet hatten, das die Interessen und den Ruf von Gentlemen schützen sollte, die von heuchlerischeren Mitgliedern des schöneren Geschlechts in die

Ehe gelockt worden waren. «Alle Frauen, von welchem Alter, Rang, Beruf oder Herkunft auch immer», stellte dieses Gesetz fest, «die irgendeinen von Seiner Majestät Untertanen durch Wohlgerüche, Schminkfarben, kosmetische Waschungen, künstliche Zähne, falsches Haar, Reifröcke, hochhackige Schuhe und Hüftpolster in die Ehe verlockt haben, sollen der Strafe des Gesetzes gegen Hexerei verfallen, und die Ehe soll für null und nichtig gelten.»

Wie ich da in meinen Kaffee schmunzelte! «Der ist doch wirklich zu dämlich», bemerkte ich zu Toppie und zeigte ihm die Stelle, «wirklich ein dämlicher Hund, der die äußere Form der Schönheit heiratet!»

Doch zeigte sich Toppie weniger geneigt, über solche Praktiken herzuziehen, die, wie er versicherte, ebenso häufig unter Gentlemen wie unter Damen vorkämen. «Bedenke nur, George», sagte er, «wie wir nach einigen läppischen Stückchen Kleidung und bunten Bändern unser Urteil über eines Mannes Wohlstand und Charakter fällen.» Er hatte den Kopf weit zurückgelegt wie ein Schwertschlucker oder als ob er die Balken über unseren Köpfen anredete; eine Haltung, die er unweigerlich einnahm, wenn er dozierte. «Jeder von uns schuldet seinem Schneider großen Dank – für sein öffentliches Ego. Durch diese Stadt, George, wandern viele Herrschaften, die keine andere Existenz besitzen außer der, die ihnen ein Schneider genäht hat. Ihrer feinen Kleidung beraubt, sind diese Gestaltwandler von ganz anderer Art und haben nicht mehr Beziehung zu ihrem bekleideten Ego als zum König von Preußen. So verkleiden uns die vom Schneider gefertigten Gewänder ebensosehr wie die des Kostümverleihers. Und wo, möchte ich wissen, liegt da der Unterschied?»

Nun hatten wir kurz zuvor einen Kostümverleiher aufgesucht – Mr. Johnsons Kleidermagazin, um die Ecke in der Tavistock Street –, zu dem wir uns begeben hatten, nachdem wir in Toppies neuer Wohnung am Grosvenor Square zusammengetroffen waren. Ich hatte ihn dringend sehen wollen, denn ich brannte darauf, ihm von meinen neuen Bekannten zu erzählen und seinen Rat zu erbitten, wie ich mich am besten aufführen sollte. Ich dachte, Toppie als Person von Stand verstehe solche Dinge. In diesem Punkte aber hatte sich unser Treffen am heutigen Tag insofern als Enttäuschung erwiesen, als es mir bisher noch nicht gelungen war, seines Ratschlags teilhaftig zu werden. Zwei Stunden zuvor war ich außerhalb seiner Residenz von Wheelwright begrüßt worden, einem jüngst im Chelsea Hotel aufgelesenen Veteranen. Toppie hatte ihn mit der Uniform eines Schweizer Gardisten bekleidet und ihn unterhalb seines Giebelfeldes aufgestellt, damit er dort die Stunden ausrufe und seine Reichtümer vor den Anschlägen von Einbrechern bewahre. Diese Reichtümer waren vielzählig und vielfältig, denn Toppie war entschlossen, eines der nobelsten Häuser in London zu führen, ohne Kosten und Mühen zu scheuen. Kurz nach seiner Ankunft hatte er ein Haus und ausgesuchte Möbel für viertausend Pfund erworben und sich dann mit viel Energie und Eigensinn an seine endlosen und scheinbar ergebnislosen Erneuerungen und Ausschmückungen gemacht. Jeden Tag, so schien es, trafen neue Einrichtungsgegenstände auf einem Lastwagen ein, den zwei erschöpfte, grau gefleckte Stuten im Dienst der Geschäfte von Gumley & Moore zogen, und jeden Tag erzielten italienische Kunsthandwerker kleine Fortschritte bei ihren Rokokoschnitzereien und Goldstukkaturen über den Kaminen und Türdurchgängen. Diese Kunsthandwerker führten ein unsicheres Leben, sie wurden angeheuert, nach Italien entlassen, zurückberufen und wieder entlassen. In der Folge blieben Zimmer und Gänge wochenlang in unfertigem Zustand, während zu anderen Zeiten die Arbeit so intensiv verlief, daß man bei der Ankunft gewärtig sein mußte, daß Holzstücke aus Fenstern im dritten Stock herabsegelten oder Gipsbrocken unerwartet von Decken stürzten.

An diesem Morgen war jedoch alles ruhig, und die Vorhänge – hohe blaue Fältelungen mit goldenen Verschnürungen – waren dicht zugezogen. Ich benutzte den kupfernen Klopfer, auf dessen zweiten Gebrauch hin Thomas, der Lakai, erschien. Toppie sei «indisponiert», teilte Thomas mir mit, und habe bisher weder geläutet noch sich sehen lassen. Ich könne aber gerne sein Aufstehen im Grünen Samtsalon erwarten.

Der Grüne Samtsalon hatte seinen Namen offenkundig während der früheren Zustandsform des Hauses erhalten, denn jetzt war nicht ein Zoll von Wänden, Fußboden oder Knüpftechnik aus Samt oder auch nur im entferntesten von einer Grüntönung. Er wurde vorwiegend zum Abstellen jener Möbelstücke verwendet, deren endgültiger Platz noch zu entscheiden war, oder aber älterer

Stücke, die von ihren früheren Stellungen zu weichen hatten. Fünfundzwanzig Minuten hatte ich zwischen diesen Lehnstühlen und Schränken gesessen und geduldig wie sie Toppies Gunst erwartet.

Nachdem Wheelwright die Ankunft der Mittagsstunde herausgebrüllt hatte, erschien Thomas mit einer Kanne schwarzen Tees. Er war ein fröhlicher junger Bursche von ziemlich hübschem Äußeren, obwohl seine Wangen Pockennarben aufwiesen, ein Schönheitsfehler, den er mit Hilfe eines Backenbarts zu verbergen suchte. Dieser aber erwies sich als der Aufgabe nicht gewachsen und sproß aus der getüpfelten Oberfläche in unregelmäßigen Abständen und in ungleichmäßig langen Fäden wie die büscheligen Wurzeln einer kleinen weißen Rübe. – Nachdem er sich auf einem der überflüssigen Möbelstücke niedergelassen hatte, machte er kurze Bemerkungen über das Wetter und gestand dann unerwartet ein Techtelmechtel mit einer der Küchenmägde. Er erklärte mit lüsternem Grinsen, daß sie, wenn der Herr schlafe, sich in den Weinkeller stählen und dort, begleitet vom Geläute der Rotweinflaschen Toppies, ihre neue Körperschaft feierten. Doch konnte nichts von diesem frivolen Geschwätz – auf das ich nichts zu antworten wußte – Verrichtungen von ähnlicher Art übertönen, die treppauf unternommen wurden: eine Reihe rascher, fast ausgelassen wirkender Fußtritte; das Tönen inbrünstigen Gelächters; die unmißverständlichen Klänge einer Laute, deren süße Melodie in Klangfetzen durch das geländerlose, gipsüberstäubte Treppenhaus herabwehte.

Als Wheelwright die Viertelstunde verkündete, trank ich meinen Tee aus und erhob mich. Die Laute klang nun klarer und eindringlicher und tröstete den «indisponierten» Toppie mit einer lieblichen Fassung von «O Mistress Mine». Ich runzelte die Stirn und sagte mir, daß ich bei meinen Besuchen in Pollixfens Residenz am Queen's Square besser behandelt worden sei. Als ich durch die Vordertür ging, stürzte ein Gipsdreieck zu Boden und verfehlte meinen Kopf um knappe sechs Zoll.

Toppie aber, der seinen perückenlosen Kopf aus einem offenen Fenster der oberen Stockwerke steckte, rief mir einen Augenblick später hinterher, als ich der Brook Street zustapfte; weshalb ich die nächste Zeitspanne – bis Wheelwright die Ankunft von ein Uhr ankündigte – wieder im Grünen Samtsalon verbrachte und darauf wartete, daß Toppie sich ankleide oder vielmehr von Thomas angekleidet werde. Danach fuhren wir in einer Mietdroschke in die Tavistock Street, um uns dort Gewänder für den Maskenball zu beschaffen, der in vierzehn Tagen in Vauxhall Gardens abgehalten werden würde.

Das Geschäft des Kleidermachers belegte ein hohes schmales Gebäude, eine Art Emblem des Besitzers, der selbst hoch und schmal war, dessen Handgelenke weit aus den Spitzen seiner Ärmel hervorragten und dessen Strümpfe einige Zoll unter dem Saum seiner Bundhosen endeten. Sein Gesicht schien hauptsächlich aus Nasenknorpel zusammengesetzt, was manch einen neuen Kunden (zweifellos von schwacher Sehschärfe) dazu verleitete, es für eine Kasperlemaske zu halten, wie jene auf den Holzpflöcken hinter seinem Kopf. Durch unser Eintreten in den Laden hatten wir ihn aus einem Schläfchen hinter seiner Theke gerissen, und hastig raffte er sich auf, zog eine Perücke aus der Tasche und stülpte sie auf einen kahlen Schädel, den auf drei Seiten dünnes Gestrüpp aus grauem Haar umgab. Er bot uns Einblick in seine Kataloge – die sich mit einem «Sehr umfangreichen Assortiment von Originalkostümen und anderen *Maskenkleidungen*» brüsteten – und forderte uns dann auf, seinen bemerkenswerten Bestand durchzumustern, jüngst mit Kostümen angereichert, wie man sie während der letzten Saison beim Karneval in Venedig gesehen habe.

Ich geriet bald aus dem Häuschen, denn der Laden enthielt eine Sammlung der phantastischsten Gebilde, die alle in Reihen an Holzpflöcken von den Wänden hingen. Eine buntgewürfelte Gesellschaft von Müllern, Heuknechten, Milchmädchen, Bauernrüpeln und anderen Landbewohnern mischte sich mit Kaminfegern, Piraten, Hexen, Polizeibütteln, Wachmännern, Pilgern, Geistern, Falstaffs, komischen Teufeln, gekräuselten Pierrots, bunten Harlekins, schwarzhütigen Quäkern, Tahitianern in Grasröckchen, Mohawks in Bärenfellen, Türken mit Federturbanen und brillantenübersät, pelzbesetzten und mit Schnüren versehenen Husaren und einem Hundert anderer wunderlicher Kleidungen, einschließlich der Seidenkapuzen, Spitzenumhänge und weiten geplätteten Mäntel venezianischer Dominos von jeder Größe und Farbe. Über diesen Kostümen, die Wand in ähnlicher Überfülle säumend, hing Reihe um Reihe samtener und seidener Masken, deren leere Augen unsere blinde Zuschauerschaft war.

Unter dem Druck dieser unheimlichen Blicke entschied ich mich bald für einen der Dominos – einen schwarzen –, doch als ich ihn vorzeigte, zog Mr. Johnson eine schwarzgekräuselte Augenbraue hoch und fuhr mit langem Zeigefinger an seiner ebenso länglichen Nase entlang.

«Ah», sagte er mit einem bedeutungsvollen Zwinkern. «Wer bitte, ist die Dame?» Und als er sah, daß mein Gesicht so ausdruckslos blieb wie die Masken über unseren Köpfen, fuhr er fort: «Gestehen Sie, junger Herr – Sie haben einen Streich im Sinn, eine Intrige!» Ich versicherte ihm hastig, daß mir nichts dergleichen im Sinne liege, doch beendete das seine Anspielungen keineswegs. «Niemand, junger Herr, wird sich als Domino verkleiden, ohne daß er oder sie – oftmals ist es so verdammt schwierig, den Unterschied zu erkennen – wahrlich einen Sack voller Geheimnisse listig vor den anderen Gästen geheimhält.» Er lachte ganz grundlos durch seine lange Nase. «Ehe der Abend zu Ende geht, werden wir alle entdeckt haben, wer Kasperle ist oder Pierrot, aber selbst ich werde nicht sicher sein, welcher Gentleman oder welche Dame, welcher Zuhälter oder welches Hürchen der schwarze Domino gewesen ist, jene rätselvolle Gestalt, die da auf den dunklen Pfaden von Vauxhall umherschleicht.»

So erschreckt war ich durch seine Anspielungen, daß ich das Festkleid wieder an seinen Pflock hängte und einige Minuten lang alle Kostüme mit gleichem Abscheu betrachtete. Doch dann, nach mancherlei Überlegungen und auf Toppies einigermaßen ungeduldigen Befehl hin, legte ich mich auf ein Frauenkostüm fest, jenes einer alten Hebamme namens «Frau Mitternacht», deren Kleidung eine Spitzenhaube, eine karierte Schürze und zerlumpte graue Unterröcke umfaßte. Ich hegte einigen Widerwillen hinsichtlich der Unterröcke, da ich es verabscheute, auch nur im Spiel jene Grenzen zu überschreiten, die das eine Geschlecht vom anderen scheiden; doch siegte am Ende die Sparsamkeit: Denn obwohl mich diese Aufmachung fünf Pfund kosten würde (die ich in Wahrheit noch nicht besaß), war diese Ausgabe bei weitem die niedrigste, die ich fand, und ich schreckte davor zurück, größere Schulden zu machen.

Toppies Auswahl dagegen sollte seine Börse um nahezu fünfzig Pfund erleichtern. Da ihm bei solchen Angelegenheiten Sparsamkeit vollkommen fremd war, entschied er sich bei Mr. Johnson für ein «Makkaroni»-Kostüm, wie es bei dem abendlichen Ball Mr. Larkins und einige seiner Freunde getragen hatten. Diese prunkvollste aller Verkleidungen umfaßte eine voluminöse Perücke, deren ungewöhnliche Höhe durch einen Zopf ergänzt wurde, der fast auf die Hacken seiner diamantenbesetzten Schnallenschuhe herabhing. Auf dem Gipfel dieses erstaunlichen Gebildes hockte ein kleiner Dreispitz, den abzusetzen, wie es schien, die Dienste seines Degens erforderlich machen würde. Ein Strauß aus Blumen und Gemüse – Endivien und Tomaten – wuchs zu seinem Ohr empor von der linken Schulter, die wie die rechte eine Epaulette trug, durch deren übergroße brokatene Schlinge die fliehenden Israeliten hätten passieren können; und Weste und Bundhose waren gefleckt wie das Fell eines Leoparden und derart eng, daß ich voraussah, wie sie ihm den Atem einschnüren und in Umrissen die Kontur seiner Männlichkeit zeigen würden.

So aufgeregt war Toppie über dieses Kostüm, daß er nun, da wir im Kaffeehaus saßen, fast über nichts anderes sprechen konnte und mir so kaum Gelegenheit bot, das Thema meiner veränderten Umstände anzuschneiden. Das Thema der Makkaroniverkleidung wurde bei der Ankunft einiger seiner Freunde mit großer Lebhaftigkeit erneut aufgerollt – junger Gentlemen, deren Vermögen sie der Notwendigkeit enthob, sich anders als mit Karten, Trinken, Klatschen und Damen zu beschäftigen. Schließlich brachten diese Burschen das Gespräch von Maskenkleidungen auf andere Themen – die Unzuverlässigkeit von Lakaien, die Kosten der Abgeschiedenheit, die antiken Schätze Roms, das persönliche Vermögen bestimmter Erbinnen gemessen an ihrer physischen Anziehungskraft – was mich vollständig ausschloß.

Ich hatte darüber hinaus den Eindruck, daß Toppie nicht besonders begierig auf mein Verbleiben an unserem Tisch war. Es muß zugestanden werden, daß ich unter Fremden ungeschickt und nervös war: Ich vergoß Kaffee auf meine Hemdrüschen, als ich über eines meiner eigenen Wortspiele lachte, das jedoch leider in keinem anderen auch nur eine Spur von Heiterkeit erweckte; und dann, als ich eine Minute später nach dem Ale griff, warf ich eine kleine Heringspastete um, die auf ihrem Sturz zu Boden den Schoß meines Nachbarn um knappe zwei Zoll verpaßte. Mein Nachbar, der als Sir James Clutterbuck vorgestellt worden war, nahm meine Entschuldigungen an, aber ich sah zur gleichen Zeit, wie seine Freunde in ihre parfümbesprühten Taschentücher und in ihre Kaffeetassen kicherten. Toppie seinerseits runzelte nur peinlich berührt die Stirn. Ohne Zweifel betrachtete er mich, ebenso wie ich die Sharps betrachtet hatte, als unerwünschten Klotz am Bein, der seinen Flug auf der stürmischen Bahn frischer neuer Brisen hemmte.

Nach einer Stunde verschwand ich unbemerkt, ohne Toppie eine gute Nacht gewünscht und ohne Gelegenheit gehabt zu haben, ihm die Namen meiner neuen Bekanntschaften mitzuteilen oder ihn um zuverlässigeren Ratschlag anzugehen. Als ich ohne Laterne oder Fackelträger nach Hause wanderte, voller Furcht, daß jeder Schatten ein Räuber war oder einen verbarg, fragte ich mich, ob ich denn nach allem wirklich wünschte, in der Welt aufzusteigen, und ob ich nicht in Wirklichkeit einfach nach Upper Buckling gehörte, wo eine Heringspastete oder ein Kaffeefleck nicht die Macht hatten, eines Mannes Ruf zu zerstören.

Doch brauche ich nicht zu erklären, daß ich nicht nach Upper Buckling zurückkehrte, und es war zu diesem Zeitpunkt – da ich den Tränen nahe heimwärts schritt –, daß ein anderer Mitspieler in dem Theater, in das mein Leben sich zu wandeln begann, plötzlich und zum ersten Mal auf der Bühne erschien, als Schurke verkleidet. Denn nachdem ich Leicester Fields passiert und die dunkle und enge Länge eines Hofes durchquert hatte, der auf die Coventry Street führt, vernahm ich in der Oxendon Street die tappenden Geräusche eines Fußgängers, der von links nahte. Ich beschleunigte meine Schritte in der Furcht, daß sich mein Mitwanderer als Dieb oder Raufbold erwiese. Trotz dieser Vorsicht schnitten sich unsere Pfade aber bald und liefen dann zusammen, denn der Bursche – der, wie ich bemerkte, ein Mann war – strebte in Richtung Haymarket. Mein Herz begann schneller zu schlagen, und ich verstärkte meinen eisernen Griff um die Börse und sah mich einigermaßen hoffnungsvoll nach der Nachtwache um.

Doch bald danach, als ich beim Durchgang unter einer brennenden Lampe einen verstohlenen Blick auf meinen Gefährten geworfen hatte, erkannte ich, wie wenig ich zu befürchten hatte, denn er war wie einer der Modegecken von Lord W—s Hausball gekleidet, Perücke und Stab von wunderlicher Höhe und die Kniehosen schwarzgestreift wie das Fell eines Zebras. Seine Perücke krönte ein hübscher Dreispitz, dessen Seiten in goldenem *point d'Espagne* markiert waren, und während er an meiner Seite dahinschritt, blitzten seine Hände in weißen Kurven auf, elegant in Ziegenleder gehüllt. Ich hatte wohl mehr Grund, eine Schneiderpuppe zu fürchten!

«Ein schöner Abend», sagte er mit herzlicher Stimme, deren Klang nichts dazu beitrug, seine affige Erscheinung zu leugnen.

Ich stimmte dem zu und bemerkte den kühnen Beitrag, den sein Eau de Cologne zur Milde der Abendluft leistete, und die angenehmen Geräusche – das Tick-Tack einer Standuhr –, die von den Hacken seiner mit Diamanten besetzten Schnallenschuhe und der Spitze seines langen Stabes auf dem Pflaster verursacht wurden.

«Wohin sind Sie zu dieser Stunde unterwegs?»

«Meine Wohnung liegt da hinten am Haymarket», antwortete ich, «über dem Laden des Perückenmachers.»

«Ah – dann sind Sie mit Monsieur Regnault bekannt!» erwiderte der Bursche mit einigem Enthusiasmus und sprach dabei den gallischen Namen mit der fachmännischen Akzentuierung aus. «So etwas! Auch ich kenne den Gentleman gut.»

Ich verspürte nicht die geringste Lust, diesem modischen Herrn zu widersprechen und zu bekennen, daß ich meine Wohnung nicht bei M. Regnault hatte, sondern vielmehr beim einfachen Mr. Sharp, weshalb ich ein Husten vortäuschte und es ihm überließ, mein lautes Würgen zu deuten, wie immer es ihm gefiel.

«Vielleicht sollte ich Sie bis zu Ihrer Wohnung begleiten», sagte er mit freundlicher Stimme, «denn in einer Nacht wie dieser sind Wegelagerer eine Straßenplage, und ich habe keine Lust, einem solchen Schurken allein zu begegnen.»

‹Wohl wahr›, sagte ich zu mir selbst und warf einen weiteren Blick auf seine elegante Erscheinung, ‹ein Wegelagerer würde sich einen saftigen Braten aus diesem feinen Fatzke zubereiten!› Nichtsdestoweniger stimmte ich seinem Vorschlag sofort zu, denn jetzt belachte ich meine frühere Furcht vor dem Fremden und erwog, daß ein solches Modegeschöpf, als veritabler Makkaroni ausstaffiert, mehr Gründe hätte, meine Gegenwart zu fliehen als ich die seine. Und da der Bursche freundlich gestimmt war, hatte ich keine Einwände.

«Ich heiße Robert...», begann er mit angenehmer Stimme und streckte seine weißbehandschuhte Hand aus. Doch da wir im helleren Licht des Zusammentreffens von Piccadilly und Haymarket angekommen waren, wo er zunächst einen verstohlenen Blick auf mein Äußeres warf und dann diesen flüchtigen Eindruck durch ein gründlicheres Starren vervollständigte, hielt mein neuer Freund es nicht mehr für zweckmäßig, seine Vorstellung zu Ende zu bringen, und schien plötzlich äußerst begierig, sein leutseliges Angebot zurückzunehmen. Er ließ meine Hand reichlich abrupt fallen und zog sich dann, während er zerstreut und unsicher erschien, was als nächstes zu tun sei, hastig zurück und beschleunigte seine Schritte, als wolle er sich nur zu gern aus meiner Gesellschaft lösen.

‹Möglicherweise glaubt er ja, ich wolle ihm seine Perücke rauben!› dachte ich mir, aufs höchste durch des Burschen Eitelkeit und Mutmaßung erheitert. ‹Vielleicht nimmt er an, daß ich ein Straßenräuber bin, der eine nachteilige Neigung zu seinem seidebetroddelten Stab gefaßt hat!›

Nachdem er mir nun zwei oder drei Schritte voraus war, hielt dieser unberechenbare Fremde in neuer Verwirrung an der großen Kreuzung inne und verfügte sich dann, indem er mir einen Blick zurück zuwarf, hastig in den pechschwarzen Korridor der Shug Lane.

‹Je nun!› Ich fühlte mich jetzt eher beleidigt als erheitert durch sein ungesittetes Betragen, dessen Ursache ich mir mit dem Anblick meiner verhältnismäßig einfachen Kleidung erklärte. Plötzlich stiegen in meinem Geiste Toppies kichernde Gefährten empor, und mein Blut begann zu kochen. ‹Vielleicht hält der Bursche sich wie die für einen zu edlen Gentleman, um mit meinesgleichen Bekanntschaft zu schließen. Geht es also darum? Na schön, dann werd ich ihn ein bißchen Anstand lehren!›

Ich machte mich geschwind auf, wich einer nach Piccadilly fahrenden Mietdroschke aus und sprang dann in die enge Gasse, an deren Ende ich die auf- und niederhüpfende Perücke erblickte. Seine diamantbesetzten Schnallenschuhe und sein verlängerter Stab hatten ihn wohl bei seiner Flucht behindert, denn in der Marybone

Street holte ich ihn bald ein, ergriff ihn bei seinem seidenen Kragen und wollte ihn durchschütteln, bis ihm die Zähne im Maul klapperten. Doch erwies jene Ausstaffierung, die sein Entkommen verlangsamt hatte, jetzt meinem Gegner weit besseren Dienst: Mit einem kurzen Schrei ließ er seinen betroddelten Stab kräftig auf meinen Kopf niedersausen, wobei er meinen Hut in den Dreck schlug und mir die Perücke über die Augen schob und mich so mit einem Hieb sowohl blind wie auch nahezu leblos machte; und obwohl deren Beitrag nicht mehr wirklich vonnöten war, grub sich einer seiner exquisiten Schuhe zweimal in den weichsten Teil meines Bauches. Ich kippte um, und als meine Perücke in den Rinnstein fiel, sah ich die weißen Handschuhe zum letzten Mal, wie sie in der Glasshouse Street aufblitzten wie zwei verlöschende Meteore.

Ich wälzte mich auf den Rücken und lag ruhig, bis der einzige Schmerz, den ich noch empfand, nicht der in meinem Bauch oder an meinem Kopf war, sondern an deren Stelle ein tieferer; ein schwaches zuckendes Gefühl, das in meiner Brust wühlte, an meinem Herzen nagte. Ach, daß vornehmer Flitterkram solch einen ungehobelten Schuft verbergen kann! Ich lag noch länger bewegungslos da und starrte in den sternlosen Himmel über mir – eine große leere Leinwand – und bedachte die perfiden und unbekannten Weisen meiner neuen Welt.

Dann rappelte ich mich hoch und hinkte dem Haymarket zu, die wenigen Münzen, die mir noch verblieben waren, klirrten und klangen in meiner Börse und tönten in meinen Ohren sehr ähnlich der Glocke eines sich nähernden Aussätzigen.

Fünf

Ein guter Nachtschlaf stellte meine Lebensgeister wieder her. Nachdem ich aufgestanden war, versiegelte ich mit Kerzenwachs rasch einen Brief an meine Mutter (geschrieben nach meiner Rückkehr aus dem Kaffeehaus), in dem ich mein diplomatisches Scheitern in der Pollixfen-Mission gestand, die Einsamkeit meiner geldlosen Existenz und meinen dringenden Wunsch, nach Upper Buckling zurückzukehren. Denn nach meiner Rückkehr aus der Marybone Street hatte ich mich in meiner düsteren Kammer umgesehen und mich verzweifelt gefragt, ob diese enge Wohnung tatsächlich mein Platz in der Welt sei. Ein Bett, ein furnierter Tisch, zwei alte Stühle mit Rohrsitzen, ein Spiegel in einem Kiefernholzrahmen, ein zerfetzter Fenstervorhang, der nur unvollkommen den Luftzug abhielt, ein eiserner Ofen, ein Schürhaken mit einer Schaufel, eine Feuerzange, ein eiserner Kerzenhalter, ein Halbliterkrug aus Zinn – diese jämmerlichen kleinen Gegenstände bildeten die einzige Möblierung meiner Welt, und ach: Nicht einmal die gehörten mir.

Doch an diesem Morgen heiterte mich nicht nur die Erinnerung an meine heutigen Verabredungen auf, sondern auch der Anblick eines Briefes von meinem alten Freund Pinthorpe, von der Morgenpost abgeliefert. Pinthorpe, ein Nachbar meiner Kinderzeit, hatte zwei Jahre in Oxford studiert, bevor er im letzten Frühjahr Priester wurde, mit anderen Worten: Er wandelte entlang des Pfades, dem ich selbst einst zu folgen bestimmt war. Er hatte nun die Verantwortung für eine winzige Gemeinde in Somerset, wo er, nachdem es ihm nicht gelungen war, unter den Bauern und Steinmetzen seiner Herde auch nur einen einzigen Proselyten für jene an der Universität aufgesogene idiosynkratische Philosophie zu gewinnen, seine Abende damit verbrachte, lange Briefe oder eher Abhandlungen zu schreiben, die ich immer verwirrender fand.

Dieser hier sollte mich von den Vorzügen einer besonderen Art philosophischen Forschens überzeugen, die er von Bischof Berkeley übernommen hatte (wer immer auch dieser Gentleman gewesen sein mochte). Ich fand keinen Sinn in Pinthorpes Theorien des «Immaterialismus», doch erklärten seine Briefe, wie dieser Bursche mit einem Streich die materielle Substanz beiseite geräumt und die ganze Welt – ihre Farben und Lichter und Klänge – als eine bare Illusion enthüllt habe. Sichtbare Qualitäten wie Licht und Farbe, behauptete er, auf die Autorität des Bischofs gestützt, hätten keine dingliche Existenz, sondern seien lediglich «Ideen im Bewußtsein».

«Ich bin überzeugt», sagte sein Brief weiter, «daß die Realität vernünftiger Dinge lediglich darin besteht, von vernünftigen Wesen *wahrgenommen zu werden*; das bedeutet, von Dir oder mir. Ich bin davon überzeugt, daß die materielle Welt der Bäume und Häuser und Straßen und Flüsse in und an sich keine Existenz besitzt; noch weisen Qualitäten wie Farbe, Geräusch oder Geschmack sie auf; noch tun das selbst *andere Menschen*, die wie alles übrige nur existieren insofern, als sie wahrgenommen werden. Denn alle Dinge dieser Welt sind, wahrhaft gesprochen, nur Erscheinungen im Geiste. Wie Bischof Berkeley schreibt: ‹Esse est percipi›; das will sagen: ‹Sein ist wahrgenommen werden›. Erwäge die Worte des herausragenden *Treatise concerning the Principles of Human Knowledge*, worin dieser große Philosoph bezeugt, daß ‹alle Himmelschöre und alle Einrichtung der Erde, in einem Wort all jene Körper, die den gewaltigen Rahmen der Welt darstellen, ohne einen Geist keinerlei Subsistenz haben – daß ihr *Sein es ist, wahrgenommen oder erkannt zu werden*›.

Erwäge die Situation», fuhr Pinthorpe fort, «in der Du in Deinem Zimmer bei Einbruch der Dunkelheit eine Kerze entzündest, und beobachte die Farbe der Tapete an den Wänden. Wenn Du jetzt die Kerze auslöschst und erneut die Farbe der Wandtapete betrachtest, wirst Du nach meiner Überzeugung entdecken, daß dieser selbe Gegenstand, nämlich die Wandtapete, dem beobachtenden Auge eine ganz unterschiedliche Farbe darbietet. Was aber können wir aus diesem Phänomen anderes schließen, als daß Farbe, da sie veränderlich ist, nicht für eine *Wirkliche Eigenschaft* eines Objektes gehalten werden kann, eine, die Existenz in der Materie besitzt. Von diesem Nachweis ausgehend, legt der gelehrte Berkeley nahe, daß alle Qualitäten von Objekten wie Farben, Formen und ob ein Objekt sich bewegt oder in Ruhe ist, nicht unabhängig vom Beobachter bestehen, sondern von seinem Geiste abhängen und nur insofern bestehen, als sie von ihm wahrgenommen werden.

Daraus können wir, wie ich glaube, schlußfolgern, daß all jene Erscheinungen, alle äußeren Zeichen, die in die Welt eingeschrieben sind, deshalb äußerst trügerisch sind. Daher denn, George, wirst Du in Erwägung ziehen, daß all die Farben, die unsere Erde festlich erhellen, wie all deren andere Anblicke und Geräusche nichts anderes sind als *Tricks des Lichtes.*»

Pinthorpe wechselte in seinem Abschlußparagraphen das Thema, um Neues über die Fortschritte in seinem Kräutergarten und die Übergriffe der Dorfkatzen darauf zu berichten – diese Rivalität hatte sich während des gesamten Sommers vertieft –, doch widmete ich in Wahrheit seinen Strategien und Klagen wenig Aufmerksamkeit, denn ich erwog noch immer Berkeleys Behauptungen. Ich war durch diesen sonderbaren Glauben ziemlich verwirrt – und hatte starke Gelüste, ihn zu widerlegen –, der (wenn Pinthorpes Darlegungen vertrauenswürdig sein sollten) geltend zu machen schien, daß die Gegenstände dieser Welt, einschließlich vielleicht auch der uns umgebenden Menschen, die Produkte unserer getäuschten und träumenden Gehirne seien. Zweifellos hätte mein verehrter Herr Vater das Argument mit Aplomb beiseite wischen können, denn *The Compleat Physiognomist* bestand gemäß Plato darauf, daß die äußeren Formen aus den inneren entstehen, deren Zeichen sie sind.

Und nun dieser Unsinn. Wollte Pinthorpe darauf hinaus, daß, da ich in diesem Augenblick meine Taschenuhr nicht sah, die ich am Morgen irgendwie verlegt hatte, *ergo* meine Taschenuhr nicht existiere? Bedeutete dies gleichermaßen, daß, da ich Pinthorpe nicht sehen konnte, Pinthorpe nicht existierte? Und wenn er nicht existierte – welch eine Narretei! –, warum sollte ich dann seinen Briefen irgendwelche Aufmerksamkeit schenken?

Meine Überlegungen über dieses höchst ärgerliche Thema wurden kurz darauf beendet, als mich Mrs. Sharp an ihren Frühstückstisch rief. Eine Stunde später dann trat ich, meine Perücke frisch mittels Mr. Sharps Puderbeutel gepudert, auf die Straße hinaus, wo mir die Köpfe im Ausstellungsfenster von «Jules Regnault, Perükkenmacher» ermutigend zuzunicken und mich auf meinem Weg zu bestärken schienen.

Zuerst also Sir Endymion Starkers Wohnsitz in der St. Alban's Street. Während ich dahinschritt, versuchte ich, die Rede zu komponieren, mit der ich den würdigen Gentleman ansprechen wollte, aber da meine Reise sich als eine so kurze erwies – um die Ecke an der Norris Street, durch die Market Lane, nach rechts in die Charles Street und wieder rechts –, kam ich bereits an, ohne sehr weit über Pläne hinweggediehen zu sein, eine demütige Entschuldigung dafür anzubieten, daß ich noch nicht imstande sei, meinen Verpflichtungen nachzukommen, und eine ungeschickte Wiederholung meiner Hoffnungen auf die Zukunft.

Doch bei meiner Ankunft in der St. Alban's Street war ich so überrascht, daß ich meine Rede schnell vergaß. Zunächst glaubte ich, ich hätte Sir Endymions Anweisungen falsch verstanden, denn das Haus, das sich mir darbot, war von schäbigem Äußeren und in keineswegs gutem Zustand: ganz gewiß nicht, dessen war ich mir sicher, die Wohnung, die einem Gentleman von Sir Endymions Aussehen und Auftreten anstand. Eine ihrer Ladung Kohle ledige Schubkarre lag, umgestürzt, neben der Tür, und eine tote Ratte von kaum glaublichen Dimensionen ruhte daneben auf einem Haufen rußgeschwärzten Strohs, während ihr von der Sonne aufgetriebener Körper Gastgeber einer lärmigen Versammlung von Schmeißfliegen war. – Mein Argwohn wuchs, als eine Reihe von Anwendungen des Türklopfers unbemerkt blieb. Als der Klopfer in meiner Hand beim dritten Versuch abbrach, schlich ich auf Zehenspitzen zu einem Fenster; aber dessen Scheiben, von Schmutz undurchsichtig, verwehrten mir jeden deutlichen Eindruck vom Inneren. Was ich hingegen wahrzunehmen vermochte – ein leerer und verwahrloster Salon, der übler verwüstet schien als Toppies leere Räume selbst inmitten der hektischsten Renovierung –, ließ mich zu dem Schluß kommen, daß meine Schulden ebenso wie meine frisch geschürten Zukunftshoffnungen dahin waren.

Als ich zur Straße zurückkehren wollte, wobei ich die verendete Ratte erneut weiträumig umging, hörte ich das Geräusch eines sich weit über meinem Kopf knarrend öffnenden Fensterflügels. Ich blickte auf und sah einen Kopf – einen weiblichen Kopf, dessen Überreichtum an hellem Ockerhaar das Gesicht unsichtbar machte –, der sich aus einem Fenster im dritten Stock in den blassen Sonnenschein reckte.

«Ja, wer ist da?»

«George Cautley», erwiderte ich und vollzog eine tiefe Verneigung. «Ich suche Sir Endymion Starker.»

Der Kopf verschwand im Fenster, erschien dann einen Augenblick später erneut, seine ockerne Lockenfülle schüttelnd, die fast bis auf den Rahmen des darunterliegenden Fensters herabhing. Diese Lockenfülle machte mir durch ihren Schwall und ihre strategische Anordnung einen vollen Blick auf ihrer Eignerin milchweiße Ausstattung unmöglich, denn ich konnte nicht übersehen, daß diese schöne Dame in ihrer Eile, mit mir zu kommunizieren, am Fenster im Zustand einer gewissen Schamlosigkeit erschienen war: Das heißt, sie hatte darauf verzichtet, sich mit irgendwelcher Kleidung zu bedecken.

«Sir Endymion ist nicht da», verkündete nunmehr dieses reizende Geschöpf und schien einigermaßen schlechter Laune, entweder ob meiner Anwesenheit oder ob Sir Endymions Mangel daran.

«Ich soll ihn aber heute treffen. Bitte, Mistress, ist dies die Wohnung von Sir Endymion Starker?»

«Sir Endymion Starker ist nicht hier», wiederholte die Dame. Mit ihrer kleinen Hand schob sie die Lockenfülle aus der Stirn zurück, und einen Moment lang erblickte ich einen größeren Teil ihres Gesichtes, das von einem leblosen Weiß war: nicht die Magnolienblütenfarbe der Lady Beauclair, gepudert und mit Blei weiß bemalt, sondern die greuliche und ungesunde Farbe – oder, besser, Nichtfarbe – einer, die selten Sonne ertragen muß.

«Aber ... wir sind verabredet», sagte ich, einigermaßen aus der Fassung gebracht, und vertrat meine Sache wohl eifriger, als möglicherweise klug war.

«Alsdann, hier!» Die Locken wirbelten ins Fenster zurück und erschienen ein paar Sekunden später aufs neue. «Tragen Sie das zu Ihrer *Verabredung*!»

Mit diesem Befehl, dessen letztes Wort fast herausgespien wurde, warf sie einen glänzenden Gegenstand herab. Er verpaßte meinen Kopf um weniger, als Toppies Gipsbrocken es getan hatte, und prallte vom Schubkarren ab.

«Ich wünsche Ihnen einen guten Tag, Sir», sagte sie, und der Fensterflügel schloß sich mit einem scharfen Schlag.

Ich bückte mich, um den Gegenstand aufzuheben; die Untersuchung erwies ihn als einen silbernen Anhänger, der an einer dünnen Kette hing; im Inneren des Anhängers in Wasserfarben die Miniatur eines Frauengesichtes: bei näherer Betrachtung das Gesicht der Dame, die soeben das Fenster zugeworfen hatte.

Ich wog den Gegenstand in meiner Hand, blickte zum Fenster auf und studierte dann das Portrait erneut. Obwohl es ziemlich ärmliches Handwerk war und, nach meinem unerfahrenen Auge, kein Produkt von besonderem Wert oder Talent, legte es mir anscheinend eine weitere Verpflichtung auf, Sir Endymion ausfindig zu machen. So stand ich denn wohl zwanzig Minuten vor der Tür und sah, dachte ich, eher wie eine mindere Version von Wheelwright aus, der unter Toppies grandiosem Säulengang Wache stand.

Während die Minuten verrannen, sann ich traurig über dieses letzte Scheitern nach und fragte mich, ob Pinthorpe wohl argumentieren würde, da ich Sir Endymion nicht sah, könne er mit Sicherheit als nicht existent erklärt werden; oder daß sogar, weil ich so elendiglich allein war, jeglicher Beachtung durch die Welt ledig, ich selbst – wie «alle Himmelschöre und alle Einrichtungen der Erde» – keinerlei Existenz hätte.

Dann überwältigte mich der Gestank der Straße, und ich schritt zu meiner Wohnung zurück und fühlte mich erneut unerwünscht und unwichtig, so wie am Vortag in Toppies Behausung, so wie nach meinen verschiedenen früheren Besuchen der Behausung meines Verwandten. Ich fragte mich, wie viele weitere Türen in London mir verschlossen bleiben würden; wie viele weitere seiner Bürger mich übersehen oder meiden würden; und wie ich, wenn sich dieses Verhalten wiederholen sollte, je meinen Platz in der Welt finden würde.

Würde denn auch Lady Beauclairs Tür für mich verschlossen bleiben? Würde auch sie, trotz ihrer Zudringlichkeit vor zwei Nächten, plötzlich meine Existenz vergessen haben oder vielleicht wünschen, sie nicht mehr anzuerkennen?

Man wird mir, glaube ich, vergeben, daß ich mich mit solchen Befürchtungen beschäftigte, als ich mich einige Stunden später auf den Weg nach St. Giles machte, den Malkasten unter den Arm geklemmt, meine Farbtöpfchen in einer kleinen Tasche. Zu Ehren des Anlasses hatte ich inzwischen viel Zeit damit verbracht, die Kleidung zu erwägen, mit der ich mich herausputzen wollte. Während der paar letzten Wochen hatte Toppie mildtätig meiner schmalen Garderobe aufgeholfen, vor allem zum Zwecke unserer Ausflüge nach Vauxhall und in die Ranelagh Gardens. Diese Gehröcke, Kniebundhosen und gelegentlich Seidenstrümpfe hatten sich bisher als greifbarster Nutzen unserer Freundschaft erwiesen. Ich erbte sie, wenn er sie rasch wieder abwarf wie ein sich mausernder Paradiesvogel, nach seinen dreimaligen Wochenbesuchen bei seinem Schneider in der New Bond Street. Ich hatte gelernt, die Besuche in dem Laden zu genießen, mit all den Schneidergesellen, die da mit gekreuzten Beinen auf einer Planke hockten und sorgfältig nähten, wobei die leeren Arme und Beine der leblosen Kleidungsstücke so über ihre Knie und Schultern gebreitet lagen, daß sie jeden in eine Art von *pietà* verwandelten.

Da ich mir Toppies Vorträge über die äußere Erscheinung zu Herzen genommen hatte, war nun auch ich entschlossen, mich stilvoll zu zeigen und mir eine eigene Identität zu erschaffen. Bei meiner Ankunft in London hatte ich mir große Sorgen über die mögliche Ungehobeltheit meines Ganges und meiner Aussprache gemacht, ständig in Angst, so zu gehen oder zu sprechen wie ein Bauernlümmel aus Shropshire. Doch nach vielerlei Übungen in Bewegung und Haltung vor meinem kleinen Spiegel hielt ich mich – Kaffeeflecken und Heringspasteten beiseite – für ebenso verfeinert und kultiviert wie ein jeder Modegeck, vor allem, wenn ich wie jetzt mit Toppies modischer Kleidung aufgeputzt war. Für diesen Abend hatte ich einen papageigrünen Gehrock ausgewählt, eine mit Gold besetzte blaue Weste, schwarze Kniehosen mit dünnen weißen Streifen, eine schwarze Jacke mit Brokatbesatz in Blau und Gold und weiße Seidenstrümpfe, die an den Seiten mit blühenden bunten Weinranken bestickt waren wie mit Schlangenpaaren, die sich emporwanden, um in meine Knie zu beißen. Einige Zehen reckten sich durch ein großes Loch in einem der Strümpfe, die Hosen hatten nachts zuvor Dienst getan und bedurften einer Bürste, und ich wünschte mir, ich hätte einen Degen mit Silbergriff besessen wie den, den Toppie in der vergangenen Woche im Geschäft eines Degenmachers am Strand bestellt hatte. Doch als ich mich des Zustands meines gekräuselten Kragens und meiner heftig gepuderten kurzgeschnittenen Perücke im Fenster eines Käsehändlers vergewisserte, während ich durch die Greek Street schritt, sagte ich mir, daß ich insgesamt sogar die Kontrolle von Lord W — s kompromißlosen Lakaien passieren könnte.

So beeindruckt war ich durch mein Äußeres, daß ich für einige Augenblicke stehenblieb, um das Spiegelbild zu bewundern, das dieses Fenster schuf, während ich zugleich närrische Albernheiten trieb, etwa mit der Spitze meines Schnallenschuhs aufs Pflaster tippte, meinen Spazierstock wie ein Pendel hin- und herschwingen ließ, einem unsichtbaren Begleiter eine Prise aus meiner Schnupftabaksdose anbot. Diese kleine Scharade ließ mich, während ich meinen Weg fortsetzte, darüber grübeln, wie ich denn wohl zu diesem Zeitpunkt meines Lebens der Welt erscheinen mochte; denn ich war, wie ich bereits gesagt habe, nicht immer so häßlich wie heute. Obwohl sich meine (von den Pollixfen ererbte) Nase um einiges länger erstreckte, als es die Mode vorschrieb, hatte sie doch weder ihre knollige Form noch ihren Überreichtum an Warzen und Karbunkeln erreicht; ich bildete mir ein, daß sie ein durchaus ehrbares Äußeres bot, eines, das *The Compleat Physiognomist* vermöge der Gestalt und Länge als das Symbol eines sanguinischen Temperamentes verbunden mit vielseitiger Intelligenz hätte auslegen können. Gleichermaßen lenkten weder meine Ohren noch mein Kinn, obwohl beide stärker hervorstachen, als ich mir das gewünscht hätte, auf eine zu klägliche Weise vom allgemeinen Anblick meines Äußeren ab; in der Tat bezeugten sie – wie mein Vater es ausgedrückt hätte – einen guten Zuhörer und eine feste Entschlossenheit. Zwar waren meine Schultern schmal – der arme William hatte das breitere Paar geerbt –, doch war meine Haltung korrekt; und meine Waden, obwohl sie in Toppies Strümpfen (die leider nicht an meine Kniehosen anschlossen) fast schlank aussahen, waren doch durch ihre Betätigung bei der Jagd auf Vögel und Hasen in der Hügellandschaft der walisischen Marken durchaus wohlgeformt. Letztere Unvollkommenheit könnte, wie mir Toppie einst in den Ranelagh Gardens verdeutlichte, durch ausgepolsterte Strümpfe geheilt werden; und einige Fehler in meinem Teint, merkte er ferner an, mochten von einem Hauch *maquillage* und der Anbringung von einem oder zwei herzförmigen Schönheitspflästerchen profitieren.

«Eine Dame wird dir solche kleinen Geheimnisse verzeihen», hatte er mir versichert, als ich gegen derlei Hochstapelei protestierte, «denn, wenn du Glück hast, wird auch sie der Welt niemals ein Gesicht zeigen, das nicht zuerst mit Schönheitspflästerchen beklebt sowie bemalt und bezupft worden ist, je nach Erfordernis. Wir leben in einem Zeitalter der Täuschungen», war er fortgefahren, den Kopf in Schwertschluckerpose. «Dies ist ein Zeitalter der Verstellungen, George, der Trickbetrüger und Gestaltwandler und Chamäleons, die ihre Farben stündlich wechseln. Jeder von uns verbirgt *etwas* – unter einer Perücke oder einem Schönheitspflästerchen oder einem Polster, hinter einer Maske oder einem Fächer oder einer dicken Schicht weißer Schminke. Denn das Gesicht ist ‹der Hauptsitz der Schönheit›, besonders im Falle der Damen, und muß daher wahrhaftig wie ein Kunstwerk der höchsten Art behandelt werden. Ja, George – die Dame ist mit ihrem Pinsel und ihrer Farbpalette ebenso kunstreich, wie du es mit den deinen bist. Ich versichere dir, daß die schönste Dame immer zugleich auch eine Künstlerin von peinlichst genauem Talent und Genie ist – ein wahrer Canaletto oder Reynolds. Sieh dir doch *die* da an!»

Er hatte mit der Spitze seines Stockes auf eine wohlbekannte Dame der Gesellschaft gewiesen, auf die jüngste Tochter eines Herzogs von uraltem Adel. Sie hockte in einer der hübsch bemalten Logen über unseren Köpfen und nahm Erfrischungen von einem Schönling an, der bekanntermaßen fünftausend Pfund pro Jahr schwer war. Sie war tatsächlich eine Schönheit; ein schöneres Geschöpf habe ich an jenem Abend nicht erblickt.

«Wie sie das mit Licht und Farbe macht», sagte Toppie mit einem Grinsen, «mit Farben und Pasten, mit Schmieren und Crèmes! Und ein solches Meisterwerk schafft sie damit! Soll ich dir ihre geheimen Künste beschreiben? Eine Waschung mit Quecksilberwasser und der dickste Auftrag von Bleiweiß und Perlpuder verbergen den Grind von Pocken auf Wangen und Hals. Ein Korkbausch gibt ihren Wangen Fülle, die von einer bösen Laune der Venus ausgehöhlt wurden. Von den Brauen wurde der Naturbewuchs abgezupft, an dessen Stelle sie jene Haut klebt, die von einer Maus gewonnen wurde, deren Opferung sich ebenfalls in dem Schönheitspflästerchen zeigt, mit dem sie die Verunstaltung des Kinns überklebt hat. Mennige vermischt mit Karmin und Zinnober bringt die gesunden Farbflecken auf ihrem fiebrigen Äußeren hervor und betont ihre schwachen Augen, wobei sie deren Milchigkeit eine höchst anziehende Liebeswildheit verleiht. Sie ist kahl wie Caesar, aber was soll's? Mächtige Ladungen falschen Haares verbergen den schimmernden Schädel, aufgetürmt zu großer Höhe und in Position gehalten durch eine dicke Paste aus Hammeltalg, Schweinefett und Unschlitt, das Ganze mit feingemahlenem Mehl überpudert und wie sie selbst mit Eau de Cologne getränkt. Wenn man das Band, das ihre Spitze zusammenhält, abrollte, würde es sich von ihrer Wohnung am Hanover Square bis zur Tür ihrer Putzmacherin in der New Bond Street erstrecken.

«Sieh sie dir gut an», hatte er mit einem hochmütigen Zwinkern geendet und der Dame in ihrer Loge den Rücken zugekehrt, «denn wie alle guten Gemälde wird auch dieses bald aufreißen und vergehen; und deshalb, George, mußt du es betrachten und genießen, solange du kannst.»

Ich hatte es abgelehnt, solche Praktiken zu billigen, und erklärte, daß ich hoffte, die Damen würden auf die schöne Kunst der Malerei verzichten, wenn denn solche Fälschungen der Sinn und Zweck ihrer Anstrengungen sei. Darüber hinaus hatte ich es abgelehnt, selbst an der Natur herumzupfuschen, da ich insgesamt ein Kerl von angenehmem Äußeren sei, gepolsterte Strümpfe und Schönheitspflästerchen hin oder her. Und während ich dergestalt vor dem Fenster des Käsehändlers posierte, schien es nicht allzu unglaubwürdig, wenn ich mir vorsagte, wie eben jetzt, daß ein Geschöpf so schön wie Lady Beauclair möglicherweise Interesse an mir finden könnte. Lady Beauclairs Visitenkarte (die ich bis dahin bei mindestens hundert köstlichen Gelegenheiten besehen hatte) geleitete mich zu einer Adresse nahe bei St. Giles-in-the-Fields. Als ich in die St. Giles High Street einbog, begann ich daran zu zweifeln, daß es weise war, meinen Staat, wie er nun einmal war, in einer so auffälligen Weise vorzuführen, denn die Nachbarschaft erwies sich als alles andere denn vornehm. Als ich um die Ecke bog, wurde mir der Anblick des vollkommenen Ebenbildes von Mr. Hogarths *Gin Lane* zuteil. Auf der linken Straßenseite stand ein Etablissement, das Waren von nicht eben segensreicher Natur feilbot, wenn man nach dem Benehmen seiner Kunden urteilen durfte. Als ich daran vorüberging, drängten zwei Kerle sich lärmend durch die enge Tür, wobei der eine versuchte, dem anderen mit einer leeren Ginflasche den Schädel einzuschlagen. Das blutüberströmte Opfer gab das Kompliment umgehend mittels einer eigenen Flasche zurück, floh dann aber, offensichtlich nicht willens, die Auseinandersetzung weiterzuverfolgen, die Straße hinab und rempelte mich dabei an. Sein Gegner sank auf die Steine nieder, zog eine weitere Flasche aus der Tasche und feierte seinen Sieg mit einem einsamen Trunk.

Die rechte Seite der Straße bot einen kaum günstigeren Anblick. Um dem Zwist vor der Ginbudike zu entgehen, aus der weitere Kampfbegierige auf die Straße strömten, war ich schnell auf die andere Seite gewechselt und hatte dabei den mit Stroh und Dung verstopften Rinnstein in der Mitte übersprungen. Diese Aktion jedoch erregte die Ambitionen dreier junger Damen in roten Petticoats, die in den Fenstern des reichlich schäbig aussehenden Gebäudes herumlungerten, vor das mich meine Flucht gebracht hatte. Eine von ihnen erkundigte sich mit süßer Stimme, wohin ich denn unterwegs sei, und als ich ihr meine Verabredung mit einer Dame bekanntgab, entbot sie mir das sanfteste Lächeln und gab ihrer Vermutung Ausdruck, daß die Dame, die ich suchte, sich hinter eben diesen Türen aufhalte.

«Ich bin sicher, daß dem nicht so ist», erwiderte ich, denn erneut hatte ich die *carte-de-visite* zur Betrachtung hervorgezogen und deren Existenz ebenso wie die Meinung, die ich mir von dem verfallenden Gebäude gebildet hatte, widersprachen ihrer Aussage aufs heftigste. Es überraschte mich deshalb sehr, als ihre Einlassung durch ihre Gefährtin im nächsten Fenster bekräftigt wurde, die mich eintreten hieß, «damit Sie sie selbst sehen können». Bei dieser Einladung öffnete sie beiläufig zwei der obersten Knöpfe ihrer scharlachfarbenen Unterkleider und sah mich mit einem dreisten Starren an, während die Spitze ihrer Zunge wollüstig ihre karminroten Lippen umkreiste.

Ich lehnte den Vorschlag der Dame ab und versicherte ihr höflich, daß sie und ihre Gefährtinnen sich irrten; doch hatte ich das kaum getan, als ich auch schon Subjekt ihrer strengsten Vorwürfe wurde und, während ich weiter schritt, gezwungen war, mir die Ohren zuzuhalten, um nicht das Schlimmste jener üblen Sprache zu hören, mit der sie mich beschimpften.

‹Wie sonderbar ist das doch›, dachte ich (denn nie zuvor hatte ich solche Worte von den Lippen von Damen vernommen), ‹wie äußerst sonderbar, daß Geschöpfe von so schönem Äußeren und Benehmen imstande sein sollten, solch scheußliche Flüche zu äußern!›

Als ich schließlich Lady Beauclairs Wohnsitz erreichte, handelte es sich keinesfalls um jene Art Haus, wie mir die goldene Schrift auf ihrer Karte vorgegaukelt hatte. Wenn ich die Karte nicht von Lady Beauclair selbst empfangen hätte, würde ich wahrlich kaum geglaubt haben, daß sie hier wohnte, denn das Bauwerk, vor dem ich stand, war armselig und baufällig, gemessen selbst an der dürftigen Wohnung in der St. Alban's Street, und kaum in besserem Zustand oder nobler im Aussehen als der Aufenthaltsort der Damen im scharlachroten Unterrock. Auf keinen Fall war es die Residenz einer Dame, noch dazu einer, die verwandtschaftliche Beziehungen zu Lord W— für sich in Anspruch nahm. Aus den winzigen Fenstern hingen große Mengen feuchter Wäsche, einige Stücke davon an einer Leine, die so angebracht war, daß sie den schmalen Zwischenraum überbrückte und auch Bettwäsche und Tischtücher eines Nachbarn von jenseits der Straße trug. Ein starker Wind oder irgendeine andere Naturgewalt hatte den größten Teil des Kamins einstürzen lassen, und der schwarze Rauch, dem dermaßen der Weg verlegt war, schuf sich nun über der Ruine selbst den Abzug in großen, unregelmäßigen Wolken.

Vor der Tür lagerten zwei übelriechende Gestalten, über die ich hinwegzusteigen hatte, um mich anzumelden. Glücklicherweise erfolgte die Antwort auf mein Begehr schnell, und ich ward nach innen geführt von einer Frau, die ich zunächst für eine Hausmagd hielt, von der ich aber später erfuhr, daß sie in Wirklichkeit die Besitzerin war: eine Dame von keineswegs schönem Äußeren und vielleicht fünfzig Jahre alt, die eine Schürze und eine Haube trug, welche sie von einem der darniederliegenden Bewohner ihres Vorplatzes hätte entliehen haben können. Und dennoch betrachtete sie mein buntes Gefieder mit freundlichem Lächeln, und ihre Begrüßung war von sanfterer und herzlicherer Art als jene, an die ich mich in dieser großen Stadt bereits gewöhnt hatte.

Trotz ihrer erheblichen Breite und eines Pfeifens in ihrer Brust geleitete mich die gute Frau gewandt zwei dunkle Treppen hinauf und in ein Zimmer, das kaum heller erleuchtet war. Und hier saß in einem Lesestuhl, von der Verkommenheit in der Straße unten in ihrer Herrlichkeit kaum gemindert, Lady Beauclair.

«Mr. Cautley», sagte sie mit heller Stimme, «ich bin ja so glücklich, Sie zu sehen.»

Sechs

Wenn Sie meine Geschichte verstehen wollen – also verstehen, was aus mir geworden ist –, müssen Sie zunächst vor allem meine Gefühle für Lady Beauclair verstehen. Zu jener Zeit, von der ich spreche, wurzelten alle meine Hoffnungen in ihrer Person, denn sie war – vielleicht neben Sir Endymion Starker – ein einsamer Stern an einem ansonsten düsteren und verlassenen Firmament. Meine Hoffnungen auf sie – auf dieses *beau idéal* – waren jedoch mit etwas anderem sonderbar verbunden: mit Furcht, obwohl ich nicht wußte, was ich fürchtete.

Doch als ich sie jetzt erblickte, rotierte dieser launische Wetterhahn schnell von Furcht zu Hoffnung. Während der letzten beiden Tage hatte ich ein größeres Vergnügen daraus gezogen, mir die Ausführung meines Portraits vorzustellen, als aus der Aussicht, die versprochene Geschichte der elenden Kreatur im Garten zu vernehmen. Niemals zuvor hatte ich ein so schönes Modell gehabt, nicht einmal an jenem schönen Nachmittag im vorigen Sommer, als Jenny Barton, die ansehnliche Tochter des Kerzenhändlers, nach mancherlei Bitten zwei Stunden eine unbequeme Haltung einnahm, während ich glücklich an meiner Leinwand herumpinselte und versuchte, die kastanienbraunen Tönungen ihres Haares und das Spiel des Sonnenlichtes auf ihrer Stirn zu kopieren. Danach blieb, abgesehen von Mr. Sharps unwilligen Kunden, für lange Zeit nach meiner Ankunft in London «Mr. Knatchbull» mein einziges Modell, eine hölzerne Figur von 8 Zoll Höhe, deren Gelenke beweglich genug waren, menschliche Haltungen nachzuahmen, und deren eher skelettartige Gestalt mich an Mr. Knatchbull erinnerte, einen früheren Nachbarn und Uhrmacher in Upper Buckling. Zuletzt hatten sich meine Themen unter den gefügigeren der Sharp-Kinder gefunden, die, einmal in Position gebracht, unweigerlich die Beute von Zappeleien, Niesanfällen, Hunger, Krämpfen, Müdigkeit, Gähnen, Schmerzen im Nacken oder im Kreuz, feindseligen Geschwistern, Anfällen von Zorn, Blasendrang und einem Dutzend anderer Beschwerden wurden, die mich alle daran hinderten, jemals eines ihrer Portraits zu beenden.

Außerdem wurde mir für diese meine Bemühungen natürlich auch kein Penny gezahlt. Andererseits hegte ich große Hoffnungen, entsprechende Entschädigungen von Lady Beauclair zu erhalten – oder hatte zumindest solche Hoffnungen genährt, bis sich ihre schäbigen Lebensumstände enthüllten.

Und doch strafte Lady Beauclairs Wohnung, die aus drei recht geräumigen Zimmern bestand, jedes mit eigenem Kamin, nach Größe und Möblierung das abstoßende Äußere Lügen. Vielleicht behandelte Lord W— sie mit größerer Gunst, als mein reicher Verwandter mir erwies.

Nachdem die Eigentümerin mich nun von meinem Hut befreit hatte, lud Lady Beauclair mich höflich ein, mich in einen Lehnstuhl zu setzen.

«Ich muß gestehen, Mr. Cautley», sagte sie, während sie den Abgang der Frau beobachtete, «ich bin eigentlich über Ihre Ankunft einigermaßen überrascht. Ich hatte angenommen, Sie würden unsere Verabredung nicht einhalten.»

Angesichts jüngster Erfahrungen versicherte ich ihr, daß ich niemals verfehlte, meine Verabredungen einzuhalten, denn ich bliebe ohne Rücksicht auf die Bräuche anderer meinem Wort treu.

«Ich hoffe, daß das immer so bleiben wird», sagte sie, während sie einen Strauß Narzissen auffrischte, der den Salon erhellte. «Dennoch fürchte ich, Mr. Cautley, daß Sie möglicherweise etwas Unschickliches in unserer Verabredung gefunden haben.»

Ich gestand, daß ich absolut nichts erkennen könne, was als unschicklich zu deuten sei, da wir lediglich zusammen speisen wollten und ich ihr Portrait malen sollte.

«Und ich», fügte sie hinzu, «wollte Ihnen Tristanos Geschichte erzählen.»

«Natürlich», stimmte ich zu. Tatsächlich hatte ich diese Klausel unseres Vertrages im Augenblick völlig vergessen.

«Sehr gut», rief sie, «denn Sie müssen wissen, daß ich nicht jeden in meine Wohnung einlade. Es gibt so viele Gauner, vor allem bei Abendgesellschaften und Bällen. Aber Sie sind mir sofort als ein höchst tugendhafter junger Mann aufgefallen.»

Ich bestätigte die Richtigkeit ihres Eindrucks und fügte den Wunsch hinzu, daß ich dem niemals zuwiderhandeln möchte.

«Diese Welt ist ein schwieriger und gefährlicher Ort für eine Dame», bemerkte sie mit einem traurigen Seufzer.

«Das glaube ich auch», sagte ich.

«Eine Dame muß sehr vorsichtig sein, wenn es um ihre Tugend geht», fuhr sie mit ihren Bemerkungen fort. «Es ist dies wahrlich ein Gut, das, einmal verkauft, niemals zurückgekauft werden kann, nicht einmal um den Reichtum beider Indien.»

Ich betrachtete dies als weise Worte und sagte ihr das auch. Dennoch dachte ich unwillkürlich daran, daß derlei kluge Empfindungen ihrem vormaligen Verhalten gegenüber der unglücklichen Amy widersprachen, deren Tugend Lady Beauclair, wie es mir erschien, zu einem billigen Preis zu verkaufen bereit gewesen war.

«Nun», sagte sie heiter, nachdem sie ihre Mission bei den Blumen beendet hatte, «wollen wir uns zum Essen setzen?»

Jeder noch verbliebene Eindruck von Lady Beauclairs scheinbarer Mittellosigkeit wurde durch die Ankunft unseres Diners zerstreut; denn sie, oder besser ihre Vermieterin, unterstützt von einem kleinen Kind, das nicht sehr viel älter als Miss Hetty war, brachte eine äußerst reichhaltige Mahlzeit herbei: westfälischen Schinken bestreut mit Pfefferkörnern, Rebhühner in Zwiebelsauce, marinierte Austern, Erbsen, Rhabarbertorte, Apfelsinen, Feigen und eine aus Lissabon importierte Melone. Toppie selbst hätte unsere Tafel kaum besser beschicken können.

Ich sprach ein Tischgebet, bevor wir begannen, doch dann redeten wir sehr wenig, während wir von dem edlen Porzellan speisten, darauf unsere Silberbestecke klirrten und klangen. Ich deutete das Schweigen als unseliges Versagen meinerseits. Ich war nervös und fürchtete eine Wiederholung jener Art von Zwischenfall, der meine gesellschaftlichen Ansprüche am Vorabend zerschmettert hatte, da mir die Heringspastete zu Boden stürzte. Ich beantwortete ihre Fragen nach meiner Verabredung mit Sir Endymion, indem ich einige Einzelheiten von dem höchst sonderbaren Zwischenfall in der St. Alban's Street erzählte. Doch erwähnte ich weder die sonderbare Dame, noch betonte ich die Verfallenheit von Haus nebst Zubehör, auf daß meine Bemerkungen kein ungünstiges Licht auf ihre eigene Behausung würfen: Das wäre ein größerer *faux pas* gewesen, wie ich wußte, als mir eine Auster in den Schoß fallen zu lassen, was ich jetzt leider im Zuge meiner Erzählung fertigbrachte. Lady Beauclair tat so, als habe sie das Mißgeschick nicht bemerkt, und langte lediglich über den mit Feigen und Orangen beladenen Aufsatz hinweg, um mein Weinglas nachzufüllen. Keineswegs kicherte sie in ihr Taschentuch, wie das meine früheren Bekanntschaften getan hatten, und dafür war ich ihr höchst dankbar und fühlte mein Herz sich erwärmen. Statt dessen fragte sie mich jetzt, ob ich einige von Sir Endymions Gemälden gesehen hätte.

«Auf ihnen werden Sie einige berühmte Gesichter erblicken», sagte sie, als ich gestand, daß ich dieses Vergnügen noch nicht gehabt hätte. «Ja – Dr. Johnson, Pastor Sterne, Abel und Bach, und selbst den armen alten blinden Händel in dem Jahr, bevor er starb. Voltaire – ein anderer alter Mann. Das erstaunliche Kind Mozart. Wen noch? Horace Walpole, Dr. Burney, den großen Schauspieler Garrick. Und viele andere – französische Grafen, preußische Prinzessinnen, Habsburger, Marlboroughs ... und so weiter und so weiter; man kann sie kaum alle zählen. Ach ja», endete sie, indem sie einen Schluck Wein nahm, wie von diesem Katalog erschöpft, «er ist wirklich ein großer Mann, Ihr Freund Sir Endymion.»

Ein jeder dieser Namen wurde, kaum ausgesprochen, ein weiteres Scheit im hungrigen Feuer meines Ehrgeizes, das jetzt sengend in mir brannte. Plötzlich war ich entschlossener denn je, Sir Endymion zu finden – und wenn ich mich selbst in die Royal Academy hätte begeben müssen. Dennoch war ich einigermaßen verwirrt durch Lady Beauclairs Bericht über diesen großen Gentleman, denn seine Wohnung in der St. Alban's Street mit der toten Ratte und der ausfallenden, blassen jungen Dame schien nicht eben in Übereinstimmung zu stehen mit seiner hervorragenden öffentlichen Erscheinung.

Doch mein grüblerisches Rätseln über diesen Widerspruch wurde bald von Lady Beauclair unterbrochen.

«Ich frage mich, Mr. Cautley, wie werden Sie mich malen? Ich wüßte das sehr gerne, denn mein Portrait ist bisher nur einmal gemalt worden.»

Sie richtete die Augen auf die Leinwand, die sie mir großzügig zur Verfügung gestellt hatte. Diese war fachmännisch grundiert mit Öl, Gips und Bleiweiß, so daß sie jetzt in jungfräulichem Weiß erstrahlte, bereit, neue Eindrücke aufzunehmen; doch hatte sie mir erklärt, unter dieser glatten Grundierung befinde sich ein früheres, jetzt gelöschtes Portrait, ausgeführt vor einem oder zwei Jahren.

«Das war ein erfolgloser Versuch», sagte sie. «Da ich mit der Ähnlichkeit in keiner Weise zufrieden war, habe ich es von einem Farbenhändler überstreichen lassen. Ich bin sicher, Mr. Cautley, daß Ihres um so besser aufallen wird.»

Ich neigte mein Haupt in Bescheidenheit, blickte einen Augenblick auf die weiße Oberfläche der Leinwand – so marmorweiß wie meiner Dame Angesicht – und fragte mich, ob ich nicht darunter einen undeutlichen Farbschatten sähe, eine gerundete Kontur, vielleicht eines Gesichtes? Nein: nichts. Nur ein Spiel des Lichts.

«Man hat mir erzählt», sagte sie schließlich, «daß man vor einem guten Portraitisten nichts verbergen kann und daß ein vollkommener Künstler – wie zum Beispiel Sir Endymion Starker – die Seele seines Modells auf die Leinwand malen kann. Ich frage mich, Mr. Cautley, ob das wohl wahr ist?»

Ich versicherte ihr, daß dies in der Tat die Fähigkeit sei, die von allen Portraitmalern angestrebt werde, denn «der individuelle Ausdruck unserer Gesichter», erklärte ich, «ist vor allem eine Maske, hinter deren Eigenarten wir Spuren des Gesamten zu erhaschen vermögen. Es ist das Ziel des Portraitisten, die Maske fortzuräumen und der Welt das nackte Gesicht seines Modells zu zeigen».

Lady Beauclair schien bei dieser Darlegung meiner Philosophie ein wenig zu erröten, und ich mußte bemerken, wie ihr Fächer ein oder zwei Zoll höher glitt, bis er drei Viertel eben jenes Antlitzes – des *beau idéal* – der Sicht verbarg, dem Anerkennung durch die Welt zu verschaffen, ich verpflichtet worden war.

«Wenn zutrifft, was Sie sagen», äußerte sie nach einem Augenblick, «dann muß das Portraitieren, will mir scheinen, ein sehr unfreundliches Geschäft sein.»

«Kann es denn für jemanden etwas Unfreundliches sein, die Wahrheit in all ihrer Herrlichkeit zu zeigen?»

Meiner Dame einzige Antwort auf diese Frage war, ihren Fächer noch stärker zu bewegen und mit ihm noch weitere Bereiche ihres wunderschönen Antlitzes zu verbergen. – Inmitten dieser Hemmnisse begann ich zu erwägen, welche Haltung meine Dame annehmen und welche ergänzenden Gegenstände ich im Hintergrund plazieren könnte. In Jenny Bartons Portrait hatte ich ihren Hund miteinbezogen, einen alten Spaniel namens Dick, der, es muß gesagt sein, ein sehr viel kooperativeres Subjekt war als seine junge Herrin. Mr. Knatchbull hatte ich oftmals in die Gesellschaft des Konstantinbogens gestellt, oder der Ruinen von Palmyra. Doch welcher Gegenstand, welche Landschaft war der Aufgabe gewachsen, die Schönheit und Anmut von Lady Beauclair zu ergänzen? Vielleicht als Hintergrund eleusische Gefilde – hohe Zypressen, Orangenhaine, eine Gesellschaft von Nymphen und Schnittern, die sich an einem grünen Hang ergingen? Oder vielleicht ein allegorisches Gemälde, in dem Lady Beauclair im Gewande des Engels der Wahrheit die Zwillingsdämonen Neid und Falschheit niederschlug?

Meine Überlegungen führten mich jetzt dazu, mein Sujet genauer und unbefangener zu studieren. Ihre Erscheinung unterschied sich irgendwie von der vor zwei Nächten; sittsamer und weiblicher vielleicht. Die Kümmernisse, die mich auf der St. Giles High Street befallen hatten, daß ich nämlich zu sehr den Stutzer herauskehrte, waren bei meinem ersten Blick auf sie verflogen, denn sie hatte mein eigenes Bemühen in der Kleidung bei weitem übertroffen. Ihre Kleider waren zwar kaum so üppig wie bei jener ersten Begegnung, doch waren sie von erlesenem Schnitt und bestanden jetzt aus einem bestickten grünen Mieder und einem blauen Gewand, dessen Vorderseite mit einer Reihe von goldenen Lilien übersät war. Auch ihre Frisur war von bescheideneren Ausmaßen und – zu meiner nicht geringen Erleichterung – bar der Ergänzung durch eingeschlossene Insekten. Dennoch erreichte deren Gipfel, wenn sie stand, nahezu die Balken der niedrigen Decke und war in einem blaßrosa Ton gepudert, wie von einem Augustsonnenuntergang erleuchtet. Ich wußte, daß eine solche Frisur lediglich das Produkt von «Jules Regnault, Perückenmacher» sein konnte und niemals das meines einfachen Vermieters.

Es war aber vor allem ihr Gesicht, natürlich ohne Maske, das sich am meisten verändert hatte. Die Pflichten der Maske hatten dicke Schichten von Farbe und Puder übernommen und ein Schönheitspflästerchen jener Art, die mir Toppie für den eigenen Gebrauch empfohlen hatte. Ich erinnerte mich daran, wie er gesagt hatte, dieses Zeitalter sei eines der Täuschung und des Versteckens – und auch daran, daß die Mitglieder unseres Parlaments über heuchlerische Frauen gesagt hatten, sie seien Hexen –, und in meinem Geist stieg der unerfreuliche Gedanke auf, daß Lady Beauclair mich täusche. Gewiß wies ihr Gesicht all jene kunstvollen Tricks auf, die nach Toppie die Zuflucht aller eleganten Damen waren und die unsere politischen Vertreter so rundheraus verdammt hatten. Ihre Lippen waren in der Farbe von Aprikosen bemalt, wie auch ihre Wangen, die sich (wie ich vermutete) durch Korkscheiben rundeten, was ihr ein höchst anziehendes Lispeln verschaffte, und die mit zwei strahlenden Kreisen geschmückt waren, Zwillingssonnen gleich, die am dämmernden Horizont ihres Unterkiefers versanken. Die Aufgabe, die einst der Maske übertragen war, hatte jetzt ferner, wie ich bereits gesagt habe, ein Klappfächer an Schildpattstäben übernommen, der ständig vor ihrem Kinn verweilte, selbst als sie aß. Wenn er sich entfaltete, zeigte dieser Fächer als Triptychon den Kampf zwischen Zeus und dem jungen Ganymed.

Den Grund für Lady Beauclairs List – für ihren Fächer und ihr Schönheitspflästerchen – hatte ich bereits erraten, bevor unser Essen serviert wurde. Denn nachdem sie mit der Komposition ihrer Blumen zufrieden war, war sie nahe an einem Wandleuchter vorübergegangen, und dessen Kerze hatte in jener Sekunde ein Gesicht gezeigt, das vielleicht nicht ganz so jugendlich war, wie die Besitzerin wünschen mochte, noch wie ich es in Wahrheit erwartet hatte. Nachdem ich ihr Geheimnis erraten hatte – sie war, wie ich schätzte, eine Dame von vielleicht dreißig oder zweiunddreißig Jahren –, lächelte ich innerlich ob meiner Entdeckung. Denn es machte mir Freude, daran zu denken, wie sie Puder und Farben auftrug, sich mit Eau de Cologne besprühte, Unterhemd und Korsett befestigte und ein Gewand aussuchte – und alles für mich. Und erneut fühlte ich mein Herz sich sanft erwärmen. Bisher hatte ich die Affektiertheiten des weiblichen Geschlechtes als reine Arglist betrachtet und als protziges Symbol für der Damen natürliche

Schwäche; doch als ich Lady Beauclair beobachtete, wie sie mit ihrem Fächer spielte und ihren Kopf hierhin und dorthin wandte, während sie zierlich speiste, mußte ich meine Meinung ändern.

Nach angemessener Erwägung und nachdem unser Speisegeschirr weggeräumt war, entschloß ich mich, Lady Beauclair in einen ihrer Lehnstühle zu plazieren, die Hände sittsam im Schoß gefaltet, das Gesicht leicht erhoben und keusch lächelnd. Ich erzählte ihr, daß die Anordnung von Körper und Gliedern, wie Mr. Hogarth in seiner *Analysis of Beauty* schreibt, am anmutigsten erscheine, wenn man sie in ihren Ruhestellungen betrachte, und daß dies deshalb die Haltung sei, die der Darstellung von Schönheit, Vernunft und Klugheit am dienlichsten sei. Die Blumen würde ich neben sie stellen, denn ich besäße, wie ich erklärte, eine ungewöhnliche Geschicklichkeit als botanischer Künstler. Durch eine solche Anordnung, erklärte ich ferner, hoffte ich, die Wirkung einer ruhigen, passiven Spiritualität zu erzielen und mit meinen Ölfarben das Ewige und Unveränderliche einzufangen, das hinter unseren individuellen Gesichtsausdrücken liege.

«Denn dies ist die wahre Aufgabe und der erste Grundsatz aller Kunst», sagte ich und nahm damit mein früheres Thema wieder auf, «nicht die äußeren Zufälligkeiten darzustellen, sondern die innere Form der Dinge. Es ist die Aufgabe des Künstlers, nicht die äußerliche Oberfläche zu portraitieren, sondern die dauerhafte, die ungegenständliche Wahrheit, die aller menschlichen Form innewohnt.»

Lady Beauclair jedoch stimmte meiner Wahl nicht zu, deren bemühte Philosophie ihr entweder nicht zusagte oder aber an sie völlig vergeudet war. Statt dessen äußerte sie den Wunsch, aufrecht zu stehen, die Hände auf die linke Hüfte gestützt; wobei ihr Gesicht, im Profil dargeboten, einen etwas herausfordernden Blick über die linke Schulter zeigen werde. Sonderbarerweise erinnerte ich mich dieser Pose von irgendwoher, doch woher genau, hätte ich damals nicht sagen können. Für mich schmeckte es eigentlich zu sehr nach weiblicher Koketterie, und gegen die war ich gefühlsmäßig eingestellt; doch hatte sich, wie soeben bemerkt, meine Meinung hierzu in der letzten Zeit gemildert, und also gab ich ohne Widerworte nach.

«Und was, bitte, soll ich tragen?» fragte sie als nächstes.

Ich studierte das grüne Mieder, das Gewand und die Lilienmuster, druckste eine Zeitlang herum und räusperte mich verlegen, bevor ich den Aufzug als ausgezeichnet für unsere Zwecke befand, da ich in meinem Malkasten über ausreichende Mengen von Grünspan und Königsblau verfügte, beides sehr edle Farben, die sich auf der großen Leinwand der Natur selbst finden. Aber erneut zog sie es vor, meinen Ratschlag nicht zu beachten.

«Wollen Sie bitte meine Garderobe durchmustern, Mr. Cautley?» bot sie an. «Vielleicht könnten wir da etwas für unsere Zwecke noch Geeigneteres finden.»

Und also ward ich trotz meines schwachen Widerstandes an jenen privatesten aller Plätze getrieben, einer Dame Garderobe. Ich ward gezwungen, die Vor- und Nachteile einer Reihe von Kostümen zu erwägen, deren Glanz und Menge ebenso wie die der anderen Ausstattungen den vernichtenden Augenschein der Straße widerlegten. Ich war durch die Menge und Mannigfaltigkeit und die Nähe von Lady Beauclair selbst zu verwirrt, um irgendeine Meinung zu äußern.

Schließlich wählte sie einen der älteren Bewohner der Garderobe aus: eine Art von mahometanischer Kleidung aus ultramarinem Damast, mit Perlen und Gold bestickt, die Schleppe volle sechs Fuß lang. Sie schlug vor, diesem Kostüm einen Turban nach türkischer Mode hinzuzufügen, von dem ein an der Spitze durch einen kleinen Edelstein befestigter weißer Schleier in lockerer Faltung herabhing. Ich stimmte schwächlich zu und dachte daran, wie sehr es meine Fähigkeit, naturgetreu zu malen, strapazieren würde und wie schwierig es wäre, jetzt einen Ausdruck ruhiger und passiver Spiritualität hervorzurufen oder die immaterielle Wahrheit darzustellen.

Wir vereinbarten, daß sie mir die Geschichte von Tristano erzählen sollte, während ich ihr Portrait malte. Lady Beauclair gab zu verstehen, daß die Erfüllung unseres Vertrages – die Vollendung sowohl der Geschichte wie des Portraits – mehr als nur einen einzigen Abend beanspruchen würde; eine Voraussage, der ich schweigend zustimmte, denn inzwischen sah ich voraus, daß sie ein noch herausfordernderes und kritischeres Sujet sein würde als Jenny Barton. Und so wurde ich vor die nicht unerfreuliche

Aussicht gestellt, ein weiteres ihrer üppigen Diners mit ihr zu teilen. Doch beim nächsten Mal, beschloß ich, würde ich mir größere Mühe geben, die gesellschaftlichen Tragödien steifzüngigen Schweigens und verschütteter Austern zu vermeiden.

Zur Entschädigung für meine Bemühungen bot mir Lady Beauclair nun zusätzlich zur Geschichte Tristanos eine handfestere Entlohnung an: fünf Guineas – die Summe meiner Schulden –, zahlbar nach Vollendung des Portraits. Ich stimmte diesen Bedingungen zu und nahm an, daß weitere Aufträge mich mit Sicherheit erwarteten, denn sie war, wie sie sagte, eine Verwandte von Lord W—. Deshalb konnte ich nun, als ich Palette, Pinsel und Pigmente vorbereitete und mir die Leinwand auf die Knie setzte, frühere Demütigungen vergessen und statt dessen darüber nachdenken, wie hoch ich wohl in der Welt dank ihrer Patronage steigen mochte. Ich stellte mir vor, wie ich von den voluminösen Wirbeln ihres Gewandes, auf den Wogen ihrer Rüschen und Spitzen, hoch bis zum höchsten Gipfel ihres großen rosagepuderten Haargebirges getragen würde, von wo aus ich triumphierend auf alle Widrigkeit und Verfolgung herabblicken könnte.

Lady Beauclair verschwand in ihrem Schlafzimmer, um sich dort mit Hilfe ihrer Vermieterin, die durch das Klingeln eines Glöckchens aus der Spülküche herbeigerufen wurde, umzukleiden. Ich stand allein im Salon und lauschte unruhig auf das Geschabe von Schließen, das Rascheln von Seide, das leichte Seufzen, als ein Walbeinkorsett straff gezogen wurde.

Als sie schließlich aus ihrem Schlafzimmer wieder auftauchte, war es an mir zu seufzen, denn das eigenartige mahometanische Kostüm umfing ihre Figur so, daß über jeden Zweifel hinaus die Wahrheit von Mr. Hogarths Beobachtung bewiesen wurde, daß «die Form eines Frauenkörpers den eines Mannes an Schönheit übertrifft». Der ultramarine Damast hing weder tief genug herab, um zwei wohlgeformte Fußgelenke in ihrer Gesamtheit zu verhüllen; noch haftete er insgesamt so sehr an, daß er die volle Schwellung ihres Busens gezügelt oder verborgen hätte. Darüber hinaus entblößte das Gewand entweder durch Nachlässigkeit der Vermieterin oder durch Absicht von Lady Beauclair ihre ganze linke Schulter, darauf eine dicke geschlängelte Locke herniederbaumelte.

«Wie sehe ich aus, Mr. Cautley?»

Als sie nun ihre gewählte Position einnahm und mit den unterschiedlichsten hochmütigen Blicken experimentierte, wurde mir auf einmal klar, wo ich diese besondere Haltung und, darüber hinaus, wo ich dieses besondere Kostüm schon einmal gesehen hatte: Denn Lady Beauclair war, als sie so vor mir stand, das genaue Ebenbild des Portraits der Dame, das ich in Lord W – s Sammlung gesehen hatte und von dem ich jetzt eine kleine Mezzotintogravur auf ihrem Beistelltisch aufgebaut erblickte; und dieser Druck trug, wie ich darüber hinaus mit noch größerem Erschrecken entdeckte, die Signatur «E. Starker».

«Alsdann», sagte Lady Beauclair, «wollen wir anfangen?»

Sieben

«Er hieß, um am Anfang zu beginnen, Tristano Venanzio Pieretti. Eine ganze Menge, nicht wahr? Natürlich kannte niemand ihn bei diesem langen Namen; für unsere groben Zungen wurde er immer zu Tristano verkürzt. Einfach Tristano. Erinnern Sie sich jetzt? Nein? Aha – ich muß Ihnen also alles erzählen . . .»

Im Zuge ihrer Geschichte verlor Lady Beauclairs herausfordernde Haltung einiges von ihrer Steifheit, so auch ihr ultramarinfarbenes Kostüm. In der kurzen Zeit war es diesem Gewand immerhin schon gelungen, einige Bruchteile eines Zolls herabzugleiten und noch größere Bereiche ihrer linken Schulter bloßzulegen. Es schien mir, als sei das Kleidungsstück ursprünglich zur Zierde einer Person mit anderen Proportionen bestimmt gewesen. So war sie denn aus Gründen der Sittsamkeit gezwungen, alle paar Sekunden die Situation zu retten, indem sie ihren Ärmel auf eine geziemendere Höhe zog – ein kleines Drama, das mich, wie ich befürchte, zu Zeiten nicht allein stark von ihrer Geschichte ablenkte, sondern auch von meiner Malerei.

«Ich habe keine Ahnung, wann er geboren wurde», fuhr sie fort, während ihr Kleid eine dieser kleinen Rutschpartien begann, «noch glaube ich, daß er selbst es genau wüßte. Ich vermute, daß seine Eltern sehr arm waren und daß er irgendwo im Königreiche Neapel geboren wurde – in einem Dorf tief im Süden, in der Wölbung des Halbinsel-Stiefels. Wahrlich, ein niedriger Anfang. Können Sie sich das vorstellen? Stellen Sie sich einen armen steinigen Ort vor, zu kalt im Winter, zu heiß im Sommer; die Eingeborenen grob und ungebildet, mit ungeschliffenen Manieren, in elenden Umständen. Können Sie sein Dorf sehen? Berge, Olivenhaine, magere Ziegen, steinerne Mauern, ein Haufen Strohhütten in einem trockenen Tal. Stellen Sie sich einen einsamen Gasthof vor, der selten, falls überhaupt jemals, einen zahlenden Gast in seine Verkommenheit einlassen muß. Stellen Sie sich eine fliegenübersäte Kirche vor, deren Campanile aus einer rostigen Glocke an einem verrottenden Pfahl besteht und deren Priester ein träger Säufer ist.

Können Sie die Dörfler sehen? Tagelöhner die meisten von ihnen; schmutzige *garzoni*, die im Olivenhain eines Fürsten arbeiten. Können Sie den zerlumpten Trupp Männer sehen, wie er im ersten Licht zu den Bäumen marschiert, Baummesser in den Gürteln, und im Dämmern heimkehrt, die Gesichter rot und die Hälse schwarz? Stellen Sie sich die Frauen vor – glockenförmige Frauen, die Flachs auf dem schmutzigen Boden ihrer Küchen ausdreschen und dann in Steinöfen trocknen, und vor den Fässern und Ölpressen im Keller ächzen, und diese Mühsal nur unterbrechen, um jedes Jahr ein kränkliches Kind zu gebären; Ersatz für das andere, das im Vorjahr starb, seinerseits selbst nur ein Ersatz für einen anderen kränklichen Vorgänger.

Nun stellen Sie sich, wenn Sie können», fuhr sie fort, «Tristano vor. Können Sie ihn sehen, wie er als Achtjähriger war? Stellen Sie sich ein Kind vor, das unwissend, ungebildet, unkultiviert ist; der Sohn eines Mannes namens Tommaso, der ebenfalls unwissend, ungebildet, unkultiviert ist. Vor und nach dem Knaben gibt es je einen toten Bruder, zwei kleine Lehmhügel hinter der Kirche; aber nachdem er den Geschwulsten und Fiebern und Pocken widerstanden hat, die seine Geschwister forderten, ist er nun ein robustes und lebhaftes Kind, der Liebling des Priesters. Stellen Sie ihn sich vor, wie er im Chor der Kirche mitsingt; jeden Morgen ihre Glocke mit heftiger wiewohl unbeliebter Begeisterung läutet; im heißen Wetter Spinnen und Skorpione auf dem Kirchenboden zerquetscht; grüne Eidechsen fängt, die sich nach dem Regen unter den Kirchstühlen winden; wie er damastene Stoffe und Fahnen auf die Säulen und die Kanzel hängt und Seide an die Fenster, beschmutzte und von Fliegenspuren verdunkelte Fenster. Können Sie ihn noch sehen, Mr. Cautley?»

Das Vorrecht, damastene Stoffe und Fahnen aufzuhängen, durfte der Knabe jedes Jahr mehrmals genießen, sooft die Gruppen von Fremden im Dorf auftauchten, nachdem sie der Hitze, den Banditen und der steilen Via Romana widerstanden hatten. Die meisten von ihnen waren krank, blind, verkrüppelt – wirklich ein trauriger Haufen. Sie reisten auf bandagierten Füßen, stützten sich auf Stöcke oder kamen auf den Rücken knochiger Esel an, die vom Straßenstaub weiß geworden waren und deren einige die Hinfälligsten in kleinen Holzkarren zogen. Der Zweck dieser Härten war das Vorrecht, ein paar Worte über einem steinernen Kasten zu murmeln, der den Fingerknochen von St. Vitus und die Schädel zweier der Jungfrauen aus dem Gefolge der heiligen Ursula beherbergte; oder bei noch selteneren Gelegenheiten der wunderbaren Verflüssigung des Blutes des heiligen Januarius beizuwohnen.

Es geschah bei einer dieser Gelegenheiten, einer äußerst bemerkenswerten, insofern die Verflüssigung fehlschlug, daß der Knabe sein eigenes Wunder geschehen ließ und anschließend dem Elend seiner vormaligen Umstände entkam.

Er zählte vielleicht neun Jahre, als einer jener Festtage eine ungewöhnlich große Pilgerschar ins Dorf brachte. Zu dieser Zeit war Antonio Molinari Priester. Ein Akt der Buße hatte ihn vor sechs Jahren ins Dorf gebracht, nachdem er eine Reihe vager Indiskretionen in einem Seminar begangen hatte, an dem er einst lehrte. Der Bischof hatte ihn umgehend in diese winzige Gemeinde versetzt, wo er völlig zu Recht den Ruf eines Lebemanns und eines Säufers genoß. Alle, bis auf seine störrischsten Gemeindemitglieder, hatten jede Hoffnung fahrenlassen, daß der Bischof ihn noch während ihrer Lebenstage irgendwo anders hinversetzen würde, und hatten sich so resigniert an nahezu jedes Benehmen bis kurz vor den ungeheuersten Narrheiten gewöhnt. Vater Antonio hatte sein

Schicksal ebenso resigniert hingenommen. Da er glaubte, daß keine Buße demütigender sein könnte als die Verantwortung für diese elende kleine Gemeinde, tat er wenig dazu, jene Gewohnheiten abzumildern, die ihn hierher gebracht hatten und die bei jedem neuen Vorfall sicherstellten, daß er niemals entkommen würde. Es war nun aber eine dieser beiläufigen Unklugheiten, die dem Dorf die Natur des speziellen Genius des Knaben enthüllte.

Normalerweise gleichgültig gegenüber seinen Pflichten, genoß Vater Antonio dennoch Festtage, wenn auch nicht immer mit sonderlich vorteilhaften Enthusiasmus, denn bei diesen Gelegenheiten traten seine Laster, denen er sonst in der Einsamkeit frönte, oftmals ans Licht der Öffentlichkeit. So war es auch am Abend dieses Festes. Die Pilger erwarteten die Abendmesse, doch auch noch eine Stunde nach dem rauhen und mißtönenden Anschlagen der rostigen Glocke war von dem Priester nichts zu sehen. Jemand entsandte einen Suchtrupp aus den älteren Chorknaben, aber auch sie kehrten eine Stunde später mit leeren Händen zurück, und die Messe begann erst, als Vater Antonio völlig unerwartet schließlich aus der Dunkelheit der Sakristei auftauchte, blinzelnd und lächelnd und undeutliche Entschuldigungen ob seines ausgekleideten Zustands murmelnd (denn er war bis zur Taille nackt und stellte so seinen fahlen gewaltigen Bauch bloß, den er klugerweise mit dem Chorrock zu bedecken unternahm).

Nachdem er die Pilger in die Betstühle gedrängt und die Messe auf die gleiche unordentliche Weise gemurmelt hatte, entnahm Vater Antonio dem Reliquiar die Phiole mit dem Blut des Heiligen, einstweilen nur eine braune Kruste. Es war dies natürlich der Augenblick, auf den jeder gewartet hatte, der Grund, weshalb sie Hälse und Börsen in der zunehmenden Hitze des frühen Mai auf der Via Romana riskiert hatten.

– Liebe Brüder! Vater Antonio deklamierte laut von der Kanzel und schüttelte die Phiole vor seiner Zuhörerschaft wie ein Quacksalber ein neues Heilmittel. Meine innig geliebten Brüder!

Während die Pilger weiter starrten, folgten noch einige dieser fröhlichen Jubelrufe, dann eine Reihe weniger verständlicher Anrufungen und Beschwörungen, deren heftige Verkündigung den Priester ein- oder zweimal das Gleichgewicht verlieren und hilfesuchend die Kanzel umklammern ließ. Zum Abschluß dieser Bemühungen schwang er triumphierend die Phiole, deren Inhalt jedoch immer noch so aussah wie eben. Vater Antonio aber war leider der letzte, der das Scheitern seines Wunders bemerkte.

– Jahaa, meine lieben Brüder! Das Blut des heiligen Januarius! Sehet!

Inzwischen hatten einige der Pilger eine Unstetigkeit in der Haltung des Priesters und einen leicht verqueren Ausdruck in seinen Augen bemerkt.

– Jahaa, sehet, wiederholte Vater Antonio schwach, wobei die Stimme seine nachlassende Überzeugung widerspiegelte und seine Augen versuchten, sich auf die Phiole zu konzentrieren, die vor seiner Nase schwankte.

– Ja, sehet! schrie jemand von hinten aus der Menge. – Sehet den Priester! Ein Säufer!

Jene, die der Kanzel am nächsten standen, waren imstande, diesen Vorwurf zu bestätigen, da Vater Antonios stechender Hauch sie jetzt erreicht hatte. Er schwitzte sehr stark und ließ die Phiole beinahe zu Boden fallen.

– Ja, ja! Vater Molinari ist ein Säufer!

– Eine Schande!

– Betrunken im Haus des Herrn!

– Ein Skandal!

– Eine Entweihung!

Vater Antonio sah übers ganze Gesicht verständnislos drein, dann verfiel er in verwirrtes Schweigen, taub für die Verwünschungen, die gegen ihn geschleudert wurden, und seine Blicke wurden starr und lösten sich wieder, während er sich die widerspenstige Substanz auf dem Boden seiner Phiole genauer ansah.

– Meine Mitbrüder, murmelte er, während er seinen Chorrock besabberte.

Einige der kräftigeren Pilger waren aufgesprungen und schienen bereit, die Kanzel zu stürmen. Sie hätten das vielleicht auch getan, wenn Vater Antonio sich nicht selbst aufgerichtet und dann mit einer schwankenden Verneigung zum Chor – dessen Mitglieder erstarrt in ihren Stühlen saßen – sanft befohlen hätte:

– Bitte, ach Tristano, würdest du wohl . . .

Was als nächstes folgte, war vielleicht noch wunderbarer als die Verflüssigung des Heiligenblutes (die der Priester zufällig schließlich zur Zufriedenheit seiner Zuschauer wenige Augenblicke später zu verwirklichen vermochte, indem er diskret die Phiole in seinen verschwitzten Händen erwärmte). Das Kind befolgte den dunklen Befehl des Priesters, erhob sich und begann langsam zu singen:

«Ammo Christum, qui renovat juventutem meam,
Ammo Christum, qui gemmis cingit collum meum . . .»

Nach den ersten Takten der Hymne nahmen alte Männer, die sich darauf vorbereitet hatten, einen Priester blutig zu erwürgen, ruhig ihre Plätze wieder ein und sanken gelassen in ihre Kirchenstühle zurück, während sanftes Lächeln ihre sonnenverbrannten Gesichter überzog; und alte schwarzberockte Weiber, die die Kirche mit ihren Beschimpfungen erfüllt hatten, verfielen sofort in Schweigen und wagten kaum noch zu atmen.

Ja – welch eine Stimme! Die Stimme eines Engels! Niemand – keiner unter den Pilgern – konnte sich erinnern, etwas so Heiliges schon einmal gehört zu haben – und von einem so jungen! Und als die Hymne vollendet war und das hellrote Blut von St. Januarius vor ihren Augen herum und herum wirbelte, ward es die Meinung der Mehrheit – eines wirklich abergläubischen Haufens –, daß dieses Kindes Stimme und nichts sonst die Verflüssigung bewirkt habe.

Ein Wunder? Ja – vielleicht. Aber nicht alle Wunder haben ein glückliches Ende. Wissen Sie, in Italien ist es eine traurige Sache für ein Kind, eine schöne Stimme zu haben und der Sohn eines armen Mannes zu sein. Eine süße Stimme mag zu hohem Wert aufsteigen, wertvoller als die Ölfässer oder die quiekenden Schweine, die hinten auf dem Wagen eines Fürsten polternd fortgebracht werden. Eine Stimme – kein Fürst kann die doch sicherlich wegnehmen? Doch, ja er kann, aber er muß dafür mehr als für ein Schwein oder ein Huhn bezahlen. Viel, viel mehr.

So geschah es, daß eine Woche nach diesem Wunder und am Vorabend eines weiteren heiligen Tages der Knabe mit dem Chor übte, als ein riesiger Mann mit Schlapphut in der Kirchtür erschien und dabei das schräge Rechteck des Nachmittagslichtes vollständig sowie Tommaso, der sich hinter ihm herumdrückte, den Vater des Knaben, größtenteils verdeckte. Ein Fürst? Man hätte das sehr wohl meinen können, so ungeheuer fett war er; doch nein, es war dies statt dessen Signor Piozzi, der große Maestro, der Besitzer einer *scuola di canto* in Neapel.

Nachdem der Knabe für den Maestro gesungen hatte, der in einem der Kirchenstühle saß, die Finger über seinem weiten Bauch verschränkt, führte man ihn in die Sakristei. Er saß dort einige Minuten allein, während drei Männer vor der Türe miteinander sprachen. Ihre Stimmen waren wie Echos, kaum hörbar. Tommaso und Vater Antonio standen neben Signor Piozzi, zwei kleine Monde, die einen mächtigen Planeten umrundeten. Dann das Geklingel von Münzen, als vierundzwanzig Dukaten die Hand wechselten; vierundzwanzig Dukaten, die sein Schicksal beläuteten.

Das Kind verließ vierzehn Tage später das Dorf, am Morgen nach noch einem Feiertag, der noch eine Ladung von Maultieren gezogener Krüppel in die Kirche gebracht hatte. Er sah sein Dorf zum letzten Mal vom schwankenden Rücken eines Packmulis aus, eines temperamentvollen alten Biestes, das ihm erst nach Darbietung großer Widerspensigkeit erlaubt hatte, seinen Rücken zu erklimmen. Er sollte in der Gesellschaft der Pilger reisen, die jetzt alle auf bequemeren Tieren saßen. Vater Antonio, bekleidet mit Haube und Chorrock, sprach ein Gebet und sprengte kühle Schauer Weihwassers auf die Prozession, gleich ob Tier oder Mensch. Das weinende Kind gab seiner Mutter einen letzten Kuß, dann schlug der Maultiertreiber auf die fliegenzerbissenen Flanken des Führungstieres ein, und weg waren sie.

Binnen einer Stunde veränderte sich die Straße, die schmutzige alte Via Romana, über die der Junge tausendmal mühsam dahingestapft war – Maultierabfälle und Stechginster im Sommer, Maultierabfälle und Schlamm im Winter, immer aber Fahrspuren und Schlaglöcher –, wurde zu einem Ort der bemerkenswertesten Wunder. Tatsächlich veränderte sich die ganze Welt, sobald er einmal seine bisherigen Grenzen verlassen hatte, markiert durch eine weißgetünchte Kapelle etwa eine Meile hinter der Dorfmauer. Als sie am Ende des ersten Tages die steilen Hügel herabgestiegen waren, kreuzte die Prozession die Ecke eines Wachholderforstes, den Hochwild im Besitz eines Herzogs bevölkerte. Bei Dämmerung trug ein Fährboot sie und ihre Maultiere über einen breiten Fluß und stromab, um sie inmitten bunter Wiesen, Bergamottefeldern und Maulbeerhainen, die mit den weißen Kokons von einer

Million Seidenraupen behängt waren, an Land zu setzen. Am Morgen zogen sie an weißen Villen mit Marmorterrassen vorbei, die aus Hügeln wuchsen, deren Hänge dicht mit Stecheichen und Zitronengärten bedeckt waren. Hier und da blinkten Flecken silberner Seen durch Lücken zwischen den dunklen Zypressen, und viele Meilen weiter zeigte eine weitere Dämmerung ein überwuchertes Amphitheater: ein gähnender Schlund mit Zahnlücken. Dann marschierten im Morgendämmern sechs langgestreckte Buckel eines Aquädukts durch das Tal wie Windungen eines versteinerten Seemonsters, als dessen Schweif roter Fels in hügeliger Ferne zerkrümelte.

Um die Mitte des dritten Tages zog die Prozession ins Verhängnis. Einer der Pilger, ein alter Mann namens Giuntoli, hatte auf die Zufluchthöhle einer berühmt schönen Räuberkönigin hingewiesen, am Fuß einer tiefen Schlucht, überwuchert von wildem Spargel, Gestrüpp und jungen Kastaniendickichten. Doch begegneten die Pilger nicht der Räuberkönigin: sondern vielmehr ein paar weniger legendären, aber nicht minder grimmen Zunftgenossen. Die Pilger hatten den heißesten Teil des Tages im Schatten eines Haines aus Nußbäumen und Ulmen verbracht und Käse und getrocknete Feigen geknabbert. Während sie sich so erfrischten, erschienen drei *banditti* auf dem schmalen Pfad, zu dem die Via Romana nun geworden war. Einer des Trios schoß seine Pistole himmelwärts ab. Eine alte verschleierte Witwe fiel auf der Stelle in Ohnmacht, in einen Busch wilder Rosen, und rollte von dort das steile Ufer hinab in den Fluß. Die übrigen Pilger wurden mit vorgehaltener Waffe ausgeplündert, gezwungen ihre Körbe und Kalbsfellbörsen zu öffnen und ihre geringen Schätze abzuliefern: einige Dukaten und römische Münzen, eine angelaufene Kette, einen verbeulten Becher, eine Handvoll alter *bijouterie*, eine Uhr an einer abgerissenen Kette, drei Silberlöffel, einige trübe Habseligkeiten. Es waren arme Leute.

Da er noch weniger als seine Gefährten abzugeben hatte, versuchte der Knabe, die dringenden Forderungen, die diese drei Gesellen herausbellten, mit einer Zinnfigur des hl. Orontius zu befriedigen, die ihm Vater Antonio im letzten Moment übergeben hatte. Dieses wertlose Stück ward in den Fluß geschleudert, und sein Besitzer erlitt einen Hieb über den Schädel.

Als er erwachte, waren alle – Banditen, Beute, Pilger, Maultiere, selbst die alte verschleierte Witwe – verschwunden, und die schlanken Schatten der Ulmen erstreckten sich bis zum gegenseitigen Ufer des Stromes.

Er entdeckte zuerst die Maultiere, bis auf sein eigenes: Sie standen am Rande des Pfades, hinter der ersten Biegung, kauten Disteln und Ginster und warteten geduldig auf Befehle. Sie mußten eine Ewigkeit warten, denn alle Pilger, bis auf die Witwe, die wohl fortgeschwemmt und ertrunken war, lagen still da vor ihren Hufen, die Glieder wirr durcheinander, saubere Löcher in den Stirnen. Giuntolis Augen quollen aus dem weißen Gesicht, sein Mund stand offen, die Zunge ragte steif hervor, als wolle sie die Kommunion empfangen.

Wie lange oder wie weit er rannte, konnte der Knabe nicht sagen. Irgendwo muß er zu rennen aufgehört haben und erschöpft ins Kratzen und Stechen von Besen- und Stechginster gefallen sein. Als er im kalten Morgengrau die Augen wieder öffnete, was sah er da? Schimmernde Alabasterkuppeln und glänzende Pavillons, ein rot- und rostfarbenes Schottenmuster von Ziegeldächern, zwei Dutzend scharfe Turmspitzen, die sich in den harten blauen Himmel bohrten, tausend Fenster, die das frühe Sonnenlicht sammelten und wieder zerstreuten. Dahinter eine blaue Bucht, eine Schule von Delphinen, Männer, die Rundnetze in die Wellen schleuderten . . .

Acht

«Ein Platz der Sicherheit und Zuflucht», sagte ich hoffnungsvoll.

«Das werden Sie bald genug sehen», erwiderte Lady Beauclair. Sie reckte ihre Gliedmaßen und schien zum ersten Mal seit vielen Minuten Kenntnis von mir zu nehmen. «Nun aber, Mr. Cautley, frage ich mich, wie denn wohl mein Portrait fortschreitet...?»

«Sehr gut», erwiderte ich, obwohl die Wahrheit war, daß ich ob der Ablenkungen nur sehr langsame Fortschritte gemacht hatte.

Bisher hatte ich einen Grund aus Blauschwarz, Grau und Weiß gelegt. Diese Grundierungspigmente hatte ich mit Terpentin aus meinem Apothekertöpfchen verdünnt und dann zart und gleichmäßig über die obere Hälfte der Leinwand verteilt, die sie aufsog und schnell trocknete. Dann hatte ich, konkreter, einen Kopf skizziert, wobei ich eine dickere Farbenmischung verwendete – Karminrot und mehr Weiß, jedes vermischt mit Wachs, in Terpentin gelöst. Als nächstes trocknendes Öl, dann Gelblack, mehr Karminrot, mehr Weiß, alles vermischt mit Wachs; dann Leinöl über die Wolke des ovalen Gesichtes meiner Dame, das zu diesem Zeitpunkt genaugenommen ebenso für das Gesicht von nahezu jedem gegolten haben könnte.

«Warum machen Sie nicht weiter, Mr. Cautley?»

«Ich muß warten, bis die Farbe trocknet», erwiderte ich, indem ich auf meine Leinwand blies, wodurch mir ein wenig schwindlig wurde.

«Was, wenn ich fragen darf, ist dieser arg unerfreuliche Geruch?»

«Terpentin», erwiderte ich und reinigte meinen Pinsel in dem Töpfchen, das diese ihr Zartgefühl verletzende Substanz enthielt, die nur ein Maler lieben kann. «Terpentin und Wachs und Balsam und Harz.»

«Ihre Mischungen riechen abscheulich. Ich glaube, die Kunst des Portraitierens ist ein schmutziges und stinkendes Geschäft, nicht wahr?»

Ach ja, es war genau so, wie ich vermutet hatte: Meine Dame erwies sich als ein ziemlich schwieriges Modell. Und manches der Probleme entstand, wie Sie erraten werden, aus ihrer türkischen Kleidung.

Wegen seines unsicheren Haftvermögens fesselte dieses Kostüm in den Augenblicken, da es am tiefsten gerutscht war, nicht nur meine Aufmerksamkeit mehr als ihre Geschichte, es hemmte auch meinen Pinsel, der über der Leinwand herumzitterte, als ob er die Erschütterungen eines fernen Erdbebens registrierte. Ich hatte Geschichten darüber gehört, wie der verstorbene Mr. Hogarth in seiner vortrefflichen Akademie in der St. Martin's Lane die Studenten in einer «Schule des Lebens» unterwies, womit gemeint war, es werde einem Herrn oder einer Dame eine Guinea für die Bereitschaft gezahlt, seine oder ihre Kleidung abzulegen und sich auf einem Tisch in der Position eines Achilles oder einer Venus zu zeigen. So nachlässig wurde sie bei ihrer Geschichte, daß ich ein- oder zweimal wirklich dachte, Lady Beauclair würde mich den Wohltaten eben einer solchen «Schule des Lebens» aussetzen – obwohl ihr Ärmel und ihre *décolletage* immer im letztmöglichen Augenblick wieder gerichtet wurden.

Doch schuf diese Kleidung noch andere Schwierigkeiten, oder würde sie schaffen. Ich erwartete einigen Ärger finanzieller Natur durch das Abmalen dieser Faltungen in Ultramarin, denn Mr. Middleton, der Farbenhändler, den ich in der St. Martin's Lane aufzusuchen pflegte, forderte fünf Guineas für eine Unze dieses speziellen Pigments; selbst eine Unze von Ultramarinasche, einer niedrigeren Qualität, würde meine Börse um fünfundzwanzig Schilling erleichtern; und ich hatte bereits entdeckt, daß dieses Herrn billigste Alternative, «Bergblau», aus Kupfer gewonnen, sich nach höchstens einem Monat in helles Grün verwandelte. (Einige meiner Landschaften hatten unglücklicherweise unter dieser Art von Sparsamkeit zu leiden gehabt, obwohl sie im Ergebnis die Sharp-Kinder höchlich ergötzten, für die Upper Buckling zu einem magischen Ort mit absinthenen Flüssen und tiefgrünem Himmel geworden war). Deshalb begann ich zu bedauern, daß ich nicht energischer die Sache des Liliengewandes vertreten hatte, was im Vergleich ein großes Geschäft gewesen wäre.

Dafür hatte die Sache mit dem Hintergrund sich nicht als eine so große Schwierigkeit herausgestellt wie befürchtet, denn mir war die Idee gekommen, meine Dame vor einen Hintergrund aus Dunkelheit zu stellen (und Dunkelheit war tatsächlich hinter ihr herabgesunken, da die Vermieterin, Madam Chapuy, auf Anregung von Lady Beauclair bei ihrem Abmarsch mit den Austern, Melonen und Tafelaufsätzen eine Reihe von Kerzen gelöscht hatte). Ich hatte beschlossen, daß ich sie, wie Mr. Joseph Wright aus Derby es wohl getan hätte, nur durch das Licht einer einzelnen Kerze beleuchten würde, das sich nun neigte und tanzte und unsicher auf dem Beistelltischchen wand, da seine Existenz der Gnade des Luftzugs ausgesetzt war, der durch die verbleiten Fensterscheiben meiner Dame eindrang. In einem Augenblick der Inspiration hatte ich ferner wenige Minuten zuvor entschieden, mein Gemälde *Eine Dame im Kerzenlicht, einen Fächer haltend, auf türkische Manier gekleidet* zu nennen. Oder falls der Mond es jemals für angebracht halten sollte, hinter seinen dunstigen Schleiern und hinter dem barocken Kirchturm von St. Giles-in-the-Fields hervorzukommen, würde ich es *Eine Dame im Mondenlicht* und so weiter nennen. Als ich Lady Beauclair von dieser Absicht unterrichtete, schlug sie statt dessen *Eine Dame um Mitternacht* vor, doch ich sträubte mich gegen diesen Beitrag, der Nebenbedeutungen aufklingen zu lassen schien, die nicht eben den erhabenen moralischen Zielen entsprachen, die mir Pinsel und Bleistift motivierten; und auf jeden Fall war diese spezielle Stunde für uns noch nicht gekommen.

Größere Schwierigkeiten jedoch entstanden aus Lady Beauclairs mancherlei Gebärden im Verlaufe ihrer Erzählung und durch die zeitweilige Aufgabe ihrer herrischen Haltung (mit weiteren Nachteilen für den Sitz ihres Kleides), wenn sie den betrunkenen Priester nachahmte, die fluchenden Pilger, den trillernden Tristano oder den ermordeten Giuntoli. Sie spielte diese Partien wahrlich mindestens ebensogut wie jeder Schauspieler im Drury Lane-Theater. Sie schien großes schauspielerisches Talent zu besitzen, fähig zu sein, mit feiner Leichtigkeit jegliche gewünschte Rolle auszufüllen. Es erschien fast so, daß sie auf den Höhepunkten ihrer Geschichte die Ausführung des Portraits völlig vergaß, und sie nahm ihre Haltung (und richtete ihre Gewänder) erst nach wiederholten Ermunterungen meinerseits ein.

«My Lady», hatte ich ihr immer wieder sagen müssen, indem ich meine Hände in die Hüften stützte und meinen Kopf zur Seite wandte in einer linkischen Nachahmung der einzunehmenden Position. «Haben Sie vergessen . . .?»

«Verzeihen Sie mir, verzeihen Sie. Ja, ja – und wo war ich? Ach ja . . .»

Alle paar Augenblicke hatte meine Dame darüber hinaus verlangt, ihr Portrait zu sehen, und sich kaum seltener als die Sharp-Kinder über einen steifen Hals oder einen schmerzenden Rücken beklagt, Folgen ihrer unbequemen Haltung. Noch störender war es, daß ihr Schildpattfächer seine früheren Aufgaben wieder aufgenommen hatte und hin und wieder ihr Gesicht vollständig verbarg, indem er zwischen ihrer Nase und dem unsicher flackernden Kerzenlicht zum Einsatz kam und so ihr ganzes Gesicht im Schatten versinken ließ. Wie konnte man von mir erwarten, ihr Aussehen wiederzugeben, wenn alles, was ich sah, ein schwarzer Schatten und *Der Raub des Ganymed* waren? Und schon wurde mir bewußt, daß ich trotz weiterer Anwendung von Karminrot und dann ein paar dunklen Glanzlichtern aus Erdpech und Beigaben von gelbem Gummigutt fürs Kerzenlicht begonnen hatte, die Abbildung zu übertreiben. Das Bild auf der Leinwand vor mir, wiewohl unfertig, sah kaum nach der Dame aus, die vor mir stand; vielmehr vor mir saß, oder vielmehr jetzt wieder stand, mit den Armen fuchtelte und dabei das Kostüm wieder abwärts gleiten ließ. Was würde sein, wenn ich ob solcher Ablenkungen ein Portrait wie jene des Monsieur Le Brun im *Traité* malen sollte und meiner Dame erlesene Physiognomie in die eines Adlers, einer Eule oder einer Tigerin verwandelte?

«Bitte, my Lady . . .»

«Ja, natürlich, verzeihen Sie. Ich war ganz unachtsam. Also – wo war ich?»

Es erschien mir fast, als ob meine Aufgabe viel leichter würde, wenn ich meine Aufmerksamkeit einige Grad nach links wandte und nicht auf meine übermütige Erzählerin konzentrierte, sondern auf den gravierten Druck, der da so hervorgehoben – und so gehorsam – auf dem Beistelltischchen stand. Denn wie bereits betont, es waren sowohl Lady Beauclairs Haltung als auch ihr Kostüm die genauen Ebenbilder jener des Modells auf dem Druck.

Und so geschah es, daß ich, nachdem viele weitere Ermahnungen hinsichtlich des Fächers und nachlässiger Haltung ungehört verhallten, oder vielmehr nur für wenige Sekunden gehört wurden, meine Aufmerksamkeit dem Druck zuwandte, wobei ich mich wie schon im Haus am St. James's Square fragte, wer dieses bemerkenswerte Modell sei. Den wenigen Details nach, die ich wahrnehmen konnte, schien es eine Ähnlichkeit der Gesichter von ihr und Lady Beauclair zu geben, obwohl dies natürlich nur das Ergebnis der Ähnlichkeit von Haltung und Kostüm sein mochte. Doch waren da auch noch die anderen Fragen: als da sind, wie Sir Endymion dazu gekommen war, das Portrait zu gravieren, ob er das Original ausgeführt hatte oder nicht, und welche Beziehungen zwischen ihm, ihr und Lady Beauclair bestanden. Verwirrt, wie ich durch diese losen Fäden meiner Nachforschung war, so erfreute mich doch auch, was dieses Zeichen auf dem Beistelltischchen zu bestätigen schien – nämlich, daß meine Dame wirklich Lord W—s Verwandte war, Teil jenes großen und noblen Familienstammbaums: eine exotisch blühende Blüte, stellte ich mir vor, auf einem seiner höheren, schlankeren Zweige. Das Portrait einer solchen Verwandten würde zweifellos die Gunst Lord W—s finden und mochte eines Tages sogar in seiner Galerie hängen, neben den behäbigen Gentlemen mit ihren Entermessern und würdigen Grimassen.

Ich war fast soweit, mich nach Sir Endymions Mezzotinto und dessen rätselhaftem Sujet zu erkundigen, als ein jäher Luftzug meine Überlegungen unterbrach. Der Windstoß durchfuhr die Ritzen von meiner Lady Fensterscheiben mit einem besonders wilden Fauchen, löschte die einsame Kerze aus und ließ uns in einer tieferen Dunkelheit zurück als jener, die von Madam Chapuy verlangt oder von meiner Malerei gefordert wurde. Man hätte Pinthorpes Hypothese über Kerzenlicht und Tapeten überprüfen können, wenn nicht die geprägte scharlachfarbene Tapete an Lady Beauclairs Wänden jetzt völlig unsichtbar geworden wäre. In der Tat war diese Schwärze so vollkommen, daß ich einen Moment lang meine Hand nicht vor dem Gesicht sehen konnte, von der Gestalt meines Sujets ganz zu schweigen. Sie setzte nun ihre Erzählung fort, als ob nichts Besonderes geschehen sei.

«Drei Jahre lang», sagte sie gerade, «solange blieb Tristano im *conservatorio*, bevor Signor Piozzi …»

«Ach, bitte», sagte ich, als sie keine sichtlichen Bemühungen unternahm, die Dunkelheit zu beheben, «ich muß Licht haben, wenn ich Ihr Portrait vollenden soll. Haben Sie einen Feuerstein?»

«Wie bitte? Oh! Ja . . . ich glaube, es gibt hier einen Wachsstock – irgendwo neben mir», kam ihre Stimme aus der Dunkelheit. «Wenn Sie die Güte hätten, eine Flamme von Madam Chapuy aus der Spülküche zu beschaffen . . .»

«Ich kann ihn nicht finden», sagte ich nach einem Augenblick der Suche nach dem Wachsstock, während welcher Erkundung ich mein rechtes Schienbein gegen ein Tischbein stieß und über einen unsichtbaren Stuhl stürzte. Ich schrie vor Schmerz auf, aber als ich mich wieder vom Boden aufraffte, versuchte ich, meine gute Laune zu behalten.

«Dieser Tisch», erklärte ich, während ich mir das Schienbein rieb, «widerlegt aufs trefflichste die Theorie von Bischof Berkeley, *esse est percipi*, ‹Sein ist wahrgenommen werden›. Ich sehe keinen Tisch vor mir, doch weiß ich durch den Stoß gegen mein Bein, daß er existiert.»

«Mehr zur Sache», sagte meine Dame, deren ausgelassene Stimme des Bischofs (und seines Schülers Pinthorpe) eigenartige Philosophie über die materielle Substanz nicht allzu ernst zu nehmen schien, «der Wachsstock. Existiert *der*? Ja, ich weiß, daß er hier irgendwo ist . . .»

Als ich die Suche wiederaufnahm, stieß ich bald einen anderen unsichtbaren Gegenstand zu Boden, einen, der weniger robust war als Stuhl oder Tisch, und er zerbrach in einer Explosion aus Glas.

«Liebe Güte», sagte ich laut und dachte in meiner Verzweiflung daran, um wieviel schlimmer diese Zerstörung war als jene Fastberührung meiner Heringspastete mit den Schnallenschuhen von Sir James Clutterbuck. «Ach du liebe Güte! My Lady, vergeben Sie mir – tut mir so leid . . .»

Doch schien Lady Beauclair durch die Zerstörung dieses Gegenstandes – was immer er gewesen sein mochte – keineswegs betroffen und verkündete statt dessen mit triumphierender Stimme, sie habe den Wachsstock gefunden.

«Ja», sagte sie, «es ist genau so, wie ich dachte: Der Wachsstock existiert. Und nun, Mr. Cautley, werden Sie, wenn Sie den Raum durchqueren, bald feststellen, ob *ich* existiere.»

Auf der Hut vor unsichtbaren Stühlen oder anderen Hindernissen rückte ich durch die Dunkelheit vor, wobei meine Absätze die Splitter und Scherben des Gegenstandes, den mein Ellbogen vom Beistelltischchen gestoßen hatte, in den Fußboden malmten. Ich erreichte die Stelle beim Fenster, an der Lady Beauclair posiert hatte – ich hätte schwören können, daß es hier war –, nur um zu entdecken, daß sie nicht länger da stand.

«Bitte, my Lady», sagte ich, «der Wachsstock ...»

«Näher», kam ihre Stimme – wie mir schien vom entgegengesetzten Teil des Zimmers. «Kommen Sie näher, Mr. Cautley.»

Ich wandte mich um und folgte hartnäckig der Richtung, aus der die Stimme kam, und meine Absätze zerstießen und zermalmten erneut die Scherben, mein Schienbein begegnete erneut dem Bein des Tisches, über dessen unsichtbare Oberfläche ich schreiend zu Boden geschickt wurde – erneut.

«Ich warte, Mr. Cautley», kam die Stimme, diesmal näher der Tür. «Kommen Sie, Mr. Cautley. Was ist los? Können Sie mich nicht finden? Könnte es denn sein, daß Ihr Bischof doch recht hatte und daß wir nur existieren, wenn wir gesehen werden? Daß wir kein Wesen haben, abgesehen von unserer Erscheinung in den Augen der anderen? Daß wir wie die ganze Welt nur die Träume und Phantasien voneinander sind?»

Sie können sich vorstellen, daß mir die Laune nach Philosophieren vergangen war, besonders da meine Hand soeben meine Leinwand berührt hatte, deren Glanzlichter aus Erdpech noch längst nicht trocken waren.

«Wo sind Sie, my Lady?» fragte ich, als ich die Hand mit einem Taschentuch abwischte und mein schmerzendes Schienbein streichelte. «Ich bitte Sie – hören Sie auf mit diesem Spiel.»

Diese Worte waren mir kaum über die Lippen gekommen, als ich sie neben mir fühlte – besser: Ich fing über dem Gestank des Terpentins den sanfteren Duft des Eau de Cologne auf, mit dem sie sich eingesprüht hatte. Eine Sekunde später spürte ich über meinen Vorderarm den Schleier rieseln, dessen Weiß vor meinen Augen wie eine sanfte Wolke in einer windigen Nacht vorüberzog. Und dann spürte ich noch etwas anderes, denn ihre unsichtbare Hand berührte meinen Bauch, und ihr Atem blies sanft in mein Ohr. Einen Augenblick später streiften ihre Lippen und dann – oh!

– ihre Zunge leicht die Linie meines Kiefers, und in diesem Augenblick glitt der Mond hinter dem abgestuften Kirchturm von St. Giles-in-the-Fields hervor. Nun konnte ich ihre Augen nur wenige Zoll vor den meinen erblicken, und ihre linke Schulter: ein nacktes weißes Vorgebirge, das seine bisher vollste Preisgabe erfahren hatte.

«Keine Angst. Ich bin hier, Mr. Cautley. Keine Angst – ich existiere.»

«Der Wachsstock», sagte ich, als das Paar Augen immer näher kam, größer wurde und das süß duftende Kölnisch Wasser über mich hinzog wie Wolken aus einem unheiligen Weihrauchkessel und sich tief unten in meinem Bauch eine uralte Schlange von ihrem Lager aus feuchten schweren Windungen emporhob. «Eilen Sie, my Lady – ich muß die Kerze anzünden. Schnell – bevor meine Pigmente eintrocknen ...»

«Drei Jahre», sagte Lady Beauclair einige Minuten später, nachdem ich mit einer Flamme wieder treppauf gehinkt war und sie an die erloschene Kerze gehalten hatte. Nichts in ihrem Gesicht erinnerte an den Augenblick, der vorübergegangen war, denn erneut war sie in eine Art Trance verfallen. «Drei Jahre – solange nämlich verbrachte Tristano im *conservatorio*, bevor Signor Piozzi ihn für würdig erachtete, seinen Sopran in der Königlichen Kapelle und dann im Teatro delle Dame in Rom vorzuführen. Danach wurde er in eine kleine Stadt geführt – aber verzeihen Sie, ich greife zu weit vor.»

Neun

Drei lange Jahre erhob sich Tristano jeden Morgen auf die einschmeichelnde Forderung der Angelusglocke hin und trappelte, das Chorhemd über seine Flanellunterhosen gezogen, die Steintreppe hinab, um in der ellbogenstoßenden Gemeinschaft der anderen jungen *figlioli* – also der anderen Studenten – die Heiligen anzurufen. Drei Jahre der Musik – voller Gehörübungen, Kontrapunkt, Komponieren mit Kreide, Erlernen von Buchstaben, Notationen auf einer abgenutzten *cartella*. Drei Jahre voller Geigen, Zimbeln, Cembalos, Oboen, Lauten, Fagotts. Drei Jahre der Duos und Ensembles, der Vespern an Samstagen, der Passion in der Karwoche, von Almosenzügen an Feiertagen; voller Studium von Graziani, Cazzati, Pitoni, Vivaldi . . .

Vor allem aber drei Jahre voll des Singens; des Lernens, jenes schwierigste und schönste aller Instrumente zu spielen, die menschliche Stimme. Denn die menschliche Stimme war, wie Signor Piozzi seine Schüler lehrte, das größte, göttlichste aller Musikinstrumente, jenes, nach dessen Perfektion alle anderen trachteten. Sie war das Meisterstück, nicht des Menschen, der es allenfalls demutsvoll bespielen oder unvollkommen darauf herumspielen konnte, sondern Gottes, der es Seiner größten Schöpfung als Geschenk darbot und ihn, indem er das tat, vom Tier unterschied.

Wenn ihr singt, sagte der Meister zu den *figlioli*, möchte ich, daß ihr daran denkt, eure Stimmen in Dankbarkeit zu Ihm zurückkehren zu lassen. Ich wünsche, daß ihr an sie denkt, wie sie durch die Luft zu Ihm fliegen wie auf den Flügelspitzen von Engeln.

Signor Piozzi erwartete vor allem, daß die Stimmen seiner allerbesten Schüler auf Flügelspitzen durch die Luft zu ihrem Schöpfer flögen von, zum Beispiel, der Königlichen Kapelle oder der Bühne des Teatro San Bartolomeo aus, oder zumindest aus den Palasthallen von Herzögen oder Fürsten – und dadurch Dankbarkeit nicht allein Gott erwiesen, sondern auch, und substantieller Signor Piozzi gegenüber, der nach den Bedingungen eines Vertrages mit diesen Institutionen für jede Aufführung zehn Dukaten und zwei Carlini erhielt. Denn es war dies schließlich keine Wohltätigkeitsschule; der Maestro hatte einige dreißig Mäuler zu füttern, Geigen und Kornette zu reparieren oder zu ersetzen, Löhne und Steuern zu zahlen, Kerzen und Kohlen zu kaufen, zwei Klepper in Hafer und Stroh zu halten. Frugalität war in der letzten Zeit notwendig geworden, denn es schien, als beherberge Neapel mindestens ebenso viele *conservatorii* – Sant'Onofrio, Santa Maria di Loreto, Poveri di Gesù Cristo, die Liste ging noch weiter –, wie es Theater, Kapellen oder Adlige gab, die bereit waren, sich von zehn Dukaten zwei Carlini pro Aufführung zu trennen. Und das, ohne die vielen privaten Singmeister und ihre ständig heranreifende Ernte kleiner Wunderkinder zu zählen. Um so einige seiner Kosten zu bestreiten, hatte der Maestro begonnen, einen Kräutergarten zu kultivieren und, weniger einträglich aber ehrgeiziger, Opern zu komponieren – bisher elf. Er hoffte, sie im Teatro San Bartolomeo aufgeführt zu sehen, doch bis die Tölpel von städtischen Operdirektoren das wahre Genie dieser Meisterwerke erkannten, würden die Stimmen seiner Schüler und Fenchel und Oregano aus seinem Garten wohl leider seine einzigen Einkunftsquellen bleiben.

Singen also. Drei Jahre von Signor Piozzis peinlich genauen Stimmen – von seiner kreischenden Strenge und seinen pfeifenden Stöcken, von seinen Wutausbrüchen und scharfen Rüffeln, davon, wie sein Gesicht (das jedes Jahr deutlicher die Dimensionen des hinteren Endes eines fetten Schweins annahm) scharlachrot wurde, wenn er einer weinenden Waise jede musikalische Fähigkeit bestritt oder eine andere mit dem Hinauswurf bedrohte. Drei Jahre des Erlernens von Trillern, Passagen, Portamenti, Arpeggios, Läufen, von *gorgheggi, passagi*, der vollen *messa di voce. Gorgheggi*? Das sind Triller – der Ton, als schlage eine Fee mit einem silbernen Hämmerchen gegen die pulsierenden Mandeln. *Passagi*? Wechsel der Tonlagen, die Stimme gleitet glatt in die Bereiche des Falsetts, jene taumeligen, von feinen Schleiern umzogenen Gipfel, die so wenige je erreichen. Die *messa di voce* – vom Pianissimo zum Fortissimo und zurück in einem Atemzug. Drei Jahre auch des Erlernens, wie man die Stimme echoen – nein, wiederhallen – läßt im Gesicht, in den Höhlen des Kopfes: *dans le masque*, wie die Franzosen sagen. Seinen Gaumen üben, die Zunge, die Wangen, die Lippen, die Lungen; den Atem sechzig, siebzig, achtzig Herzschläge auf einmal anhalten; Arien vor einem lebensgroßen Spiegel singen, wobei ein Mundvoll Kiesel die Zunge niederhält und die Wangen beult ...

Harte Arbeit? Ja, doch – aber da gab es noch viel mehr Arbeit von völlig anderer Art: schrubben, bohnern, fegen, schälen, hacken, jäten ... bevor er sich beim letzten Angelus in eine kleine Kammer (die er sich mit vier anderen Jungen teilt) zurückzieht, solange die Öllampe noch brannte. Denn Signor Piozzi war entschlossen, aus den ihm anvertrauten Kleinen den Gegenwert seiner Dukaten herauszuholen, ob im *conservatorio* oder auf der Bühne. Sie mochten die heiligen Stimmen von Engeln besitzen, sie brauchten dennoch Nahrung und Unterkunft, sie verschmutzten dennoch Lauten und Balustraden mit ihren kleinen dreckigen Fingern oder trampelten Schlamm und Regenwasser in Korridore und Musikzimmer.

So gab es immer viele Aufgaben zu lösen: schwappende Eimer Wasser aus dem Ziehbrunnen auf der Piazza ziehen zum Beispiel oder Körbe voller Kohle aus den pechschwarzen Kellern über eine Leiter emporschleppen. Oder Hof und *porte-cochère* fegen und die Hiebe der dort residierenden Bettler abwehren. In der Küche mit der niedrigen Decke Gelee in Flaschen füllen oder Petersilie, Portulak, Zucchini, Anchovis zerhacken; oder Birnen halbieren, Zitronen zerschneiden, Austern öffnen. Hühnchen den Hals umdrehen, Rochen, Weißfisch, Seezunge, Forelle köpfen und abschuppen. Im Kräutergarten Unkraut jäten oder Dung auf den Mistkarren schaufeln. Und danach gab es immer wieder Teppiche zu klopfen und Kittel und Bettwäsche zu waschen; Bögen zu harzen; Beistelltischchen, Spiegel und *cassoni* mit Mull zu polieren ebenso wie Becher, verbogene Löffel und die glänzenden Oberflächen von Violoncelli, Mandolinen, goldenen Kornetts, eines Cembalos und der Posaunen, deren Züge und Stürze sich ändernde, golden glänzende, verzerrte Bilder des Musikzimmers widerspiegelten. Und dann sehr viel schwereres Schrubben und Wienern, wenn das getan war: Böden, Treppen, Fensterscheiben, Nachttöpfe, den gepflasterten Eingang, Eisengitter am Tor, Tischuhren, Tafelsilber, Schalen und Schüsseln aus Porzellan, Pokale und Holzlöffel, Messingbeschläge in der Kapelle, Weinkrüge und Kupfertöpfe, die an Haken in der dampfenden Spülküche neben Knoblauchkränzen und getrockneten Feigen hingen.

An was erinnerte er sich aus jenen Jahren noch? An seine Mitschüler natürlich: ihre Streiche, ihr Geschnatter, ihr Gestank und ihre Läuse, ihre heftige Jagd nach Vergnügungen, ihre pusteligen kleinen Gesichter und Ärsche, vor allem aber ihre ständige, unaufhörliche und ausweichliche, allumfassende *Gegenwart.* Schlafen, Wachen, Essen, Beten, Singen, Lachen, Weinen, Baden, sogar Pissen und Scheißen in ihrer Mitten: Bastarde und Waisen fast alle von allüberall her aus dem ganzen Königreich, und manche sogar noch von weiter, aus anderen unbekannten Königreichen und Herzogtümern und winzigen Fürstentümern, deren Straßen und Bauernhöfe und Dörfer ebenso verloren und jetzt ebenso fern und ebenso unvorstellbar waren wie sein eigenes. Girolamo, Marco, Pietro, Daniele, Gioacchino, Giuseppe Maria, der kleine Farinello, der Schuft... Was war aus ihnen allen geworden? Trotz der erzwungenen Intimität mit diesen Gefährten hatte er sie fast alle vergessen, ihre Namen und Gesichter ebenso wie ihr Sinnen und Trachten, bald schon nachdem er das *conservatorio* verlassen hatte.

Nun ja – alle außer einen: den großen Scorpio. Die Schule hielt manchen unerfreulichen Schock bereit – schonungsloses Regiment, zugige Fenster, dünne Decken in kalten Nächten, endlose Arbeiten mit Besen, Mistgabel oder Waschzuber –, aber am verhaßtesten von allem war sicherlich Scipio, der «Il Piozzino», wie er allgemein aus Achtung für seinen Maestro bekannt war.

Am schlimmsten also: drei Jahre mit Il Piozzino.

Vielleicht haben Sie einmal von Il Piozzino gehört, der einst auf englischen Bühnen sang? Nein? Dann sind wohl einige Worte am Platz. Tristano hatte viel von den anderen Schülern über diesen jungen Sopran gehört, ehe er seiner ansichtig wurde oder seine berühmte Stimme hörte. Scipio stand eine bessere Unterkunft zu als den meisten anderen Jungen – ein wärmeres Zimmer mit eigenem Zugang, die Aufmerksamkeiten eines Dienstmädchens, Ausblick auf einen gepflasterten Platz. Er hatte ferner einen Dispens erlangt, der ihn von den niedrigeren Arbeiten in Küche und Spülküche befreite. Eine ander Regel enthob ihn an den meisten Morgenden des Gottesdienstes, und weit nach dem letzten Läuten des Angelus wurde der alte Torwächter, der bei Sonnenuntergang abschloß, zum Empfänger ärgerlicher Rufe und Flüche, die ihn aus seinem kleinen freudlosen Zimmer befahlen, damit er dem jungen

Virtuosen bei seiner Rückkehr von einem Abend verschwiegener Vergnügungen Einlaß gewährte.

Diese Privilegien an sich riefen bei den anderen Schülern keinen Groll hervor. Zwar grollte man Scipio zutiefst – manche der Kinder hätten ihn umgebracht, wenn sie nur den Mut oder die Mittel dazu besessen hätten –, doch nahmen sie nicht nur Anstoß an seiner morgendlichen Immunität gegenüber dem Leeren der Nachttöpfe oder dem Niederknien zur Anrufung der Heiligen. Nein: Ihr Groll entstand aus Angst – nein, aus Terror. Denn Scipio begrenzte seine Vergnügungen nicht auf die Welt außerhalb der Schulpforten: Ebenso häufig ging er ihnen innerhalb der Schulmauern nach. Tatsächlich erschien es als sein Privileg, neben allem anderen, seine Mitschüler jeder beliebigen Form grausamer Quälerei zu unterwerfen. Diese durchliefen die gesamte Skala von verhältnismäßig harmlosen Formen verbaler Mißhandlungen – übertriebenes Nachahmen von Sprachfehlern oder Dialekten, erfundene Geschichten, die ihr Opfer ihres guten Rufs beraubten – bis zu anderen Grausamkeiten, die regelmäßig nicht nur mit seelischen, sondern auch mit physischen Wunden endeten. Spinnen mit scharfen Zangen ließ er in die Betten oder Chorhemden unvorsichtiger Opfer gleiten, andere von weniger gefährlicher Art in die verzerrten Münder all jener, die lange genug am Boden mit zugekniffenen Nasen festgehalten werden konnten. Andere Opfer wurden über Nacht in einem Keller eingeschlossen – dem bevorzugten Ort seiner Zerstreuungen –, wo sie von den willfährigen Gefangenen, ungefähr einem Dutzend großer Ratten, angegriffen wurden. Die kleineren Kinder wurden manchmal durch das Versprechen einiger Scudi (die natürlich niemals gezahlt wurden) dazu überredet, die Schnauze einer Ratte oder einer Eidechse zu küssen, wofür sie als Gegengabe oftmals einen Biß erhielten; oder sich in Gladiatorenkämpfen unter der Treppe die Nasen blutig zu schlagen und einander die Gesichter zu zerkratzen.

Wenn sein exzentrischer Appetit vom Blut und den Tränen seiner kleinen Mitschüler nicht befriedigt werden konnte, vergnügte Scipio sich von Zeit zu Zeit mit den niedrigeren Lebensformen, die er in furchterregender Menge in den dunkleren, feuchteren Schlupfwinkeln der Schule heranzog. Dann verwandelte sich sein bequemes Zimmer regelmäßig in ein blutbespritztes Theater der

Anatomie, in das neugierige Schüler – gegen einen bescheidenen Preis – zu Unterhaltungsabenden eingelassen wurden. Hier wurden die Beine von Fröschen und Eidechsen eines nach dem anderen herausgeschnitten und an eine fette schwarze Viper verfüttert, die einen kleinen belüfteten Schrank bewohnte; und wenn ihre Verrenkungen langweilig wurden, beseitigte man die Amputierten selber auf die gleiche Weise. Manchmal richtete er seine Gedanken auf die Jurisprudenz, und das Zimmer wurde zu einem Gerichtshof. Mindestens einmal in vierzehn Tagen wurde eine der Ratten aus ihrem dunklen Nest im Keller hervorgerufen, um sich irgendeiner phantasievollen Beschuldigung zu stellen; sie wurde unweigerlich für schuldig befunden und mußte sich anschließend in Übereinstimmung mit Scipios enthusiastischem Gerechtigkeitssinn in einer verstöpselten Flasche zu Tode hungern – was oft den größeren Teil eines Monats dauerte –, oder sie wurde gehängt oder an die unersättliche Viper verfüttert oder gezwungen, einige Tropfen von einer übelriechenden Flüssigkeit einzunehmen, die laut Scipios Versicherungen nach dem Giftrezept der Inquisitoren zusammengerührt worden war. Ob nun wahr oder nicht, die Ratte taumelte, strampelte und zuckte unter ebensolchen Schmerzen aus dieser Welt wie nur je ein Ketzer.

Gegen solche Maßnahmen die Autorität des Signor Piozzi anzurufen wäre für Opfer oder verängstigte Zeugen nicht gut gewesen; denn welches Vergnügen der Maestro aus seinen wutschnaubenden Verwünschungen der Schüler auch immer zog, das alles hatte innezuhalten vor jeglicher Züchtigung Scipios. In der Tat wollte er nicht einmal ein Wort der Anklage gegen den Jungen hören. Da ihm Nachkommenschaft fehlte, betrachtete er Scipio als seinen Sohn und als reiche Einkommensquelle, die ihm seinen Ruhestand finanzieren würde. In seltenen Momenten der Redseligkeit sagte er gerne voraus, daß binnen weniger Jahre Il Piozzino mehr als dreitausend Dukaten pro Jahr verdienen würde – und dann würde er natürlich seinen alten Lehrer nicht vergessen. Jawohl – und *dann* würden, bei Gott, jene elf Opern aufgeführt werden!

Aber Signor Piozzi kannte Scipio nicht, wie ihn die anderen Schüler kannten. Dieser kleine Maulheld erklärte oftmals, daß er sich schon vor Jahren von dem fetten Monster getrennt haben würde, wenn es da nicht einen Vertrag gäbe, den er sehr unklug beim Eintritt in die Schule unterzeichnet habe: Doch sobald dieser verwünschte Vertrag erlösche, würde er verschwinden! – Und das wird das letzte Mal sein, daß ich etwas von euch widerlichen kleinen Scheißern sehe, schloß er unweigerlich; eine Vorstellung, die seiner Zuhörerschaft nicht besonders unangenehm war.

Tristano begegnete diesem böswilligen kleinen Geschöpf zwei oder drei Tage nach seiner Ankunft; zu genau jener Zeit, da ein Schüler durch Scipios gnadenlose Launen am verletzbarsten war.

– Bauer! war dessen Urteil, als er Tristano nach der Morgenandacht erstmals begegnete. Er stand auf der steinernen Treppe. Die berühmte Sopranstimme, die kürzlich noch eine Versammlung von Andächtigen in der Madonna di Loreto in Rom verzaubert hatte, wurde zu einem häßlichen Geschrei:

– Flegel, Dummkopf! Trete mir deine Schweinescheiße nicht auf meine Treppe!

Er wäre wohl für einige Zeit bei diesem Thema geblieben (das sich bald ausweitete und Tristanos angebliche Vorlieben für geschlechtliche Vereinigung mit Ziegen umfaßte und seiner Mutter Verfügbarkeit für die perverseren Gelüste türkischer Soldaten in den apulischen Bädern), hätte es da nicht plötzlich eine Bewegung am Fuß der Treppe gegeben. Einer der *figlioli*, ein Knabe namens Concetto, wurde vom Organisten, einem mondgesichtigen Mann nahezu so fett wie Signor Piozzi, rasch die Stufen hinaufgetragen. Concetto stöhnte und war käseweiß, ein Blutfleck hatte sich über den größten Teil seines Unterleibs und die obere rechte Hüfte verbreitet.

– Idioten! schrie Signor Piozzi von irgendwo da unten. Warum ihn so früh zurückschicken? Zum letzten Mal! Idioten! Zum letzten Mal, sage ich!

Scipio trat zurück, um das Duo passieren zu lassen, wobei ein Ausdruck des Vergnügens kurz über sein Gesicht huschte.

– Concetto, rief er dem Jungen nach, während ein eidechsenhaftes Grinsen sich über sein Gesicht ausbreitete, du wirst dich schon bald genug erholen! Hab' ich nicht recht, Giulia?

Das Dienstmädchen war neben ihm auf der Treppe erschienen. Es war ein Mädchen von vielleicht fünfzehn Jahren und blieb wie manche der *figlioli* trotz häufiger Mißhandlungen Scipio ergeben. Tatsächlich war sie ihm die loyalste von allen, denn sie war eine regelmäßige Besucherin seines Zimmers, und es war nichts Ungewöhnliches, Scipio die enge Steintreppe von ihrer Unterkunft in der winzigen Mansarde hinabspringen zu sehen.

Giulia kicherte zustimmend, und dann verschwanden die beiden treppauf, wobei Scipio ihre wackelnden Pobacken tätschelte. Ihr Gekicher und die schlurfenden Schritte blieben hörbar, bis irgendwo hoch oben eine Tür heftig zuschlug.

Der schwergeprüfte Knabe war in das Zimmer getragen worden, das Tristano mit vier anderen Jungen teilte, und hier wurde er auf eine sechste Pritsche gelegt, wo er mit schwachem Zucken und Stöhnen atmete. Er blieb dort die nächsten beiden Tage und Nächte, schlürfte gelegentlich schwächlich von kalten Brühen, die Giulia ihm finster blickend aus der Küche brachte, und bot sein Handgelenk einem dünnen Arzt dar, dessen düstere Miene auf eine gewisse Vertrautheit mit dem Übel schließen ließ. Während einer dieser Konferenzen hörte Tristano den Mann ernsthaft mit Signor Piozzi flüstern, dessen Anwesenheit im Zimmer das Licht der Kerze verdunkelt hatte, bevor Tristano hinaus auf den Korridor gewiesen wurde, um dort an der halboffenen Tür zu lauschen: Höchst delikat ... der Doktor in Bologna ... vollständiger Verlust ... die kirchlichen Gesetze ... Verstümmelung ... höchst skandalös ... sicherlich würdigen ... ernsthafter Schaden ...

Am dritten Tage erhob Concetto sich beim Klang des Angelus von der Pritsche und humpelte gestützt auf Tristanos Schulter die Treppe hinab, um seine Andacht zu murmeln. Sein plötzliches Erscheinen in der Kapelle verursachte mancherlei Stupser und Seitenblicke ebenso wie einige wenige Grinser, obgleich bei seinem Eintritt zwei oder drei kniende Knaben angespannt wirkten, als ob das Leiden des traurigen kleinen Kerls sie ebenfalls bedrohe.

Als ein blonder Knabe mit weißlichen Locken und rosa Kaninchenaugen stand Concetto da und schielte schmerzerfüllt ins Sonnenlicht. Er war von so fahler Gesichtsfarbe, daß Tristano zu dem Schluß kam, daß entweder seine Krankheit ihm jeden Tropfen Blut aus dem Körper gesogen oder aber die Sonne sich niemals in seinem Geburtsort habe sehen lassen, einem fernen Herzogtum, dessen Herrscher dem Vernehmen nach sein Gönner war. Heute, und an jedem Tag danach, bekleidete er sich mit einem schwarzen Kittel, was ihn aus der gewöhnlichen Gesellschaft der Knaben heraushob, die in weißen Kitteln, roten Gürteln und türkischen Kappen weitgehend nicht zu unterscheiden waren. Scipio trug ebenfalls Schwarz, aber natürlich nur dann, wenn es seiner Laune gefiel, was nicht eben oft geschah: Häufiger huldigte er seinem Geschmack mit blauen Samtröcken, die mit Goldfäden verziert waren, oder mit mohnroten Röcken und entsprechenden Kniehosen, angeblich alles Geschenke seiner Bewunderer außerhalb der Schulmauern.

Ein kleines Kontingent anderer Knaben trug ebenfalls Schwarz, vielleicht sieben insgesamt. Wie Scipio bewohnten sie geräumigere Unterkünfte oberhalb der Treppen und erfreuten sich einer größeren Menge Bettwäsche und besserer Kost an der Speisetafel. Und auch sie hatten Befreiung von allem Schrubben, Hacken oder Wienern erlangt. Doch war dies ein Pyrrhussieg, denn trotz ihrer reiferen Jahre – sie waren im Durchschnitt vielleicht ein oder zwei Jahre älter als die anderen – und trotz ihrer rätselvollen Bruderschaft mit ihm gehörten sie doch zu den beliebtesten Opfern Scipios. Und tatsächlich, wann immer Signor Piozzi ihnen den Rücken zuwandte, zogen die anderen Jungen viel Vergnügen daraus, sie zu piesacken, gewöhnlich mit Streichen, die sie Scipios Repertoire entlehnten: Und so wurde ein- oder zweimal binnen vierzehn Tagen der eine oder andere dieser armen Kerlchen, den man bei der Morgenandacht vermißt hatte, aus dem Keller befreit, zitternd, von Ratten zerbissen, Schluchzer unterdrückend, Tränen und Rotz über die Wangen verschmiert. Sehr selten verschwand einer von ihnen ganz. Tristano vermutete eine von Scipios gewalttätigeren Zerstreuungen, aber neben ihre Namen schrieb Signor Piozzi in die goldverzierte Stammrolle immer dieselben Worte: *«Se n'è fuggito»* – «er ist fortgelaufen».

Falls Tristano gehofft hatte, die Geheimnisse dieser tragischen Bruderschaft dadurch zu erfahren, daß er das Zimmer mit einem ihrer Mitglieder teilte, wurde er bald enttäuscht. Am vierten Tage wurde Concetto mit seinem Koffer die Treppen hinaufgebracht, um die häuslichen Vorteile seiner neuen Stellung zu genießen. Tristano hätte Concetto dann wohl völlig vergessen, wären da nicht Ereignisse gewesen, die sich nahezu zwei Jahre später abspielten; Ereignisse, die für einige Tage jene Routine störten, die in der Schule so rigoros vorgeschrieben war.

«Aber diese Ereignisse lassen wir besser für ein andermal», sagte meine Lady. «Denn es ist spät geworden, und ich fürchte, daß Sie müde werden. Nein? Lieber Mr. Cautley, ich genieße Ihre Gesellschaft. Aber jetzt bin ich neugierig, den Fortschritt Ihrer Arbeit zu sehen, und ich sehe, daß Madam Chapuy uns Stachelbeeren aufgetragen hat.» (Denn die gute Frau war einen Augenblick zuvor erschienen und blickte jetzt über meine linke Schulter, atmete schwer und warf einen Schatten auf meine Leinwand.) «Darf ich vorschlagen, daß wir uns in drei Tagen abends wiedertreffen? Dann will ich Ihnen die Geschichte von Tristano weitererzählen.»

Als ich zwanzig Minuten später die enge Treppe hinabstieg, begleitet von Madam Chapuys jüngster Tochter, die mir höchst anmutig mit hochgehaltener Kerze leuchtete, wurde mein Weg für einen Augenblick von einer kleinen Gesellschaft blockiert – zwei Gentlemen und eine Dame –, die auf dem Treppenabsatz hockte. Obwohl gut genug mit Samtröcken und sauberen weißen Krawatten bekleidet, trugen die beiden Gentlemen reichlich übel aussehende Mienen, aus denen rotgeränderte Augen (infolge unmäßigen Trinkens, das wohl auch für ihre zusammengesunkene Haltung verantwortlich war) uns mit kurzem Mißtrauen betrachteten. Als ich vorüberging, flach gegen die Mauer gepreßt, zog die Dame – ein ungesund aussehendes Weibsstück mit einer großen Menge fettiger Löckchen, die ihr den Rücken hinabrieselten – einen der Gentlemen wacklig auf die Füße und schleppte ihn dann unter Einsatz ihres größeren Gewichtes durch den Vorhang einer Tür und sagte: «Was haben Sie mir heute abend mitgebracht, Mr. McQuarters? Hmm? Was haben Sie Ihrer Betty heute abend mitgebracht?»

Der Kerl auf den Stufen schielte mich erneut an und fragte dann herrisch im Tonfall aufdringlicher Vertrautheit: «Gibs denn hier n Scheißhaus auffe Etage?»

«Durch diese Tür, Mr. Lockhart», erwiderte meine junge Gefährtin, Esmeralda, indem sie wies. «Sie wissen doch, wo's zu finden ist», fügte sie ermutigend hinzu.

Als ich schließlich auf der Straße stand, deren Anblick durch die Dunkelheit nicht verbessert wurde, bedauerte ich Lady Beauclair ob dieser ungehobelten Nachbarn. Aber dann überlegte ich mir, daß sie sie vielleicht gar nicht kannte, denn in einer so großen Stadt wie dieser können Gesichter wie Namen eines jeden anderen, selbst die unserer nächsten Nachbarn, ein Geheimnis bleiben, eine leere Stelle.

Zehn

Der nächste Tag war höchst verdrießlich und jämmerlich. Schauer kalten Regens wurden schräg durch die Straßen getrieben von einem Nordwind, der Samson und Delilah, die kreischten und unter der Wucht des Ansturms wild hin- und herschwangen, aus den Angeln zu heben drohte. Da er bei diesem Angriff scheiterte, wirbelte der hyperboreische Sturmwind solange im Kamin herum, bis es ihm endlich gelang, das Feuer zu löschen, das ich für mein Frühstück entzündet hatte, und mein Zimmer mit schwarzen Rußschwaden zu überziehen. Der Regen trommelte auf die Dachziegel wie die Fingerspitzen eines ungeduldigen Riesen, der erwog, was er heute mit mir treiben mochte.

Die Trübsal ob der kalten Pastete und der Wohnung, die feuerlos so kalt wie die Landschaften von Nowaja Semlja geworden war (denn der Wind war durch die Fenster eingedrungen und wenig später der Regen durch die Decke), wurde jedoch bald übertroffen durch das Elend, mich in die Straßen begeben zu müssen. An diesem Morgen schwammen der Haymarket und seine Nachbarschaft im Dreck und erinnerten an einen schlammigen Ganges und seine strömenden Nebenflüsse: Dicke Wellen schwappten und schmatzten an Geschäftstüren wie an den Stiefeln eines jeden, der verzweifelt oder närrisch genug war, sich in die Elemente zu wagen. Selbst das Etablissement von «Jules Regnault, Perückenmacher» blieb von diesen Übergriffen nicht verschont, denn trotz der Bemühungen von zwei Lehrlingen, die mit Strohbesen ausgerüstet waren, gierte und gurgelte der Fluß an seiner Tür und an den Schnallenschuhen der Lakaien im Zweispitz, die sich behutsam ihren Weg in das Geschäft bahnten mit ihrer Herren Perückenbeutel in regengepeitschten Kartons unterm Arm, indes ihre schlammbeinigen Pferde am Randstein platschten und dampften.

Als ich diese trüben Ströme befuhr, begleitete mich mein Möchtegern-Lakai, Jeremiah Sharp (der im Vormonat zehn Jahre alt geworden war), und hielt unterm Arm zwar keinen Perückenbeutel im Karton, wohl aber eine billige Saffianmappe, in die ich eine Sammlung von Skizzen gepackt hatte: Pastellportraits von Mr. Knatchbull in der Haltung des sterbenden Generals Wolfe, in Kosakentracht, als nackter Gladiator, der sich auf den Kampf vorbereitet; eine oder zwei Ansichten der Hügel über Upper Buckling, in Wasserfarben gemalt (und daher mit konventionellerem blauen Himmel); Holzkohlezeichnungen einiger der entgegenkommenden Kunden von Mr. Sharp und sogar *Eine Dame bei Kerzenlicht* von gestern abend, die jämmerlich unvollständig und noch keineswegs als Mylady erkennbar war, aber nicht, dachte ich mir, ohne gewisse Spuren von Talent. Mit anderen Worten: Arbeiten, durch die ich Sir Endymion Starker zu beeindrucken hoffte.

Auf sein flehentliches Bitten hin war Jeremiah Befreiung von den üblichen Morgenpflichten – Flur und Eingang zu seines Vaters Geschäft kehren – gewährt worden, um mich auf meinen Gängen zu begleiten; denn obwohl ein jedes der sieben Sharp-Kinder beharrlich in seiner Hingabe war und sie untereinander um die Plätze neben mir in der Kirchbank oder am Eßtisch stritten und obwohl es manchmal zu Schlägereien darum kam, wem die Ehre gebühre, mir Malkasten oder Skizzenbuch zu tragen, erwies sich der junge Jeremiah als geradezu rührend anhänglich. Tatsächlich hatte er meine Talente freundlicher gepriesen und meine Zukunftsaussichten optimistischer beurteilt, als es der Rest der Gesellschaft bislang für angebracht hielt, und er konnte sich keine beglückendere Beschäftigung vorstellen, als in meine Dienste zu treten und mit mir durch die Hauptstädte des Kontinents zu reisen. Oftmals, wenn er den Puder von seines Vaters Flur aufkehrte, verirrte Härchen von seinem Umhang abzupfte oder Eimer mit Bleichmittel in den Rinnstein goß, tröstete er sich mit Träumereien von einem idyllischeren Leben, in dem er mich jeden Morgen rasierte und meine Kleider ausbürstete, mir Farben und Pinsel vorbereitete, die Staffelei aufstellte, mir in den Zeiten der Entspannung Gedichte vorlas, meine Briefe beantwortete, meine Konten verwaltete, meine Besucher zuließ oder abwies, in meine Auseinandersetzungen mit eifersüchtigen Ehemännern oder abgelegten Geliebten eingriff und mich liebevoll während Anfällen von Krankheit oder Melancholie umsorgte. Und wenn mich bei früheren Gelegenheiten sein bescheidener Ehrgeiz als lieb und erheiternd berührt hatte und allen anderen leider als lächerlich fehl am Platze erschienen war, so verkörperte er an diesem Morgen, während er vor mir die Straße hinabmarschierte, einen Weg durch den Schlamm suchte und bemüht war, mich mit seinem schmalen Körperchen gegen die Angriffe von Wind und Regen zu schützen, vor denen seinen eigenen Kopf eine Strohhaube bewahrte, eine besondere Bitternis: Denn in der letzten Nacht hatte ich, bevor mich Mr. Sharps kreischendes Hausschild aufweckte, davon geträumt, für Sir Endymion Starker eine Reihe ganz ähnlicher Dienste zu verrichten.

Als Jeremiah vor vierzehn Tagen seine Vorzüge angepriesen hatte, verpflichtete er sich, mir überall hin zu folgen, wohin mein Genius es für angebracht halten sollte, mich zu führen, «von der Frobisher Bay bis nach Timbuktu»; aber an diesem stürmischen Vormittag, an dem seine heldische Treue ihrer ersten Prüfung unterworfen wurde, beschloß ich, daß ich von ihm lediglich fordern würde, mich bis in die St. Alban's Street zu begleiten, bis zur Wohnung von Sir Endymion also, dem meine Aufwartung machen zu können ich erneut hoffte. In Wirklichkeit aber nahm ich meinen neuen Diener an diesem elendesten aller Morgende viel weiter mit; und zwar bis nach Chiswick; und ich klopfte letzten Endes an drei verschiedene Türen. Jeremiah hatte in seinem hoffnungsvollen Pflichtenkatalog mit keinem Wort das Klopfen an Türen erwähnt; das aber, spürte ich jetzt, würde die vordringlichste Aufgabe eines jeden in meinen Diensten Stehenden sein, denn hier in London schien mein Leben in Intervalle zwischen Anklopfen eingeteilt zu sein, zwischen einer Reihe von unbeachteten Bewerbungen und glücklosen Versuchen, Zugang zu privilegierten Räumen zu erhalten, die mir aus irgendwelchen Gründen verwehrt blieben.

Zunächst also die Tür in der St. Alban's Street. Jeremiah suchte sich auf Zehenspitzen seinen Weg zum Haus und forderte mich dann durch eine höfliche Geste auf, ihm in seinen Fußstapfen zu folgen, dabei aber eine mächtige Kotzpfütze auf den Pflasterplatten und eine ockergelbe Spritzerei zu umgehen, wo ein Karrengaul sich unlängst in den Rinnstein entleert hatte.

«Niemand zu Hause, Mr. Cautley», meinte er, während er seine Nase an das flaschengrüne Glas des Seitenfensters preßte, wie ich das noch am Vortag getan hatte. «Sollen wir also zur Pall Mall gehen? Er muß in der Pall Mall sein, Mr. Cautley.»

«Wart einen Moment», sagte ich und fragte mich, ob es in einem redseligen Augenblick am nämlichen Morgen weise gewesen war, diesen Knaben in meine Pläne einzuweihen. «Warte nur einen Moment, Jeremiah.»

Ich musterte die Vorderseite des Hauses, das bei diesem Wetter mit tropfender Traufe und klappernden Dachziegeln und heulendem Kamin ein noch hoffnungsloserer Aufenthaltsort zu sein schien als sonst. Doch war der Nager, dessen Kadaver den Eingang am Vortag besudelt hatte, verschwunden, ohne Zweifel vom Sturzregen fortgespült. Ebenso verschwunden war die Schubkarre, wahrscheinlich weniger ein Opfer des Regens, weshalb ich diese Veränderung als ein Zeichen der Inbesitznahme durch den Hausherrn deutete.

Ich blickte empor und schützte mein Gesicht gegen die Sintflut. Das Fenster, aus dem die fahlgesichtige Dame auf mich herabgegrollt hatte, war verschlossen, dunkel, die Vorhänge zugezogen.

«Der Klopfer, Jeremiah.»

«Kein Klopfer, Mr. Cautley», erwiderte er und wies auf die Einrichtung, die am Vortag in meiner Hand abgebrochen war und nun im stinkenden Dreck lag. «Is abgebrochen, Sir.»

«Dann schlag gegen die Tür.»

Jeremiah schlug mit seiner kleinen Faust gegen das Holz; das Geräusch, für mich zwei Fuß hinter ihm hörbar, dürfte kaum jemanden zwei Treppen über uns aufgescheucht haben: Es war in der Tat ein kleines verlorenes Geräusch inmitten einer so großen und lärmenden Welt, wie ich dachte.

«Fester, Jeremiah», befahl ich, als sein Vorstoß unbemerkt blieb.

«Ich hör jemand, Mr. Cautley.»

Ja – Stimmen; sie kamen, schien es, aus einem der oberen Fenster: eher Schreie; zwei sich streitende Menschen, ein Gentleman und eine Dame; oder vielmehr ein Gentleman, der schrie, und eine Dame, die schluchzte.

«Kannst du was hören, Jeremiah? Was sagen sie?»

Mein Lakai schüttelte die Strohhaube und schlug erneut gegen die Tür. Keine Antwort, und nach einer weiteren Minute und nach Jeremiahs drittem Aufruf schwiegen die Stimmen, oder wurden zumindest unhörbar. Doch unmittelbar vor diesem Erlöschen glaubte ich zu hören, wie der Gentleman seine weinende Gegenspielerin als «Weibsstück» und «Hure» brandmarkte, doch da der Wind diesen speziellen Augenblick auswählte, um im Kamin zu heulen und einen Dachziegel herunterzuwerfen, konnte ich mich keineswegs auf meine Ohren verlassen. Und ob dieser fluchende Gentleman Sir Endymion war und die schluchzende Dame das bildhübsche Fräulein, das mir am Vortag die Miniatur an den Kopf geworfen hatte – da war ich mir noch weniger sicher.

Ich überredete Jeremiah, seine Knöchel ein viertes Mal an der Tür zu erproben, doch als dieses inzwischen schon etwas zögerlichere Ersuchen wiederum nicht besser aufgenommen wurde als die vorhergehenden, drehte ich mich im Schmutz der zerbrochenen Pflasterplatten auf dem Absatz um und wandte mich wieder der Straße zu.

«Komm, Jeremiah», sagte ich mit einer Stimme, die ich tapfer und fröhlich klingen zu lassen versuchte. «Alsdann auf zur Pall Mall.»

«Ja, Mr. Cautley.»

Inzwischen war mein junger Lakai tropfnaß; seine schmalen Schultern zitterten, seine Zähne klapperten, und seine Knöchel, armes Kerlchen, schmerzten ohne Zweifel. Und um die Dinge noch schlimmer zu machen, hatte der Wind es während unserer Expedition verschiedentlich geschafft, ihm den Strohhut vom Kopf zu lupfen und in eine Pfütze oder ein Schlammloch zu schleudern, von wo er mühsam wiedererlangt, ausgewrungen und noch kraftvoller auf den Kopf gestülpt wurde, nur um eine Minute später erneut weggeblasen zu werden. – Es lag etwas Erheiterndes, aber auch Bewundernswertes in seiner Beharrlichkeit – wie ja auch in meiner eigenen beharrlichen, werden Sie wohl sagen wollen, Übung, an verschlossene Tore zu klopfen.

«Ja, Mr. Cautley», wiederholte Jeremiah, als wir unseren Marsch südwärts zur Carv'd Balcony Tavern und zum Eingang von Pall Mall begannen, wo die Lampen in ihren Kristallkugeln immer noch glühten, obwohl es bereits mitten am Vormittag war. Erneut schützte Jeremiah mich gegen den Wind, während er unseren Weg um die tückischsten Pfützen und die dampfende Hinterlassenschaft von Karrengäulen suchte. Ich nehme an, daß ihm jetzt die Aussichten, in die Pall Mall (und überhaupt in meine Dienste) einzutreten, um einiges weniger verlockend erschienen als noch vor zwanzig Minuten.

Zweitens: eine größere Tür. Wir überwanden Pall Mall an der seichtesten Stelle und kreuzten nahe der Market Lane auf die Südseite. Das Gebäude, zu dem wir unsere Schritte lenkten, war von bescheidenen Ausmaßen und enttäuschend anspruchslosem Äußeren, da es in seinem früheren Leben ein Kattunlager gewesen war. In dem kugelförmigen Knauf des Messingklopfers konnte ich den Zustand meiner Perücke überprüfen, die nun tropfnaß war und, befürchtete ich, wie das Tier zu riechen begann, aus dessen Schwanz sie gemacht worden war. Trotz aller Bemühungen von Jeremiah waren ferner meine Hosen durchnäßt, die Strümpfe bespritzt und die Schuhe unter etlichen zähen Schichten von Schlamm und Dung, die sich trotz meiner energischen Bemühungen mit einem eisernen Fußabtreter nicht abkratzen ließen, völlig unsichtbar geworden. Ich nahm meinen Hut im Schutze des Vordachs ab und wischte mir, während Jeremiah ihn auswrang, das Gesicht mit einem Taschentuch, das sich, als ich es aus der Tasche zog, als mindestens ebenso durchnäßt erwies wie meine anderen Ausstattungsstücke, aber schlimmer noch vom Asphalt der letzten Nacht befleckt war, den quer über die Nase zu schmieren mir jetzt gelang. Wie *Eine Dame im Kerzenlicht* und meine Skizzen von Mr. Knatchbull zu diesem Zeitpunkt aussahen, mochte ich mir nur sehr widerwillig vorstellen.

«Gesundheit», flüsterte Jeremiah abwesend, als ich mich in das tropfende Taschentuch schneuzte. Er bemühte sich, einen ansehnlicheren Knoten in das rote Band zu knüpfen, das ich an meine Perücke gebunden hatte, doch blieb ich trotz seiner Anstrengungen, wie ich befürchte, eine höchst unansehnliche Attraktion. Ein Blick auf meinen krausen Kopf und die asphaltbeschmierte Nase im Messingklopfer und ich war bereit, einen hastigen Rückzug in meine Wohnung anzutreten. Ich hätte das auch zweifellos getan, wäre da nicht Jeremiah gewesen, der das Abbröckeln meiner Entschlossenheit spürte, den Klopfer ergriff und ihn viermal heftig gegen die Platte schmetterte. Die Antwort auf diese Aktion war von einer Art, die keiner von uns hätte vorhersagen können.

«Der Unterricht hat begonnen», sagte ein Gentleman, der die Tür einen Spaltweit öffnete und dann diese Öffnung hastig erweiterte, um uns beide einzulassen, nicht aber Wind oder Regen. «Beeilen Sie sich – herein – kommen Sie, kommen Sie ...»

Jeremiah und ich wechselten Blicke, und ich war bereit, meine Geschäftsabsichten zu verkünden, aber der Gentleman, der mit einem Hörrohr ausgestattet war, winkte uns herein und wies dann mit seinem Hörrohr den Korridor hinab.

«Bitte, Sir», sagte ich, als er die Tür mit einem solchen Knall zuschlug, daß er mir die Worte aus der Kehle zu treiben schien, «ich suche Sir Endymion Starker, wenn Sie mir bitte ...»

«Vorwärts, vorwärts», sagte er laut, ohne meine Erklärung zur Kenntnis zu nehmen. Da die Trompete erneut den Korridor hinabwies und dadurch ihre üblichere Verwendung an seinem Ohr aufgab, war er nach meiner Vermutung völlig unfähig, auch nur eine Silbe zu verstehen. Ich sprach ihn deshalb mit lauterer Stimme an, doch legte er mir lediglich eine Hand in die Mitte des Rückens, und, indem er dasselbe bei Jeremiah tat, schob er uns gewaltsam den Korridor entlang.

«Vorwärts mit euch», sagte er, «ihr habt euch schon um eine Stunde verspätet.» Dann gab er uns einen letzten Stoß und schlüpfte in eines der Zimmer, deren Eichentüren den Korridor säumten.

Jeremiah und ich wechselten erneut Blicke, doch gerade als er leise herausbrachte, daß wir besser gehen sollten, «denn dieser Gentleman hat uns sicherlich für jemand anderen gehalten», wanderten meine Blicke vom Gesicht meines jungen Lakaien zu dem einer Diana, die hoch an der Wand des großen Raumes, den wir jetzt durchquerten, einen Cupido entwaffnete, während sich neben ihr in einem weiteren goldenen Rahmen Juno darauf vorbereitete, von Venus den Gürtel zu empfangen.

«Die Ausstellungshalle», sagte ich, während meine Aufmerksamkeit jetzt von einem strengblickenden Regulus während seines Aufbruchs aus Rom und von weiteren Abbildungen der Venus gefesselt war, die entweder an den Wänden hingen oder gegen die Fußleisten gelehnt dastanden: Venus den Aeneas geleitend, den Tod des Adonis beklagend, den Mars unterwerfend, das Kind Cupido säugend oder halbnackt in der See posierend, wobei die zufällige Verteilung der Hülle und Fülle ihrer Locken es kaum vermochte, ihre Brüste zu verbergen. Dann war da auch ein Achilles, der abwesend den blaufahlen Leichnam des Patroklos trug; mehrere lebensgroße Portraits des König und der Königin; Köpfe unterm Zweispitz und mit Brokat verzierte und bebänderte Brüste militärischer Personen von Stand; Szenen aus der römischen *campagna* und die Ruinen des Kolosseums – alle in goldenen Rahmen aufgehängt und, wie es schien, jeden verfügbaren Zoll der blausamtenen Wände bedeckend.

Ich hätte stehenbleiben und für immer starren mögen, doch hoch oben an der Wand bemerkte ich eine besondere Venus – eine schlankere und feinere Wiedergabe der Göttin –, deren flehend weißes Angesicht mit seiner Sturzflut ockergelber Locken mich an die auf der Miniatur erinnerte, die ich morgens sorgsam in die Tasche gesteckt und während des größeren Teils unserer Expedition befingert hatte.

«Mr. Cautley ...», sagte Jeremiah, der nicht wie ich von den vielen Wundern in der Ausstellungshalle überwältigt war. «Ich glaube, Sir, daß wir gehen sollten. Bitte, Mr. Cautley, sicherlich wird uns jemand sehen.»

Doch hatte uns schon jemand gesehen, denn inmitten der Ausstellungshalle hatte sich eine Gruppe von Knaben aufgestellt, einige nicht älter als Jeremiah (der jetzt tatsächlich an meinem Ärmel zupfte), jeder in einen Kittel gehüllt, mit Skizzenbuch oder Staffelei ausgerüstet und eifrig die Kopie einer Venus oder eines Achilles herstellend. Einer oder zwei der weniger Fleißigen unter ihnen hatten ihre Blicke uns zugewendet und ließen Pinsel oder Zeichenstifte in der Luft über halbvollendeten Skizzen schweben.

«Ich suche Sir Endymion Starker», sagte ich mit jener bedeutsamen Stimme, die ich von meinem Vater gelernt hatte, der sie verwendete, wenn er seine Gemeinde ansprach oder auf dem Markt in Shrewsbury Fisch kaufte. «Können mir die Herren sagen, ob er heute anwesend ist?»

Einer der älteren Studenten (denn für solche hielt ich die Burschen) erhob seinen Pinsel – dessen Haare von einem kräftigen Klacks von Mr. Middletons feinstem Ultramarin zusammenklebte (der Farbe des Gewandes, das die spezielle Venus schmückte, die er wiederzugeben sich bemühte) – und wies, oder besser: tupfte in die Richtung eines anderen Raumes.

«Versuchen Sie's im Modellierraum», sagte er und ließ seinen ultramaringetränkten Pinsel zu den strahlenden Falten des Gewandes der Göttin zurückkehren.

Den Modellierraum fand ich unter einer ähnlichen Besatzung wie die Ausstellungshalle. (Jeremiah, der sich verpflichtet hatte, mir bis Timbuktu zu folgen, hatte beim Anblick der in Rede stehenden Tür den Mut verloren und stand jetzt vermutlich draußen im Regen.) Den Flur dieses neuen Raumes füllten weitere skizzierende Burschen, denn eine ähnliche Übung war im Gange, wenngleich diesesmal die Studenten auf ihre Papiere und Leinwände Abbildungen eines runden Dutzends Marmorskulpturen zeichneten, die um sie herum standen: Gestalten, die den Diskus warfen, Flöte spielten und zugleich über Baumstämme sprangen, Schwerter und Schilde schwangen, Füße oder Beinschützer in den Nacken sich krümmender Feinde stemmten oder sich in amourösen Vergnügungen mit nackten jungen Mädchen ergingen. Hier standen auch noch mehr Venusgestalten – eine schützte scheu ihren Busen mit Händen und Haaren, eine andere in weniger sittsamer Pose bot unbekümmert eine Brust den Blicken dar, während sie eine Seemuschel an ihr Ohr hielt und hinter ihr eine bärtige Gestalt mit einem Triton heran kroch.

Diese stumm zeichnenden Studenten wurden von einem Zeichenmeister überwacht, der nun hinter mir herankroch, sehr ähnlich jener Gestalt mit dem Triton hinter der ahnungslosen Venus. Und wenn sein Kollege an der Tür in Sachen Hören schwach war, so war dieser Bursche, schien es, sonderbar schwach in einer anderen Sinneskraft, einer im allgemeinen in seinem Beruf als unabdingbar angesehenen: denn nachdem er mir verschwommen ins Gesicht geschielt hatte, sprach er mich familiär, wenngleich sehr verärgert, als «Spencer» an.

«Sie kommen wie üblich zu spät, Spencer», sagte er mit krächzender Stimme. «Der Unterricht hat vor einer Stunde begonnen. Setzen Sie sich hin, Junge – machen Sie schon.»

«Sehr wohl, Sir.»

Indem ich in die günstige Verkleidung dieses ewig verspäteten Burschen schlüpfte, setzte ich mich auf den Boden, holte ein durchnäßtes Portrait von Mr. Knatchbull aus der Mappe und begann, seinen Gliedern Muskeln und seiner ausgestreckten Hand einen Diskus hinzuzufügen.

«Wenn Sie nicht einmal in Pall Mall zur vorgeschriebenen Stunde eintreffen können», fuhr der Zeichenmeister fort, der das Thema nicht fallenlassen mochte, «wie wollen Sie dann pünktlich in Chiswick eintreffen? Sir Endymion ist nicht so langmütig wie ich, und Sie werden bald genug merken, daß er sich sowas nicht bieten läßt. Sie sollten sich morgen am besten früh auf den Weg machen, wenn Sie pünktlich ankommen wollen. Denken Sie dran – zehn Uhr. Sie werden Faltenwurf zu malen haben.»

«Die Adresse, bitte Sir?» bettelte ich. «Sie wissen doch, wie vergeßlich ich bin ...»

Vielleicht fühlte ich mich schuldig, des armen Spencers beschädigten Ruf noch weiter in Verruf gebracht zu haben; aber nachdem ich die Adresse erfahren hatte und nachdem die Unterrichtsstunde beendet und ich hinaus in den Regen geschlüpft war, dachte ich nicht mehr an Spencer – wer immer der sein mochte – und nicht einmal an Jeremiah, der mich getreulich erwartete, fiebrig in der Eingangshalle zitternd und herumhüpfend wie ein Quäker, sondern vielmehr an Sir Endymion; das bedeutet, nehme ich an, ich dachte ausschließlich an mich.

Elf

Hinter der dritten Tür entdeckte ich dann schließlich viele Stunden später Sir Endymion Starker; oder genauer, hinter der dritten Tür entdeckte ich Lady Manresa und dann endlich hinter ihr Sir Endymion.

Chiswick war nicht Timbuktu oder Frobisher Bay, es war vielmehr eine Angelegenheit von knapp zwei Meilen, und dennoch hatten wir eine lange und ereignisreiche Reise hinter uns, obwohl der Regen schließlich aufgehört *hatte*, als wir die Straßenkehre am Hyde Park Corner erreichten und auf die bekieste Wagenstraße nach Knightsbridge einbogen. Zu dieser Zeit waren wir in Gesellschaft, denn am Ende der Tyburn Lane waren wir zwei Gentlemen begegnet, ebenfalls zu Fuß, die den Wunsch äußerten, mit uns zu reisen, da sie auf dem Weg nach Kensington seien.

«Bei einer solchen Reise ist man zu mehreren sicherer», erklärte einer dieser Herren, der sich selbst als Mr. Brownrigg vorgestellt hatte. Er war ein freundlicher, wohlgekleideter Mensch in einem mit Silberbrokat geschmückten Überrock, einer seidenen Weste mit Spitzenbesatz und einem Stock mit Beinspitze. Ein schnelles physiognomisches Studium seiner Augen und seiner Stirn erwies ihn als entschlossenen, redlichen Mann, der freundschaftlicher Geselligkeit und wohltätigen Gesten zuneigte. Die Richtigkeit meiner Deutung wurde bald darauf bestätigt, denn als wir weitergingen, erzählte er, daß, da diese Straße wegen ihrer Straßenräuber so berüchtigt war, an den meisten Tagen am Ende der Tyburn Lane in regelmäßigen Abständen eine Glocke geläutet werde, um jene zu einer Gruppe zusammenzurufen, die nach Kensington zu reisen wünschten; doch «da heute morgen die Glocke nicht geläutet wurde, haben Mr. O'Leary und ich es auf uns genommen, Mitreisende zum gegenseitigen Schutz zu versammeln».

«Es ist wirklich ein günstiger Tag für Straßenräuber», bemerkte Mr. O'Leary und wies auf den Morast der Fahrbahn vor uns und auf eine schmutzbespritzte Kutsche, die mühsam über die Pflastersteine Piccadillys hinschlingerte. «Die Kehre in Knightsbridge wird vom schlimmsten Schlamm im Königreich geplagt, dick wie Maismehlpudding – eine von den Schurken heißgeliebte Gelegenheit.»

«Doch niemand entgeht, ach o weh!, seinen Gefahren», fuhr Mr. Brownrigg mit fröhlicher Stimme von angenehmer musikalischer Modulation fort, «denn noch ist es gar nicht so lange her, daß unser verblichener King George höchstselbst auf eben diesem Abschnitt der Straße um Uhr und Börse beraubt wurde.»

«Drüben liegen die Five Fields», führte Mr. O'Leary weiter aus. Er war ein Ire von ähnlich feinem Anzug und Benehmen, der jetzt mit einem dunklen Wanderstab auf die leeren Wiesen hinwies, die sich zu unserer Linken öffneten. In der Ferne qualmte ein Ziegelofen dünn vor sich hin, und hinter diesem Schmutzschleier erhob sich der dunstverhüllte Klotz des Lock Hospital. «Kein Tag vergeht meines Wissens, an dem nicht in dieser Gegend einem unachtsamen Reisenden Hut oder Perücke geraubt, Degen oder Börse gestohlen wird.» Plötzlich senkte er die Stimme, als ob er befürchte, von einem Vorübergehenden gehört zu werden (von denen es in Wahrheit keinen gab). «Erst im letzten Frühjahr», sagte er in diesem gedämpften Ton, «ist ein Kaufmann, der mit der Kutsche von Chiswick zurückkam, ermordet worden, als er den Ranelagh überquerte, der gar nicht weit von dieser Straße fließt.»

«Der arme Gentleman wurde durchs Herz geschossen», sagte Mr. Brownrigg und wiegte wehmütig das Haupt bei der Erinnerung an dieses Ereignis, «gerade als seine Kutsche über die ‹Bloody Bridge› fuhr.»

«Höchst passender Name, Mr. Brownrigg», rief der Ire. «Ach ja, höchst passender Name.»

«Kein Mann ist seiner Besitztümer wahrhaft sicher», klagte Mr. Brownrigg, «sobald er die Tore von Piccadilly hinter sich hat.»

Sie können sich leicht vorstellen, wie dankbar Jeremiah und ich für die Gesellschaft dieser beiden energischen Männer waren, als Schutz gegen Gefahren, denen wir uns so unwissend ausgesetzt hatten. Jeremiah (dessen Augen sehr groß geworden waren, als er von dem Schicksal des unglücklichen Kaufmanns aus Chiswick erfuhr) war besonders dankbar, und als wir weitergingen, hielt er sich möglichst nahe an Mr. Brownrigg, den größeren der beiden Gentlemen.

Als wir am Dorfe Knightsbridge vorübergingen und der Schlamm an unseren Schuhen schmatzte und sog, deutete Mr. O'Leary auf Knightsbridge Green, das, wie er sagte, zur Zeit der Pest als Grabstätte gedient habe.

«Es wird erzählt», fuhr er fort, «daß an Tagen wie diesem, wenn es so stark regnet, die Schädel einiger dieser armen Seelen sichtbar werden, doch habe ich selbst dieses Phänomen noch nicht erlebt.»

Bei dieser makabren Nachricht drängte sich Jeremiah noch näher an Mr. Brownrigg heran, wandte den Blick von der Grünfläche und rief, daß er sich nicht sicher fühlen würde, ehe wir Chiswick nicht erreicht hätten. Als Mr. Brownrigg unser Ziel erfuhr, schlug er eine Alternative zur Kensington Road vor; diese würde, wie er vermute, unsere Reise um mindestens eine Viertelstunde oder mehr verkürzen. Als Jeremiah und ich unser Interesse an diesem neuen Weg bekundeten, äußerte der gute Gentleman jedoch ein *caveat*.

«Denn tatsächlich hat dieser Weg, der zum Fluß hinunterführt, einen noch übleren Ruf als die Kensington Road, wegen der Wegelagerer, die seine Einsamkeit für ihre perfiden Zwecke höchst nützlich finden.»

«Ich glaube, das war auch der Weg, den der arme Kaufmann zu nehmen beliebte», äußerte der Ire.

«Das war er, Mr. O'Leary, wehe um ihn», erwiderte Mr. Brownrigg in mitfühlendem Ton. Er blieb nun stehen und wandte sich freundschaftlich, aber besorgt an Jeremiah und mich. «Was das angeht», sagte er und betrachtete besonders aufmerksam Jeremiahs Mappe aus billigem Saffian, «wenn Sie entschlossen sind, diesen Weg einzuschlagen, dann fühle ich mich verpflichtet zu fragen, ob Sie irgendwelche Wertgegenstände besitzen – vielleicht einige Münzen oder Juwelen –, die die Habgier eines Wegelagerers oder Straßenräubers erwecken könnten. Sie müssen nämlich wissen», fuhr er fort, ehe noch einer von uns antworten konnte, «da es noch einige Zeit hin ist, bis Mr. O'Leary und ich in Kensington sein müssen, würden wir uns sehr geehrt fühlen, Sie auf den Abschnitten des Weges zu begleiten, denen er seinen üblen Ruf verdankt.»

Nach einer kurzen Unterredung waren Jeremiah und ich der

Meinung, daß trotz aller Furcht vor Wegelagerern und Straßenräubern das Begehren überwog, Chiswick zu erreichen, bevor wir uns eine Lungenentzündung holten, zumal wir uns auf die Zusage unserer freundlichen Gefährten stützen konnten, die von unserer Entscheidung befriedigt zu sein schienen, wie bestürzt sie auch immer durch das Bekenntnis unserer Armut sein mochten (was ihr mitfühlendes Lächeln andeutete).

«Sie müssen nämlich wissen, daß ich ein armer Künstler bin», erzählte ich diesen Gentlemen, «der seinen Weg in der Welt erst noch machen muß. Doch habe ich gute Aussichten», fand ich es angemessen hinzuzufügen, «denn ich bin beauftragt worden, das Portrait einer Verwandten von Lord W— zu malen.»

Unsere Gefährten waren durch diese Mitteilung gebührend beeindruckt, und nur eine Geste der Bescheidenheit meinerseits verhinderte, daß Jeremiah die vorzüglicheren Beispiele meiner Kunst aus der Mappe zog und ihnen vorlegte.

«Kommen Sie – ich glaube, daß dieser Pfad der Weg ist», sagte Mr. Brownrigg einen Moment später, als er uns in ein Feld führte, das hier und da von gefleckten Schweinen bevölkert war, die lärmend in zwei übelriechenden Abfallhaufen wühlten. Das Feld (auf dem sich ein Pfad nicht unmittelbar zeigte) war ferner von einigen kleinen Gruppen bärtiger Burschen besetzt, die sich ihr Mittagessen – ebenfalls, wie es schien, von den üblen Abfallhaufen gewonnen – auf den höllisch aussehenden Flammen zweier Ziegelöfen kochten. Unter anderen Umständen hätten Jeremiah und ich sicherlich einen großen Bogen um diese Kerle gemacht, doch waren wir heute durch die Anwesenheit unserer neuen Freunde ermutigt. Aber selbst so wagte Jeremiah, wie ich bemerkte, sich niemals weiter als zwei Fuß von Mr. Brownriggs Ellbogen fort.

«Sieh da», sagte Mr. O'Leary ziemlich plötzlich, nachdem wir eine Viertelstunde über Felder und durch dichte Bestände von Ulmen und Kastanien gestapft waren. «Sehen Sie – die ‹Bloody Bridge›.»

Ich hörte, wie Jeremiah den Atem anhielt beim Anblick dieses berüchtigten Stückes Ingenieurkunst, einer hölzernen Konstruktion, die kaum breit genug war, zwei Pferde aneinander vorüberzulassen. Unter ihr schäumte der Ranelagh, der vom Regen hoch ging und mit unmäßiger Geschwindigkeit seiner Begegnung mit der Themse entgegeneilte.

«Ich glaube, es war genau an dieser Stelle, Mr. Brownrigg, wo der Kaufmann aus Chiswick sein unglückliches Ende fand», sagte Mr. O'Leary, der sich auf der nahen Seite des Bauwerks aufgestellt hatte und mit seinem Stock auf die Lehmbank über dem Fluß wies.

«Ja, genau an der Stelle da», stimmte Mr. Brownrigg zu. «Gott gebe seiner Seele Frieden.»

«Wie der Schuft gebettelt hat», sagte Mr. O'Leary.

«Ja», stimmte Mr. Brownrigg zu, «und wie er geschrien hat.»

«Aber leider gab es niemanden, der ihn hörte», sagte Mr. O'Leary.

«Und wenn niemand einen Schrei hört», legte Mr. Brownrigg nahe, «dann ist es wahrlich so, als ob niemand geschrien hätte.»

Weder ich noch der arme Jeremiah legten irgendwelchen Wert auf diese Hypothese (die im nachhinein eher der Philosophie meines Freundes Pinthorpe ähnlich klang, obwohl Sie sicher sein dürfen, daß ich in jenem Augenblick daran überhaupt nicht dachte): Denn kaum zog Mr. O'Leary eine Pistole aus seiner ansehnlichen Weste und gab dem Wunsche Ausdruck, den Inhalt der Saffianmappe zu inspizieren, als wir beide aus Leibeskräften zu schreien begannen, sowohl um Hilfe von unseren Mitmenschen wie auch um Gnade von unseren verräterischen Gefährten. Als diese Handlung aber keinerlei Wirkung erbrachte, griffen wir zu anderen Maßnahmen; nämlich wir begannen zu rennen. Doch auch dieser Versuch brachte kein besseres Ergebnis, denn der arme Jeremiah wurde bereits nach kaum fünf Schritten von Mr. O'Leary ergriffen, in welchem Augenblick er wieder mit seinen Schreien begann.

«In den Fluß, Jeremiah!»

Als mein Verfolger begann, die Lücke zu schließen, die zwischen uns klaffte, hatte ich selbst unwillentlich Zuflucht zu diesem Fluchtkanal genommen, denn ich war auf dem lehmigen Ufer ausgerutscht und Hals über Kopf in den Fluß gestürzt. Mr. Brownrigg schien, vielleicht ob seiner feinen Kleidung, höchst unwillig, mir zu folgen – ein recht verständliches Bedenken. Statt dessen stand er da am Ufer, verfluchte mich und schwang seinen Stock mit der knöchernen Spitze wie einen Degen.

«In den Fluß!» wiederholte ich, während die Strömung mich unter die «Bloody Bridge» schwemmte und mich fast in einen ihrer hölzernen Bögen schleuderte.

«Ja, Mr. Cautley!»

Mit einer gewaltsamen Drehung riß sich mein junger Gefolgsmann aus dem Griff von Mr. O'Leary los, schleuderte die Saffianmappe vor sich her und sprang mit einem kleinen Platscher in das rauschende Wasser. Die Strömung behandelte ihn ebenso grob wie zuvor mich, warf ihn gegen einen der splitternden Brückenpfeiler und drückte ihn prompt unter die Oberfläche; doch dann trug sie uns beide außer Reichweite der Gestalten am Ufer, die schrien, uns nachrannten, mit ihren Stöcken herumfuchtelten, ihre Pistolen abfeuerten, dann kleiner wurden und schließlich verschwanden.

«Hier entlang, Jeremiah!» rief ich, als die Gewalt der Strömung uns flußab fegte wie zwei kleine Küken durch eine tosende Gosse.

«Komme schon, Mr. Cautley! Ich komme, Sir!»

Ein paar Minuten später entlud der Fluß uns in die Themse bei Chelsea, nahe den Ranelagh Gardens, und die Bögen und umfassenden Kolonnaden von deren großer hölzernen Rotunde waren sichtbar, als wir an Land gespült wurden, hustend, spuckend und tropfnaß. Als ich mit Jeremiah ans Ufer stolperte und meine Strümpfe laut in meinen goldschnalligen Schuhen quietschten, erinnerte ich mich, daß ich vor knapp zwei Wochen in Toppies Gesellschaft nahe dieser Stelle gestanden hatte. Wir hatten die Tabakspfeifen geraucht und beobachtet, wie maskierte und kostümierte Personen von Stand paarweise an dem parfümierten und kerzenbeleuchteten Springbrunnen vorüber in den verzauberten Palast spazierten. Heute waren natürlich Personen von Stand abwesend, und der Springbrunnen war still. Die Kolonnade und die venezianischen Fenster waren dunkel und düster, und die Büsche im Garten sahen winzig und jämmerlich aus, wie kleine grüne Tiere, die sich gegen Kälte und Nässe aneinanderdrängen; sehr ähnlich, vermute ich, müssen Jeremiah und ich ausgesehen haben, wenn irgend jemand zugesehen hätte.

Doch dann wurde deutlich, *daß* jemand zusah. Wir hatten begonnen, unsere Kleidung auszuwringen und ich auch meine Perücke, die ihre Eimerladung von Puder in den Fluß entladen hatte, und ich hatte traurig den verwüsteten Inhalt meiner Mappe durchmustert, als uns plötzlich eine Stimme aus kurzer Entfernung das Ufer entlang anrief.

«Sie haben Glück, werte Herren, daß die Flut niedrig läuft, sonst wären Sie sicher nicht vor Greenwich angespült worden!»

Unser Unglück war augenscheinlich eine Quelle der Erheiterung für den Sprecher – einen alten Kerl in einem Aalboot, der neben einem kleinen Dock seine Netze einholte –, denn er rundete seine Bemerkung mit einem lauten Glucksen ab, das man bis zu den Battersea Fields jenseits des Chelsea Reach gehört haben muß. Er war ein häßlicher alter Kauz mit einem einzigen Auge, und auch dieses schielte nur mehr; aber als es so aussah, als wolle er auf den Fluß hinausfahren, sah ich eine Möglichkeit, nach Hause zu kommen: Denn bereits kurz nach unserer Einführung in den Ranelagh hatten wir die Chiswick-Idee aufgegeben.

«Bitte, Sir», rief ich ihn an, «in welche Richtung fahren Sie?»

«Chiswick», erwiderte er.

Jeremiah war verständlicherweise sehr zurückhaltend gewesen, als es darum ging, uns beide der Fürsorge eines weiteren Fremden anzuvertrauen. Doch da dieser Mitmensch jedem von uns ein Stück seines Käses anbot, uns mit Flanelldecken zum Trockenreiben und zum Einwickeln versorgte und uns sogar einen Schluck aus seiner Ziegenlederflasche anbot, aus der er sich mit manch einem lauten Schluck bediente (Jeremiah lehnte letztere Gastfreundlichkeit klug ab, die bald darauf meinen Kopf in die eine Richtung, meinen Magen in die andere taumeln ließ), boten weder das Aalboot noch selbst die lange Fahrt bis Chiswick eine insgesamt ungünstige Aussicht. Der Nachteil dieser neuen Form der Beförderung war, wie wir entdeckten, daß ein guter Teil der Ladung des alten Burschen auf den geteerten und mit Seetang bestreuten Planken zu unseren Füßen lagerte. Diese Geschöpfe glitschten umher, wanden sich, arbeiteten mit ihren kleinen Kiemen und Kiefern, gaben dann den Geist auf und begannen schließlich, unser kleines Fahrzeug mit Gestank zu erfüllen. Die Reise endete nicht eine Minute zu früh für Jeremiah, der, eine Stunde später, vom Boot kroch, noch ehe es richtig am Dock in Chiswick angelegt hatte. Ich glaube, daß er niemals mehr mit dem gleichen Vergnügen wie vorher von Mrs. Sharps Aalpastete aß.

Unser kleines Boot hatte neben dem einer Gruppe von Weidenschneidern festgemacht, die auf einem nahen Flußinselchen gearbeitet hatten. Sie überredeten unseren Gefährten, mit ihnen einen Humpen Bier im Burlington Arms zu teilen, woraufhin wir ihm Adieu sagten und uns auf die Suche nach Sir Endymions Haus machten. Nun lag das Dock, an dem wir an Land gegangen waren, nahe der St. Nicholas Kirche, wo, wie ich zufällig wußte, die sterblichen Überreste des großen Mr. Hogarth vor rund fünf Jahren beigesetzt worden waren. Also machten wir uns trotz Jeremiahs Widerspruch – seit ich ihn aus der Themse fischte, hatte er noch nicht wieder Mut gefaßt – auf die kurze Pilgerfahrt zu seinem Grab, und während wir am Rande der Grabstätte bibberten, las ich laut Mr. Garricks Inschrift auf dem steinernen Monument. Während ich das tat, entdeckte ich ein Zittern in meiner Stimme – und das kam nicht nur von der Kälte: Mich erfüllte Trauer angesichts des Wissens, daß ich diesem großen Mann niemals lebend begegnen würde, denn für mich bedeutete er zumindest ebensoviel wie Bischof Berkeley (offenbar ebenfalls verschieden) für meinen Freund Pinthorpe. Obwohl das gottlos klingen mag, bekenne ich, daß in jenen Tagen die *Analysis of Beauty* meine Bibel war.

Bald aber ermunterte mich die Aussicht, einem lebenden Künstler zu begegnen, der vielleicht ebenso hochgeschätzt war wie der Gentleman, der zu meinen Füßen begraben lag.

«Komm, Jeremiah», sagte ich. «Wir wollen das Haus von Sir Endymion Starker suchen.»

Das Haus war nicht schwer zu finden, da es eines der größten unter jenen war, die auf den Fluß hinausblickten: ein schöner Ziegelbau, drei Stockwerke hoch, mit einem Butzenscheibenfenster und einer grünen Tür, die ein Maulbeerbaum beschattete; genau die Art von Residenz, wie ich erleichtert sah, die einem berühmten Gentleman vom Genius eines Sir Endymion Starker angemessen war.

Die Tür sprang fast im gleichen Augenblick mit einem scharfen Krachen auf, in dem Jeremiah mit dem Eichenknüttel gegen sie pochte, den er auf dem Friedhof gefunden hatte und nun verwendete, sowohl um sich während des Restes unserer Reise zu stützen wie auch um uns gegen Straßenräuber zu verteidigen, sollte jene unglückliche Situation sich erneut ergeben. Doch seine Anstrengung, wie kraftvoll sie auch war, trug in Wahrheit nichts Wesentliches zu dem Ergebnis bei, das sie allem Anschein nach hervorrief, denn die Tür ruckte so unmittelbar auf, daß der arme Jeremiah seinen Knüttel fast gegen die strenge Stirne einer großen und eindrucksvollen Dame mittleren Alters schlug, die umgekehrt ihn nahezu über den Haufen rannte, als sie geschäftig nach draußen gefegt kam.

«Haben Sie mir meine Kutsche gebracht?» fragte sie ihn.

«Lady Manresa», kam eine Stimme aus der dunklen Halle, «Sie wollen sich doch nicht ausgerechnet jetzt davonmachen?»

«Genau das habe ich vor, denn ich habe heute abend eine Verabredung», erwiderte sie und nannte einen vornehmen Peer, in dessen Residenz zu Richmond sie zum Essen geladen sei. In der Zwischenzeit streifte sie ein Paar seidene Handschuhe über ihre großen Hände und setzte sich einen Strohhut auf, den zwei Straußenfedern in Preußischblau zierten.

«Schon vier Sitzungen!» beschwerte sie sich. «Also wirklich, Sir Endymion» (denn es war tatsächlich jener Gentleman – mein vormaliger Whistpartner –, der jetzt unter der Tür erschien), «ich fürchte, wenn Sie die Vollendung noch weiter hinauszögern, werden Sie Falten *hinzufügen* und meine Zähne *abziehen* müssen!»

«Lady Manresa», erwiderte Sir Endymion mit beruhigender Stimme. Es schien, als ob er weder Jeremiah noch mich bemerkte. Er trug eine Spencerperücke, und eine Spitzenkrawatte und ein holländisches Rüschenhemd waren unter seinem grauen Kittel zu sehen, der mit getrockneter Farbe besprenkelt war – Zinnober und Gelblack anscheinend, und vielleicht ein paar Spuren von Asphalt. Er nahm eine der behandschuhten Hände der Dame in die seine.

«Lady Manresa», wiederholte er, «davor brauchen Sie doch keine Angst zu haben, denn gleich welche Fortschritte ich mache, garantiere ich Ihnen, daß diese liebliche Wange» (der farbenbeklekkerte Rücken seiner Hand zog einen zärtlichen Kreis über dieses Detail ihres Äußeren, das sich bei der Berührung in genau das Zinnoberrot verwandelte, das die Knöchel befleckte), «diese liebliche Wange wird noch manches Jahr blühen und glühen . . .»

«Oh, Sir Endymion!» rief die Dame aus, die es für einige

Sekunden sehr viel weniger eilig zu haben schien, ihre Kutsche zu kriegen; doch dann erinnerte sie sich des Lords und ihrer Verabredung mit ihm zu Richmond, und sie wirbelte herum und wandte sich erneut in jenem direkten Ton an Jeremiah.

«Meinen Wagen will ich!»

«Eine Stunde noch, Lady Manresa», sagte Sir Endymion mit einer Stimme, die Befehl und Bitte zu vereinen schien. «Das ist alles, worum ich Sie bitte, my Lady. Dreißig Minuten.»

Aber die Dame hatte ihre Kutsche erblickt, und indem sie ihre Röcke über den Schlamm raffte und während die Straußenfedern über ihrem reichen Haargebirge flatterten und zitterten wie zwei auf einem sturmumtobten Vorgebirge aufgezogene Standarten, bewältigte sie die Reihe von Fahrrinnen, zu denen die Straße geworden war, und wurde dann zeremoniös von einem Diener, der in eine rote Livree mit Epauletten aus Goldbrokat gekleidet war, ins Innere gehoben.

«Bis nächste Woche dann», rief sie durch ein Fenster, durch das wegen der niedrigen Decke des Wagens die Hutfedern hervorstanden.

«Eine höchst kritische Dame!» rief Sir Endymion sich selbst im Eingang zu und unterstrich seine Bemerkung mit etwas, das wie ein Seufzer klang.

«George Cautley, Sir, zu Ihren Diensten», nahm ich die Gelegenheit wahr zu sagen, nachdem dieses unbezähmbare Geschöpf fortgefahren war. Ich hatte meinen Dreispitz (immer noch reichlich naß) abgenommen und vollzog jetzt eine tiefe Verneigung. «Ich bin gekommen, Sir, um mich meiner Schulden zu entledigen», beharrte ich und vertiefte meine Verbeugung um etliche Zoll, als ihr Erstvollzug keine bemerkbare Wirkung zeitigte.

Sir Endymion blickte erst mich und dann Jeremiah verwundert an, als ob er uns zum ersten Mal sähe.

«Natürlich», sagte er. Jetzt war sein gutgeschnittenes Gesicht vollständig ausdruckslos, und selbst unsere schlammige Kleidung und meine verwaschene puderlose Perücke schienen keinen Eindruck auf ihn zu machen. «Mr. Cautley. Natürlich. Der Maler. Ja, ja. Gut, gut. Ich habe Ihren Besuch erwartet.» Er erwiderte meine Verbeugung und öffnete die Tür bis zum Äußersten. «Gentlemen! Bitte treten Sie ein.»

Zwölf

«Jetzt – ja, gut – ziehn Sie das über den Kopf», kommandierte Sir Endymion einige Augenblicke später. «Jeremiah wird Ihnen mit den Strümpfen helfen – da, richtig so. Ausgezeichnet. Braver Junge. Und die Perücke; ja, ja. Und nun ... wo zum Teufel ist Myladys Fächer?»

Während Sir Endymion den Raum nach diesem Accessoire absuchte – wir befanden uns in seinem Studio, zwei Stockwerke über dem Fluß –, entrollte Jeremiah ein Paar weißer Seidenstrümpfe über meine Waden und befestigte sie dann mit schwarzen Strumpfbändern über den Knien. Nachdem das erledigt war, ließ er meinen Reifrock los, den er bisher mit seinen Vorderarmen gehalten hatte; der Rock sprang und schwang, als mein Umhang, gleichermaßen losgelassen, auf das zierliche Paar weißer Schuhe herabfiel, in das meine Füße gnadenlos gepreßt worden waren. Dann wurde mir eine modische Damenperücke, komplett mit Federn und Bändern, auf den Kopf gesetzt, nachdem meine eigene Perücke entfernt und in einem anschließenden Zimmer nahe dem Feuer aufgebaut worden war, um mit meinen Kleidern zu trocknen.

«Perfekt», sagte Sir Endymion, der jetzt, nachdem er den Fächer gefunden und Jeremiah ausgehändigt hatte, an seine Staffelei zurückkehrte. «Sitzt perfekt. Wahrlich – Lady Manresa höchstselbst.»

In der Spanne weniger kurzer Stunden, in weniger als einem einzigen Tag, überlegte ich mir, hatte ich die Rollen gewechselt: Ich hatte mich von der einen Seite der Leinwand auf die andere begeben – vom Portraitisten zum Subjekt. Ferner hatte ich auf Sir Endymions Geheiß hin und zu meinem Kummer jene sehr viel tiefer verwurzelte Trennlinie überquert und durchbrach jetzt jene Grenze, die die beiden Geschlechter voneinander scheidet. Sie können sich sehr wohl vorstellen, daß es nicht weniger inständiger Bitten bedurfte, ehe ich mich überzeugen ließ, diese unnatürliche Verkleidung anzulegen, aber Sir Endymion hatte sich große Mühe gegeben zu erklären, daß er einen entscheidenden Punkt in der

Komposition erreicht habe, deren Gesamtheit durch Lady Manresas abrupten Aufbruch nach Richmond jetzt in Frage gestellt sei. Nachdem ich ihm geantwortet hatte, daß ich als Mitkünstler diese mißliche Lage zu würdigen wisse, blieb mir nichts anderes übrig, als die Dame zu ersetzen, steif in ihren seitlich ausladenden Reifrökken und ihrem gesteppten Umhang zu posieren, den Kopf halbwegs dem geöffneten Fenster zugewandt, die Hände mit dem Fächer, einer Perlenkette und einem Sonnenschirm beschäftigt.

Sir Endymion summte inzwischen vor sich hin und pinselte an seiner Leinwand herum, während sein präziser Blick mich oftmals studierte, oder vielmehr meinen Umhang und meine befederte *tête*. Seine kleine ruderförmige Palette war mit Rotlack, Gelbbraun und Ultramarin bestrichen, die er geschickt mit dem Pinsel auf die Leinwand brachte. Ich nehme an, ich hätte diese goldene Gelegenheit wahrnehmen sollen, um die Geheimnisse eines Meisters bei der Arbeit zu erkunden; doch die Wahrheit ist, daß meine Füße mir großes Ungemach bereiteten, ebenso wie mein Magen, den ein Korsett einschnürte, und das größte Ungemach: meine Eitelkeit und mein Stolz als Mann.

«Jeremiah!» fühlte ich mich in regelmäßigen Abständen zu zischen veranlaßt. «Findest du vielleicht etwas Erheiterndes in meiner Lage?»

«Nein, Mr. Cautley», antwortete mein Diener dann, wobei seine schmalen Schultern vor Heiterkeit bebten. Offensichtlich waren seine Lebensgeister zurückgekehrt.

Um allem die Krone aufzusetzen, wurde die Sitzung ständig vom Kommen und Gehen dreier oder vierer Burschen unterbrochen – vielmehr junger Gentlemen etwa meines Alters –, die von Sir Endymion eingestellt waren und sich (neben ihrem Gekicher über meine Röcke) damit beschäftigten, ihm die Pinsel zu reinigen, die Pigmente zu zerreiben, die Leinwände zu grundieren, die Faltenwürfe auf seinen halbvollendeten Portraits zu Ende zu malen und ganz allgemein jeden Auftrag zu erfüllen, den ihnen zu erteilen dem Meister gefiel.

Abgesehen von Sir Endymion, in dessen Augen meine Aufgabe sich in nichts von diesen anderen unterschied, war die einzige andere anwesende Person, die nicht geneigt schien, sich offen oder verstohlen an diesem großen Spaß auf meine Kosten zu ergötzen,

Lady Starker, die ein- oder zweimal kurz im Studio mit Tee und einem griesgrämigen Mops erschien. Wie soll ich Lady Starker beschreiben? Sie erinnerte mich an jene Portraits von Giuseppe Arcimboldo, dem Maler aus Mailand, dessen Portraitgesichter sich bei näherem Hinsehen als Gemüse oder Früchte erweisen. Ich will gleich sagen, daß nichts in den Zügen dieser Dame mich an eine Karotte oder eine Pflaume erinnerte: In ihrem Fall schien es vielmehr so, daß sie von einem göttlichen Künstler gemalt worden sei, dessen lebendes Portrait wahrlich, wenn man nur genau genug hinschaute, eine Weide im frühen Frühling war, die sich sanft und anmutig auf ein Flußufer voller Blumen herabließ. Oh, welch köstliches Geschöpf!

Doch war Sir Endymions Studio, abgesehen von meiner hermaphroditischen Erscheinung, der Raum eines Gentleman, und nachdem sie vorgestellt war und nachdem sie die Tassen Tees verteilt hatte, schwebte Lady Starker wieder aus dem Zimmer und die Treppen hinab und ward leider an jenem Nachmittag nicht mehr gesehen.

Während ich posierte, wurde ich bald kühn genug, die Frage meiner Schulden anzuschneiden, die Sir Endymion bisher nicht zu erwähnen geruht hatte, und ich konnte erfreut feststellen, daß er in dieser Hinsicht alles andere als unerbittlich war. Er erwiderte, daß diese Frage sich sehr leicht lösen ließe – zum Besten beider Seiten.

«Vielleicht kann ich noch mehr Aufgaben für Sie hier finden», sagte er, während er meine Kleidung malte, «und Sie würden diese paar Guineas zweifellos in kurzer Zeit abarbeiten. Bei besserer Arbeit, verspreche ich Ihnen, als Ihrer gegenwärtigen», fügte er mit einem freundlichen Lächeln hinzu. «Denn nicht einmal die Verwüstungen durch Regen und Fluß» (wir hatten ihm unsere Geschichte erzählt) «haben Ihre Talente auslöschen können, die ich für vielversprechend halte.» Er wies mit seiner Palette in Richtung auf den Nachbarraum, in dem sich die Mappe und ihr Inhalt der Wärme des Feuers hingaben. «Denken Sie, wenn Sie wollen, an Ihre Aufgaben hier», schloß er, «als an eine Lehrzeit.»

Ich glaube, nichts hätte willkommener in meinen Ohren klingen können. Lehrling von Sir Endymion Starker zu werden! Die Katastrophen des Morgens – der Regen, die Perfidie der Herren Brownrigg und O'Leary, die Gefahren des Flusses, der Gestank des

Aalbootes – schmolzen dahin, als wären sie nichts gewesen, von einer hellen Morgensonne fortgebrannte Nebel. Diese freudevollen Neuigkeiten wurden nicht einmal eine Minute später verdorben, als ich aus dem Augenwinkel wahrnahm, wie einer der jungen Burschen, der Pigmente zerrieb, seinen Freund anstieß, mir die Zunge herausstreckte und dann in Kichern ausbrach.

Schließlich stellte nach einer Zeit, die mir wie Stunden vorkam, Sir Endymion sein halbvollendetes Portrait von Lady Manresa beiseite, und ich durfte endlich wieder meine Hosen anziehen, die ein Dienstmädchen inzwischen ausgebürstet hatte und mir nun reichte. Obwohl sie sich immer noch ein bißchen feucht anfühlten, war ich noch niemals so froh gewesen, sie anziehen zu können.

Nachdem ich mich auf gewohntere Weise bekleidet hatte, legte ich die modische Perücke, den Sonnenschirm, die Perlen und schließlich auch den Fächer beiseite, der, als ich ihn auf einen kleinen Tisch legte, mit lautem Geklapper zu Boden fiel. Während ich im stillen meine Ungeschicklichkeit verfluchte, hob ich ihn auf, nur um zu entdecken, daß seine Schließe sich gelöst hatte, und da er sich nun entfaltete, starrte ich auf den *Raub des Ganymed*.

«Machen Sie sich keine Sorgen wegen des Fächers, Mr. Cautley», sagte Sir Endymion, der meinen erschrockenen Gesichtsausdruck gesehen haben mußte. Er hatte seinen Kittel abgelegt und durch einen gutgeschnittenen Rock aus schnupftabakfarbenem Samt ersetzt. «Er gehört nicht Lady Manresa, und wenn er zerbrochen ist, na schön, tut auch nichts.»

«Das ist ein ungewöhnlich eindrucksvoller Fächer», sagte ich und legte ihn sehr viel vorsichtiger auf den Tisch zurück, mit einer Hand, deren Zittern, wie ich befürchte, nur schlecht verborgen war. «Haben Sie ihn selbst bemalt, Sir?»

«Vor vielen Jahren», sagte er, wedelte mit der farbenbeklecksten Hand durch die Luft und legte seinen Kittel wieder an. «Fürs Malen tut es jeder beliebige Fächer, wirklich jeder beliebige. Ich sage Ihnen, es lohnt nicht, darüber zu sprechen.»

«Oh – fast hätte ich's vergessen», sagte ich einige Minuten später, als Jeremiah und ich uns daranmachten, die grüne Tür hinter uns zu lassen und den Heimweg anzutreten. Ich zog aus meiner Hosentasche das Portrait, das die junge Dame mir an den Kopf geworfen hatte. Es war verschmiert, hatte aber den Sturz in den Fluß überlebt, und das Gesicht war immer noch durchaus erkennbar. Jetzt war es plötzlich an Sir Endymion zu erbleichen.

«Wo, bitte, haben Sie das gefunden?»

Ich erklärte, daß ich wie verlangt einen Besuch in der St. Alban's Street abgestattet hatte und daß die schöne Person, die da in Wasserfarben dargestellt war, am Fenster erschienen sei und mich angewiesen habe, es zu unserem Treffen mitzunehmen.

«Sie ist eine höchst anstrengende Dame», sagte er mit leiser Stimme, zog mich zur grünen Tür hin und ließ die Miniatur schnell in seiner Tasche verschwinden. «In der Tat, höchst anstrengend. Es tut mir leid, daß Sie ihr begegnen mußten – wirklich sehr leid. Und jetzt, Mr. Cautley», sagte er mit derselben kaum hörbaren Stimme, «wenn Sie in drei Tagen in mein Studio in der St. Alban's Street kommen wollen, werde ich Ihnen einen Vorschlag unterbreiten. Diesmal, verspreche ich, werde ich pünktlicher sein, und der Vorschlag wird, hoffe ich, wert sein, angehört zu werden.»

Als wir unseren Heimweg begannen, kamen wir am Burlington Arms vorbei, vor dem zwei Weidenschneider ihre Klingen an einem großen Wetzstein schärften. In der Kneipe brannten hell zwei Binsenlichter, und durch das Fenster konnte ich den Kopf unseres Aalbootkapitäns erblicken, der wie jene seiner Tischgenossen unter der Last der Tagesarbeit und der Stärke eines fröhlich geteilten Trunkes herabsank. Ein paar Yards entfernt wiegte sich das Boot mit seiner Ladung Aale immer noch sanft am Landesteg, und die abgeschnittenen Weidenstecken standen in fahlen Garben auf einer Bank wie schweigend beratschlagende Geister.

Weiter die Straße hinab kamen wir an der Mawson's Row vorüber, und ich wies Jeremiah auf das Haus hin, das vor vielen Jahren Alexander Popes Heim war. Jeremiah hatte noch nie von Mr. Pope gehört, geschweige denn von «Heloïse an Abaelard», was (wie ich ihm mitteilte) hinter jenen schönen Ziegelwänden gedichtet worden war. Und um uns die Zeit zu vertreiben und Jeremiahs Gedanken von seiner Angst vor Straßenräubern abzulenken, erzählte ich ihm die Geschichte jener beiden berühmten und tragischen Liebenden: wie nämlich, nachdem er Heloïse heimlich geheiratet und ihr einen Sohn namens Astrolab gezeugt hatte, der große

Philosoph und Lehrer Abaelard von ihrem erzürnten Vater, dem Kanonikus Fulbert von der Kathedrale Nôtre Dame in Paris, an seinem Gemächte verstümmelt worden ist.

«Aber die grausame Entfernung von Abaelards Männlichkeit hat die Leidenschaft der beiden Liebenden nicht gemindert», erklärte ich, «auch nicht der Rückzug von Heloïse in ein Kloster und selbst nicht der Tod des armen Abaelard auf der Straße nach Rom, wo er gehofft hatte, an den Papst gegen den Vorwurf der Häresie zu appellieren, den Bernhard von Clairvaux erhoben hatte.»

Ich zitierte zugunsten meines jungen Gefährten einige der zarteren Passagen aus Popes Gedicht, einschließlich

Even here, where frozen chastity retires
Love finds an altar for forbidden fires,

und

I view my crime, but kindle at the view,
Repent old pleasures, and solicit new,

und schließlich

O curst, dear horrors of all-conscious night!
How glowing guilt exalts the keen delight!
Provoking Daemons all restraint remove,
And stir within me every source of love.

Jeremiah war, wie ich glaube, von diesen Zeilen sehr berührt (obwohl die Erwähnung der «Schrecken» der Nacht ihn erneut argwöhnisch gegen jeden Schatten machte). Als ich die Geschichte beendet hatte – wir folgten jetzt der Great West Road in Hammersmith und näherten uns der Einmündung in die North End Road –, fragte er: «Ich glaube, Mr. Cautley, daß diese Heloïse eine höchst edle Lady ist. Bitte, lebt sie noch, Sir?»

Ich lachte und erzählte ihm, daß die Ereignisse, die ich beschrieben hatte, sich vor über sechshundert Jahren abgespielt haben. «Du mußt nämlich wissen, Jeremiah», erklärte ich, «daß solch furchtbare Dinge sich heute nicht mehr abspielen, in unserem Zeitalter.»

Dreizehn

Gewöhnlich sangen Signor Piozzis Schüler die Messe nicht nur in Stadtkirchen, sondern traten auch zusammen in den Chören der Stadttheater auf. Die Kerzenpyramiden am Hochaltar, die gemarterten Heiligen, die von Freskodecken herabblickten, Engel, die anmutig auf den Retabeln über einer schweigenden und demütigen Gemeinde ruhten – diese heiligen Bezirke wichen bei solchen Gelegenheiten höhlenartigen Räumen mit karminroten Arabesken, Taftvorhängen, Girlanden vergoldeter Blumen, ausschweifenden Marmorbalustraden, Dutzenden von Wachsfackeln, die in goldenen Halterungen hoch oben an den Wänden flackerten. Und aus der ruhigen Gemeinde wurde ein lärmiger Haufe, der durch große terrassierte Galerien und Reihen von plüschsamtenen Logen schweifte und kreischte: ein Schwarm rauher Krähen, herausgeputzt mit eisweißen Perücken, silbernen Schleifen, mächtigen Tournüren, Westen aus zitronen- oder perlmuttfarbener Seide, die an die Ursprünge einiger der auffälligeren Stücke in Il Piozzinos *armoire* gemahnten.

Il Piozzino selbst war bei solchen Gelegenheiten natürlich die Hauptattraktion, der Empfänger von Applaus, Blumen, *billets doux* nach jeder Aufführung. Desgleichen war er der Empfänger der wetteifernden Aufmerksamkeiten jener Damen, die sich in die Bereiche hinter der Bühne begaben – Gräfinnen, Herzoginnen, Damen mit Pferdegesichtern, Damen, deren Bedeutung kundgetan ward durch ihre Ankunft in delphinartigen oder muschelförmigen Kaleschen, auf deren Seitenwänden die Wappen alter Familien gemalt waren. Sie überschütteten ihn mit Umarmungen und Küssen; oder manchmal, eher materiell, mit Goldmünzen, vergoldeten Riechdöschen, Duftfläschchen mit geschliffenen Glasstöpseln; und manchmal sogar, recht ausgefallen, mit Pfauen, Füchsen, Tauben in Käfigen und einmal sogar mit einem kleinen Leoparden an einer goldenen Kette, Gott allein weiß, was aus diesen Geschöpfen wurde; vielleicht wurden sie voller Verachtung zurückgegeben – vielleicht aber auch von Scipios Leidenschaft für die Naturphilosophie beansprucht und beendeten so ihr Leben unter seinem Skalpell oder zwischen den Kiefern jenes Ungeheuers in dem belüfteten Schränkchen.

Diese Damen erfuhren natürlich nichts von Il Piozzinos dunkleren Seiten. Seine Räumlichkeiten hinter der Bühne waren ein heiterer Ort, frei von dem in düsteren Vorlieben schwelgenden Kuddelmuddel hinter den Mauern des *conservatorio*. Hier wurden kühle Getränke aus Früchten und Wein bis tief in die Nacht serviert, oder besser bis in den frühen Morgen, oder manchmal tatsächlich auch bis in den späten Morgen, denn Scipios Vorführungen auf der Bühne begannen im allgemeinen und für gewöhnlich gegen elf Uhr abends und endeten nicht früher als drei oder vier Stunden danach. Hier wurde *trente-et-quarante* auf samtbezogenen Kartentischen gespielt, und hier ratterten und stürzten des Teufels Knöchelchen aus den Händen seiner hübschen kleinen Komplizinnen: Damen in mit Eau de Cologne getränkten Umhängen; Damen in Masken mit tiefer *décolletage* und aufgebauschten Röcken; Damen, die an große gekräuselte Glocken erinnerten und ihre Seidenbeine an deren niedliche Klöppel. Sie wurden aus weißen Palästen hoch in den Hügeln zum Teatro San Bartolomeo getragen oder unternahmen, so ging das Gerücht, die erheblich kürzere Reise aus einem der benachbarten Bordelle. Hier drängelten sich die vornehmsten Damen Neapels mit den verkommensten Dirnen, und jede hoffte, die meistbeehrte von Il Piozzinos Konversation zu sein und später in einem nahe gelegenen Raum, kleiner und holzgetäfelt und mit einem großen Baldachinbett ausgestattet, von seinen ruhigeren und intimeren Blicken.

Eines Tages jedoch erforderte eine einzigartig kräftezehrende Ausschweifung unter diesen Vergnügungen Scipios Verbleib in seinem verdunkelten Zimmer. An diesem trostlosen Morgen blieb selbst Giulia ausgeschlossen, sie wurde weder zum Putzen und Säubern noch zu ihren verstohleneren Diensten befohlen, die in letzter Zeit auf jeden Fall sehr viel weniger gefragt waren. Daher tauschte auf Befehl von Signore Piozzi Concetto abrupt seine Position im Chor auf der Galerie gegen eine juwelenbesetzte Krone, einen mit Hermelin besetzten purpurnen Umhang und einen hervorstechenden Platz auf der Bühne vor einer See auf Pappe. Welche Oper das war? Endlich: eine von Signor Piozzis lange vernachlässigten Elf! Mit dem geringsten Aufwand an Plagiat und historischer Ungenauigkeit erzählte dieses Werk, *Oeneus*, die Geschichte einer wunderschönen lydischen Prinzessin und ihres Liebhabers Oeneus, des Königs von Kalydonien.

Die Rolle der Prinzessin wurde leider zu einem höchst unglücklichen Debüt für den armen Concetto. Als er geziert auf die Bühne trippelte, raschelte das Publikum beim ungewohnten Anblick des neuen Soprans mit seinem glänzenden Gefieder, dann schlossen sich die meisten Logen mit lautem Geklapper, als deren Bewohner zu Damebrettern, Weinhumpen, löwenhaftem Gähnen zurückkehrten. Doch mitten in der ersten Szene, als Concetto mit seinem Umhang flatterte und trauervoll nach Oeneus schmachtete, der jenseits der Pappsee verloren war, legten diese Krähen ihre Damesteine weg, schlugen ihre Logenläden wieder auf, erwachten aus ihrer Teilnahmslosigkeit: Denn es war von Anfang an offenkundig, daß Concettos Gesinge völlig falsch war und Il Piozzinos vollkommen unwürdig. Das Korsett, das zu tragen er gezwungen war, schnürte seinen kleinen runden Bauch zusammen (sein besseres Essen und die Befreiung von niedrigen Arbeiten hatten ihn zu einem molligen Burschen werden lassen, der nicht leicht für eine Dame durchgehen konnte, ganz zu schweigen von der zierlichen Prinzessin, die das Libretto verlangte), und so erstarben denn die hervorgebrachten Töne in einem heiseren Wispern, bevor sie die ihnen angemessene Zeit in seiner Kehle oder auf seinen karminroten Lippen abgedient hatten. Auch seine Schuhe beeinträchtigten seinen Auftritt; er schwankte auf den Absätzen und ruckelte wie eine Puppe, wann immer er einen Schritt zu tun hatte, und legte so die komische Möglichkeit nahe, daß die Prinzessin sich in der Abwesenheit ihres Liebhabers dem Trunk ergeben habe.

All dies wurde dem Publikum bald unerträglich. Nach böswilliger Anstiftung durch zwei oder drei Gönner – den wetteiferndsten unter Il Piozzinos Bewunderern – schlug die beiläufige Aufmerksamkeit der Menge um in Zischen und Ausbrüche lauten Gelächters. Diese Bewegung griff schnell von den Rängen auf die Logen über, dann auf die maskierten Damen in den ersten Reihen, worauf einige seidengebundene Libretti auf die Bühne flatterten wie sterbende Möwen.

– *Dentro, dentro!*

Mehr Gepfeife, mehr Gelächter; ein sich mausernder Schwarm von Libretti, von denen manche den langen Weg von der Galerie herabflatterten.

– Runter von der Bühne! Runter von der Bühne!

Concetto hatte jetzt die Mitte einer besonders schwierigen Koloraturarie erreicht, die mit makelloser Leichtigkeit auszuführen Il Piozzinos Ruhm war. Ebenso hatte er die Mitte einer wackeligen Holzkonstruktion erreicht, die das Deck eines Schiffes auf der Fahrt und auf der Suche nach dem kalydonischen König darstellen sollte (der in diesem Augenblick tatsächlich nervös und beunruhigt aus den sicheren Kulissen spähte).

Diese Sturmarie sollte Signor Piozzis Meisterstück sein und mit großer Leidenschaft gesungen werden, während das Schiff (an Tauen, die von Bühnenarbeitern gezogen wurden, welche man in den Seitenkulissen versteckt hatte) von der einen auf die andere Seite schwankte und nur knapp den rauhen Felsen vor der Küste Lydiens entging, die auf einen Prospekt aufgemalt war:

Un'aura soave crudel gli diventa,
e in porto paventa di franger la nave ...

Was soviel heißen soll wie *Die sanfte Brise verwandelt sich in einen Sturm und droht, das Schiff zu zerstören.* Oder so ähnlich.

Zuerst gab Concettos Stimme nach, dann seine Absätze. Der Sturm war zu ungestüm geworden, als ob Concettos Unzulänglichkeiten irgendwie auf die Bühnenarbeiter übergegriffen hätte, die an ihren Tauen zogen, denn jetzt begann das Schiff unkontrollierbar auf seiner See aus gemalten Wellen zu holpern und zu schüttern. Concetto taumelte über das Pseudodeck – drei stotternde Schritte – und stürzte dann über Bord. Seine purpurne Robe flappte genau rechtzeitig über seinem Kopf zusammen, um ihn vor dem Aufprall eines Librettos zu schützen, das aus einer der Logen unter dem Proszeniumsbogen herabgeschleudert wurde, doch reichte der Aufschlag, ihm die Krone vom Haupt zu holen, die in den Orchestergraben rollte.

Das Publikum grölte. Das Orchester verfiel in Schweigen. Trompeten gefroren vor immer noch geschürzten Lippen; Geigenbogen verharrten bewegungslos über gebeugten Schultern. Einer der Geiger verließ schließlich die Reihen, ergriff schüchtern die Krone und warf sie auf die Bühne zurück, als handle es sich um eine nicht explodierte Mine. Der Theaterdirektor sprang in der ersten Reihe auf und fuchtelte wie wild mit den Armen.

– Aufhören! Spielt weiter, spielt weiter! Aufhören, sage ich!

Concettos Gönner, der Herzog, eine dünne Vogelscheuche von Mann mit einem Ziegenbärtchen, erließ ähnliche Aufforderungen aus seiner Loge und schüttelte einen Malakkastock in der einen, einen Degen mit Silbergriff in der anderen Hand. Doch waren solche Anhänger in der Minderheit, und niemand zollte ihnen die geringste Aufmerksamkeit, obwohl Concetto sich auf das vereinte Drängen des Impresarios und des *primo uomo* (der immer noch in den Seitenkulissen schäumte) tapfer von den Knien erhob. Ach Gott, es war das ein höchst ungelenker Versuch: eine Kuh, die schwer an ihrem Kalbe trägt, reagiert darauf, daß eine Milchmagd sie mit dem Zeh anstupst.

Die Lachstürme setzten beim Anblick einer so ungelenken Prinzessin erneut ein. Im Fackelschein waren Concettos rosafarbene Augen so weit und verängstigt geworden wie die des toten Giuntoli, und unter einer dicken Farbkruste war sein Gesicht so verwirrt und grinste so kränklich, als ob sein Mund ebenso wie das Schiff von den grotesken Rucken unfähiger Bühnenarbeiter manipuliert werde. Er schnappte sich hastig die Krone, stülpte sie sich auf sein Perückenhaupt – die Perücke saß ihm inzwischen schräg in der Stirn – und raffte seinen Umhang mit dem Ausdruck beschädigter Autorität um sich.

– Bitte, befahl er in einem lächerlich höflichen Ton, aber seine Peiniger weigerten sich aufzuhören.

– *Dentro, dentro!*

Die Gäste in den ersten Reihen hatten jetzt begonnen, mit den Füßen zu trampeln, und zeigten ihm mit ihren Kerzen Hörner. Das Orchester setzte holprig wieder ein, hörte auf, setzte noch holpriger wieder ein; die Geigen wimmerten, die Hörner stöhnten wie kranke Kälber. Nach einer Sekunde öffnete sich Concettos Mund mühsam – eine Forelle, die nach einem unsichtbaren Haken schnappte –, der verschwundenen Arie, die so mühelos aus seiner Reichweite geschnellt war.

Als diesen Grimassen kein Ton entstieg, fiel er rückwärts in die

Pappkartonwellen, und seine Krone kullerte erneut in den mißtönend lärmenden Orchestergraben.

– Eine Katastrophe! kreischte der Manager. Eine Katastrophe! Schafft ihn um Gottes willen von der Bühne! Runter, runter, *runter*!

Einen Tag später nahm Il Piozzino seinen Platz auf der Bühne wieder ein, und Pläne wurden geschmiedet, den in Ungnade gefallenen Concetto nach Bologna zu verbannen; dort würde er als Lehrling weiterhin seinem Gewerbe in Kirchen und Theatern im Wettstreit mit anderen Sängern nachgehen, deren Karrieren ähnliche Engpässe erreicht hatten. Doch kam er niemals in Bologna an, dem Ort des Versagens und des Exils, denn am Abend vor seiner Abreise sprang er von der Orgelempore in einem der Musiksäle des *conservatorio* in den Tod. Er wurde drei Tage später im Reich von Bettlern und ungetauften Bastarden beigesetzt, einem von Ginster überwucherten Stück unebener Erde in den massigen Hügeln eine Meile von der Via Appia entfernt. Der Herzog, der dem Begräbnis nicht beiwohnte, zahlte nichtsdestoweniger zehn Soldi, auf daß Messen gesungen würden, und dann einen weiteren Betrag für Wiederholungen am siebten und am dreißigsten Tag.

Einen Tag nach diesem letzten Ereignis wurde Il Piozzino erneut krank. Zu dieser Zeit hatte Signor Piozzi begonnen, Tristano in der schwierigen Akrobatik der Sturmarie zu unterweisen, und allgemeiner in der Kunst der Rolle dieser lydischen Prinzessin. Denn Tristanos Sopran und seine Stimmtechnik, sein Kehlkopf und seine Lungen waren, wie er schon vor einiger Zeit bemerkt hatte, denen eines jeden anderen Schülers überlegen – mit Ausnahme (natürlich) derer von Il Piozzino. So kam es, daß nun Tristano sich vom Säubern des Geschirrs und des Hofes befreit fand und ermächtigt, im innersten Heiligtum der Schwarzröcke zu üben. Und als Il Piozzino erneut erkrankte – ein harmloses Wechselfieber, das war alles, aber es hielt ihn fast eine Woche lang indisponiert –, wurde Tristano hastig in die gesteppten Röcke und die purpurne Robe gezwängt.

Doch wenn Il Piozzino gehofft hatte, daß diese jüngste Zweitbesetzung Concettos Aufführung wiederholen würde, wurde er aufs tiefste enttäuscht. Tristano trat auf das ruckende hölzerne Schiff hinaus und spielte eine lydische Prinzessin, deren goldene Kehle einen Aufruhr von ganz anderer Art verursachte. Gewiß war er ein häßlicher kleiner Kerl – nicht einmal Puder und Farben konnten das ganz verdecken. Aber, o seine Stimme! Oder *ihre* Stimme? Denn das war so schwierig zu unterscheiden ... aber nein: Sicherlich konnte keiner Dame Stimme so herrlich sein wie diese – dieser Strom von goldener Seide, der sich entfaltete und hoch, hoch empor zu den Galerien stieg, emporgetragen wie ein Adler, der auf der Thermik hoch über schroffe Klippen steigt ...

Und so geschah es, daß Signor Piozzis neue lydische Prinzessin die Welt – unter der ich die königlichen Höfe zu Dresden, Wien und Moskau verstehe, die Kirchen in Florenz und Rom und die Theater in Neapel, in Venedig und natürlich in London – bald dazu brachte, alle anderen zu vergessen.

Vierzehn

Lady Beauclair stand in der gleichen Pose und im gleichen Gewand da wie vor drei Nächten. Jetzt aber, statt mich wie zuvor zu ignorieren, starrte sie mich, als sie sprach, mit besorgtem Blick an.

«Um Vergebung, Mr. Cautley», sagte sie und unterbrach ihre Geschichte, «heute abend scheint mir Ihr Gesicht sehr blaß zu sein, als ob Sie an irgendeiner Krankheit litten. Sind Sie sicher, daß ...»

«Ja, my Lady, natürlich bin ich gesund.» Jetzt war es an mir, meine Ungeduld zu zeigen, denn sie hatte sich bereits zweimal nach meiner Gesundheit erkundigt: zunächst bei meiner Ankunft und dann, als wir beim Mahle saßen – Rebhuhn in Pflaumensauce, Schweinepastete, gebackene Austern, Suppe aus grünen Erbsen, Rübchen, Stachelbeerbeignets, marinierte Mangos aus Indien –, von dem ich, wie ich gestehen muß, kaum etwas anrührte. «Ich danke Ihnen für die freundliche Nachfrage», fügte ich etwas liebenswürdiger hinzu.

In Wahrheit aber *fühlte* ich mich doch ziemlich schlecht, und mein erster Blick auf die gebratenen Rebhühner, danach das Verhalten ihrer Pflaumensauce in meinem Magen hatten mich fast dazu gebracht, keuchend und würgend zum offenen Kamin meiner Dame zu stürzen; lediglich zwei oder drei Schlückchen Holunderblütenwein hatten es geschafft, mich in letzter Sekunde wiederherzustellen. Dieser beklagenswerte Zustand hatte seine Ursache nicht, wie man hätte annehmen können, in meinem Ausflug nach Chipswick vor zwei Tagen; er war vielmehr die Folge eines Besuches, den ich am Vorabend mit Toppie in Pancras Wells abgestattet hatte. Diese Einrichtung, einer jener Orte, die die Natur als Mittel gegen üble Laune und Unruhe schuf, hatte, weit davon entfernt, ihren heilsamen Zwecken zu dienen, statt dessen meine körperliche Verfassung gänzlich ruiniert.

Gestern morgen war ich – höchst erfrischt nach der mühsamen Reise – erwacht, nur um festzustellen, daß Thomas eine Karte dagelassen hatte, die meine Anwesenheit für den Abend um acht Uhr in diesen modischen Räumlichkeiten erbat; Toppie würde wie üblich die Kosten für eine Mietskutsche tragen, doch konnte ich davon ausgehen, die Eintrittsgebühr von einer Guinea übernehmen zu müssen. Meine vergnügte Hochstimmung bei der Aussicht auf diese Abendunterhaltung erhielt jedoch bald einen Dämpfer, denn als ich das Feuer für mein Frühstück entzündete, berichtete mir Miss Hetty, daß Jeremiah in der Nacht krank geworden sei und es ihm jetzt sehr schlecht gehe. Daß dieser Bericht über meinen Gefolgsmann zutraf, fand ich einen Augenblick später bestätigt, als ich ihm einen Besuch in seinem Zimmer abstattete, das er mit dreien seiner Brüder teilte. Ich fand ihn in einem wahrlich elenden Zustand vor – niesend, bibbernd, hustend, zitternd, das Gesicht von der Farbe einer Pastinake, die Augen glänzend und kugelrund, und seine Zähne klapperten noch heftiger als am Tag zuvor. Mr. Langley, der Apotheker, war bereits dagewesen, und der Junge mußte seither alle möglichen Tränklein schlucken und sich übelriechende Breiumschläge auf Nacken, Brust und Stirn legen. Zuvor hatte er sich im Bett umhergeworfen und um sich geschlagen, jetzt aber lag er, vielleicht als Ergebnis dieser Quacksalbereien, friedlich und still da.

«Das arme Kind war in einem furchtbaren Zustand», sagte Mrs. Sharp, die neben seinem Bett saß, «er hat von Mördern und Riesenaalen phantasiert.»

«Zweifellos das Fieber», mußmaßte ich und runzelte die Stirn. Denn wir hatten darauf verzichtet, Mr. und Mrs. Sharp Genaueres über unseren Ausflug zu berichten.

Ich eilte in meine Kammer und kehrte mit einer Flasche Mineralwasser zurück, mit dessen wohltätigen Eigenschaften ich hoffte, Mr. Langleys übelriechende Breiumschläge und Tränklein zu ergänzen, oder ihnen vielleicht gar entgegenzuwirken. Dieses Wasser war aus dem Brunnen zu Hampstead gepumpt worden, und ich hatte davon drei Nächte zuvor zwei Flaschen im Piazza Coffeehouse erstanden. Dem Etikett und ebenso den Anpreisungen des Gentleman zufolge, der es mir zum Preis von drei Pennies pro halbem Liter verkauft hatte, besaß es die wirkmächtigsten Heilkräfte, da es «höchst erfolgreich» sei, wie das Etikett feststellte, «bei der Heilung des Hartnäckigsten Skorbuts, der Lepra und aller anderen Ausbrüche & Erkrankungen der Haut, einschließlich Eiternder Wunden, Fressender Geschwüre, & Hämorrhoiden; ebenfalls bei Skrofulose, Wassersucht, Übersättigung, Gicht, jeglicher Verfaulung des Blutes & der Säfte, bei Rheumatismus & allen Entzündungskrankheiten, den meisten Erkrankungen der Augen, Schmerzen in Magen & Gedärmen, Verdauungsstörungen, Diarrhö, Verlust des Appetits & Absinken des Geistes & der Launen, den schwersten Erkältungen, Würmern aller Art, Steinen & Harngrieß, Strangurie oder der vollständigen Verhaltung des Urins; bei Jungen oder Alten und beiderlei Geschlechts».

Mrs. Sharp war diesem Mittel gegenüber skeptisch, da sie das Opfer vulgärer Vorurteile und beklagenswert altmodisch und rückständig hinsichtlich der medizinischen Wissenschaft war; doch als ich diese allgemeine und unübertreffliche Hilfe der Natur in Jeremiahs Kehle träufelte, schien sie durchaus schnell zu wirken, und sein Aussehen verlor rasch die pastinaksche Schattierung, die von einem rosa Hauch ersetzt wurde, was viel dazu beitrug, seine besorgte Mutter aufzuheitern. Dennoch bereitete sein Zustand mir während des ganzen Tages lebhafte Besorgnis, und ich sandte verschiedentlich glühende Gebete zu seinen Gunsten empor; ferner beschloß ich, noch mehr Flaschen von diesem Allheilmittel zu erwerben, vor allem, da ich wußte, daß ein Elixier von ähnlichen Eigenschaften am Abend bei Pancras Wells zur Verfügung stünde.

So beschäftigten sich meine Gedanken immer noch stark mit dem armen Jeremiah, als Toppie und ich um acht Uhr abends gerüttelt und geschüttelt die Fahrstraße nach Hampstead hinauf quietschten und dann in den engen Kutschweg zu den Brunnen einbogen. Diese Brunnen lagen nahe bei der St. Pancras Church, die mit ihnen durch einen diagonalen Fußweg verbunden war, und eine kurze Kutschfahrt von London entfernt, erstreckten sie sich über einige freundliche Morgen des offenen Landes. Wir entstiegen unserer Mietsdroschke vor einer Ansammlung von drei Gebäuden unscheinbaren Aussehens, die in unterschiedlichsten Winkeln zusammengeschustert waren, umgeben von Baumpflanzungen, französischen Blumengärten und schattigen Fußwegen. Im mittleren Gebäude, dem Haus der Zerstreuung, konnte ich das Schwatzen von Stimmen ausmachen und unter ihnen das klagende Brummen einer Baßgeige.

«Ah! Lady Sacharissa! Meine Liebe!»

Ich war gerade dabei, Toppie meine seltsamen Erlebnisse vom Vortag und ihren vielversprechenden Abschluß im Haus von Sir Endymion Starker zu erzählen, aber während ich das tat, spürte ich, daß meines Freundes Aufmerksamkeit anderweitig beschäftigt war – nämlich mit Lady Sacharissa, die er treffen wollte und der er sich nun nahte, indem er eine tiefe Verbeugung vollzog und seinen Hut abnahm; meine Erzählung war völlig vergessen.

«Erlauben Sie mir zu sagen, wie erfreut ich bin, Sie heute abend so blendend aussehend vorzufinden, my Lady.»

«Sie sind zu gütig, Lord Chudleigh.»

Lady Sacharissa befand sich nicht nur in der Gesellschaft von Mrs. Redwine, einer Anstandsdame von höchst aggressiv düsterem Aussehen, sondern auch einer jungen Dame, die als Miss Arabella Longpré vorgestellt wurde, einer Cousine von Lady Sacharissa, die sie von einem Ort aus besuchte, der nur vage als «das Land» beschrieben wurde.

Da der Abend mild war und das kummervolle Stöhnen der Baßgeige stark überwog, beschlossen wir, einen Spaziergang durch die Gärten zu unternehmen, die bereits ein Dutzend oder mehr spazierender Paare beherbergten. Da Toppie bei der ersten Gelegenheit Lady Sacharissa beiseite genommen hatte und jetzt mit ihr einer neuen Anpflanzung von Lindenbäumen entgegensteuerte, fand ich mich verpflichtet, Miss Longpré und ihre düstere Anstandsdame zu unterhalten, die sich dicht an unsere Fersen heftete. In Miss Longpré entdeckte ich bald eine bezaubernde Gefährtin, die anders als Toppie höchst aufmerksam lauschte, als ich meine Beziehungen zu dem berühmten Sir Endymion Starker beschrieb. In meine Konversation streute ich beiläufige Hinweise auf «meinen Gefolgsmann» wie auf Lady Beauclair ein, «die, wie Sie vielleicht wissen, eine Verwandte von Lord W— ist?»

«Ich habe noch nie von ihm gehört, Sir», erwiderte Miss Longpré mit ihrer lieblichen Stimme. «Sie müssen mir das nachsehen, denn ich bin vom Lande und weiß sehr wenig von der Gesellschaft.»

«Auf jeden Fall», fuhr ich fort und fühlte mich durch dieses Geständnis kühn genug, während wir dahinschritten, ihren Ellbogen zu ergreifen, «bin ich dabei, ihr Portrait auszuführen, wofür man mir eine hübsche Summe zahlt. Ich glaube, es wird in Lord W—s Galerie hängen – das heißt in seinem Haus am St. James's Square. Vielleicht, Miss Longpré haben Sie dieses Haus schon besucht?»

«Bedauerlicherweise nein.»

«Ein wunderschönes Haus», fuhr ich fort und beschrieb ebenso den Ball, der dort veranstaltet worden war, wie auch die verschiedenen anwesenden Gäste, und die Namen einiger von ihnen bewegten meine Begleiterin zu kleinen Rufen der Verwunderung.

Diese «Ohs» und «Ahs», von denen einige meinen eigenen Beziehungen und Errungenschaften galten, erzeugten in mir bald ein solches Zutrauen, daß ich, als wir fünf die Trinkhalle betraten, um uns mit Erfrischungen zu versorgen, damit begann, einige der närrischen Koketterien aufzuführen, die ich vor dem Schaufenster des Käseladens geübt hatte. Das heißt, ich führte meine Schnupftabaksdose Miss Longpré verschiedentlich vor die Augen; ich wirbelte meinen Spazierstock zwischen den Fingern und wies unnötigerweise mit ihm auf Gegenstände oder Personen von Interesse oder Verächtlichkeit; ich nieste affektiert, damit ich mein parfümiertes Taschentuch ziehen und es durch die Luft flattern lassen konnte; und ließ meine Uhr lässig an der Kette schwingen (da ich diesen Gegenstand *pace* Pinthorpe unter meinem vertäfelten Tisch gefunden hatte) – und während der ganzen Zeit putzte ich mich heraus und posierte und lispelte wie der unverbesserlichste Schönling, den man je ausgestellt sah. Während aber Miss Longpré von diesem Repertoire angemessen beeindruckt schien, war Mrs. Redwine das offensichtlich nicht, denn sie schob sich zwischen uns, wann immer mein Griff um den Ellbogen ihres Schützlings intensiver wurde und meine Hand sich anschließend zur Mitte ihres Rückens hochschob oder zu ihrer zierlichen Taille niedersank. Ich unternahm mehrere solcher Versuche, während ich meine Gefährtin mit Tassen voll Tee, Punsch und heißem Wasser vom Brunnen versorgte, doch Mrs. Redwine war in ihrer Dienstauffassung leider höchst pflichtbewußt und vereitelte alle Versuche bereits im Ansatz.

«Vielleicht können wir später ein Menuett zusammen tanzen», flüsterte ich Miss Longpré zu, nachdem Mrs. Redwine uns mit einer Stärke und Energie getrennt hatte, die ihr beträchtliches Alter Lügen strafte.

«Ich fürchte, ich habe noch nie zuvor getanzt», klagte Miss Longpré, «mit Ausnahme des Morristanzes.»

Dieses Bekenntnis schmerzte mich sehr, und ich war höchst dankbar, daß niemand von all den anderen jungen Damen oder Herren es gehört hatte, die um uns herumschlenderten und von denen ich annahm, daß sie mein mondänes Verhalten eifersüchtig bewundert und jedes Mal die Köpfe schief gelegt hatten, wann immer ich (in einer Stimme, die um einiges lauter war als wirklich nötig) die Namen von Sir Endymion Starker und Lord W— äußerte. Der Morristanz, tatsächlich! Die plötzliche Vorstellung, wie Miss Longpré auf einem Dorfanger herumhüpfte, angetan mit Bändern und Glöckchen, peinigte mich sehr. Warum mich die Vorstellung dieses bäuerlichen Treibens so sehr verstörte, wußte ich nicht, denn noch vor gar nicht langer Zeit hatte ich sehr liebevoll von Jenny Barton geträumt, der Tochter des Talghändlers, die jedes Jahr um den Maibaum herumgetollt war, den man auf dem Anger in Buckling errichtete; aber verstört war ich trotzdem, und jetzt begann ich, meine Gefährtin in einem neuen und weniger günstigen Licht zu sehen. Mir wurde bei kritischerer Betrachtung klar, daß Miss Longpré, obwohl von schönem Aussehen, doch vielleicht der Eleganz und Weltläufigkeit vieler ihrer Gleichaltrigen ermangle, die sich da heute abend zur Schau stellten. Kein Schönheitspflästerchen und nur ein Minimum an Farbe verschönte ihr Gesicht, das, obwohl von äußerst angenehmer Form, unter einem leicht mangelhaften Teint litt, den man durch solche Maßnahmen sicherlich verbessert hätte. Ich nahm ferner zu ihrem Nachteil wahr, daß ihre Augenbrauen nicht nur sehr viel stärker waren, als ich gerne gesehen hätte, sondern sich im Delta über ihrer Nase auch fast berührten. Darüber hinaus war ihr Haar, von einem bewunderungswürdigen Kastanienton, ängstlich unter einem Spitzenhäubchen eingeschlossen, statt zu ihrem besten Vorteil herausgeputzt zu sein, nämlich mit Wolle unterfüttert, auf Polster aufgesetzt, mit Pomade geglättet und in sich windende Löckchen gedreht, die so reizend beispielsweise auf die Schultern von Lady Sacharissa oder Lady Beauclair herabhingen.

Ich erinnerte mich nun daran, was Toppie über dieses «Zeitalter der Verstellungen» gesagt hatte, wie ich eines Tages meiner Dame für Schönheitspflästerchen und Farben danken würde. Plötzlich war ich verärgert, und stärker noch irritiert, daß Miss Longpré keine größeren Anstrengungen unternommen hatte, meiner Eitelkeit zu schmeicheln. War ich ihrer Meinung nach vielleicht der Anstrengung nicht würdig? Mit großer Feierlichkeit steckte ich Uhr und Schnupftabaksdose fort, und mein Spazierstock beendete seine Schwingungen.

«Mr. Cautley, darf ich Sie wohl noch um eine weitere Tasse Tee bemühen?» fragte Miss Longpré jetzt, nachdem sie eine Beschreibung abgeliefert hatte, die ich kaum beachtete, wie sie sich ihr Morriskostüm selbst genäht hatte.

Ich stapfte zur Teebude und überlegte, wie ich mich aus Miss Longprés Gesellschaft lösen und statt dessen einige der anderen, raffinierteren jungen Damen beeindrucken könnte. Ich fing bald den Blick einer jungen Schönheit ein (die ein herzförmiges Schönheitspflästerchen an ihr Kinn, ein weiteres an ihren Hals geklebt hatte) und dachte mir aus, wie ich zu ihrem Vergnügen mit meiner Schnupftabaksdose protzen und mit meinem Stock herumschlenkern würde. Doch wurden diese Traumfatzkereien jählings unterbrochen, als ich – in des Wortes wahrster Bedeutung – in Sir James Clutterbuck hineinrannte und ihn so dazu brachte, sich Punsch über die muschelförmigen Rüschen seines Hemdes zu schütten.

«Sie Clown!» knurrte dieser Gentleman wütend und griff nach seinem Taschentuch. «Ach – Sie sind das.» Sein Ausdruck wurde etwas milder, obwohl das Pronomen, das er besonders betont hatte, eher nach naserümpfendem Wiedererkennen als nach herzlicher Bekanntschaft klang. «Ah, Mr. ... Mr. George, oder nicht? Eine Bekanntschaft von Lord Chudley, wie ich mich jetzt erinnere.»

Die junge Schönheit, die die Nutznießerin meiner Eitelkeiten hatte sein sollen, hatte sich abgewendet, und jetzt erblickte ich Toppie und Lady Sacharissa, wie sie unter einer Tanne hervor, die in einen Kübel gepflanzt war, meinen Wortwechsel mit Sir James beobachteten. Lady Sacharissa versuchte, erfolglos, ein Kichern zu unterdrücken – oh, wie mich das schmerzte! –, während Toppies Gesicht vollkommen und unnatürlich bewegungslos blieb.

«Nichts passiert, nichts passiert», sagte Sir James, während ich meine Entschuldigungen stammelte und mit dem Taschentuch an seiner Brust herumfummelte. «Kümmern Sie sich nicht drum. Ist das da drüben Ihre Dame? Sehr schön, Mr. George. Sie müssen uns bekannt machen.»

Ich kehrte mit ihrer Tasse Tee zu Miss Longpré zurück und dachte daran, daß der Zwischenfall doch wirklich ihre Schuld war und ich nicht das geringste Interesse daran hatte, sie, eine Morristänzerin vom Lande – eine, die sich ihre Kostüme selber nähte –, einem so hochmütigen Herrn wie Sir James Clutterbuck vorzustellen. Ich unternahm keine weiteren Angriffe auf ihren Rücken oder ihre Taille und tat, als hörte ich nicht, als sie um Erlaubnis bat, sich die hübschen Lapislazuli-Einlagen meiner Schnupftabaksdose näher ansehen zu dürfen.

«Dieser ungeschickte Kerl», sagte sie unsicher einige Augenblicke später und versuchte, mein bösartiges Schweigen zu brechen, «er hätte Sie kommen sehen müssen ...»

Ich war mürrisch und gab keine Antwort.

Dann waren wir wieder in der Gesellschaft von Toppie und Lady Sacharissa, die jetzt den Wunsch äußerte, das Haus der Zerstreuungen zu betreten, um Menuett zu tanzen. Es hatte sich ihnen, wie ich bestürzt sah, Sir James angeschlossen, der, wie ich bemerkte, erfolgreich die Punschspritzer von seinen Rüschen entfernt hatte. Ich stimmte ihrem Plan zu, doch als sie die Halle betraten, trödelte ich hinter ihnen her, an einer Reihe von Terrakottatöpfen mit Aurikeln entlang, und verlor mich dann durchaus absichtlich in der

Menge. Nachdem auch meine Gefährten von diesem vielköpfigen Monstrum verschlungen worden waren, schlüpfte ich in die Trinkhalle zurück und begab mich zu einer Erfrischungsbude. Ich kaufte mir einen Becher Wein und durchmusterte alsdann trübsinnig die Halle in der Hoffnung, die junge Schönheit zu erspähen, deren Aufmerksamkeit von den Kapriolen meiner Schnupftabaksdose und meines Spazierstocks angezogen worden war, die ich jetzt für weitere Dienste vorbereitete. Doch leider entdeckte ich bald, daß sie eine flüsternde Unterhaltung mit zwei unansehnlichen Burschen pflegte, deren Getränkeauswahl sie den weniger heilsamen Angeboten der Buden geneigt machte. Diese Unterredung war reichlich von Gekicher durchsetzt, und gelegentliche Blicke in meine Richtung ließen mich überlegen, ob ich irgendwie Getuschel erregt hätte und ob jetzt Gerüchte zu meinem Nachteil umliefen. Vielleicht, so dachte ich (von dieser Möglichkeit durch und durch entsetzt) – vielleicht litt mein Ruf unter meiner früheren Verbindung mit jenem Bauerntrampel, Miss Longpré, deren Ländlichkeit sicherlich jeder bemerkt haben mußte?

Ich verlor dieses Trio bald aus den Augen, als das Gewirbel der Menge mich gegen eine Wand preßte, von wo aus ich weiterhin grämlich Wacht hielt. Doch war nicht zu übersehen, daß – zu Miss Longprés kleinem Vorteil – einige der mit der Gesellschaft Feiernden, insbesondere aber einige Damen, kaum mit Personen von Stand verwechselt werden konnten, falls Kleidung und Manieren als Beweis gegen sie gelten durften. Ich erinnerte mich an Toppies Klage, die er während unserer Droschkenfahrt vorgebracht hatte, daß an solchen Orten «die feineren Leute nur zu oft in einem Mob unverschämter Plebejer aus den Außenbezirken von Butcher Row, Blackfriars und Botolph Lane verschwinden». Es erschien in der Tat so, daß im Gewühl der Menge eine unterschiedslose Vermischung im Gange war und sich die Gäste in diesem monströsen Durcheinander ohne Rücksicht auf Rang oder Vermögen mischten. Personen, deren kernige Gesichter darauf hinwiesen, daß sie von der Arbeit in einem mühsamen Gewerbe lebten, drängelten sich Ellbogen an Ellbogen mit ansehnlichsten Personen von Stand – Söhnen und Töchtern von Herzögen und Marquis, wohlhabende Ritter und Baronets –, auf die Miss Longpré hinzuweisen mir wenige Minuten zuvor noch großes Vergnügen gemacht hatte. Zu meiner Linken sprach ein wohlgekleideter Gentleman mit seidener Beutelperücke zu einer jungen Dame, deren unverschämter Gesichtsausdruck und deren dreiste Manieren an die Damen mit den scharlachroten Unterröcken erinnerte und vermuten ließ, daß sie wie jene an die Sünde verloren war. Hinter ihr schien ein Bursche, kaum förmlicher oder makelloser gekleidet als ein Kaminkehrer, die Gunst einer hübschen Person errungen zu haben, deren Gewandung Reklame für das Beste machte, was die Welt der New Bond Street anzubieten hatte. Die Einzelheiten ihrer Unterhaltung – die mit einigen verstohlenen schnellen Zärtlichkeiten geführt wurde – forderten meine Einbildungskraft aufs stärkste heraus.

Eine einheitliche Gruppe hatte sich an den Spieltischen zusammengefunden, deren jeder von verbissenen Spielern besetzt war, die gierig nach ihren Karten schnappten und elfenbeinerne Damesteine auf den Spielbrettern klicken ließen. Dieses Szenario heiterte mich auf, denn ich erinnerte mich plötzlich daran, wie Sir Endymion und seine Gefährten mir unter ähnlichen Umständen nach meiner vorhergehenden Enttäuschung durch das launische Geschlecht ihr Mitgefühl bezeugt hatten. In der Erwägung, daß der Verlust jener fünf Guineas vielleicht der beste Glücksfall gewesen war, der mir jemals zugestoßen war, entschloß ich mich, diesen aufmunternden Gedanken mit einem weiteren Becher Wein zu feiern. Jenseits der Weinbude aber erblickte ich einen Burschen, der Flaschen mit Mineralwasser verkaufte, und das erinnerte mich an meine Verpflichtungen gegenüber dem armen Jeremiah.

Ich begab mich direkt zu der Bude, begegnete aber auf dem Weg einer kleinen Gruppe junger Gentlemen, die sich um eine andere Bude versammelt hatten, in der geistige Getränke von sehr viel weniger heilsamer Art ausgegeben wurden. Aus ihrem Gesichtsausdruck schloß ich, daß diese Kerle mein Kokettieren gesehen und meine Hinweise auf Sir Endymion gehört hatten und mich daher für einen sehr hochnäsigen Burschen hielten, der sich «zu gut vorkommt, um mit unsereinem zu trinken», wie ich einen von ihnen sehr deutlich sagen hörte. Ich zögerte einen Augenblick, während ich in ihrer Mitte stand, kaufte dann einen Humpen Ringwood-Bier und schlug einen Trunk auf des Königs Gesundheit vor.

Diese Strategie gewann sie für mich, woraufhin eine ganze Reihe weiterer Becher getrunken wurde: Ich glaube, daß wir die Gesundheit der meisten Mitglieder der königlichen Familie mindestens einmal feierten. Erst nachdem sich diese Aufwallung von Vaterlandsliebe zum dritten Mal zu wiederholen begann und erst nachdem eine ganze Reihe von Krügen mit Ringwood geleert und wieder gefüllt worden waren, erinnerte ich mich an meine Mission an der Wasserbude. Doch überzeugten die Burschen mich davon, noch länger an ihrem Stand zu verweilen und zwei andere Sorten von Tafelbier zu kosten, Dorchester und Marlborough, um einen Streit unter ihnen zu schlichten, der darüber entstanden war, welches von den dreien nun wirklich das erfrischendste sei. Ich vermittelte in diesem Streit nach Leibeskräften und benannte schließlich Ringwood als meinen Favoriten, obwohl mein Gaumen zu diesem Zeitpunkt schon reichlich betäubt war, zum Schaden sowohl meiner Sprache als auch des Geschmacks. Bald danach trat ein weiterer Wettbewerber auf, Calverts Bier nämlich, aber nach einer methodischen Prüfung, während der nicht wenige Tropfen dieses neuen Konkurrenten über meine Weste spritzten, bekräftigte ich standhaft mein Urteil für das Faß aus Ringwood. Meine neuen Freunde waren mit dem zufrieden und belohnten meine Dienste freundlich mit einem Abschiedstrunk. Als ich den beendet hatte, schüttelte ich ihre Hände und stolperte dann, wie ich befürchte, ziemlich ungelenk auf die Wasserbude zu, nur um dort festzustellen, daß der Verkäufer sein Geschäft geschlossen hatte.

«Im Haus der Zerstreuungen gibt es Brunnenwasser zu kaufen», sagte einer meiner neuen Freunde, der meine mißliche Lage bemerkte. «Komm, George, noch einen Schluck – hier mein Freund, versuch mal diesen ausgezeichneten Porter –, und dann gehen wir alle mit rein.»

Ich muß zu irgendeinem Zeitpunkt meinen Auftritt im Haus der Zerstreuungen gehabt haben, denn ich habe noch immer einen ziemlich lebhaften Eindruck im Kopf, wie Sir James Clutterbuck mitten auf dem Tanzboden Miss Longpré auf die Wange küßte, während sie mir ein vorwurfsvolles Lächeln zeigte. Wenn in jener Sekunde Miss Longpré nicht das schönste Geschöpf war, das ich jemals gesehen hatte, dann muß ich so blind gewesen sein wie

Mr. Knatchbull. An etwas anderes im Haus der Zerstreuungen aber erinnere ich mich nicht, und ich fand mit Sicherheit kein Wasser. Vielleicht veranlaßte mich das Schauspiel auf dem Tanzboden dazu, ein stärkeres Gebräu als Mineralwasser zu suchen, denn einige Stunden später kam ich auf dem Fußweg zu mir, der die Felder hinter den Gärten durchquerte und auf die Gray's Inn Lane führte.

Das Haus der Zerstreuungen war jetzt dunkel und still, die Gärten und der Kutschweg waren leer. Die Gesellschaft hatte sich offenbar bereits vor Stunden zerstreut, und als die Leute nach Hause gingen, müssen viele der Nachtschwärmer, wie mir zu meinem Entsetzen klarwurde – die Hälfte der Londoner Gesellschaft –, über meinen hingestreckten Körper gestiegen sein, während ich da schnarchend und sabbernd im Staube lag. Ach, wie sie in sich hineingelacht und auf mich gezeigt haben müssen, sobald sie mich als den hübschen Burschen mit der Schnupftabaksdose und der Uhr an der Kette erkannten! Ich wagte mir kaum vorzustellen, welch einen entsetzlichen Schlag ich gegen meinen Ruf geführt hatte. Waren Toppie und Sir James vielleicht Zeugen geworden? Vielleicht hatte Lady Sacharissa hinter ihrer feinen weißen Hand vor sich hin gekichert, während Miss Longpré mich mit einem weiteren vorwurfsvollen Lächeln betrachtete . . .

Mit einigem Stöhnen kam ich auf die Füße, auf denen ich während etlicher Minuten unsicher hin- und herwankte, bevor ich einige tastende Schritte unternahm. Dann schlug ich den Pfad zum Kutschweg ein, immer noch schwankend, als stünde ich inmitten eines Aalbootes, das sich leise mit der Flut wiegte. Einer Flut von Ringwood und Calverts, dachte ich ingrimmig. Welch ein Narr war ich doch gewesen, so viel zu trinken! Die bescheidenste Berechnung, die ich am folgenden Morgen anstellte, brachte elf Halbliter Bier auf mein Konto, zu schweigen von ungezählten Gläsern Wein. «Über deine Lippen, George», hörte ich meinen enthaltsamen Vater von jenseits des Grabes psalmodieren, «hast du einem Feinde Einlaß gewährt, der dir das Gehirn gestohlen hat!»

Inzwischen hatte der Inhalt meines Bauches begonnen, zu schäumen und zu wogen wie die Ziegenmilch in meiner Mutter Butterfaß, und prompt entlud ich mich in eine kleine Weißdornhecke. Dank dieses Mittels fühlte ich mich etwas besser, doch dann, als ich wieder aufrecht stand, ließ der Anblick des Mondes – der weiß und fett tief über Highgate hing – meine Augen wie etwas Verfaultes schmerzen. Nachdem ich ganz wach geworden war, strahlte dieser scharfe Schmerz dumpf pulsierend nach außen aus, bis er beide Halbkugeln meines armen Schädels umfaßte. Und erst als ich meine Stirn in klagendem Mitgefühl mit diesem Schmerz runzelte, wurde mir klar, daß meine Perücke verschwunden war, und erst nachdem ich diesen Verlust bejammert hatte – denn sie war in Wahrheit verschwunden und nicht, wie ich mir kurze Zeit zu hoffen erlaubte, im Dreck hinter mir wieder aufzufinden –, wurde mir klar, daß auch mein Rock verschwunden war, wie meine Börse, meine Uhr an der Kette, meine Schnupftabaksdose, mein Stock und sogar meine goldbeschnallten Schuhe.

Ich war ausgeraubt worden, wie mir klarwurde, während ich zurück in den Dreck sank. Ausgeraubt! Die Erkenntnis war entsetzlich. Ich hatte die boshaften Anschläge von Brownrigg und O'Leary tags zuvor durchkreuzt, nur um zu Pancras Wells, inmitten einiger der geachtetsten Bürger und der nobelsten Personen von Stand dieser Nation, ausgeraubt zu werden. Sicherlich, dachte ich – sicherlich treiben sich tatsächlich einige berüchtigte Kerle an diesen Orten herum!

Einige Minuten lang weinte ich laut in meine Hände und entleerte dann erneut meinen aufgewühlten Bauch mit einigem weiteren Würgen und Spritzen in die Hecke. Schließlich, nachdem ich meine weibischen Tränen unter einigen letzten zitternden Schluchzern getrocknet und mich in die Zweige eines jungen Wacholderbuschs erleichtert hatte, schleppte ich mich zum Kutschweg, immer noch einigermaßen unsicher auf den Beinen (einer der Strümpfe war, wie ich zu meinem weiteren Entsetzen feststellte, an verschiedenen Stellen von meinem Zehennagel durchbohrt worden). Aus Gründen der Sicherheit hatte ich mich entschlossen, über den Kutschweg statt über den Fußweg zu meiner Wohnung zurückzukehren, doch als ich nun aufbrach und die Steine meine Füße schmerzten, wurde mir klar, daß ich nichts mehr von Wert besaß, und also konnte die Vorstellung eines Wegelagerers keine Furcht mehr heraufbeschwören. Es war dies, wie Sie sich vorstellen können, ein höchst zweifelhafter Trost.

Ich hatte Battle Bridge durchquert und bog in die Constitution

Row ein, von der aus ich zu meiner Linken die Ziegelfelder mit ihrem Aschehaus und den riesigen Schutthaufen sehen konnte und vor mir in der Ferne das pyramidenförmige Dach des Foundling Hospital, als mich ein Phaeton überholte, den zwei Schimmel zogen. Dieses Fahrzeug, das mit ungezügelter Geschwindigkeit dahingerollt war, wurde langsamer, als es mit mir auf gleicher Höhe war, und hielt dann auf Befehl eines seiner Insassen an. Nun blickte ein Gesicht mich durch das Fenster an.

«Es scheint, junger Herr», sagte der Gentleman, dessen Aussehen mir bekannt vorkam, während er meinen traurigen Zustand betrachtete, «es scheint, daß Ihnen ein Mißgeschick zugestoßen ist.»

«Man hat mich überfallen und ausgeraubt», erklärte ich mit einer Stimme, die keinerlei Anstrengungen machte, mein Elend zu verbergen. Es erschien mir klug, die volle Wahrheit zu verschweigen, obwohl der Mann ohne Zweifel den schalen Geruch von Ringwood an mir riechen konnte, und ich fürchte, daß meine Weste, obwohl gnädig vor der Raublust der Diebe verschont, jetzt Zeugnis von meinem jüngsten Erbrechen ablegte. «Man hat mir die Perücke geklaut», fuhr ich fort, «und meine Uhr, meine Börse, meinen Stock . . .» Mitten in dieser Aufzählung war ich nahe daran, erneut zu schluchzen.

Der Gentleman schüttelte mitfühlend den Kopf, neben dem zu diesem Zeitpunkt ein anderes Gesicht erschien: ein anderer Gentleman, der mir ebenfalls sonderbar bekannt vorkam. Doch zog dieser zweite Gentleman, als er mich erblickte, seinen Kopf rasch zurück und befahl dem Kutscher, die Fahrt fortzusetzen.

«Robert», protestierte der erste Mann, «wir müssen Mitleid mit dem jungen Gentleman haben. Mitleid ist, wie Monsieur Rousseau uns sagt, die erste menschliche Leidenschaft, jene gesegnete Eigenschaft, auf der alle menschliche Zivilisation beruht. Der Spiegel, in dem wir im Gesicht des anderen unser eigenes erkennen.»

Diese Abhandlung schien auf taube Ohren zu stoßen, denn Robert wiederholte seinen Befehl an den Kutscher, wobei er ihn diesmal viel drängender aussprach und so andeutete, daß ich ein Tunichtgut oder ein Straßenräuber sei. «Robert» erinnerte ich mich plötzlich, war der Name jenes unverschämten Schuftes, der mich in der Marybone Street niedergeschlagen hatte. Ich war noch mit dem Versuch beschäftigt, mir zu versichern, daß es sich in der Tat um diesen Burschen handelte, als mir klarwurde, daß der andere Gentleman Mr. Larkins war, einer meiner Gefährten am Kartentisch. Er widersprach nun Roberts Befehl an den Kutscher, der sich dieser höheren Autorität beugte.

«Bitte», sagte Mr. Larkins mit freundlichem Lächeln zu mir, «würden Sie von zwei Fremden das Angebot einer Mitfahrt annehmen? Ich glaube, daß Ihr trauriger Zustand Mitgefühl in jeder menschlichen Brust hervorrufen würde. Sie müssen Robert vergeben» (der keinerlei Anzeichen einer solchen Hervorrufung in seiner eigenen Brust erkennen ließ, während ich mich hineinquetschte; vielmehr drückte er sich gegen die Tür auf der anderen Seite und wandte sein Gesicht ab), «denn wir waren in Hampstead Wells, und er sehnt sich sehr danach, in seine Wohnung zurückzukehren.»

«Sie sind, Sir, für mich kein Fremder», sagte ich, während ich mich auf ein Kissen neben Mr. Larkins niederließ und der überfüllte Zweispänner seine eilige Fahrt fortsetzte, «denn wir waren bereits Gefährten beim Whist, Mr. Larkins.»

Mr. Larkins gab seiner Freude Ausdruck, mir erneut begegnet zu sein, «selbst unter so beklagenswerten Umständen», und dann plauderten wir beide sehr angenehm – ich erzählte ihm, wie ich in die Dienste von Sir Endymion eingetreten war –, bis unser Gefährt am Ende des Haymarket ankam.

«Wir werden Sie hier verlassen», sagte Mr. Larkins, «denn wir haben noch eine ganze Strecke zu fahren.»

Als ich meine Dankbarkeit ausdrückte, winkte der gute Mann lediglich mit seiner behandschuhten Hand in einer bogenförmigen Bewegung durch das Fenster.

«Niemand würde, glaube ich, anders gehandelt haben», erwiderte er. «Mitgefühl – das ist es, was uns von den Tieren auf dem Feld unterscheidet.»

Robert war jedoch während dieser Fahrt sonderbar unbewegt geblieben. Er hatte kein Wort gesagt, während wir zuerst die Gray's Inn Lane und dann die High Holborne und St. Martin's Lane hinabfuhren, obwohl ich den Eindruck gewann, daß er und Mr. Larkins von Zeit zu Zeit miteinander in einer Reihe von scharfen Stößen und Stupsern verkehrten, die einen geheimnisvollen Konflikt verrieten. Robert hielt darüber hinaus sein Gesicht, das teilweise entweder von seinem Dreispitz (geckenhaft mit goldenem *point d'Espagne* verziert) oder von seiner Hand (behandschuht in Ziegenleder von einem solchen Weiß, daß sie geradezu leuchteten) verdeckt wurde, dem Fenster zugekehrt. Es war fast so, als wolle er meine Bemühungen – die letzen Endes im Ergebnis unfruchtbar blieben – ihn zu identifizieren, zum Scheitern bringen. Ich fühlte mich durch diesen Mangel an *politesse* verletzt, der seinem vormaligen Benehmen entsprach und den ich ebenso provozierend fand; aber wegen Mr. Larkins' Gastfreundschaft sagte ich nichts dazu. Erst als ich den Haymarket hinabhinkte, dessen Pflaster mit Stroh bestreut und deshalb für meine Füße etwas weicher war, begann ich, darüber nachzudenken, wer er war. Vielleicht war er Mr. Brownrigg, überlegte ich, oder Mr. O'Leary – denn nach dem heutigen Abend war ich durchaus bereit anzunehmen, daß ein Schurke sich in Seide kleiden und in der Gesellschaft eines wahren Gentleman nach Hampstead Wells fahren mochte.

«Ich bin vollkommen wieder hergestellt», unterrichtete ich gerade Lady Beauclair, «doch mein Lakai hat sich zu meinem Bedauern eine höchst ernsthafte Erkältung zugezogen, wegen der ich, müssen Sie wissen, ziemlich besorgt bin.»

«Das tut mir sehr leid.»

Lady Beauclair war an den Einzelheiten meiner Gesundheit so interessiert und so besorgt um meine neue Perücke (die ich am nämlichen Morgen von Mr. Sharp erworben hatte und die meinem schmerzenden Kopf nur ungenügend paßte), daß ich mich fast zu fragen begann, ob sie auf irgendeine Weise von meinem unfeinen Benehmen zu Pancras Wells erfahren hatte. Sicherlich schwirrte doch jetzt einiger Klatsch zu meinen Ungunsten durch die Stadt? Vielleicht hatte sie es von einer ihrer Bekanntschaften erfahren oder war, schlimmer noch, selbst – was Gott verhüten möge! – anwesend gewesen. Ich fühlte, wie mir bei diesem Gedanken die Röte ins Gesicht stieg, doch überzeugte dieses Erröten, das als Zeichen strahlender Gesundheit mißverstanden wurde, Mylady davon, daß mein Zustand gut war; und also begann sie, nachdem sie ihre Pose wieder eingenommen hatte, erneut mit ihrer Geschichte.

«Wo war ich stehengeblieben? Ach ja. Nach Tristanos erstem

Auftritt und nach den Auftritten in der Königlichen Kapelle und im Teatro delle Dame gab es keinen Zweifel daran: daß seine Referenzen beglaubigt waren ...»

Fünfzehn

Dennoch hatte Signor Piozzi bis zum letzten Augenblick gewartet – fast bis es zu spät war –, denn er war entschlossen, daß es keine weiteren Concettos geben sollte. Aber jetzt – nun, da gab es einfach keine Frage mehr.

Ja: Tristanos Eintritt bei den Schwarzen Röcken, den *musici*, jener geheimnisvollsten aller Bruderschaften.

So geschah es, daß der Junge an einem feuchten Morgen am Ende der Karwoche in eine kleine Stadt des Kirchenstaates an der Grenze der Marken gebracht wurde. Statt aber in Signor Piozzis Kutsche zu fahren, die mit dessen Monogramm verziert war und ihn seit kurzem zum Teatro San Bartolomeo oder zur Königlichen Kapelle transportierte oder wohin immer zu gelangen er den Wunsch äußerte, reiste er mit der Post, in einer Kalesche, und übernachtete in abgelegenen Gasthöfen und Poststationen, deren Läuse und Schmutz lediglich durch das Leinen und die Eßbestecke abgemildert wurden, mit denen sich auszurüsten man ihm weise geraten hatte. Diese plötzliche Knauserei seitens des Maestro fand er ebenso verwirrend wie die Anweisungen, sich weder in die hellen Röcke und Hosen zu kleiden noch die federgeschmückten Dreispitze zu tragen oder die Uhren an Ketten, in deren Besitz er jüngst durch die Freigebigkeit der feinen Damen aus den oberen Logen des Theaters gekommen war. Er hätte diese Vorschriften vielleicht der Gefährdung durch Banditen zugeschrieben, wären sie nicht von einer noch seltsameren Anweisung begleitet gewesen: nämlich daß er sein Gesicht pudern und bemalen und die Röcke, den Umhang und das Spitzenhäubchen einer jungen Dame anlegen sollte.

Denn es war festgelegt worden, daß er als die Braut von Gaetano zu gelten hatte, seines einzigen Gefährten auf der Reise, eines jungen Poeten, dessen Pflichten als Librettist von Signor Piozzis neuesten Opern mit der Verwendung seiner sehr viel weniger glaubwürdigen Talente als Koch des *conservatorio* verbunden worden waren, und jetzt mit seiner noch sehr viel zweifelhafteren Gewandtheit als verliebter junger Bräutigam. Gaetano war ein schüchterner Bursche mit ängstlichen braunen Augen, spärlichem Backenbart und einem raschen Stottern, das unter den *figlioli* für viel Heiterkeit und Unterhaltung sorgte. Er hielt manches lange Schweigen zwischen den Stationen auf der zerfurchten Straße aufrecht, so als ob er Tristano nicht herausfordern wollte oder als ob er, vielleicht noch wahrscheinlicher, durch die Gegenwart einer Frau, selbst einer vorgetäuschten, in Verlegenheit gebracht sei.

Wie alle Männer jedoch lehrte er seine junge Braut rasch, was ihr Rang sei. Am Abend verweigerte er Tristano die Erlaubnis, mit an der Table d'hôte zu speisen, und verwies ihn statt dessen auf ihr gemeinsames Zimmer, fern von den neugierigen Blicken der Stallknechte, Maultiertreiber, Postillions, Zimmermädchen und straßenmüden Postkutschenreisenden. Und alle Einzelheiten der Reise waren ihm überlassen. Ihre Pässe und eine lederne Börse behielt er in seinem Mantel und zeigte ständig die einen vor und entleerte die andere – Soldi, Scudi, Lire, Carlini, Kronen, Dukaten –, während sie ein kostspieliges Spießrutenlaufen zwischen Zollstationen, Brücken, Fährbooten und Zolltoren veranstalteten, die alle eine Gebühr für das Privileg einforderten, einen neuen Staat zu betreten oder einen Fluß zu überqueren, über den sie gegen ähnliche Kosten zwei Stunden zuvor bereits einmal gesetzt hatten. Es erwies sich dies als ein noch kostspieligeres Unterfangen denn angekündigt. Die meisten Männer in den Zollstationen erklärten, daß es mit ihrem Gewissen unvereinbar sei, irgendeine Kutsche für weniger als, sagen wir, fünf Soldi undurchsucht zu lassen. Die moralischen Gefühle des Burschen, der über den Eintritt in den Kirchenstaat wachte, erwiesen sich in dieser Hinsicht als besonders empfindsam; er schlug kühn vor, sie um eine noch größere Summe zu erleichtern – zehn Soldi, plus eine römische Krone obendrein. Um ihre Gewissen zu beruhigen, versäumte Gaetano niemals, seine Börse aufzuschnüren und die geforderte Summe in ihre ausgestreckten

Hände gleiten zu lassen, ohne Rücksicht darauf, wie unverschämt die war. Tristano fand diese Zuvorkommenheit höchst merkwürdig, zumal die Kutsche tatsächlich keinerlei Wertgegenstände außer dem Bettzeug und einigen Tellern enthielt.

– Ich w-will nicht, daß sie d-dich entdecken, und nicht d-d-d-die Teller, erklärte Gaetano schließlich, als Tristano ihn darum befragte, doch machte ihn diese Antwort kein bißchen klüger, und der grämliche Poet weigerte sich, das näher auszuführen.

Nach zwanzig Stationen, zwei Nächten in schmutzigen Gasthöfen und ungezählten Reichtümern, die ihnen an den Zollstationen abgepreßt wurden, erreichte die Kalesche schließlich ihren Bestimmungsort, eine kleine Stadt, die zwischen Hügeln mit den Wundnähten ähnelnden Markierungen von Weinbergen verstreut lag. Als sie im Haus eines Doktors namens Monticelli ankamen, wurde Tristano angewiesen, seinen kleinen unkontrollierten Mantelsack in einem muffigen Zimmer auszupacken, wo ihm alsbald Monticelli selbst das Essen auftrug. Diese freudlose und unbefriedigende Mahlzeit – trockenes Brot, eine dünne Suppe, ein paar Streifen gepökeltes Schweinefleisch – genoß er allein in dem Zimmer, das kaum gastfreundlicher war als jene in den schmutzigen Gasthöfen, spärlich ausgestattet mit einer Strohmatratze, einem dreibeinigen Stuhl und einem Gipskreuz, das krumm an seinem Nagel hing. Monticelli selbst war von ebenso karger Beschaffenheit, ein alter unbemittelter Storch, der sich von Kopf bis Fuß in Schwarz kleidete und eine Brille schief auf seinem ausgedehnten, ständig schniefenden Rüssel trug. Er war auch ein schweigsamer Storch, denn auf Fragen antwortete er ebensowenig wie Gaetano, der jetzt verschwunden war und seine vorgetäuschte Ehe für den Augenblick verließ.

Am nächsten Morgen wurde Tristano durch die Glocken einer nahe gelegenen Kirche geweckt, die das Angelus läuteten. Nach den Gebeten wurde er aufs neue gefüttert: mehr Brot, noch trockener jetzt, und mehr Suppe, eine noch dünnere Brühe. Zu seiner Überraschung aber leistete Monticelli Entschädigung für die Dürftigkeit der Mahlzeit, indem er einen großzügig bemessenen Becher Rotwein einschenkte. Tristano versuchte zu erklären, daß er abgesehen vom Kommunionwein . . .

– Trink, befahl Monticelli.

Als Tristano gehorchte, füllte der Doktor den Becher rasch nach.

– Trink.

Als der zweite Becher geleert war, präsentierte der Doktor einen weiteren unerwarteten Luxus, eine emaillierte klauenfüßige Badewanne, in die ein Mädchen Krug um Krug dampfendes Wasser goß. Monticelli schenkte einen weiteren Becher Wein ein und wies mit langem Finger auf die Wanne, als die Bemühungen des Mädchens das Wasser dem Rand auf ein oder zwei Zoll nahe gebracht hatten.

– Rein, befahl er und fügte aus einer verstöpselten Flasche eine Duftessenz dem heißen Wasser bei, das seine Brille ebenso zu beschlagen begonnen hatte wie das Butzenscheibenfenster hinter seinem Kopf.

Tristano zog sich hastig aus, kam dem Befehl nach und nahm zugleich einen dritten Becher Wein an, den Monticelli durch die Beigabe einiger Tropfen eines braunen Sirups aus einer weiteren verstöpselten Flasche dunkler gemacht hatte.

– Trink, sagte er.

Das Wasser war heiß, aber er wagte nicht zu protestieren, und also ließ er sich mit zusammengebissenen Zähnen bis zum Hals hineingleiten, während er versuchsweise am letzten Becher Wein nippte, der erheblich bitterer auf der Zunge lag als seine beiden Vorgänger.

– Entspann dich, befahl Monticelli jetzt mit sanfterer Stimme und wandte ihm den Rücken zu, während er sich an einem kleinen Tisch zu schaffen machte.

Tristano fand sich eigenartigerweise fähig, auch dieser Forderung nachzukommen, denn jetzt erschien das Wasser nicht mehr so heiß noch der Wein so bitter. Er schloß die Augen und erinnerte sich, wie das schweflige Wasser in den Bädern außerhalb seines Dorfes genauso um sein Kinn geschlürft hatte, wenn er mit seinem Vater badete. Ja, ja, so lange schien das jetzt schon herzusein, wie etwas aus einem Traum . . .

Der Wein machte ihn schwindlig. Er war sich nur mehr vage bewußt, daß Monticelli sich jetzt über ihn beugte, nur entfernt war er sich über den Druck der dünnen Hand des Doktors an der Seite seines Halses unmittelbar unter seinem Ohr klar . . . und zu irgendeinem Zeitpunkt muß er dann in dem lindernden Wasser eingeschlafen sein.

Licht. Stimmen.

Als Tristano erwachte – es hätte Tage später sein können –, sah er das verkniffene, bebrillte Stirnrunzeln Monticellis, den er während einem oder zwei langen Augenblicken nicht erkannte.

– Ist er w-w-wach? fragte schließlich eine Stimme – Gaetanos.

– Ja, ja, erwiderte Monticelli schroff. Lassen Sie mich nun bitte zu ihm. Gehen Sie zurück zu Ihren Huren. Ich will Sie diesmal nicht wieder wie ein Mädchen in Ohnmacht fallen sehen, wenn ich es vermeiden kann.

Er wandte sich Tristano zu und hielt dem Jungen einen weiteren Becher gedunkelten Weins an die Lippen.

– Trink.

Dann Dunkelheit, Stille.

Bald aber mehr Licht, mehr Stimmen. Und Schmerzen. O ja. Schmerzen, Schmerzen, *Schmerzen*.

– Ruhig, murmelte Monticelli, indem er die Fensterläden zuschlug und ein weiteres Glas mit Wein füllte. Das wird nicht immer weh tun. Trink.

Nein, nein: Es tat nicht immer weh. Aber es schmerzte zehn Tage lang. Was sich manchmal anfühlen kann wie für immer.

Elf Tage nach der Ankunft im Haus half der nervöse Bräutigam seiner jungen Braut in die Kalesche, die durch schmale Alleen davonholperte, dann wieder das Spießrutenlaufen zwischen Zollstationen, Zolltoren, Fähren, Brücken. Sie hatten bei jedem Halt zu bluten, hielten bei jedem Sonnenuntergang an den verlassensten Gasthöfen, anderen dieses Mal, obwohl gleichermaßen schmutzig und ungastlich, voller Läuse und Spinnen und nach Schafsmist und Pferdepisse stinkend. Überflüssig zu sagen, daß sie von ihrem eigenen Geschirr aßen und in ihrer eigenen Bettwäsche schliefen. Jetzt aber war Tristanos Wäsche von Blut befleckt; trotz verschiedener fleißiger Anstrengungen war es Monticellis Magd nicht gelungen, sie rein zu waschen. Natürlich Tristanos Blut.

– Die B-b-brautlaken, kicherte Gaetano. Doch dann wurde er

ernst: Wir werden sie verb-b-brennen, sobald wir N-n-eapel erreichen, fügte er stirnrunzelnd hinzu.

Es schien Tristano so, als sei es ein Unbehagen ob dieser Laken, das Gaetano dazu brachte, den lüstern grinsenden Herren sogar noch mehr zu zahlen, als sie zur Beruhigung ihrer Gewissen wirklich nötig zu haben vorgaben. Denn jetzt wußte er – der Doktor hatte es ihm am Vorabend der Abreise erklärt –, daß jeder, der mit der «Operation», wie Monticelli es nannte, zu tun hatte, der Exkommunikation unterlag. So lautete wenigstens im Kirchenstaat die Strafe, die allerdings noch einige unerfreuliche Zivilstrafen nach sich zog, wenn auch keine so drastische wie im Königreich Neapel: Dort würde man, erklärte Monticelli, einen Praktiker wie ihn sofort mit dem Tod bestrafen.

– Der Vollstreckungsbefehl wird, teilte er Tristano mit einem schmalen Lächeln mit, von denselben Männern unterzeichnet werden, die am Vorabend die Früchte meiner Arbeit in der Königlichen Kapelle genossen haben. Weißt du aber, warum ich mich über diese Heuchelei nicht aufrege? Weil ich selbst ein Heuchler bin. Anders gesagt, ich verachte die Musik. Ja, mein Junge, sagte er mit einem krächzenden Lachen, für mich ist das alles wie Geschrei kopulierender Katzen auf dem Dach!

Doch wenn er auch die Musik verachtete, so hatte sich Monticelli während des zehntägigen Besuchs doch gestattet, Zuneigung zu Tristano zu entwickeln – selbst wenn der Junge mindestens die Hälfte der Zeit unter Betäubung stand, die von der endlosen Reihe von Cocktails aus mit Opium getauftem Wein verursacht wurde. Gegen Ende der Genesung hatte der Wein in den Bechern jedoch seine normale Färbung wieder angenommen, und Monticelli genehmigte sich häufig selbst einen, was ihn in der Folge freundlicher und redseliger machte. Oft spielten die drei – wenn es nämlich gelang, Gaetano zu überreden, die Fleischtöpfe der Stadt zu verlassen – miteinander Spinado, Slobberhannes, Piquet oder andere Spiele, die Monticelli während einer offensichtlich idyllischen Lehrzeit in Padua gelernt hatte. Dann aber fuhr an Tristanos letztem Tag im Haus eine Kalesche vor, und ein kleiner Kerl mit bebändertem Hut sprang aufs Kopfsteinpflaster. Einer der Engel aus der berühmten Pietà dei Turchini in Neapel. Ein neuer Spielgefährte für den Doktor.

– Ich verachte die Musik, murmelte Monticelli leise und richtete seine Brille, während er sich darauf vorbereitete, den jüngsten Ankömmling zu begrüßen, aber ich liebe das Geld.

Ja, das Geld. Wer hätte glauben können, daß es soviel davon gab? Zuerst noch nicht, nein, aber dann nach ein paar Jahren ... Einmal hatte er binnen sechs Monaten zweitausend Dukaten eingenommen; er war damals knapp siebzehn oder achtzehn Jahre – beispiellos.

Wo kam es alles her? Vor allem aus den Opernhäusern; zunächst jenen in Neapel und dann später in Florenz und Venedig. Ja, Venedig ... Aber ich sollte nicht vorgreifen. Zunächst also gab es die Kirchen in Rom und dem Kirchenstaat, heilige Stätten, die zu beschmutzen keiner weiblichen Stimme erlaubt war. Doch zahlten sie nur vier Kronen für eine Aufführung, und also waren die Theater, das Aliberti zum Beispiel, sehr viel lukrativer – und Frauenstimmen durften sich auch da nicht hören lassen. So gab es Rollen ohne Ende: Tancredi in *Gerusalemme liberata*, Termancia in *Onoria in Roma*, Claudio in *Messalina*, Anastasio in *Giustino* ...

Wie war das? Vielleicht finden Sie es ja erheiternd, daß die großen Könige und Schurken aus der Geschichte und der Mythologie – Tamerlan, die Caesaren, Aeneas, Orlando, Tancred – darauf, auf die Stimme eines Knaben reduziert wurden – oder besser gesagt, auf die eines Mädchens? Nun ja, in letzter Zeit hat sich der Geschmack gewandelt und solche heroischen Rollen gehen an Tenöre ... aber damals, vor fünfzig Jahren, verlangten die heroischsten Rollen die schönsten Virtuosenstimmen; nichts weniger, nichts anderes durfte es sein.

Es gab also lukrative Privataufführungen in den *palazzi* von Kardinälen und Adligen: dem Palazzo Matthei, der Villa Pamphilia und der Villa Borghese, wo Kardinal Gualtieri ihm tausend Scudi für vier Aufführungen zahlte. Oder dem seidengeschmückten Theater im Palazzo della Cancelleria, wo Kardinal Ottoboni aus seinen Privatgemächern zusah und ihm die Tränen während einer *aria graziosa* die Wangen herabrannen – so erzählte man es sich jedenfalls. Weitere tausend Scudi. Und dann schlugen sich außerhalb Roms jene, die diesen Aufführungen beigewohnt hatten, um seine Dienste – der Fürst von Modena, die Gräfin Grimaldi in

Genua, der sächsische Hof zu Dresden, der Großherzog der Toskana; und bei verschiedenen Gelegenheiten sogar Kardinal Grimani, der Vizekönig von Neapel.

Das alles geschah, wie ich gesagt habe, zu seiner Zeit, nach einigen weiteren Jahren der Entwicklung, einigen weiteren Jahren niedrigerer, schlechter bezahlter Engagements. Sein allererster Gönner, von einigermaßen einfacherer Art als ein Vizekönig oder ein Herzog, hatte ihn bei seiner Rückkehr aus dem Haus von Monticelli erwartet. Nichtsdestoweniger aber doch ein *nobiluomo*. Tristano hatte sich an sein neues Zimmer gewöhnt – das von Concetto – und den Blick auf den Platz und die Burg Il Torrione del Carmine in der Ferne. Ein schwarzer Rock lag auf seiner Pritsche. Dann trat Signor Piozzi mit einem jungen Mann herein, den er als den Grafen Annibali vorstellte.

– Ich entbiete Ihnen den Willkommensgruß bei Ihrer Rückkehr nach Neapel, sagte der Graf, zog ruckartig seinen brokatenen Dreispitz und vollführte eine tiefe Verneigung. Darf ich hoffen, daß die Wasser des Kurortes Ihrer Gesundheit aufgeholfen haben?

– Ja, ich danke Ihnen. Signor Piozzi sprang ein, als Tristano es versäumte zu antworten. (Kurort?) Der Kurort – ja, Herr. Tristano? Ja, Signor, ausgezeichnet für die Gesundheit. Er ist so gut wie neu. Es war – nur ein Wechselfieber.

– Ich bin glücklich, das zu hören, erwiderte der Graf, und in dem Fall möchte ich einen Vorschlag unterbreiten.

Annibali, Tristanos erster Graf, war ein ziemlich enttäuschendes Exemplar dieser Art – klein, glotzäugig und so krummbeinig, daß es aussah, als hätte er alle Tage auf dem Rücken von Maultieren gesessen, bevor er seine ersten Schritte erlernte. Und doch war dieser jasminduftende und seidenbekleidete kleine Frosch bemerkenswerterweise ein wohlbekannter Frauenheld, die seine Gefühle, wenn man den Gerüchten Glauben durfte, fröhlich erwiderten. Das heißt, alle bis auf eine: Caterina Speranza, die er, vielleicht lediglich wegen ihres Widerstandes, zu heiraten wünschte.

Vierzehn Tage später wurde Tristano vom Grafen engagiert, einem *ridotto* in seiner Villa beizuwohnen und zum Ausklang des Abends für dieses halsstarrige Geschöpf zu singen, neben der inzwischen berühmten Sturmarie aus dem *Oeneus* ein gefühlvolles, von Annibali selbst komponiertes Lied. Es war ein erbärmliches

Stück, ein solcher Kitsch, daß nicht einmal Signor Piozzi und seine elf Opern sich wegen der Konkurrenz Sorgen zu machen brauchten. Tristano aber erhielt dreißig Scudi für seine Bemühungen. Dafür hoffte Annibali die Liebe von Caterina Speranza zu erhalten. Dennoch blieb sie unerbittlich – zumindest gegenüber dem Grafen, wenn auch nicht gegenüber Tristano. Nein, sie war geradezu bezaubert von diesem häßlichen Kind mit der wunderschönen Stimme, lud ihn in ihres Vaters Villa auf Ischia ein und überschüttete ihn mit Geschenken von Schnupftabaksdosen aus Schildpatt, goldenen Flakons mit Eau de Cologne, einem Pfau aus Japan . . .

Ein Vorzeichen dessen, was da kommen sollte. Er wurde aus den Diensten des Grafen entlassen, fand aber schnell weitere Gönner. Es gab keinen Mangel an anderen Damen und Herren, die bereit waren, kleine Vermögen für das Vergnügen zu zahlen, seine Stimme durch verdunkelte Theater oder Säle mit Balkonen zu sich strömen zu hören. Natürlich floß in jenen frühen Jahren ein Großteil des Reichtums zurück an das *conservatorio*. Im Ergebnis konnte Signor Piozzi damit aufhören, seinen Kräutergarten zu pflegen, und er brütete sogar Pläne aus, sein *conservatorio* zu erweitern und es in bequemere Räume im Schatten des Castel dell'Ovo zu verlegen; aber leider starb er während der Vorbereitungen: Eines Morgens fand man ihn auf dem Boden der Kapelle, den Kopf verdreht, die Arme ausgestreckt, die Augen hervorquellend; eine starre, glotzende, blauweiße Statue des Maestro, von ihrem Sockel herabgestürzt. Doch zu diesem Zeitpunkt hatte Tristano seine Verpflichtungen gegenüber dem Maestro erfüllt und lebte in Venedig.

Signor Piozzi aber – vielleicht kennen Sie ihn als Gaspar Piozzi? Nein? – lebte weiter, unsterblich durch seine Werke: als da sind seine Opern – siebzehn an der Zahl zu der Zeit, da das Zimmermädchen ihn mit dem Bauch nach oben auf dem kalten Steinfußboden auffand. *Penelope, Fulvia vendicata, Dido e Aeneas, Il triunfo di Lucina, Ifigenia abbandonata, La Forza d'amore* – vielleicht haben Sie davon gehört? Nein? Also doch nicht so unsterblich. Aber sicherlich von *Philomela*, die von vielen als sein *magnum opus* betrachtet wird? Nein? Na schön. Vielleicht sind sie für sich genommen nichts Besonderes – eher Handbücher der Virtuosität, deren künstlerische Integrität allzu begierig auf dem Altar des allgemeinen Geschmacks geopfert wurde. Ihre melodische Erfindungskraft mag banal sein, der Stil gelegentlich monoton und trocken, die Libretti scheußlich; wohl wahr. Doch wurde Tristano mit manchen dieser Werke, mit ihren Arien, ihrem bravourösen Stil zuerst bekannt.

Wenn ihm aber diese – zugegeben tiefstehenden – Opern von Gasparo Piozzi solchen Ruhm einbrachten, was erst hätte er mit solchen der wahren Meister – Scarlatti, Bononcini, Händel – machen können? Sie alle schrieben für ihn – ja, sie stritten sich ebenso lautstark um seine Aufmerksamkeit wie alle Welt sonst. In ihren Händen wäre Tristano vielleicht – nein, mit *Sicherheit* – der größte Sopran in der Geschichte der Oper geworden. Neben ihm waren Farinelli und Senesino kreischende Möwen. Nicolini und Porporino? Ein Paar quiekender Schweine! Faustina, Cuzzoni – diese beiden nicht mehr als zwei sich zankende, schreiende Gänse.

Und Il Piozzino?

Jaha! Es war zum Teil Piozzino, zusammen mit dem Grafen Provenzale in Venedig und später mit Lord W— in London . . .

«Aber ich greife wieder mal vor», sagte Lady Beauclair, «und Sie müssen mir verzeihen, Mr. Cautley, wenn ich sage, daß Sie wirklich nicht allzu gut aussehen.»

Ich bin sicher, daß ich das tatsächlich nicht tat, doch war die Ursache meines angeschlagenen Aussehens jetzt nicht mehr die Pflaumensauce, und nicht einmal die unmäßig konsumierten Becher von Calverts oder Marlborough und die endlosen Trinksprüche auf unseren König. Vielmehr war meine plötzliche Niedergeschlagenheit das Ergebnis von etwas, das ich einen Augenblick zuvor erblickt hatte, unmittelbar vor dieser Unterbrechung ihrer Geschichte. Warum ich es – oder besser *sie* – nicht zu einem früheren Zeitpunkt an diesem Abend gesehen hatte, weiß ich nicht, denn sie waren ganz offen meinen Blicken ausgesetzt, sie lagen da auf dem Beistelltisch, wo das gravierte Portrait früher gestanden hatte: ein Dreispitz, der an den Kanten mit goldenem *point d'espagne* verziert war, und ein paar Ziegenlederhandschuhe, die in dem vom Kerzenschein erleuchteten Zimmer wie polierte Knochen glänzten.

Sechzehn

«Los doch, Cautley, los – mein Kittel, meine Farben. Ran doch, mein Guter, ran doch! Beeilen Sie sich – es gibt viel zu tun!»
Wie oft habe ich während der folgenden vierzehn Tage diesen Befehl gehört, oder tausend andere ähnliche? Wie oft ließ ich die Aufgabe, zu der ich einen Augenblick zuvor geeilt war, im Stich, um zu dieser neueren, dringenderen zu eilen? Denn jetzt war ich Schüler im Studio von Sir Endymion Starker; ich gehörte, wie die Historiker dieses Gegenstands sagen würden, der «Schule von Starker» an.

Diese Schule war, wie langsam klarwurde, höchst kompromißlos. Sir Endymion bestand auf einer arbeitsreichen und abwechslungsreichen Regel für seine Schüler, deren es mit mir insgesamt fünf gab. Der größte Teil unserer Tage verging damit, daß wir seine Farbmischungen zusammenrührten und sie dann unter seiner Aufsicht auf die Drapierungen brachten, die er in seinen halbfertigen Portraits skizziert hatte. Davon gab es dem Anschein nach Hunderte, genug um hundert Hände mit dem Malen von Draperien hundert Jahre beschäftigt zu halten: Gouacheminiaturen, Silhouettenminiaturen, Brustbilder, Halbfiguren, Kopfbilder, Kniestücke, Ganzstücke und sogar einige überlebensgroße Darstellungen ganzer Familien, die dazu ausersehen waren, zum künftigen Vergnügen geplanter Generationen in den höhlenartigen Bibliotheken entfernter Landsitze zu hängen. Es bestand kein Mangel an solcher Arbeit, denn Sir Endymions Modellheft, ein fettes Hauptbuch, in das eine endlos sich erweiternde Namensliste einzutragen die Aufgabe eines der Lehrlinge war, war «komplett voll», wie Sir Endymion einmal bei einem Glas Porter erklärte, das eine Atmosphäre der Ungezwungenheit im Studio bewirkt hatte, «voll für die nächsten Jahre mindestens. Falls nicht, was wahrscheinlich ist, ein paar von den alten Vögeln der Natur ihre Schuld bezahlen, bevor ich meine Verpflichtungen ihnen gegenüber erfüllen kann.»

Solche Augenblicke der Geselligkeit waren in dem geräumigen Studio zwei Treppen über dem Fluß in Chiswick ausgesprochen selten. Während der Arbeit neigte Sir Endymion weder zu Anfällen von Launigkeit noch von Entspannung, und er erwartete, daß diese einigermaßen strenge Art jene seiner Lehrlinge beeinflusse, die er durch Schweigen von den meisten Entspannungen abschreckte, für die junge Männer ihres Alters besonders anfällig waren. Der Grund für diese Förmlichkeit war, daß das Studio Modelle in ständiger Folge beherbergte, manchmal sechs oder sieben am Tag. Und obwohl nach meiner Kenntnis niemand vom Rang King George's oder Lord Norths durch die Türen des Studios schritt, trafen doch viele andere Personen von Stand mit allem Pomp ihrer Kutschen ein und saßen Sir Endymion: Portmans, Cavendishes, Grosvenors, Chesterfields, Cadogans ebenso wie Admiräle, Bischöfe, Landjunker, Philosophen, witzige Köpfe, Schauspieler vom Drury Lane, *primi uomi* vom King's Theatre am Haymarket, Rumbrenner aus Jamaika, Herausgeber von Magazinen, ein Häuptling der Cherokee, des Königs Marmeladenkoch, Möbel- und Porzellanhersteller, Töpfer, Parfumeure, Architekten, Richter, Whigs und Tories, zusammen mit den Frauen oder Freundinnen der obengenannten, manchmal deren Erben, und nur wenig seltener mit ihren Salonpudeln, Katzen, Aras oder Kanarienvögeln. Manchmal trafen drei oder vier Parteien gleichzeitig an der grünen Tür ein, ein Phänomen, das unweigerlich Anlaß zu mancherlei Streit und sogar jener Art von Gewalttätigkeiten war, die einmal dazu führten, daß die Perücke eines Richters in einer Pfütze landete und der Spaniel einer Herzoginwitwe seiner Hundeleine entwischte und sich nach Brentford flüchtete.

Diese bedeutenden Personen saßen vor Sir Endymions Leinwand zu Zweistundensitzungen an aufeinanderfolgenden Tagen, die meisten durchaus geduldiger als Lady Manresa. Da Sir Endymion der Meinung war, daß die Objekte seiner Portraits ohne Rücksicht auf ihre Schönheit niemals angemessen würdig noch ihre «Daseinsessenz» in moderner Kleidung dargestellt werden könnten, wurden sie dazu überredet, sich auf generell althergebrachte oder pastorale Weise zu kleiden.

«Ich verabscheue solchen modischen Flitterkram», pflegte er auszurufen, wann immer eines seiner Modelle in seinem Haus in türkischem oder persischem Kostüm auftauchte. «Haben wir hier einen Maskenball? Nein, haben wir nicht. Ich habe es mit der

Wahrheit zu tun, und nicht mit Verkleidungen. Ich habe es mit der *Daseinsessenz* zu tun, und nicht mit einer bloßen Schau. Nicht mit den letzten Kreationen einer Putzmacherin oder dem letzten Schrei von Vauxhall. Nicht mit den ausgefallensten Launen des Hofes oder dem neuesten Kostüm, das per Post aus Paris eingetroffen ist. Nein, nein, nein. Wie zum Teufel, frage ich Sie, soll man denn den *inneren Geist* enthüllen, wenn die *äußere Form* daherkommt, aufgeputzt und befedert wie ein halbnacktes Haremsmädchen?»

So wurden denn die Modelle, die närrisch genug waren, in diesen verbotenen Kostümen an der grünen Tür zu erscheinen, wieder weggeschickt und angewiesen, in klassischen Kostümen wiederzukommen – weißen Roben mit Blumenkränzen auf den Schultern und Schärpen um die Taille –, so daß sie, gemeinsam im Studio posierend oder vor ihren Vierergespannen stehend, kleine Pantheone von griesgrämig dreinschauenden Gottheiten darstellten. Oder aber sie wurden veranlaßt, sich der «eleganten Einfachheit» (wie der Meister das nannte) von schwarzer Kleidung und hohen Kragen zu unterwerfen und so den verblüffenden Eindruck hervorzurufen, daß sie aus einem der im vorigen Jahrhundert von den großen Herren van Dyck, Velasquez oder Rubens geschaffenen Portraits hervorgetreten seien.

«Viel besser», pflegte Sir Endymion dann zu jubeln, während er seine Modelle umkreiste und mit kritischem Auge die neuen Kostüme beschielte. «Ja, *sehr* viel besser. Jetzt wird man nicht die ärgerlichen Einzelheiten sehen, sondern den Umriß des *Universellen* und des *Idealen*. Jawohl – perfekt!»

Sir Endymions Philosophie war, wie Sie sich wohl vorstellen können, eine mir höchst gelegene, und ich war hoch erfreut, mich selbst in so großer Übereinstimmung mit so einem feinen Geist zu finden. Dennoch fragte ich mich mit einiger Unruhe, was er wohl zu dem «türkischen Flitterkram» einer *Dame bei Kerzenlicht* sagen würde, sobald es fertig sein würde. Oder vielleicht hätte ich sagen sollen, falls es fertig würde, denn meine Beziehungen zu Lady Beauclair wurden durch das bedroht, was ich in ihrer Wohnung gesehen hatte, und, vielleicht mehr noch, durch mein unklug unverschämtes Verhalten ihr gegenüber.

«Sie hatten Besuch», war es mir gelungen, am selben Abend zu sagen, und mit einer Stimme, die, wie ich befürchte, sowohl heiser wie auch anklagend geworden war.

«Einen Besucher, Mr. Cautley?» hatte sie erwidert und mit den Augen geblinzelt, als ob sie verblüfft sei. «Nein – nein, ich glaube nicht...»

Wie es mich schmerzte, eine so süße Stimme diese Lüge aussprechen zu hören!

«Der Hut», sagte ich mit einer Stimme, die kaum mehr als ein Flüstern war, und wies auf ihn. «Die Handschuhe...»

«Ach das», sagte sie glatt. «Ja. Ein Freund, Mr. Cautley, das ist alles. Ein Freund, der mich vor einigen Abenden besuchte. Ja, ja – den hatte ich ganz vergessen. Ja – sein Hut. Er hat seinen Hut liegenlassen, der verrückte Kerl.»

Robert war also in eben diesem Zimmer gewesen! Kein Wunder also, daß der Schuft mich in dem engen Zweispänner so schäbig behandelt hatte. Lady Beauclair hatte zweifellos gut über mich gesprochen, und vielleicht betrachtete er mich als einen Rivalen.

«Sie werden ihn nicht kennen», war sie fortgefahren. «Eine Bekanntschaft, das ist alles. Ein Herr ohne Bedeutung – ein Vetter, der vom Lande hereingekommen ist. Wie denn, Mr. Cautley», sagte sie nach einer kurzen Pause, «mir *scheint*, Sie sind eifersüchtig!»

Eifersüchtig? War ich das? *Sollte* ich das sein?

Als ich ihre Tür schloß und die St. Giles High Street hinabging, wußte ich nur, daß meine Abneigung gegen Robert – wer immer der war, Vetter oder nicht – um ein oder zwei Grade stärker geworden war. Und meine Gefühle für Lady Beauclair? Während ich dahinschritt, konnte ich in meinem Kopf die endlose Wiederholung ihrer Lüge hören. Oder *war* es keine Lüge? Hatte sie ihn wirklich vergessen, oder wollte sie mich nur täuschen?

Während der folgenden Tage suchte ich Ablenkung von diesen Fragen, indem ich mich in meine Aufgaben im Studio versenkte. Diese Aufgaben waren sowohl zahlreich als auch vielfältig, immer aber von reichlich untergeordneter Natur. Nachdem Sir Endymion Gesicht und Kleidung beendet hatte, pinselte ich Karmin in die Falten der Draperie, die sie umgrenzte, oder strich *terra verte* auf die unmäßigen Ausdehnungen von Grasland und Eichen, die den Hintergrund ausmachten. Danach bezahlten die Modelle Sir Endymion fünfzig Guineas für das fertige Produkt, wenn es sich um eine Halbfigur handelte, und bis zu zweihundert für ein Ganzstück. Ich muß gestehen, daß mir der Mund wäßrig wurde bei diesen Transaktionen, die vollzogen wurden, ohne daß eine der Parteien auch nur mit der Wimper zuckte. Mein Beitrag zu diesem einträglichen Geschäft brachte mir am Ende jeder Woche lediglich eine einzige Guinea ein, wobei man von mir erwartete, daß ich meine Spielschulden bei dieser Rate in wenig mehr als einem Monat begliche.

Doch konnte der volle Wert dieser Erfahrung natürlich nicht einfach in Guineas noch in anderen Münzen gemessen werden, denn ich lernte die von mir erwählte Kunst zu den Füßen, sozusagen, eines Meisters – oder wenigstens von Mr. Lewis, dem «Hauptassistenten» des Meisters. Ich lernte von dem widerwilligen Mr. Lewis viel über Sir Endymions Technik, die auf einer Reihe sonderbarer Tinkturen beruhte, mit denen er immer wieder herumspielte und experimentierte. Tatsächlich besaß er so viele Heiltränke und Patentrezepte wie irgendein Hexenmeister oder Apotheker oder (wenn man Toppie glauben durfte) wie irgendeine Dame von Welt; und seine Schrankregale, die mit Flaschen, Phiolen, Meßbechern, Stößeln, Mörsern und Kalebassen gefüllt waren, ihrerseits wiederum gefüllt mit Wachsen, Ölen, Harzen, Salben, Gummi arabicum und Pigmenten jeder Schattierung, wies größere Vorräte auf als Mr. Langleys Medikamentenschrank mit all seinen übelriechenden Pülverchen und dampfenden Breiumschlägen. Der Erschaffung dieser Tinkturen, dieses ganzen Sammelsuriums, widmete ich den größten Teil meiner Zeit – das heißt, wenn ich nicht gerade verklebte Pinsel reinigte, Salbentöpfe und Korbflaschen ausspülte oder die Treppe schrubbte. Unter der Anleitung von Mr. Lewis kochte ich Mischungen von Leinöl und Nußöl auf Mennige, um Sikkativöl zu gewinnen, das ich anschließend nach genauen Verhältnissen in die Farbpigmente mischte, die ich in Mr. Middletons Geschäft in der St. Martin's Lane geholt hatte. Oder ich verschnitt diese Öle mit einem bestimmten Harz, mit Mastix, das ich in Terpentin aufgelöst hatte, und schuf so eine butterartige Masse, die Sir Endymion zum Malen von Fleisch bevorzugte. Ich bereitete ihm Firnis aus Eiweiß oder, aufwendiger, durch das Auflösen eines anderen Harzes, Kopalharz, in Sikkativöl, in welches Produkt ich dann die Farbpigmente krümelte. Gelegentlich war ein bestimmtes Pigment bei Mr. Middleton nicht vorhanden, oder aber Sir Endymion erhielt von einem Bekannten das Rezept für ein seltenes und experimentelles, und dann hatte ich mich mit irdenen Tiegeln, mit Meßskalen und einem Mischmasch von Harzen und Mineralien an die Arbeit zu machen – mit Teerfarben, Seladon, Traganth, Bleiweiß, Ammoniakgummi, Aluminium und wer weiß was noch. Nachdem ich die giftige Mischung emulgiert hatte, ließ ich die Tiegel für sieben oder acht Stunden am Stück über einem Feuer brodeln und sprudeln und spritzen, während sich mir das Bindegewebe an Augen und Nase entzündete und wässerte. Sobald die Tiegel trocken gekocht waren, kratzte ich die verkrusteten Reste in einen Salbentopf und zerrieb sie mit Öl oder mit Wachs vermischtem Terpentin. Die Erschaffung großer Kunstwerke war, wie ich sehen konnte, eine schmutzige und arbeitsreiche Angelegenheit.

Was noch? Ich half beim Druck von Kupferstichen. Ich färbte Sir Endymions gestochene Platten ein mit einem Pigment – «Frankfurter Schwarz» –, das in Leinöl zermahlen war, bevor ich es mit steifem Tarlatan abrieb und danach mit der gekalkten Handfläche. Ich näßte das Papier und legte es in die Walzenpresse ein, deren Speichenrad ich unter vielem Schwitzen und Ächzen herumdrehte, bis ich den Druck des schwarzweißen Spiegelbildes von der Platte zog. Ich half dem Meister bei der Durchführung einer kürzlich in Frankreich von M. de Silhouette erfundenen Unterart des Portraits, bei der man die Damen in einen besonderen Stuhl setzte, eine «Silhouettenmaschine» (wie mein Meister ihn nannte), an dessen Seite ein Stück Papier angebracht war, das dann durch die Aufstellung einer Kerze auf der Gegenseite durchsichtig gemacht wurde. Ich beobachtete über Sir Endymions Schulter, wie er den Schatten skizzierte, der auf das Papier fiel, und so das vollkommene Profil seines Sujets schuf, die, wie er feststellte, wirksamste Umschreibung des Universalen und des Ideellen.

«Denn in diesen Silhouettezeichnungen», erklärte er, «sind alle Besonderheiten aufgegeben, und man kann die Stärken und Schwächen ihres Charakters – ihre Tugenden und ihre Laster – in der Linie ihrer Brauen oder den Winkeln ihrer Unterkiefer erkennen, die hier von allen Farben und Pudern der Maskierung entblößt sind.»

Was tat ich noch? Mr. Lewis ließ mich die Leinwände bearbeiten.

Ich grundierte sie, indem ich die Gewebe zunächst mit kochend heißem Sikkativöl tränkte, sodann die Oberflächen mit mehr heißem Öl und rotem Ocker bestrich und schließlich, sobald die Oberflächen vor dem Feuer getrocknet waren, noch mehr heißes Öl und eine abschließende Schicht Weiß auftrug. Sobald die Leinwände grundiert waren, wurden sie über ihre Rahmen gezogen, und mir blieb nur noch zuzusehen, wie der Meister die Brocken dicker, wachshaltiger, stinkiger Konglomerate auftrug, die ich am Vortag zusammengebraut hatte. Sie wurden tatsächlich oftmals so dick aufgetragen und waren in sich so glitschig und ölig, daß gelegentlich ganze Farbflächen – ganze Gesichter – die Leinwand hinabglitten und auf den Boden zu seinen Füßen platschten. Das zog mir dann meines Mentors sanften Tadel zu, zusammen mit den nicht so freundlichen Rüffeln von Mr. Lewis.

Es schien leider so, als ob ich ständig das Mißfallen von Sir Endymion oder noch häufiger seines Hauptassistenten erregte; denn obwohl ich von schneller Auffassungsgabe war, ein, wie Sir Endymion bei unserem Whistspiel selbst bemerkt hatte, «kluger Bursche», waren mir einige gravierende Fehler im Verlauf meiner Aufgaben unterlaufen, von denen einer oder zwei, wie man mir zu verstehen gab, das Leben der Hausbewohner gefährdet hatten. Ich glaube aber, daß diese Fehler nicht vollständig auf meine Rechnung gingen, denn mein Rad wurde, sozusagen, ständig vom heimtückischen Mr. Lewis blockiert, den ich sehr zu meinem Kummer sofort als jenen jungen Mann erkannt hatte, dem mein Auftritt in Lady Manresas Umhang und Röcken an jenem ersten Nachmittag das boshafteste und dauerhafteste Gekicher und sogar seine unverschämte rosa Zunge entlockt hatte.

Mein erstes Unglück ereignete sich, als ich einen Salbtopf mit Terpentin reinigte und den Inhalt anschließend auf Mr. Lewis' Anweisung hin in den Kamin schüttete; woraufhin eine große Flamme in die Esse schoß, was die Ankunft von zwei Feuerwehrleuten nötig machte, deren Dienste Sir Endymion fünf Pfund kosteten, ebenso (seufzte er) wie einiges von seinem guten Ruf bei den Nachbarn. Ich war über diesen gefährlichen Unglücksfall von Herzen betrübt und trug überschwengliche Entschuldigungen vor, die mein Meister gehörig annahm. Doch tadelte er mich des weiteren scharf dafür, daß ich zu meiner Verteidigung vorgebracht hatte, Mr. Lewis habe mich aufgefordert, das Terpentin in den Kamin zu gießen, denn «Mr. Lewis ist während der letzten beiden Jahre in meinem Haus gewesen, doch ist es ihm während dieser Zeit niemals gelungen, es auf eine solche Weise in Brand zu setzen».

Die unheilschwangere Situation wiederholte sich fast genau so einen Tag später, als ich, nachdem mich Mr. Lewis angewiesen hatte, ein unvollendetes Portrait einer berühmten Gräfin zum Trocknen vor das Feuer zu stellen, von meiner Teepause zurückkehrte und die gute Dame schwelend und blasenwerfend vorfand; die brennbarsten Schattierungen ihres Aussehens waren weggebrannt, tropften in rauchenden Klecksen auf den Boden und versengten ihn.

«Großer Gott», schrie Sir Endymion, nachdem wir es geschafft hatten, mit den Stiefeln die Flammen zu löschen, und dabei das Antlitz der Gräfin noch schwerer beschädigten, «Sie werden niemals wieder eine meiner Leinwände so nahe an das Feuer stellen! Was zum Teufel haben Sie sich dabei gedacht, Cautley? Das Gemälde kann ich ersetzen», sagte er in ernstem Ton, «mein Heim und meine Familie aber *nicht.*»

Erneut war ich gezwungen, Entschuldigungen im Übermaß vorzubringen; aber ich mußte doch daran denken, daß ich in Wahrheit die Gräfin *nicht* so nahe an die Flammen gestellt hatte und daß sie, während ich meinen Tee einnahm, es irgendwie geschafft hatte, dem Rost um einige Zoll näher zu rücken. Das Geheimnis dieser kurzen, aber fatalen Reise klärte sich einen Moment später auf, als ich mich von der Szene des Unglücks abwandte und entdeckte, daß die Zunge von Mr. Lewis weit aus seinem blöde grinsenden Gesicht herausragte. Ich sagte Sir Endymion nichts von meinem Verdacht, aber ich entschloß mich, argusäugig wachsam gegenüber weiteren Tücken des Hauptassistenten zu bleiben.

Doch diese Wachsamkeit wurde unglücklicherweise nicht belohnt, denn mich befiel bald darauf ein weiteres Ungemach, wohl das bisher beunruhigendste und eines, das, wie ich befürchte, mein Ansehen in den Augen von Lady Starker schwer, und wahrscheinlich dauerhaft, beschädigte. Farbe und nicht Feuer war die Wurzel dieses Debakels, genauer «Königsgelb». Es war dies eines von Sir Endymions bevorzugten Pigmenten, weil es sich zur Aufhellung des Haares besonders eignete; es war deshalb eine Farbe, die dem

Haupt manch feiner modischer Dame schmeichelte, die zu Sitzungen ins Studio kamen.

«Das ist wirklich eine hübsche Schattierung», pflichtete er mir bei, als ich diesen besonderen Glanz kommentierte, «aber man muß bei der Anwendung sehr vorsichtig sein. Denn merken Sie sich, George, daß Königsgelb eine höchst giftige Mischung ist.»

«Giftig!» schrie ich und fuhr von dem schönen gelben Kopf zurück.

«Jawohl», erwiderte er, «denn Königsgelb ist mit Arsensulfid versetzt, einer höchst gefährlichen Substanz. Deshalb befehle ich Ihnen, George, immer die größte Vorsicht walten zu lassen, wenn Sie dieses Pigment mahlen, das Sie niemals im Studio herumliegen lassen dürfen, sondern immer sicher im Schrank verschließen müssen.»

Sie können gewiß sein, daß ich Sir Endymions Worte bis auf die letzte Silbe befolgte. Von jenem Augenblick an habe ich niemals mehr Königsgelb angefaßt, ohne einige beschleunigte Herzschläge in der Brust zu spüren und ein leichtes Zittern in meinen Fingern, die wie Stimmgabeln bebten, als ob sie nicht einen Farbkuchen handhabten, sondern eine scharfe Gewehrkugel oder eine dösende Schlange. So geschah es, daß ich am Ende des zweiten Tages, nachdem Sir Endymion das Anbringen dieses hübschen Giftes auf den Kopf einer schönen Modedame abgeschlossen hatte, aufs gewissenhafteste das Pigment in seinen Schrank einschloß und kaum Atem holte, bis ich es getan hatte.

«Wie sonderbar ist es doch», dachte ich bei mir während meiner bebenden Erfüllung dieser gewichtigen Aufgabe, «wie sehr sonderbar, daß eine so schöne Farbe wie diese so furchtbare Gefahren in sich birgt!»

Sir Endymion empfing, nachdem er seinen Kittel abgelegt hatte, jetzt von seiner Frau den Kaffee. «Ist das Königsgelb sicher verstaut?» fragte er mich beiläufig. Ich versicherte ihm, daß es in der Tat so sei, und nahm dann selbst von diesem anmutigen Geschöpf eine Tasse entgegen.

Ich war deshalb entgeistert, als einige Minuten später Mr. Lewis ein Stück dieses höchst gefährlichen Pigmentes in den rundlichen Fäustchen des jungen Alciphron Starker entdeckte, der eine Woche zuvor den Beginn seines dritten Lebensjahres gefeiert hatte und der, wäre seine Tätigkeit nur einige Sekunden später entdeckt worden, sicherlich kein weiteres begangen hätte. Als Ergebnis dieses beunruhigenden und verwirrenden Ereignisses geriet ich in den größten Mißkredit und wurde von meinem Meister erneut streng getadelt.

Doch trotz dieser vielfältigen Tadel hätte ich in diesen Tagen meinen Meister nicht in größerem Ansehen halten können. Zurück in meiner Wohnung, versuchte ich jeden Abend nicht allein seine Maltechniken nachzuahmen, sondern auch die tadellosen Manieren und seine noble Haltung, die er in seltenen Momenten der Muße so beiläufig demonstrierte. Vielleicht glaubte ich, daß ich durch die Nachahmung seiner Posituren oder seiner glatten Manieren einiges von seinem Malgenius in mich aufzunehmen vermöchte. So stand ich denn und stützte meinen Ellbogen auf den Kaminsims, während ich in einem schmalen Band Gedichte las, oder schlug, wenn ich mich mit dem Buch niedersetzte, die Beine übereinander und ließ einen Fuß frei herabhängen, während ich langsam die Fesselgegend anspannte, als wolle ich mich aus einer Schlinge befreien. Wenn ich meine angeschlagene Teetasse von ihrem angeknacksten Untersatz hob, balancierte ich sie in den Fingern beider Hände, als brächte ich irgendeiner anmutigen Gottheit ein Opfer dar: just so, nehme ich an, wie ich mich selbst in demütiger Unterwerfung erhob und einem großen und anmutigen Idol als Opfer darbrachte.

Daß dieses Idol auf tönernen Füßen stand oder auf wanderndem Sand errichtet war, deutete eines Abends Stubbs an, der jüngste und bei weitem liebenswürdigste und geschwätzigste der Lehrlinge. Wie sehr mir seine brüderlichen Annäherungen auch willkommen waren, so wenig konnte ich doch auch ihre Quelle oder ihre stetig zunehmende Bedeutung billigen. Denn dieser Bursche, ein sommerbesproßter Jüngling mit karottenrotem Haar, das ihm in Büscheln über seinem schmalen Schädel stand, besaß ein ebenso großes Talent für Unheil wie fürs Malen, und trotz seiner bescheidenen Jahre – er war nicht viel älter als Jeremiah – hatte er sich doch schon eine ganze Reihe schädlicher Laster zugelegt. Die meisten seiner Abende wie das meiste seines Gehaltes wurden, wie ich vermutete, in jener Doppelbeschäftigung vertan, Spielen und Trinken, die so oft zu einer dritten führt, dem Raufen. Im Verlauf dieser Angelegenheit bat er mich häufig um ein Darlehen von einigen

Schilling, das ich mich regelmäßig ihm zu verweigern mit viel Strenge und Ernst zwang.

Ob die anderen Lehrlinge, denen er ähnliche Bitten vortrug, großzügiger antworteten, weiß ich nicht; doch erlaubten ihm seine spärlichen Mittel dennoch, in seinen Aktivitäten dergestalt fortzufahren, daß er eines Morgens mit einer Oberlippe im Studio erschien, die das Doppelte ihres normalen Ausmaßes aufwies, und mit einem Gesicht, das von purpurfarbenen Flecken bedeckt war, die bösartiger aussahen als seine Sommersprossen. An jenem Abend, als wir zusammen mit der von Bristol kommenden Postkutsche nach London zurückfuhren – deren Bewegungen seine zarten Rippen, wie er jammerte, höchst bitter schmerzten –, hielt ich es für angebracht, ihn zu warnen (nachdem ich ihm zum zweiten Mal an diesem Tag einen Schilling verweigerte), daß seine Tätigkeiten mit Sicherheit seine Position im Studio gefährdeten. Zu meinem Erstaunen lachte er aber über diesen Rat und gab mir zu verstehen, daß Sir Endymion selbst groß in jenen Lastern sei, gegen die ich da so herzöge. Ich muß überrascht ausgesehen haben – und war es in der Tat –, denn er lachte erneut und fragte dann:

«Hast du denn die Geschichten über ihn nicht gehört, Cautley?»

«Ich habe gehört, daß er einer der feinsten Maler unserer Nation ist», erwiderte ich, einigermaßen abwehrend, «der in unseren nobelsten Häusern hängt.»

«Jaha – hängt, also wirklich!» Er brach erneut in dieses unerklärliche Gekicher aus, das diesesmal jedoch durch einen plötzlichen Ruck der Kutsche zur Seite abgekürzt wurde. «Ja, in der Tat hängt», wiederholte er, nachdem er nach seinen Rippen gefaßt und den Kutscher aufs übelste verflucht hatte. «Hast du denn nicht gehört, wie Sir Endymion einmal zum Galgen verurteilt worden ist?»

«Verurteilt! Zum Galgen!» schrie ich auf, ehe ich sprachlos wurde.

«Ja, und zwar wegen Mordes», fuhr Stubbs geradezu fröhlich fort, nachdem er sich die aufgeschwollene Lippe mit der Spitze seiner Zunge benetzt hatte. «Vor etwa fünf Jahren ist er im Old Bailey wegen ‹vorsätzlichem Mord› zum Hängen verurteilt worden. Ja, er hatte einem seiner Saufkumpane die Gurgel durchgeschnitten, wurde erzählt, in einem Haus üblen Rufs in der Nähe von Charing Cross.» Sein übel zugerichtetes Gesicht grinste höhnisch durch die zunehmende Dunkelheit zu mir herüber. «Ein Streit über ne Hure, wurde berichtet. Er und der andere Bursche spielten um ihre Gunst. Beide natürlich betrunken. Sir Endymion verlor die Kartenpartie, aber nachdem er behauptet hatte, sein Freund habe betrogen, schlug er sich mit ihm, und dann – *psscht*!» Er fuhr sich mit seinem Zeigefinger quer über die Gurgel und verzog seine verformten Lippen zu einem widerlichen und gequält wirkenden Lächeln.

Sir Endymion, fuhr er zu erklären fort, besaß viele gute Freunde in hohen Stellungen, und nach der Verurteilung suchten einige von ihnen um eine königliche Begnadigung nach – Lords und Ladies, andere Maler; diese Art Volk. Berufsschreiber aus der Grub Street verfaßten zu seiner Verteidigung Gedichte und Flugblätter, während Personen von Stand den König um Gnade anflehten. Am Ende wurde er aus dem Gefängnis zu Newgate entlassen, nachdem er dort lediglich drei Wochen angekettet in der Todeszelle verbracht hatte.

«Man hat auch gesagt» – Stubbs beugte sich näher und senkte seine Stimme zu einem kratzenden Geflüster – «man hat auch gesagt, daß dieser Gnadenerlaß nicht wegen der Flugblätter und Maler erging; sondern vielmehr wegen Sir Endymions engen Beziehungen zu einer Gräfin» – ein weiteres lüsternes Grinsen – «die ihrerseits dem König sehr nahestand.»

Ich runzelte tief die Stirn und versuchte, diese – sicherlich unflätige? – Information zu verdauen. Nachdem wir die Straßenkehre an der North End Road erreicht und unser Fahrgeld bezahlt hatten, sagte ich: «Wenn alles wahr ist, was du sagst, dann muß das gewesen sein, bevor er Lady Starker geheiratet hat ...» Denn ich dachte daran, wie die sanfteren Leidenschaften der Damen sprichwörtlich erfolgreich waren bei der Zähmung der groberen von Männern.

«Aber nicht doch, Cautley!» Ein weiteres erfreutes Gegacker, dem ein oder zwei Augenblicke tiefen Nachdenkens folgten. «Lady Starker – jaha, das ist eine andere Geschichte, Cautley, ein anderer Skandal. Sicherlich hast du von dem Duell gehört, das er ihretwegen ein Jahr oder so vor seiner Verurteilung wegen Mordes ausgetragen hat ...?»

Wie ich mir wünschte, taub zu sein, als Stubbs weiter von den gewaltsamen Leidenschaften schnatterte, die unseren Meister dazu vermocht hatten, zuerst Lady Starker – oder Miss Bridges, als die man sie damals kannte – aus ihres Vaters Haus in Wiltshire zu entführen, nachdem der alte Landedelmann Bridges es abgelehnt hatte, seiner Tochter zu erlauben, einen Maler zu heiraten; dann, entdeckt, den Bruder, der ihre Ehre wiederherstellen wollte, tödlich verletzte; und dann sie schließlich als tatsächliche Gefangene in Chiswick zu halten, der er keine seiner eigenen ausschweifenden Freiheiten erlaubte.

«Wie merkwürdig ist es doch», rief ich aus, «daß eine Hand, die den Pinsel so feinfühlig und so kunstgerecht hält, die so wundervolle Kunstwerke schafft, zu Taten von so schrecklicher Gewalttätigkeit fähig sein sollte!»

Aber Stubbs hörte meine traurigen Überlegungen nicht mehr, denn kaum war unsere Kutsche am Piccadilly angekommen, als er hinaus auf das Pflaster sprang. Und jetzt hüpfte sein karottenfarbener Kopf auf eine Kneipe zu, aus der sich zusammen mit drei oder vier rauh herumschreienden Kunden ein ungesundes Licht ergoß. Als ich selbst einige Minuten später oben am Haymarket auf die Steine sprang, überlegte ich mir traurig, daß, wenn alles, was er gesagt hatte, wahr wäre – woran ich allerdings heftig zweifelte –, es wohl eher Stubbs als ich wäre, der das Vorbild unseres Meisters getreuer nachahmte.

Ob wahr oder nicht, Stubbs Geschichte ließ mich an das sonderbare Geschöpf denken, das ich in der St. Alban's Street gesehen und nun nach einigen Tagen im Studio nahezu vergessen hatte. Doch dann wurde ich nach drei Arbeitstagen in Chiswick in jenes armselige Haus von Sir Endymion eingeladen, was ich als Zeichen seiner Gunst deutete. Mehr noch, ich deutete meinen Zutritt zu dieser Wohnung – die ein großes Geheimnis war, den Lehrlingen in Chiswick einschließlich Mr. Lewis und sogar Stubbs, und nach allem, was ich wußte, auch Lady Starker unbekannt – als eine Art von Privileg. In der Tat war es die einzigartige Ehre dieser Vertrautheit, die die reichste Wiedergutmachung für all das Elend darstellte, das mich so unerklärlich durch den heimtückischen Hauptassistenten überkommen hatte. Daher ich denn, wenn ich Pigmente für den Meister mahlte oder in meine spritzenden irdenen

Tiegel starrte, hustend und mich schneuzend und während der ganzen Zeit vom mißbilligenden Blick Mr. Lewis' überwacht, oder manchmal vom traurig vorwurfsvollen der Lady Starker, an mein geheimes Privileg dachte und mich ermutigt fühlte.

So wurde mein dritter Besuch in der St. Alban's Street schließlich zu einem erfolgreichen. Jeremiah hatte den Wunsch geäußert, mich zu begleiten, doch da seine Nase immer noch ein triefender Rüssel war und sein Aussehen noch nicht frei von der beunruhigenden Schattierung einer Pastinake (auch wenn es sich jeden Tag dank meiner Verschreibungen weiterer Halbliter von Mineralwasser wie auch zweier wirksamer neuer Medizinen, «Dr. James' Fieberpulver» und «Dr. Hills Wasserampferessenz», gebessert hatte), wurde er dazu überredet, weiterhin das Bett zu hüten, während ich den kurzen Weg allein unternahm.

Wie versprochen begrüßte mich Sir Endymion an der Tür dieses Gebäudes, das immer noch im selben Zustand der Verfallenheit dahinsiechte und von dem bezaubernden Haus in Chiswick so verschieden wie nur möglich war, als ob das eine Bauwerk das absolute Gegenstück des anderen wäre.

«Passen Sie auf Ihren Kopf auf», warnte er mich und deutete auf einen gefährlich niedrigen Deckenbalken hin, dem es aber dennoch gelang, mir die Stirn einzubeulen, als ich eintrat. Dann wies er mich auf eine Reihe ähnlicher Gefahren hin, einschließlich unebener und sogar fehlender Treppenstufen, und führte mich über eine enge Hintertreppe in ein kleines Zimmer. Während unseres Aufstiegs hatte ich erwartet, daß diese Wohnräume, sobald sie sich darböten, von der gleichen verdunkelten Großartigkeit wie die von Lady Beauclair sein würden – denn die Qualität eines Buches kann, wie ich gelernt hatte, nicht nach dem Zustand seiner Bindung beurteilt werden.

Wie sehr überraschte es mich daher, als das Zimmer, in das er mich führte, noch armseliger – falls möglich – war, als selbst der ungünstigste Blick auf das Äußere des verfallenden Gebäudes nahegelegt hätte. Im Vergleich zu diesem Zimmer – nicht mehr als eine Mansarde – war meine eigene bescheidene Wohnung in der Tat ein wahrer Palast. Wie ich herausfand, war es mit nichts anderem ausgestattet als einer schmalen Pritsche, einem Spiegel, einem Stuhl, einer Staffelei und einer Korbflasche, die dazu verwendet wurde, die Wassertropfen aufzufangen, die in regelmäßigen Abständen von der Decke fielen. Die Decke ließ nicht nur den Regen durch, sondern bot auch einer kühlen Brise freien Durchzug und schien darüber hinaus in einem Winkel abgesackt zu sein, der sich in alarmierendem Widerspruch zu den Winkeln der Wände befand, die an zahlreichen Stellen verzogen und aufgesprungen waren, während sie unsichere Unterstützung gewährten; jetzt standen sich ausdehnende Flecken auf ihnen wie Kontinente auf einer großen, besudelten Landkarte. Der nackte Fußboden hing in einem ebenso unvereinbaren Winkel wie die Decke, aus welchem Grunde sich eine Person, die mit dieser Launenhaftigkeit nicht vertraut war, beim Eintritt in dieses Zimmer durch die Macht der Schwerkraft seiner fernen Seite entgegengetrieben fühlte: der ich mich in der Tat jetzt zuneigte und auf die ich zustolperte wie einen kurzen Hügelhang hinab. Und plötzlich waren all meine Gefühle, mit dem Zutritt zu diesem *sanctum sanctorum* eine Ehre erfahren zu haben, irgendwie gemindert.

«Eleonora», rief Sir Endymion, der in der Tür Wurzeln geschlagen hatte. «Eleonora!»

Bevor diese Mansardenbewohnerin erschien – sie war, wie ich erwartet hatte, die Dame aus dem Fensterflügel –, nahm ich ihr Bild auf der Leinwand wahr, die sich auf der Staffelei in der Mitte des Zimmers befand: ein schönes Geschöpf mit üppigem Haar in der Farbe jenes Geißblatts, das jeden Frühling neben der Tür meiner Mutter blühte; eine Schattierung, die Sir Endymion auf seiner Staffelei mit einem Pigment wiedergab, das ich als Königsgelb erkannte. Ihr Gesicht hatte er durch die Anwendung von viel Karminrot und Bleiweiß ausgeführt, das poliert und vertrieben und gefirnißt und eingewachst worden war, bis es geradezu erglühte. Doch als der Gegenstand dieser Anstrengungen vor mir erschien, mußte ich leider feststellen, daß Sir Endymions Kunst – sei es durch Nächstenliebe, sei es durch Nachsicht – sich von der Natur einigermaßen entfernt hatte; denn der Teint dieses Modells, obwohl schön, war in Wahrheit irgendwie ungesund, da er so bleich war, daß er fast durchsichtig erschien und mich dadurch an jene kleinen blinden Fische erinnerte, die in den dunklen Wassern der tiefsten unterseeischen Grotten leben. Darüber hinaus waren ihre Augen, die im Portrait als sanfte kupferblaue Augäpfel erschienen, im Original unangenehme Schielinstrumente, deren rötlich aufgedunsene Ränder auf den kürzlichen Ausdruck von Trauer hinwiesen. Und der Zeugenschaft des Portraits widersprachen schließlich auch die Hände dieses Geschöpfes, die statt sanft ein Sträußchen zu tragen, wie der Maler sie dargestellt hatte, jetzt ein Schüreisen umkrampften und dann losließen, das sich mit tödlicher Kraft gegen den Schädel meines Gastgebers richtete. Sir Endymion zog jedoch seinen Kopf rasch ein, und das Werkzeug verpaßte ihn um einige wenige Zoll und krachte mit lautem Geräusch in einen der Kontinente auf der Wand.

«Du Dreckstück!» schrie er mit einer Stimme, die ich ihn zuvor noch nie hatte gebrauchen hören. «Beim Himmel, diese Unverschämtheit werd ich dir heimzahlen!»

Doch dann, als er sich meiner erinnerte, schien er zu erwägen, ob er dieses Entgelt (was immer es gewesen sein würde) in meiner Gegenwart auszahlen sollte oder nicht; und statt dessen ging er dazu über, uns auf elegante Art vorzustellen, wobei Eleonoras Angriff scheinbar vergessen war. Sie erinnerte ihn jedoch schnell genug daran, denn kaum hatte er gesagt: «Und dies, Eleonora, ist mein Lehrling, Mr. Cautley», als sie sich auf ihn warf und versuchte, ihre Fingernägel in sein Gesicht zu graben und ihre Zähne in seinen Arm. Dann entbrannte ein wütender Kampf; doch gelang es trotz einiger Erfolge, die die Schneidezähne seiner Gegnerin errangen, Sir Endymion rasch, sich als Sieger zu etablieren, und die Dame mußte erdulden, auf den einsamen Stuhl geschleudert zu werden, wo sie schaukelnd und weinend saß.

Während der Dauer dieses kurzen Kampfes hatte ich den Rückzug angetreten, hügelaufwärts zur Tür hin, und war bereit zu flüchten, sollte diese verrückte Dame (denn so erschien sie wahrlich) in ihrem gewalttätigen Angriff auf meinen Meister den Sieg davontragen und dann vielleicht ihren Ehrgeiz gegen mich richten.

«Ich entschuldige mich, Cautley», sagte Sir Endymion, der das Schüreisen an seinen Platz neben der leeren Feuerstelle zurücklegte und sich dann die Stirn abwischte und eine der kleinen Verletzungen an seinem Unterarm mit einem Spitzentaschentuch abtupfte, das dabei rotbefleckt wurde. «Es tut mir wirklich leid – autsch! –, daß Sie das miterleben mußten.»

Als die Dame die Wunden erblickte, deren Urheberin sie war,

stellte sie ihr Schaukeln ein und erhob sich vom Stuhl. Ich machte mich bereit, schleunigst fortzulaufen, doch während der letzten paar Sekunden war die Meinung dieser verrückten Kreatur über meinen Meister offenbar durch die stürmischen Ozeane zu deren genauen Antipoden gesegelt. Denn statt mit dem Zorn ihrer Zähne und Nägel über ihn herzufallen, übersäte sie jetzt sein Angesicht mit einer Serie von Küssen, murmelte dazu ständig: «Mein Geliebter, mein Geliebter!» und: «Mein liebster Meister!» und streichelte zärtlich mit der Handfläche über jene Gegenden, die sie kaum zwei Sekunden zuvor zu zermalmen versucht hatte. «Das menschliche Herz», dachte ich bei mir, «ist wahrlich ein Wunder. Wie rasch gelingt doch der Übergang der Leidenschaften von einem Extrem ins andere!»

Sir Endymion widerstand diesen neuen Aufmerksamkeiten fast ebenso energisch wie ihrem Gegenteil, indem er ihre Handgelenke ergriff und sie erneut auf den Stuhl setzte.

«Dein Kostüm», sagte er. «Wo ist es? Nein, nein – schon gut. *Ich* werde es finden.»

Er verschwand in einem anderen Zimmer, noch kleiner und noch abgewirtschafteter als das erste und möbliert (wie ich durch das rautenförmige Türloch sehen konnte, das nicht einmal einer Tür für würdig befunden worden war) nur mit einem Nachtstuhl, einer Walzenpresse in einem Eichenrahmen und einigen wenigen Toilettengegenständen und Kleidungsstücken einer Dame, die in der Abwesenheit eines *armoire* oder einer Frisierkommode in einiger Unordnung auf einem Mantelsack übereinandergehäuft waren. Er begann damit, diese Kleidungsstücke beiseite zu schleudern – Korsetts, Unterhemden und Strümpfe in den unterschiedlichsten Zuständen von Schadhaftigkeit –, bevor er einen oder zwei Gegenstände aus dem Mantelsack hervorzog. Die Dame blieb diesem Unternehmen gegenüber ebenso gleichgültig wie gegenüber meiner Anwesenheit. Während wir warteten, hob sie nicht einmal den Blick, um mich zur Kenntnis zu nehmen, sondern schlang die Arme um ihren Brustkorb und erschauerte. Und dann tauchte Sir Endymion mit dem Kostüm auf, das er ausgewählt hatte, einem linnenen Schal und einem Hemd aus weißem Musselin; eben jener Art griechischer Gewandung, die er bei seinen Modellen in Chiswick so sehr bevorzugte.

«Hier», sagte er, «zieh dies an, Eleonora. Heute sollst du die Göttin der Freiheit sein. Schnell doch!» befahl er, als sie sich nicht rührte. «Cautley», sagte er, indem er sich mir zuwandte, «meinen Kittel, meine Farben. Ja – los doch, los doch! Machen Sie schon, es gibt viel Arbeit! Los doch!»

«Ja, Sir – sofort, Sir!» sagte ich, öffnete meines Meisters Farbenkoffer, half ihm mit dem Kopf durch das kleine Loch in dem Hessenkittel, und meine Stimme hörte sich an wie jene Jeremiahs.

Siebzehn

Stunden später saß ich bei meinem Feuer und grübelte über einem Brief. Ein Becher – Portwein – stand neben meinem Ellbogen, und ich hatte gerade aufgehört zu beobachten, wie sich die rötliche Sonne in den Ladenfenstern jenseits der Straße widerspiegelte, so lange bis ein Wald von Schatten, die entlang des Rinnsteins gepflanzt waren, stetig emporwuchs und mit seinem kubischen Laubwerk Sonne wie Fenster gleichermaßen verschlang. Ich war mit einem holländischen Rüschenhemd und einer Moiréweste bekleidet, und neben mir wies ein weißer Sternenhagel am Boden auf die Stelle hin, wo Samuel Sharp der Jüngere kürzlich meine Perücke gepudert hatte. Nahebei standen mein Farbenkoffer, die *Dame bei Kerzenlicht* und ein Paar Schnallenschuhe, die ich von Toppie geliehen und die Samuel mit Fleiß und Eifer geschwärzt hatte. Denn für diesen Abend hatte ich einen weiteren Besuch bei Lady Beauclair verabredet.

Oder vielmehr, ich hatte *beabsichtigt*, an diesem Abend Lady Beauclair zu besuchen. Doch nun hatte dieser Brief, in einer verschlungenen Handschrift auf crèmefarbigem Papier geschrieben, zweimal gefaltet und dann mit einer Siegelmarke versehen, mich unterrichtet, daß sie sich außerstande sehe, unsere Verabredung einzuhalten. Diese Nachricht schreckte mich auf, und das Vergnügen, das ich daraus empfangen hatte, mir vorzustellen, wie ihre Lippen die Siegelmarke benetzten, schwand rasch dahin. Hatten sie vielleicht mein Benehmen am anderen Abend, meine Verdächtigungen verletzt? Wünschte sie vielleicht nicht, mich weiterhin zu sehen? Sollte dieser Brief – ein sehr kurzer – möglicherweise unsere Bekanntschaft beenden?

«Samuel», sagte ich und wandte mich an den jungen Merkur, der mir einige Sekunden zuvor diese Korrespondenz gebracht hatte, mit der ich ihm nun in einiger Bestürzung vor der Nase herumwedelte, «wer, sag mir bitte, hat diesen Brief abgeliefert?»

«Ein Gentleman hat ihn an die Tür gebracht», erklärte Samuel, der ob der Tatsache von Jeremiahs Erkrankung einige der Aufgaben seines Bruders übernommen hatte. Knapp ein Jahr älter als Jeremiah, trachtete er nicht danach, mein Diener zu sein, sondern wollte vielmehr, hochfliegender, ein Maler werden. Er war ein schüchterner, errötender kleiner Bursche, besessen von großem Enthusiasmus für alles, was mit Malen und Zeichnen zu tun hatte. Er bestaunte endlos meine Bleistiftzeichnungen und noch mehr das Bildnis von Lady Beauclair, wie es magisch auf meiner Leinwand erschien. Ich hatte ihn im Verdacht, verschiedentlich heimliche Versuche unternommen zu haben, seine eigenen Fähigkeiten zu entwickeln, denn oft entdeckte ich bei meiner Rückkehr in mein Zimmer, daß mein Bleistift einen Zoll kürzer war als bei meinem Aufbruch, und ich mußte auch bemerken, wie sich die Blätter meines Skizzenbuches mit unerklärlicher Geschwindigkeit verringerten.

«Ein Gentleman? Bist du sicher?»

«Ein Gentleman, Mr. Cautley», wiederholte er.

«Die Pennypost?»

«Nein, Sir. Ein Gentleman. Ein schöner Bursche, sehr fein gekleidet. Er hat ihn durch die Tür geschoben.»

Ich sprang auf die Beine und raste zum Fenster, wobei die Stuhlbeine scharf über den Boden kratzten und der Stuhl dann umstürzte. In meiner Hast ließ ich den Brief fast ins Feuer fallen.

«Ist der Bursche noch unten?» fragte ich und ergriff das Papier im letzten Augenblick vor seiner Verbrennung.

«Sir?»

Ich warf den Fensterflügel auf und streckte meinen Kopf hinaus. Der Wind blies mir ins Gesicht und zerrte an meiner Perücke.

Draußen entfernte sich, durch den Wald von Schatten kaum sichtbar, eine schlanke Gestalt nordwärts entlang des Haymarket, sein dahinschwimmender Hut an den Ecken in goldenem *point d'Espagne* geschmückt, seine behandschuhten Hände blitzten an seinen Seiten in weißen Bögen. Robert!

«Das ist er, Sir», sagte Samuel, der sich mir am Fenster zugesellt hatte. «Das da drüben ist der Mensch, Mr. Cautley!» sagte er, als ich vom Fenster zur Tür rannte. «Wohin gehen Sie? Mr. Cautley, bitte warten Sie!»

Ich wartete nicht. Eine Minute später war ich auf der Straße, meine Absätze schlugen auf die gepflasterte Oberfläche, als ich den Gentleman in die Great Windmill Street an der Anatomieschule vorbei verfolgte und dann – denn ich war sicher, ihn dort einbiegen gesehen zu haben – über den Schurkenacker. Wahrlich ein passender Name! Ja – der Schurke würde sich hier zu erklären haben, oder ich würde ihn bei Gott verprügeln!

Doch als ich die enge Passage der Milk Alley nach Soho durcheilt hatte, außer Atem jetzt, schlugen meine Absätze längst nicht mehr so schnell oder selbstbewußt auf, und die Straßenlaternen waren weder so zahlreich noch so nahe beieinander, als daß ich ein Zeichen von ihm hatte entdecken können. Ich eilte langsamer die Dean Street hinauf, doch wurde mein Fortkommen bei jedem Schritt von Metzgerkarren behindert, von leeren Bierfässern, gähnenden Kellertüren, vorstehenden Türstufen und Erkerfenstern, überhäuften Verkaufsständen, schlafenden Promenadenmischungen und einem Haufen ausgemergelter armer Teufel, die Leierkasten spielten oder im Schutz von Ladeneingängen Ziegelstaub verkauften.

«Aus dem Weg!» befahl ich Belebtem wie Unbelebtem gleichermaßen. «Haltet den Kerl! Laßt mich bitte durch!»

Halbenwegs diese belebte Durchfahrt hinab glaubte ich den goldgeschmückten Hut zu erspähen, wie er um die Ecke in die Queen Street einbog und von da – ich rannte wieder und übersprang die Hindernisse oder wich ihnen aus – in die Greek Street. Ja, da war er! Ich rief ihn beim Namen und forderte ihn auf stehenzubleiben, aber entweder hörte er meinen Ruf nicht, oder sein Wunsch, mir aus dem Weg zu gehen, war ebenso stark wie damals im Inneren von Mr. Larkins Zweispänner. Nachdem er die Compton Street überquert hatte, bog er in die Moor Street ein, wobei seine weißen Hände durch die Dunkelheit sichelten und sein Kopf sich niemals auch nur einen Zoll nach links oder rechts wandte.

«Ha-*a-l-t*!» brüllte ich, und meine Stimme hallte von den überhängenden Gebäuden wider. «Bit-*t-eee*!»

Kurz nachdem diese zweite Aufforderung die gleiche Antwort erhalten hatte wie die erste und ich ihn aus den Augen verloren hatte, unternahm ich zwei vergebliche Vorstöße nach Holborn hinein, zunächst die Monmouth Street hinauf und dann die West Street hinab, bis ich in meiner Verwirrung ob des fragwürdigen Labyrinthes um mich herum einige Minuten später zu den Seven Dials wanderte.

Inzwischen schnappte ich nach Luft, und meine Kopfhaut juckte und schwitzte reichlich unter der Perücke. Ich sah mich um und fragte mich, wohin ich mich wenden sollte. Ich wußte keinen Rat, denn nicht weniger als sieben Straßen führten von dem Ort fort, an dem ich jetzt stand, jede ein dunkler und ziemlich aussichtsloser Korridor. Im Zentrum dieses großen Treffpunktes erhob sich eine hohe Säule, überragt von einer Uhr und sechs Gesichtern, deren jedes eine andere Straße hinabblickte. Ich folgte ihrem Beispiel und starrte jeden Durchgang hinunter, während ich eine erschöpfte Runde um die Mitte dieses großen Sterns drehte. Die Straßen waren kaum von ihren Nachbarn zu unterscheiden. Linnenwäsche hing unter den Fenstern und blähte sich in der Brise wie Klüversegel. Die Fenster selbst waren zum größten Teil zerbrochen und notdürftig mit Papier und Leinwandfetzen repariert. Darunter quietschten die Ladenzeichen von Pfandleihern und Schustern in ihren Scharnieren, schlugen aus, hingen still, schlugen wieder aus. Unsichtbare Gäule schnaubten und stampften in ihren Ställen, und hier und da erschienen Passanten in den engen Wegen, doch konnte entweder des Ganges oder der Kleidung wegen keiner dieser daherschleichenden Wanderer für Robert gehalten werden. Beim Klang meiner Absätze ließen einige dieser Burschen von ihren geheimnisvollen, einsamen Beschäftigungen ab, und es schien eine plötzliche und allgemeine Bewegung durch ihre Reihen zu gehen. Zum erstenmal überkam mich ein Gefühl für die möglichen Gefahren, in die ich mich unbedacht begeben hatte, denn aus dem Erscheinungsbild schloß ich, daß dieser Ort nicht nur ein allgemeiner Treffpunkt von Straßen, sondern vielleicht auch von Wegelagerern und Räubern war.

«Ho», rief eine barsche Stimme, «wer ist da?»

Ich fuhr herum, als eine große Gestalt plötzlich hinter mir aus der Great White Lion Street auftauchte, einem der leeren Durchgänge, an dessen Ende ich, eine kurze Strecke entfernt, ein vertrauteres, besser beleuchtetes Stück der Monmouth Street erblicken konnte. In einer Hand trug die Gestalt eine Lampe, deren Schein alles an seiner Person beleuchtete, ausgenommen seine Füße und seinen Kopf; dieser, so schien es, schwebte gute zwanzig Handbreit über den ersteren in der Dunkelheit. Den langen Stab in der anderen Hand benutzte er, um jeden zweiten seiner Schritte zu betonen und dadurch nicht nur meine Aufmerksamkeit zu erregen, sondern auch die der anderen Gestalten, die in den Straßen herumschlichen und schleunigst mit den Schatten verschmolzen.

«Ho», wiederholte die barsche Stimme, «ich habe gefragt, wer da ist?»

«George Cautley, Sir», erwiderte ich, indem ich mich verneigte und nach meinem Hut griff, um ihn zu ziehen – den ich aber, wie mir jetzt inmitten der Bewegung klarwurde, in meiner Wohnung zurückgelassen hatte.

«Und was, bitte, haben Sie hier zu suchen, Sie junger Spitzbube?» fragte er, wobei seine Barschheit durch meinen vergeblichen Ausdruck von *politesse* völlig unbeeinflußt blieb.

Ich erklärte, daß ich meinen Gefährten verloren hätte, «den Sie, Sir, vielleicht im Verlauf Ihrer Wanderung gesehen haben?» Doch der große Bursche – den in inzwischen als einen Wachmann erkannt hatte – war unwillens, meine Beschreibung von Robert anzuhören, erhob vielmehr seinen Stab und drohte, mich damit zu verprügeln, wenn ich nicht «nach Hause abhaute». Als ich unklugerweise protestierte, daß ich als Engländer die Freiheit genösse, in den Straßen der Hauptstadt ebenso wie jeder andere Mann herumzulaufen, versuchte er, seines Amtes zu walten, und ich sah mich genötigt, mich vor den Nachstellungen dieses brutalen Grobians dadurch zu schützen, daß ich in die Great St. Andrew's Street flüchtete. Seine Rufe und das Echo seines Stabes verfolgten mich, bis ich um die Ecke gebogen war.

Da ich nicht wußte, wohin ich meine Schritte lenken sollte, und da ich jede Hoffnung aufgegeben hatte, Robert zu ergreifen und ihn zu zwingen, Rechenschaft für sein Tun abzulegen, durchwanderte ich während der nächsten Minuten die Straßen und die engen Durchfahrten und kam mir durchaus verloren vor zwischen den dunklen Häuserreihen mit ihrem schwarzen, abweisenden Äußeren. Bald jedoch entdeckte ich, daß ich wieder in der Greek Street war und am Geschäft des Käsehändlers vorüberkam, dessen Fenster mir früher jenes hocherfreuliche Abbild meines feinen Benehmens und des erborgten Reichtums gewährt hatte.

Ich bot jetzt einen vergleichsweise traurigen Anblick, denn bei jedem Schritt rutschte mein rechter Strumpf einen weiteren Zoll dem Schuh entgegen, der meine Zehen wundscheuerte, und meine schlechtsitzende Perücke wanderte auf meinem Schädel vor und zurück und rutschte ein- oder zweimal sogar über meine Stirn hinab wie ein Visier und machte mich so zeitweilig blind. Ich hastete weiter, ohne anzuhalten, um diese Widrigkeiten in Ordnung zu bringen, doch wurde mir dann plötzlich klar, wie nahe die Verfolgungsjagd mich zur Wohnung meiner Dame gebracht hatte.

«Vielleicht sollte ich sie aufsuchen», sagte ich mir und dachte daran, daß eine Erklärung für ihr unerwartetes Benehmen geheimnisvollerweise ihrem Brief gefehlt hatte, wenn sie denn überhaupt dessen Verfasserin war. Kurze Zeit erschien vor meinem geistigen Auge ein äußerst unerfreuliches Bild von Robert, wie er an einem Schreibtisch saß und unter seinem goldgeschmückten Hut nickte und kicherte, während er das Schreiben abfaßte. Doch dann richteten sich meine Erwägungen auf ein anderes, allerdings gleichermaßen unerfreuliches Bild.

«Vielleicht ist My Lady erkrankt», dachte ich und stellte mir vor, daß sie jetzt wie Jeremiah zu Bett liege und ihr schöner Teint von einem Fieber in eine gleichermaßen ungesunde Farbe verwandelt worden sei. «Oder vielleicht» – das Szenario wurde immer schlimmer – «oder vielleicht hat dieser Robert ihr irgendwie geschadet, denn er scheint wirklich ein unerfreulicher Bursche zu sein! Ja, ja – ich muß auf jeden Fall sofort zu ihr gehen!»

Mein Schritt beschleunigte sich, als ich in die Hog Lane kam, von der aus ich in der Ferne den hummerschwänzigen Kirchturm von St. Giles-in-the-Fields sehen konnte, wie er sich über das Durcheinander von Ziegeldächern und verfallenden Schornsteinen der Bruchbuden ringsum erhob. Als ich die Denmark Street erreichte, rannte ich wieder. Meine Füße klapperten über das unebene Pflaster, und Laternen und beleuchtete Fenster flackerten mir entgegen und trieben an meinem Kopf vorbei.

Aber was war das? Ich blieb stocksteif stehen, als ich in die St. Giles High Street kam – denn was sah ich knapp hinter der Schnapsbudike und noch knapper hinter der Tür meiner Lady, wenn nicht eine dunkle Gestalt, die einen goldgeschmückten Hut trug und in eine Mietsdroschke einstieg? Bevor ich noch einen Schritt tun oder ein Wort sagen konnte, schlug deren kleine Tür mit dem kurzen kometenhaften Aufblitzen einer weißbehandschuhten Hand zu, und die Kutsche ratterte gen High Holborn von dannen, während eine lange Peitsche sich über dem Kopf des Kutschers im Laternenlicht ringelte und schlängelte. Aber – wo war my Lady? Ich bemerkte, daß ihre Tür, die einen schmalen Spalt geöffnet gewesen war, krachend zuschlug, allerdings nicht, bevor ich einen Kopf erspäht hatte, der eine Haube trug und durch die enge Öffnung hinausblickte. My Lady? Ich rannte vorwärts und donnerte mit den Fäusten gegen die Tür. Eine Sekunde später knarrte sie auf, und Madam Chapuy stand in einem schmalen Lichtfächer vor mir. «Himmel», sagte sie, «was für ein Lärm! Was zum Teufel haben Sie denn jetzt vergessen? Sie sind schon – oh!» Ihr Gesichtsausdruck veränderte sich, als sie mich jetzt genauer ansah. «Mr. Cautley – bitte um Entschuldigung. Ich dachte . . .»

Während sie mich mit großer Höflichkeit ansprach – mit mehr, schien es, als sie dem aufbrechenden Robert gewidmet hatte –, erklärte sie mir, daß Lady Beauclair gegenwärtig nicht im Hause sei. Diese Einsicht war mir bereits einige Sekunden früher durch den Anblick des unbeleuchteten Fensters meiner Dame zuteil geworden. Ich hoffte, der guten Frau noch mehr Fragen stellen zu können, die nicht zuletzt die Identität von Robert betrafen; doch kaum hatte ich den Mund geöffnet, als mich schon ein langes und schmerzliches Klagen unterbrach, das irgendwo aus dem verdunkelten Inneren des Hauses kam.

«Esmeralda, meine Tochter, ist krank», erklärte mir Madam Chapuy als Antwort auf diesen Ausdruck von Kummer; dann bat sie mich, mit einer hastigen Entschuldigung, wieder vorbeizukommen. Der Lichtfächer schloß sich, und das schmerzliche Klagen verstummte.

Ich stapfte mit schleppenden Füßen langsam zurück in Richtung Denmark Street. Ich fror und erschauerte unter meiner Weste. Vor der Schnapsbudike waren zwei Männer in einen heftigen Streit verwickelt, bei dem ein dritter vergeblich als Schiedsrichter zu fungieren suchte, während ein vierter sich ausgiebig auf die Pflastersteine erbrach und ein fünfter geräuschvoll daneben schlummerte, in sanfter Blindheit gegenüber dem Tumult. Ich humpelte über die Straße und ließ die aufblitzenden scharlachroten Unterröcke in den Fenstern ebenso unbeachtet wie die süßen Stimmen der hübschen Sirenen, die mich nach innen winkten.

«Warum so eilig?» sagte eine von ihnen. «Kommen Sie doch rein, Sir. Bitte, Mr. Cautley – bleiben Sie doch einen Augenblick in unserer Gesellschaft ...»

Ich war schon in der Greek Street und ging am Fenster des Käseladens vorbei, bevor ich mich zu fragen begann, woher diese verlorenen Geschöpfe meinen Namen erfahren hatten.

Was ich in jener Nacht geträumt haben mag, falls ich überhaupt etwas träumte, kann ich nicht erinnern, aber als ich am nächsten Tag die Augen öffnete, sah ich in diffusem Licht Mr. Knatchbull auf dem furnierten Tisch stehen. Seine Gliedmaßen waren in einer höchst sonderbaren Pose angeordnet, die Hände stützten sich auf seine Hüften, und der Kopf war zur Seite gewandt, als ob mich seine leeren Augenhöhlen während meines Schlafes mit hochmütigem Blick über die hölzerne Schulter hinweg betrachtet hätten. Unmittelbar hinter ihm stand, wie ein Echo auf seine Pose, die *Dame bei Kerzenlicht.* My Ladys Gesicht, das am Vortag vertrieben und poliert worden war, betrachtete mich ebenfalls, doch erschien es an diesem Morgen im Sonnenschein talgig und wesenlos, als sei es im Begriff, von der Leinwand zu verblassen und zu verschwinden.

Ich setzte mich auf und blickte genauer auf die Leinwand. Aus diesem Winkel und mit dem so einfallenden Sonnenlicht konnte ich zum ersten Mal den sehr schwachen Umriß, die geisterhafte Kontur des Bildes sehen, das darunter lag; die kleinen Hügel der Schultern, den Gipfel des Kopfes. Die scharfwinkligen Flächen des ... was? Des Hutes? Die Farbe war dick aufgetragen und schien fast zur Oberfläche durchzuschlagen und sich in meine eigenen Bemühungen zu mischen. Vielleicht Sir Endymion...? Doch würde my Lady sicherlich keinen Farbenhändler dafür bezahlen, ein von Sir Endymion Starker geschaffenes Portrait zu übermalen. Wer dann? Wer war mein geheimnisvoller Mitbewerber gewesen? Und wie hatte – ich fuhr mit dem Finger über den sanften Grat, den schwächsten Schatten von Farbe –, wie hatte dieses ausgelöschte Portrait ausgesehen? Warum hatte es my Lady nicht zufriedengestellt?

Ich erhob mich und entzündete das Feuer, und bald genug waren meine Gedanken nicht mit Lady Beauclair und noch weniger mit Robert und dem anderen, dem unbekannten Portraitisten beschäftigt, sondern statt dessen mit Sir Endymion, für dessen Studio in der St. Alban's Street ich bereits zu spät war.

Achtzehn

In diesem kleinen Atelier – wenn man jene zwei höchst unvorteilhaften Zimmer wirklich mit diesem Titel beehren konnte – schuf Sir Endymion, wie er behauptete, seine besten Werke, jene, derentwegen er, wie er mir erzählte, «in hundert Jahren wie Rubens oder Rembrandt mit höchstem Beifall» erinnert werden würde. Das Studio in Chiswick, wo er seine zahlreichen Portraits malte und seine Beutel voller Guineas einsammelte, verwarf er mit einer Bewegung seiner farbenbekleckststen Hand.

«Können Sie sich vorstellen, Cautley, wie verdammt schwierig es ist, die universale Essenz aus dem Gesicht des königlichen Marmeladenkochs zu ziehen oder aus dem der unerträglichen Teufelin Lady Manresa? Der übellaunigen Gräfin Kinsky – oder wie immer sie heißen mag – und der noch unerfreulicheren Pudelin, die sie an einer goldenen Kette herumschleift? Nein», sagte er unter heftigem Schütteln seines Kopfes, das ihm fast die Perücke herunterrutschen ließ, «*nein* – denn die Historienmalerei in großem Stil und nicht das Portraitieren ist der oberste Zweig der Künste.

Historienmalerei, Cautley, ist ein freier Beruf; Portraitieren nur ein mechanisches Handwerk, wie das Anfertigen von Stiefeln. Und nur von diesem obersten aller Zweige und von keinem anderen können wir die schönsten Blumen der Universalessenz pflükken.»

Sir Endymions farbenbesprenkelte Hand wies mit großer Geste auf die Leinwand, über die er sich während der letzten zwei Stunden gebeugt hatte, um große wachsige Klumpen von Karmin, Erdpech und Königsgelb auf sie zu klatschen. Das Gemälde war ein allegorisches und sollte *Die Göttin der Freiheit empfängt den Kranz von Harmodius und Aristogiton* heißen. Es war wirklich eine schöne Arbeit. Eleonora, das Modell für die Göttin, hatte den größten Teil des Vormittags in einer tiefen Verneigung verbracht, während ich über ihr gethront hatte, zunächst in der Haltung des Harmodius, dann als Aristogiton, in einem Hemd aus weißem Linnen, das in der Taille von einer roten Schärpe zusammengezogen war, die Waden nackt und der Kopf ohne Perücke. Ich kam mir ebenso lächerlich vor wie bei der Darstellung von Lady Manresa.

«Diese beiden Burschen waren die Begründer der athenischen Demokratie», hatte Sir Endymion erklärt, während er Farben auf seiner Palette mischte, «die den Tyrannen Hipparchus, wie Sie sich erinnern werden, erschlagen haben. Wie doch die Taten einiger weniger Männer den Lauf der Geschichte und der Zivilisation verändern können! Denn aus dieser Tat des Tyrannenmordes ergaben sich nach kurzer Zeit die athenische Demokratie hervor, das staatsmännische Verhalten des großen Herrschers Perikles und die unübertroffenen Marmorbildwerke des Phidias.»

Ich befürchte, daß diese Erklärung, so gelehrt sie war, mich kaum weniger närrisch fühlen ließ. Ich zog die Schärpe enger, denn sie rutschte ständig und entblößte auf diese Weise Teile meines Bauches vor der sich verneigenden Göttin der Freiheit.

Nahebei stand, gegen eine der Wände gelehnt, *Die Schändung der Lucretia durch Sextus Tarquinius*, ebenfalls unvollendet und ebenfalls dazu bestimmt, über den Speiselogen in den Vauxhall Gardens zu hängen. Einen Tag zuvor hatte ich sozusagen die Rolle des tückischen Sextus gespielt und fast den ganzen Nachmittag dagestanden, mit den Händen Eleonoras Musselingewand betatschend und an ihm reißend, meine Gesichtszüge zu einem lüsternen Grinsen verzerrt. Nachdem diese Aufgabe erledigt war, hatte ich meine Kleidung abgelegt – dieselbe schlechtsitzende, die ich trug, um Harmodius und Aristogiton darzustellen – und die letzte Stunde damit verbracht, Plinten und Draperien im Hintergrund auszumalen.

«Die schöne Lucretia hat Selbstmord begangen», hatte Sir Endymion mich erinnert, während er malte, «aber ihr Tod wurde von Junius Brutus gerächt, der die Tarquinier vertrieben hat und der erste Konsul Roms wurde. Bedenken Sie erneut die Folgen, die aus den Taten der Menschen fließen. Aus dieser einen Tat grausamster Barbarei, die Sextus beging, entstand die bedeutendste Zivilisation – das bedeutendste Imperium und die bedeutendste Kunst –, die unsere Erde je gekannt hat. So ist das doch immer, oder nicht? Es gibt kein Dokument der Zivilisation, dessen Wurzeln nicht in die dunkle und erbärmliche Erde solcher Barbarei hinabreichen, an die wir in unserem aufgeklärten Zeitalter nur mit Schrecken zurückdenken.»

«Können solche Akte der Barbarei», fragte ich, «gerechtfertigt oder wiedergutgemacht werden durch die Kunstwerke, die aus ihnen entstanden sind?»

«Ich spreche nicht von Rechtfertigung, die eine moralische Vorstellung ist; vielmehr beziehe ich mich auf Kausalwirkungen. Der Samen der politischen und künstlerischen Erneuerung sprießt durch die Spalten, die durch Taten der schändlichsten Entheiligung geöffnet wurden. Reichen Sie mir doch bitte den Zobelhaarpinsel herüber ...»

«Aber, Sir» – ich kaute nachdenklich auf der Spitze dieses Pinsels herum – «kann denn solche Kunst wirklich an einer Wand aufgehängt oder angemessen geliebt und geschätzt werden, wenn wir ihren Preis an Blut oder Gewalt kennen?»

«Ja – denn um Ihre moralischen Begriffe zu verwenden, sie ist an jenen Kräften unschuldig, die sie schufen, und wird in der Tat den Weg zu edlerem Trachten weisen.»

«Muß denn dann alle Kunst sich auf solches Leiden und solche Zerstörung gründen?»

«Nur die wirkliche Kunst wird das tun – jene, die das Geheimnis ergründet, was Menschsein bedeutet. Denn wie Ihr Mr. Hogarth schreibt ...»

Und so weiter und so fort. Wenn ich nun an jene Tage denke, scheint es mir, als ob wir nicht die düstere Mansarde teilten, sondern einen grünen Hügel in einem fernen Arkadien; als ob wir nicht auf dem trügerisch schrägen Boden saßen, sondern im sich verjüngenden Schatten einer Gruppe tränenförmiger Zypressen. Bei solchen Gelegenheiten war ich ganz Ohr, wenn er zum Beispiel Platons Höhle beschrieb. Kennen Sie diese besondere unterirdische Grotte, dieses Gefängnis der Sinne, in dem Widerspiegelungen und Illusionen geworfen und geschaffen werden durch andere Widerspiegelungen und Illusionen?

«Im *Staat*», pflegte er mir zu erzählen, «beschreibt Platon eine Spezies von Menschen, die in einer solchen Weise gefesselt ist, daß sie ihre Gesichter nicht von einer Steinwand vor sich abwenden können. Hinter ihnen brennt ein helles Feuer, und vor diesem Feuer befindet sich eine niedrige Mauer, nicht unähnlich der, die man in Puppenspielen sieht. Hinter dieser Mauer, die ihrerseits hinter den Gefangenen steht, trägt eine andere Gruppe von Menschen Bilder – Ausschneidefiguren aus Holz und Stein, wie Schattenspielpuppen –, die Menschen und Tiere darstellen und so weiter. Die Schatten dieser Ausschneidefiguren – können Sie mir folgen, Cautley? –, die Schatten werden vom Feuerschein auf die Steinwand vor den Gefangenen geworfen, die sie irrtümlich für wirkliche Gegenstände halten.

Was nun aber, Cautley, wenn einer dieser Gefangenen eines Tages von seinen Fesseln befreit würde und zum ersten Mal die hölzernen Formen sähe, die sich über der Mauer bewegen und solche zuckenden Schatten werfen? Wird er dann Ihrer Meinung nach von seinen alten Illusionen befreit sein? Nein, nein: Er wird denken, daß die Schatten wirklichere Gestalten sind als die hölzernen Formen; er wird die Schatten für die Originale halten, die ihrerseits natürlich Schatten und Bilder von etwas anderem sind. Denn nicht jeder Mensch ist fähig, die Augen von den Schatten abzuwenden und diese anderen Formen zu erkennen . . .»

Und so weiter und so fort. So also war mein Leben in Sir Endymions Atelier. Es gab soviel von ihm zu lernen, und ich hätte das nach meiner Überzeugung auch nicht besser tun können, wenn ich in der Royal Academy einer seiner Studenten gewesen wäre. In den vielen Stunden, die wir zusammen in der Mansarde verbrachten, sprach er zu mir über viele Dinge – von seiner Großen Reise zum Beispiel: von seiner Begegnung mit dem jungen Prätendenten auf einem Maskenball in Rom und wie er sich mit ihm einen Becher Punsch teilte; von der Beobachtung eines Vesuvausbruchs von der Insel Ischia aus; vom Berühren der erstarrten Gestalten aus porösem Stein zu Herculaneum; wie er in Lecce Augenzeuge eines Tarantellatanzes war; vom Lesen eines Vergilmanuskripts – «vierzehnhundert Jahre alt, Cautley!» – in der vatikanischen Bibliothek, ebenso wie der Liebesbriefe, die Heinrich VIII. an Anne Boleyn schrieb. Vor allem aber sprach er von seiner Leidenschaft für die Kunst – wie er Kopien von den Werken Tizians und Correggios und Poussins und Claudes anfertigte; wie er die Gemälde und Marmorstatuen in der Sammlung des Herzogs von Bracciano besichtigte; wie er mit Canaletto Optik und atmosphärische Perspektive in Florians Café unter den Arkaden der Procuratie Nuove in Venedig diskutierte, während er mit ihm Pharo spielte; wie er das Portrait der juwelenübersäten Kronprinzessin Maria-Josepha von Sachsen und von einem Dutzend anderer adliger Schönheiten malte; wie er einen Prospekt der Stadt Rom von der Höhe des Testaceusberges aus herstellte und die Antiquitäten auf dem Esquilin und dem Celius skizzierte; wie er seine Staffelei auf der Piazza del Popolo in Rom aufstellte oder vor der Basilica di San Marco . . .

Und in jenen wenigen ersten Tagen hing ich an jedem Wort, das er sprach. Ich wollte jedes Buch lesen, das *er*, mein weiser Meister, gelesen hatte, mein Auge auf jedes Wunderwerk der Malerei und der Skulptur und der Architektur richten, das *er* gesehen hatte – denn dann vielleicht würde ich als Künstler ebensogroß und ebensosehr ein Gentleman sein, wie er.

«Eines Tages, Cautley, werde ich Ihnen diese Gemälde zeigen», sagte er mir einmal, «und wenn Sie wollen, dürfen Sie sie kopieren.»

Es war nun etwas mehr als eine Woche her, seit ich zum ersten Mal das Atelier betreten hatte, und meine Beziehungen zu Sir Endymion hatten, wie Sie erraten werden, trotz meiner früheren Katastrophen mit der Gräfin und dem Königsgelb einen günstigen Gang genommen. Das war mir die liebste Zeit des Tages. Wir hatten uns gerade zu unserem Essen niedergelassen – Schweinskopf, Rinderzunge, ein Stück Suffolk-Käse, einige treffliche

Aalpasteten, die im Ofen der Carv'd Balcony Tavern erhitzt worden waren und jetzt, als wir in ihre Krusten schnitten, lange Dampfblumen hervorwachsen ließen, die sich zur krummen Decke erhoben und das einsame Fenster der Mansarde beschlugen. Sir Endymion heiterte unser Mahl noch durch einen Krug Porter auf, der ihn zu einem in Chiswick ungekannten Ausmaß an Redseligkeit anregte. An diesem Tage hatte er außerdem versucht, der Mansarde – oder genauer dem «Atelier» – eine angemessenere Atmosphäre zu verleihen, denn er hatte Kräuter – Lorbeer und Lavendel – auf den feuchten Boden gestreut und eine Duftkerze neben dem beschlagenen Fenster aufgestellt. Zu Zeiten wie dieser, wenn wir unser Abendessen verzehrten und unseren Porter tranken, sprach er oftmals beredt und ausführlich, nicht nur über die Höhepunkte seiner Großen Reise, sondern auch über einige philosophischere Angelegenheiten, über die zu sprechen ihn die Becher Porter bewegten.

Doch wenn ich als wißbegieriger Student an diesen gelehrten Diskussionen teilnahm, betrachtete Eleonora andererseits Sir Endymions Vorlesungen – wenn ich sie so nennen darf – mit großer Apathie; was ihre Antwort, so schien es, auf die meisten Gespräche und Ereignisse war. Heute war es keiner seiner Bemühungen – weder den ausgestreuten Kräutern noch dem Krug Porter, noch den Aalpasteten und nicht einmal seiner trefflichen Beredtheit hinsichtlich der athenischen Demokratie oder der Historienmalerei großen Stils – gelungen, ihre Laune aufzuhellen. Sie saß jetzt, offenbar niedergeschlagen, in einiger Entfernung von uns, stocherte widerwillig in der Pastete herum und knabberte nicht einmal an ihrem Käse. Selbst als Sir Endymion zärtlich von ihr als seiner «Muse» sprach, antwortete sie nicht einmal mit dem kleinsten Lächeln.

Eleonora war tatsächlich ein Rätsel. Vielleicht von der Widersprüchlichkeit ihrer Lage berührt – daß nämlich seine Göttin der Freiheit in Wirklichkeit selbst sehr wenig Freiheit genoß, da sie meines Wissens Tag und Nacht in der Mansarde eingesperrt war –, hatte Sir Endymion ihr früher am Abend die Wohltat eines Spaziergangs gestattet, mit uns beiden als Begleitern, jeder an einer Seite. Doch als wir an die Luft traten, schien sie ihrem neuen Privileg gegenüber völlig gleichgültig, denn ihre Augen blieben an dem strohbestreuten Pflaster kleben, als wir die Pall Mall der Länge nach hinabschritten. Zwei Burschen mit Fußschemel und langem Wachsstock entzündeten die Straßenlampen, und als der schwache Geruch von zischendem Fischtran mit der eisigen Brise zu uns herüberwehte – da warfen die fahlen Flammen, die in ihren Kristallkugeln sprangen und zischten, ihr Licht über ihr blasses Gesicht und ihr gelborangefarbenes Haar und enthüllten einen unziemlich finsteren Gesichtsausdruck.

Sir Endymion war in seinem noch entschlosseneren Bestreben, ihrer Laune aufzuhelfen, in das Geschäft einer Hutmacherin eingetreten und ließ sie eine Haube mit lila Bändern erwerben. Dann erstand er beim Königlichen Parfumeur Lavendel-und-Bergamott-Cologne, «Pariser Wonnen», und schließlich beim Weinhändler unter der Kolonnade am King's Theatre je eine Flasche Aprikosenwein und Nektarinenschnaps. Eleonora nahm diese Geschenke ebenso desinteressiert entgegen wie ihren kurzen Ausflug in die Freiheit, und als wir eine Stunde später in die Mansarde zurückkehrten, warf sie sie undankbar aus dem Fenster und traktierte ihren Wohltäter mit einem ihrer täglichen Angriffe mittels des Schüreisens. Da sie ihn diesmal überraschte, gelang es ihr, ihm die Perücke zu Boden und auf der Wange eine zollange Wunde zu schlagen. Als er diese Wunde betupfte, sagten seine Augen zu mir: «Ach ja, sehen Sie jetzt, Cautley, wie es ist? Zuerst haben Sie mich für grausam gehalten, aber sehen Sie, wie die Dame all meine Mildtätigkeit zurückweist? Ich bin ein freundlicher Mann, Cautley – und das ist der Dank!» Meine Augen, die zurückblickten, sagten ihm, daß ich ihn vollkommen verstünde.

Nachdem ich meine Pastete verzehrt hatte, kehrte ich zu einer der Leinwände zurück, denn noch waren die Farben auf meiner Palette nicht getrocknet. Oftmals arbeitete ich bis neun Uhr abends und manchmal noch länger, denn ich liebte meine Aufgaben in diesem Atelier mehr als jene in seinem Gegenstück zu Chiswick, wo sie (vielleicht als Folge meiner schrecklichen Katastrophen) auch weniger gefragt waren. Ich glaube, ich hätte die ganze Nacht an meiner Staffelei bleiben können, wäre da nicht Eleonora gewesen, derer ich, wie Sie sich vorstellen können, von Herzen überdrüssig war, weshalb ich nicht den geringsten Wunsch verspürte, mich mit einem solch unberechenbaren Geschöpf allein im Zimmer zu befinden, deren Verfolgungen, wie ich glaube, selbst die eines Mr. Lewis übertreffen konnten.

Ich nahm jetzt die Arbeit an dem von mir am meisten geliebten Gemälde Sir Endymions wieder auf, *Die Leiden des Lebens*, mit dem Untertitel *Die schöne Mansardenbewohnerin an ihrem Fenster, ein Sträußchen haltend.* Dieses Gemälde, bestellt für die Wand des Gemeinschaftsraums des Foundling Hospital, war jenes, das ich auf der Staffelei erblickt hatte, als ich vor etwa einer Woche das Atelier zum erstenmal betreten hatte. Nun war mir die Aufgabe übertragen worden, die dunkle Wand und die Draperien auszumalen, die den Hintergrund bildeten, und das melancholische Gesicht des Sujets zu lasieren, einer jungen Zerlumpten. Es war eine höchst bemerkenswerte Arbeit, und ich war ebenso stolz auf meine Bemühungen um sie wie auf *Eine Dame bei Kerzenschein.* Eleonora blickte, in Lumpen gekleidet, das Gesicht mit Schmutz oder Ruß verschmiert, mit offenem Haar, das sich in einiger Unordnung auf eine nackte Schulter ergoß (die ihrerseits ebenfalls leicht verschmutzt war), kummervoll auf den Betrachter, oder vielmehr, so schien es, über seine linke Schulter, als betrachte sie ein entferntes Objekt. Sie schien einen traurigen Seufzer auszustoßen, als ob sie angesichts des tragischen Verlustes oder der Unzulänglichkeit dieses Objektes, was immer es war, resigniere.

Vielleicht ist es der Kirchenvorsteher, überlegte ich für mich, als ich den Pinsel aufnahm, der eines ihrer kleinen Kinder in die Obhut der Gemeinde nimmt. Oder vielleicht ein geliebtes Erbstück, das ihre hartherzige Vermieterin fortschleppt, um es für die Miete zu verkaufen, oder das sie selbst um Geld zu verpfänden beschlossen hat, um damit den Bäcker oder den Metzger zufriedenzustellen. Oder vielleicht nimmt das arme Geschöpf Kenntnis von einem schwindenden Kohlevorrat, der sie, wie sie weiß, niemals durch den Winter bringen kann ... Und wie immer, wenn ich auf dieses schöne Geschöpf blickte, verspürte ich ein mitleidiges Rühren in meiner Brust.

«Ich habe noch nie ein so lebensechtes Gemälde gesehen wie dieses», sagte ich jetzt zu Sir Endymion, während ich mir auf die Finger blies, um sie für die bevorstehende Aufgabe anzuwärmen. Die Dame war so genau getroffen, daß ich, während ich begann, die tapetenbeklebte Wand hinter ihr zu malen, fast erwartete, sie werde ihre Lippen zum Sprechen bewegen oder eine ihrer Hände aus der Leinwand herausstrecken und mich in die Nase zwicken.

«Alle Kunst muß verzaubern», erwiderte Sir Endymion, während er sich einen weiteren Becher Porter eingoß. «Die einzige Funktion und Schönheit der Kunst liegt in ihrer Illusion. Durch solch gefällige Täuschung zeigen Leinwand und Farben lebende Figuren, die das Auge verführen, an festes Fleisch zu glauben, während in Wirklichkeit doch nichts anderes existiert als Licht und Schatten. Wie uns der Earl of Shaftesbury in seinen *Characteristics* erzählt, ist es der Zweck dieser gefälligen Täuschung, uns, die Betrachter, dazu zu bringen, in Taten öffentlicher Tugend zu wetteifern. Das da» – er wies mit der Hand auf *Die Leiden des Lebens* – «das da sind die schrecklichen Leiden der Armen, die dem Betrachter nahegebracht werden, seine Rührung erregen und ihn zu Mitgefühl bewegen, jener liebenswerten Leidenschaft, die das feinste Prinzip der menschlichen Natur ist und die Grundlage aller sozialen Tugenden.»

Darunter würde geschrieben stehen, fügte er hinzu, ein Zitat aus dem Buch der Sprüche, das dazu dienen sollte, den Betrachter daran zu erinnern, daß «wer sich des Armen erbarmt, dem HErrn leihet».

Ich war von dieser edlen Absicht entsprechend beeindruckt, doch war ich durch das Gemälde nicht weniger verwirrt, das (um Sir Endymions eigene Worte zu verwenden) auf eine ganz andere Weise zu täuschen schien. Denn obwohl es, wie ich gesagt habe, sehr lebensecht war, wich es dennoch (wie ich ebenfalls gesagt habe) erheblich von der Natur ab und sah in Wirklichkeit seinem Sujet sehr wenig ähnlich, denn das vertriebene und gefirnißte Gesicht aus Karmin und Krapplack wies wenig Ähnlichkeit auf mit der grollenden Physiognomie, die ich kurz zuvor beim Schein der Lampen in der Pall Mall gesehen hatte. Tatsächlich war die lieblich niedergebeugte Gestalt mit dem hellen Sträußchen und den blühenden Wangen kaum als das Geschöpf erkennbar, das jetzt schmollende Angriffe auf die Aalpastete unternahm. Denn das Antlitz der «schönen Mansardenbewohnerin» wies trotz der Melancholie und des rußigen Schmutzflecks auf dem Nasenrücken in seiner Resignation doch eine gewisse friedliche Schönheit auf; und es war nicht zu übersehen, wie diese Anspielung auf Armut und Entbehrung einigermaßen gemildert wurde durch die rosenfarbene Sonne, die sich durch das Fenster ergoß und alles mit einem roten Schimmer durchflutete. Überflüssig zu sagen, daß ich die dünne und blasse Eleonora niemals so vorteilhaft vor Augen gehabt hatte. Das Geschöpf auf der Leinwand hielt ferner ein Sträußchen frischer Blumen, deren Farben die Schattierungen von Haut, Augen und Kleidung ihrer Besitzerin zu deren größtem Vorteil widerspiegelten. Die Kleidung war, obwohl zerrissen, von nicht geringer Qualität und darüber hinaus in einer Weise arrangiert, deren Wirkungen nicht völlig keusch zu sein schienen und daher in meiner Brust gewisse Sehnsüchte erregten, die erheblich gefährlicher und weit weniger erhaben waren als nur mildtätiger Beistand.

Doch wie Sir Endymion bei einer früheren Gelegenheit, als ich auf den auffälligen Unterschied zwischen Kunst und Natur hinwies, selbst erklärt hatte, war diese Gestalt «in Wahrheit nicht die Eleonora, die wir jeden Tag im Atelier sehen. Die wahre Malerei ahmt nicht unterwürfig die äußere Natur nach. Ich habe statt dessen das Bildnis gemalt, das wir von Eleonora sehen würden, wenn wir sie aus den Umständen ihrer Wohnung, ihrer Geschichte und den Zufälligkeiten und Idiosynkrasien ihrer persönlichen Erscheinung herauslösen würden. Der Genius aller Kunst», war er fortgefahren und hatte sich über eines seiner Lieblingsthemen ausgelassen, «liegt vor allem in ihrer *Verallgemeinerung*. Denn Sie müssen begreifen, Mr. Cautley, daß das Geschäft des wirklichen Malers nicht daraus besteht, das *Individuum* zu untersuchen, sondern die *Spezies*. Das erste ist nur insofern von Interesse, als es die zweite darstellt. Die Schönheit und Größe der Kunst besteht in ihrer Fähigkeit, sich über die einzelnen Formen, die Besonderheiten, Zufälligkeiten und kleinen Einzelheiten zu erheben, die alle nur Abweichungen von der universalen Regel sind und die Leinwand lediglich mit Mißbildungen verschandeln.»

Ich war durch diese Erklärung höchst befriedigt, denn es war natürlich genau ein solches Bild, das ich – leider weniger erfolgreich – in meinem Portrait von Lady Beauclair einzufangen versucht hatte. Doch hatte die Erwähnung von Eleonoras Geschichte meine Neugier geweckt und mich wundern gemacht, wie sie in ihren traurigen Zustand in der Mansarde geraten sei; aber ich hielt es nicht für klug, meinen Meister zu fragen, und noch weniger Eleonora selbst, und also pinselte ich schweigend an den *Leiden des Lebens*.

«Cautley», befahl Sir Endymion einige Minuten später, als ich gerade die letzten Tupfer «Turchino», ein tiefes Blau, auf die Wand hinter dem gelben Kopf der Mansardenbewohnerin anbrachte. Er hatte sein Porter beiseite gestellt und die Arbeit an der *Göttin der Freiheit* wieder aufgenommen. Eleonora hatte sich wieder vor ihm niedergebeugt, barfuß und in ihrem Musselinhemd. «Cautley», sagte er, «würden Sie bitte an der Tür nachsehen?»

Ich trampelte die Treppe hinab, wobei ich wegen einer kleinen Wunde leicht hinkte, die mir vor einigen Tagen der monströse Pudel der Gräfin Kinsky zugefügt hatte. Wie üblich stolperte ich über die vierzehnte Stufe, die von ungleicher Höhe als ihresgleichen war, und über die zwanzigste, die fehlte, und fragte mich, wer wohl zu uns wollte. Das Ersuchen um Einlaß – drei schwere Klopfer – erschien mir als höchst unüblich, denn bisher hatte uns während all der Zeit, die ich im Atelier beschäftigt war, noch niemand besucht. Während eine stete Flut gegen die grüne Tür im fernen Chiswick brandete und auf ihren Wogen das Treibgut und Strandgut der Londoner Gesellschaft herantrug, waren wir hier in der St. Alban's Street – im Herzen des mondänen London – noch kein einziges Mal gestört worden.

Ein alter Gentleman lüftete seinen Hut und verbeugte sich leicht, als ich die Tür in den Angeln aufknarzen ließ und in den Regen hinausspähte. Statt mit dem Klopfer, der immer noch im Schlamm lag, hatte er sein Ersuchen mit einem eichenen Spazierstock vorgebracht, der jetzt erhoben war, als sei er bereit, erneut zuzuschlagen.

«Ich bin gekommen, um Sir Endymion Starker aufzusuchen», sagte er, ließ den Stock sinken, setzte den Hut wieder auf und starrte mich mit ziemlich herrischem Blick an, wie man ihn auf einen Bediensteten zu richten pflegte. Er kam mir vertraut vor, als ich die Tür öffnete, um ihn einzulassen, und ihn dann die Treppe hinaufführte. Ich konnte mich nicht daran erinnern, wo ich ihn gesehen haben mochte. Seine Taschen klirrten und klingelten, und er stieß mit seinem knorrigen Stock auf die Stufen, als wir die Treppe hinaufstiegen. Als wir oben ankamen, war er ziemlich außer Atem.

«Sir Endymion», keuchte er.

«Ah, Mr. Fox.»

«Darf ich hoffen, daß Sie fertig sind?»

«Selbstverständlich.» Sir Endymion legte den Pinsel nieder und wischte sich langsam die Hände ab, deren eine er dann dem alten Gentleman entgegenstreckte. «Hier entlang, bitte.»

Der ältliche Besucher wurde in das kleinere der beiden Zimmer geführt, wo eine kurze Unterredung stattfand, gefolgt von melodiösem Geklingel von Münzen. Einen Augenblick später erschienen die beiden wieder, wobei der alte Bursche einen Leinwandsack schleppte, an dessen Ecken der Inhalt, was immer er sein mochte – er sah fast aus wie die Kupferplatten, von denen ich auf der Presse in Chiswick Drucke gezogen hatte –, scharf hervortrat. Jetzt steuerten Sir Endymions Taschen die Musik bei, während er den Gentleman zur Tür geleitete.

«Gut, gut», sagte Mr. Fox, immer noch keuchend, «er wird sehr erfreut sein, sehr erfreut.»

Während er das sagte, machte er eine ausreichend lange Pause, um seinen Blick in die Richtung von Eleonora zu werfen, die diese unerwartete Unterbrechung nutzte, um abwechselnd ihren Brustkorb zu umfassen und ihre Zehen zu massieren, die sich im Laufe des Vormittags von Rot über Weiß zum schwächsten Blau verfärbt hatten. Beim Anblick von Eleonora in ihrem Musselinhemd glitt ein unangenehmer Ausdruck über das Gesicht des alten Gentleman, gar nicht unähnlich dem, der die erstarrten Züge von Sextus Tarquinius verzerrte, der uns anzüglich vom Feuer aus angrinste, wohin *Die Schändung der Lucretia* zum Trocknen gestellt worden war. Als er dann den Leinwandsack unter seinen Arm klemmte und Sir Endymion Adieu sagte, trafen die Augen dieses Burschen kurz die meinen, und mir wurde klar, wo ich ihn gesehen hatte: Denn als sein Blick von meinem befleckten Kittel und meiner schlechtsitzenden Perücke Kenntnis nahm, war er genauso mißbilligend, wie er vor gar nicht langer Zeit gegen den verwitterten Zustand des zweitbesten Dreispitzes meines Vaters protestiert hatte.

«Cautley», sagte Sir Endymion, nachdem dieser alte Gentleman mit seinem Sack verschwunden war, «ich wünsche nicht, daß Sie hier so herumglotzen. An die Arbeit mit Ihnen, an die Arbeit!»

Später an jenem Abend, nachdem sich seine Laune gebessert und sich seine Zunge nach einem Humpen Porter und einigen Tropfen eines Präparates gelöst hatte, das ich ihm früher am Tage aus einer Apotheke in der Oxford Street beschafft hatte, bestätigte Sir Endymion, daß der Gentleman tatsächlich der Lakei von Lord W— gewesen war. Lord W—, erklärte er, sei ein höchst scharfsinniger Kenner. Er sei es zum Beispiel gewesen, der Sir Endymion den Titel des «englischen Tizian» verliehen habe.

«Lord W— schätzt die erhabene Schönheit der empfindsamsten Meisterwerke wie jener, die Tizian, Correggio oder Raphael gemalt haben. Haben Sie diese Werke gesehen, Cautley? Nein? Tizians *Danae* oder seine *Venus* und seinen *Orgelspieler*? Sein *Diana und Actaeon*? Nein? Wie schade? Der Reichtum und die äußerste Feinheit der Palette werden bei diesen Gemälden nur noch von den sinnlichen Wonnen übertroffen, die man in den Themen findet, die der große Tizian aus den dramatischsten Episoden in Mythos und Geschichte gezogen hat. Ich habe viele solcher Arbeiten für Lord W— geschaffen», sagte er nachdenklich und senkte seine Stimme, «viele, sehr viele solcher Arbeiten – viele Venusgestalten zum Beispiel.»

Wir saßen in der Carv'd Balcony Tavern, rauchten unsere Pfeifen und spielten Bezigue, ein Spiel, das er mich gelehrt hatte. Diese Lehre hatte sich als reichlich teuer erwiesen, da sie mich rasch um eine halbe Krone ärmer machte. Ich hoffte dennoch auf eine Form der Rückerstattung, denn im Verlauf unseres Spiels hatte ich Erkundigungen nicht nur über den Lakaien eingezogen, sondern auch über Robert. Ich nahm vernünftigerweise an, daß, wenn der Bursche Mr. Larkins bekannt war, er es meinem Meister sicherlich ebenso sei. Ich hatte dieses Thema bereits einen oder zwei Tage früher angeschnitten, aber als ich Mr. Larkins' Namen erwähnte, war Eleonoras Kopf hochgeschossen (sie hatte sich in der Pose der Göttin der Freiheit befunden und ich mich in der des Harmodius), und ihre äußerste Fassungslosigkeit wurde deutlich. Empfindsam für diese Veränderung, hatte Sir Endymion über die Art seiner Bekanntschaft mit diesem Gentleman nicht sprechen mögen, und so suchte ich meine Chance jetzt vorsichtiger. Doch trotz des Porters (der Wirt hatte uns gerade einen weiteren Krug gebracht) und trotz der rätselhaften Tinktur des Apothekers, dessen Trank eine unnatürliche Helligkeit in meines Meisters Augen gebracht hatte ebenso wie ein alarmierendes Blühen in seinen Teint – trotz dieser kraftvollen Stimulanzien des Gesprächs blieb Sir Endymion doch einigermaßen widerstrebend, als ob ich unwissend seiner Leutseligkeit Zügel angelegt hätte.

«Mr. Larkins? Ja, ich kenne ihn gut. Ein Impresario. Arbeiten in Covent Garden. Ich habe für ihn Bühnenausstattungen entworfen. Ein feiner Mann. Vorsicht, Cautley!» Er wies auf eine meiner aufgedeckten Karten aus dem Spiel. «Haben Sie die Spielregeln so schnell vergessen? Die Zehn steht *über* dem Buben, nicht darunter wie im Whist. Ha!» Er nahm die oberste Karte vom Stock zwischen uns auf dem Tisch. «Ein As! Das ist mein Stich!»

Nachdem er auch eine Reihe weiterer Stiche mit ähnlichen Freudenausbrüchen eingeheimst hatte – denn ich fürchte, ich war nicht auf unser Spiel konzentriert –, kratzte er sich am Kinn und fragte: «Robert?», und ich gewann meinen einzigen Stich des Abends. «Ich kenne wohl eine Reihe von Roberts», fuhr er fort und vergaß seinen Verlust, «wenn ich anfange darüber nachzudenken...»

Der Verdacht lag nahe, daß diese beiläufige Haltung vorgetäuscht war, denn als ich Roberts Namen erwähnte, hatte – ebenso wie bei meinem Bericht über den charakteristischen Hut dieses Schufts und seine Handschuhe – Sir Endymions Aussehen für Augenblicke einiges von seiner rosigen Männlichkeit an dieselbe fahle Tönung verloren, die es angenommen hatte, als ich ihm die Wasserfarbenminiatur in die Hand drückte.

«Ich glaube, er ist der Vetter von Lady Beauclair.»

«Was?» Er tauchte hastig aus irgendeiner heimlichen Träumerei auf. «Ein Vetter von Lady Beauclair? Oh, ja, ja – ich glaube, ich kenne den Burschen. Ja, ja. Ich glaube, ich bin ihm schon begegnet. Wenn ich mich nicht irre, habe ich schon einmal sein Portrait gemalt.» Seine Augen schossen mir über den Kartenfächer hinweg plötzlich einen einigermaßen rätselhaften, vielleicht gar argwöhnischen Blick zu. «Wie sind Sie mit diesem Burschen bekannt?»

Ohne ihm Gelegenheit zu bieten, mir zu viele Vorwürfe an den

Kopf zu werfen, erklärte ich, daß er sich nach meinem Ausflug nach Pancras Wells geweigert habe, mir in einem Augenblick der Not beizustehen, und daß er sich jetzt augenscheinlich zu meinem Nachteil in meine Affäre mit Lady Beauclair eingemischt habe.

«Er scheint ein höchst unerfreulicher, unhöflicher und unangenehmer Kerl zu sein», schloß ich, einigermaßen erhitzt.

Sir Endymion schwieg einen Moment lang. Ich wußte nicht, ob er die Eigentümlichkeit von Robert, seinem Blatt oder meiner Person erwog.

«Sie sind noch sehr jung, Cautley», sagte er schließlich. «Noch wissen Sie weder, wie man die Welt zu beurteilen hat, noch haben Sie das Recht dazu. Sie sehen nur die Erscheinungen, nicht aber die Substanz, die darunterliegt.» Er hielt einen Augenblick lang inne. «Sie sind wie die Bewohner von Platons Höhle, die die vom flackernden Widerschein des Feuers hinter ihnen geschaffenen Schatten erblicken und sie töricht für die Wirklichkeit halten.»

Zum Ende des letzten Satzes hin gerieten ihm seine Konsonanten etwas durcheinander, wurden seine Vokale nasal. Er hielt lange genug inne, um einen tiefen Zug aus seiner Tabakpfeife zu tun und seine offenkundig behinderte Zunge mit mehr Porter zu netzen, was sie aber nicht geschmeidiger machte.

«Es wird viele Dinge, viele Menschen geben», fuhr er fort, «die Sie nicht verstehen. In solchen Fällen sollten Sie Ihr Urteil nicht hastig fällen. Wenn Sie lange genug leben, werden Sie herausfinden, daß diese Dinge, diese Menschen vielleicht nicht das sind, was sie zunächst zu sein scheinen. Robert», sagte er und beschloß diese höchst sonderbare Vorlesung, «Ihr Robert ist, glaube ich, solch ein Mensch.»

Ich muß beunruhigt oder verwirrt dreingeblickt haben – in der Tat war ich beides –, denn jetzt brach er in Gelächter aus.

«Sir?»

Er legte einen Buben vor mich auf den Tisch, dann eine Dame.

«Doppelt Bezigue, Cautley!» Sein Gelächter entließ Rauch aus den Tiefen seiner Lunge und machte die Deckenbalken beben. «Fünfhundert Punkte!» Er nahm mein Geld entgegen, eine weitere halbe Krone. «Lassen Sie sich durch meinen Rat geleiten», sagte er einen Augenblick später, «und ich garantiere Ihnen, Sie werden nicht in die Irre gehen.»

Worüber er da sprach, ob über Robert oder das Bezigue-Spiel, dessen konnte ich mir nicht sicher sein. Immerhin wollte er über das vorherige Thema nichts weiter sagen. Vielmehr schien es, daß er sehr viel lieber über seine Arbeit für Lord W— sprechen wollte, zu welchem Thema er unsere Unterhaltung jetzt steuerte. Nachdem der Gastwirt uns noch einen weiteren Krug Porter gebracht hatte und wir unsere Pfeifen erneut an dem Feuer entzündet hatten, das an unserer Seite prasselte, erklärte er, daß Lord Shaftesbury in den *Characteristicks* Venus als angemessenes Sujet der Malerei verboten habe. «Es sei denn», sagte er und hängte dem Verbot dieses berühmten Earls seine Bewertung an, «es sei denn, der Künstler wolle die Gefahren darstellen, ihren sexuellen Verlockungen zum Opfer zu fallen.» Er blies einige Sekunden lang Rauch gegen die hölzerne Decke, ehe er ausrief: «Welch ein Blödsinn!»

Als er erklärte, wie er selbst schon vor langer Zeit die Maxime dieser besonderen Philosophie aufgegeben und eine ganze Reihe Bilder dieser «höchst gefährlichen Göttin» (wie er sie nannte) gemalt habe, erinnerte ich mich der vielen Venusgestalten, die ich im Saal der Royal Academy gesehen hatte. Fast hätte ich ihn da nach ihnen gefragt, aber mit der Ankunft eines dritten Krugs Porter hatte das Thema gewechselt und Sir Endymion ein früheres Lieblingsthema wieder aufgegriffen, indem er beschrieb, wie die Universalessenz am besten gewürdigt werden könne, wenn das Modell der «örtlichen und zeitlichen Besonderheiten wie Juwelen, modischer Perücken und – jawohl, mein lieber Junge – der Kleidung» beraubt wäre. «Besonders vielleicht der Kleidung», flüsterte er und lehnte sich vertraulich zu mir herüber, so daß ich jetzt die Mischung von Tabak und Porter in seinem Atem riechen konnte. «Die Wahrheit, die ich suche, ist eine *unbekleidete*; denn jede Bekleidung, Cautley, ist eine Verkleidung, eine Maske, die Essenz der *Täuschung*.»

Ich fühlte mich an Toppies Bemerkung zu diesem Thema erinnert, und auch an Sir Endymions physiognomische Bemerkungen über die Silhouette als das Bild, das am vollkommensten den Charakter des Modells enthülle. Ich wollte gerade damit beginnen, dieses zweite Thema mittels eines Vergleichs auszuweiten, als mir nicht zum ersten Mal auffiel, daß Sir Endymion kaum der strengste Anwender seiner eigenen Lehren war, insbesondere, was Kleidung anging.

Habe ich vielleicht schon beschrieben, welche Figur mein Meister machte? Nein – ich glaube nicht. Was soll ich über ihn sagen? Falls irgendwo ein schöneres Exemplar des Geschöpfes Mann aus der Form geschlagen worden ist, müßte ich es erst mal sehen. Der erste Eindruck, den ich über den Kartentisch hinweg bei Lord W— s Ball gewonnen hatte – nämlich, daß man aus seinen schönen Zügen die Anzeichen einer freundlichen Gesinnung herauslesen konnte – hatte sich bei vielen Gelegenheiten bestätigt: Die Stirn erhob sich senkrecht über den wohlgeformten Brauen, die Nase war von leicht römischem Charakter; der zusammengepreßte Mund; die ausdrucksvollen Augen – diese Züge kennzeichneten ihn als einen Gentleman von Entschlossenheit, Freundlichkeit, Charme, Wärme, Intelligenz, Großzügigkeit. Doch muß man zugeben, daß diese schönen Züge allzuoft undeutlich waren, selbst in den Augenblicken gelegentlicher Entspannung – wie zum Beispiel jetzt –, durch eine dicke *maquillage*, die einigen der aufs verschwenderischste mit Schönheitspflästerchen beklebten und bemalten alten Vetteln gerecht geworden wäre, welche ihn in Chiswick besuchten. Darüber hinaus zeigte er persönliches Gefallen an feiner Kleidung – jenem Flitterkram, den er an diesen Modellen so verdammte. Kurz, in seinem eigenen Fall war er keineswegs ein Anhänger griechischer Einfachkeit, und während sein *armoire* zwar nicht gerade der eines Dandys war – die Art von Garderobe enthielt, wie sie zum Beispiel Mr. Larkins oder Robert trugen –, konnte er in seinem erschöpfenden Repertoire doch sicherlich mit dem von Toppie wetteifern.

Als er nun über die Täuschungen durch Kleidung herzog, tat er das in dem auffälligen Glanz einer schwarzseidenen Beutel-Perücke, die mit grünem Puder getönt war und von einer rubinroten Schleife gehalten wurde; einem weinroten Seidenrock mit entsprechender Weste, beide bestickt und mit goldenen Knöpfen versehen; olivgrünen Kniehosen mit smaragdgrünen Haltern und einem hochpolierten Paar Ochsenzungenschuhen mit hohen blutroten Absätzen. Ein kräftiger Duft, der mir von unserem Besuch im Geschäft des Königlichen Parfumeurs als «Foolish Pleasures» erkennbar war, ging mit solcher Eindringlichkeit und in einem solchen Radius von seiner Person aus, daß selbst Gentlemen an der fernsten Wand der Taverne gelegentlich ihr Rauchen und Trinken unterbrachen und mit spöttischen Gesichtern in der Luft herumschnupperten.

«Die Griechen glaubten», fuhr er jetzt fort, «daß der von seiner Gewandung entblößte Körper – also der nackte Körper – aufs wirksamste einander entgegengesetzte Zustände miteinander versöhnt, indem er sinnliche Form mit der Vernunft der mathematischen Ordnung zusammenbringt, die sie kennzeichnet, und diese Ordnung zu einem vollkommenen Entzücken der Sinne führt. Weist unsere Kleidung eine mathematische Ordnung auf?» fragte er mich, indem er auf seine eigene Weste und die Kniehosen niederblinzelte. «Nein – ich glaube kaum, vor allem nicht in den Händen jener Stoffverhunzer, die man als englische Schneider kennt. Aber der menschliche Körper! Ah – sicherlich die Höhe der Vollkommenheit! Die Handschrift des Allmächtigen! Das *beau idéal*! Das menschliche Gesicht – die *belle tournure* der schönsten Exemplare! Schon vor langer Zeit hat der römische Architekt Vitruvius daran geglaubt, daß die idealen Proportionen der menschlichen Gestalt eine perfekte Geometrie besäßen, deren Kurven und Dimensionen im Himmel beschrieben seien. Ähnlich argumentiert Platon im *Timaios*, daß alle Einzelteile der materiellen Welt – einschließlich des Körpers – Abbildungen jener höheren Formen sind, die es gibt» – seine Konsonanten verwirrten sich wieder, und seine Volkale entwichen ihm durch die Nase – «die es in der spirituellen Welt gibt ...»

Ich vermute, daß diese Philosophie einen Verbündeten im Verfasser des *Compleate Physiognomist* gefunden haben würde, der in seinem zweiten Kapitel – durch das ich mich kürzlich gekämpft hatte – die Hypothese vorbringt, daß jedes Muttermal am Körper, alle Pockennarben, Warzen und Sommersprossen von höchst sinnreicher kosmischer Bedeutung seien. Bevor ich jedoch Zeit fand, darüber weiter nachzudenken, hatte Sir Endymion einen kleinen Gegenstand aus der Westentasche hervorgezogen und ihn mir ungeschickt in die Hand gedrückt. Hierbei erweiterten sich seine Pupillen, und die Augenbrauen stiegen so hoch auf seiner bewundernswert senkrechten Stirn empor, daß sie fast unter der grüngetönten Beutelperücke verschwanden.

«Die Griechen und Römer – zum Beispiel der große Phidias – zogen in ihren Darstellungen den männlichen Körper vor», sagte er, «aber, wie Ihr Mr. Hogarth sagt, ‹übersteigt die Schönheit eines weiblichen Körpers die eines Mannes›. Machen Sie es auf.»

«Sir?»

Einer seiner farbenverschmutzten Finger wies auf das Objekt in meiner Hand, das ich mir jetzt zum ersten Mal ansah: ein zinnerner Anhänger von jener Art, die mir Eleonora bei unserer ersten Begegnung an den Kopf geworfen hatte.

«Ich bitte Sie, machen Sie es auf.»

Als ich kurze Zeit später wieder in meiner Wohnung war – der Kopf drehte ich mir sowohl vom Trinken wie vom Anblick der Miniatur –, entdeckte ich, daß zwei Briefe auf mich warteten. Der erste, von Pinthorpe, berichtete weitere absurde, aber beunruhigende Neuigkeiten, die kaum geeignet waren, meinen aufgeregten Geist zu beruhigen. Denn jetzt vertrat mein Freund die Ansicht, daß nicht nur die Menschen um uns herum reine Erfindungen unserer Einbildungskraft seien, sondern daß auch, wenn ich ihn recht verstand, das wahrnehmende Ich seiner eigenen Identität unsicher sei. Diese absurden Behauptungen seien, wie er geltend machte, von einigen hervorragenden britischen Philosophen klar erwiesen worden.

«*David Hume*», begann der Brief, «berichtet uns in seinem *Treatise of Human Nature* (Buch I, Teil IV, Abschnitt 6), daß der Geist ein *Theater* sei, auf dem unsere Sinneseindrücke von der Welt ebenso wie Kulissen und Hintergründe hin und her schweben und gleiten und weben und auf und nieder steigen, so, wie die Wachslichter flackern und sich vor den Zuschauern verändern: nämlich vor unserem wahrnehmenden Ich. Mr. Hume beobachtet, wie wir höchst unlogisch diesen Objekten unserer Wahrnehmung *Identität* und *Gleichheit* zubilligen – kurz: diesen Menschen, oder wie wir sagen könnten: diesen Schauspielern, die in die ständig wechselnde Beleuchtung der Bühne hineinplatzen, um über die Bretter zu stolzieren und sich dann in die Kulissen zurückzuziehen, nur um immer und immer wieder aufzutreten und scheinbar die gleichen zu sein. Das will heißen, daß, wenn wir heute unseren Freunden Peter und John auf der Straße begegnen, wir natürlich annehmen, es seien dies dieselben Freunde Peter und John, mit denen wir gestern verabredet waren, uns um diese nämliche Stunde des Vormittags zu treffen. *Aber*, fragt Mr. Hume, warum behaupten wir, daß es *dieselben* Peter und John seien? Auf welcher Grundlage und aus welchem Grund räumen wir unseren Freunden eben dieselbe Identität ein? ‹Es ist sicher›, schreibt dieser Philosoph in seinem *Treatise* (Buch I, Teil IV, Abschnitt 7), ‹daß es keine dunklere Frage in der Philosophie gibt als die der Identität.› Es besteht kein guter Grund, bemerkt er, zu behaupten, sie seien dieselben Personen, da wir dafür keinen Beweis erlangen können; und unsere Vermutung betreffend ihre Identität ergibt sich vielmehr lediglich aus unserer *Einbildungskraft*, aus dem, was er eine ‹Fiktion fortgesetzter Existenz› nennt, mit der wir uns beruhigen müssen angesichts des beständigen Wandels.

Doch endet, George, das Problem der Identität hier nicht», fuhr dieses erschreckende Sendschreiben fort, «denn wir haben das klaffende Loch zu erwägen, das Mr. Humes philosophischer Vorgänger, *John Locke*, geschlagen hat. In seinem Prinzip der Identität (*Essay*, Buch II, Kapitel XXVII) erklärt Mr. Locke, daß weder ein Ding zwei Anfänge haben kann noch zwei Dinge einen Anfang. Dennoch aber stellt er fest, daß, weil die menschliche Identität vom Selbst-Bewußtsein abhängt, die nämliche Person durch Zufall oder irgendein anderes Unglück sich so verändern kann – beispielsweise aus Gründen des Verrücktseins, der Trunkenheit, einer Gedächtnisverlust verursachenden Verwundung des Gehirns oder auch durch Schlaf oder das Vergehen der Zeit –, daß sie als eine *vollständig andere Person* erscheint. (Gedenke des verblüffenden Falls von Saul auf der Straße nach Damaskus.) Wenn die Persönlichkeit, wie Mr. Locke sagt, nicht aus Substanz, sondern aus Bewußtsein besteht, das sich ständig ändert, dann muß auch die Persönlichkeit sich ständig ändern. Und wenn kein Mensch heute dasselbe Bewußtsein besitzt, über das er gestern verfügte, wie kann er dann *sich selbst* kennen, geschweige denn Peter oder John? So behauptet denn der Deist *Anthony Collins*, daß für Mr. Locke die menschliche Identität unbeständig und vergänglich ist, ‹daß sie lebt und stirbt›, wie Mr. Collins argumentiert, ‹ständig beginnt und endet: daß niemand auch nur während zweier Augenblicke dieselbe Person bleiben kann.› Locke, könnte man sagen, gibt uns keinen Schlüssel zur Identität, denn Persönlichkeit ist in seiner Darstellung ständigen *Metamorphosen* unterworfen und nicht die gleiche von einem Tag – oder einer Stunde oder einer Minute – zum oder zur anderen.»

Daß ein Mensch zwei verschiedene Personen sein kann! Als ich die Abhandlung halbwegs durchhatte, begann ich wechselweise zu schnauben und zu kichern, und dann schließlich darüber nachzugrübeln, wie sich die Identität jenes Pinthorpe in der winzigen Pfarrei in Somerset aus der Identität jenes Pinthorpe, den ich in Shropshire gekannt hatte, möglicherweise verwandelt haben könnte – was heißt, der erstere war gänzlich verrückt geworden und also, wie Mr. Locke vermutlich argumentiert haben würde, seinem früheren Ich völlig ungleich. Ich grübelte auch über die Identitäten dieser sonderbaren Philosophen nach – wie sie ohne Essen und hohläugig in windigen Mansarden gehaust haben müssen, in geflickten Kleidern und verdrehten Strümpfen; wie sie in den Straßen herumgestolpert sein müssen und immer wieder mit Personen zusammengestoßen und von ihnen verflucht worden sind, an deren Existenz zu glauben sie sich störrisch weigerten, geschweige denn sie anzuerkennen.

Dann zerknüllte ich den Brief und schob ihn rasch beiseite – zusammen mit meinen Erinnerungen an die Carv'd Balcony Tavern –, als mein Blick auf den zweiten, willkommeneren Brief fiel, der in einer wohlbekannten verschlungenen Handschrift geschrieben war. Auf dem Blatt – das nach einem süßen Parfum duftete – bot Lady Beauclair ihre Komplimente dar und unternahm «die aufrichtigsten Entschuldigungen dafür, unsere Verabredung nicht einhalten zu können». Sie machte geltend, daß es ihr «von Herzen leid tut, denn nichts wäre für mich weniger wünschenswert, als Sie zu enttäuschen». Sie bat um Verzeihung und darum zu verstehen, daß «lediglich ein Ereignis dringlichster Art, mich davon abhalten konnte, unsere Verabredung einzuhalten». Schließlich versicherte sie mir, daß sie gesund sei, dankte mir aufs anmutigste für meine Besorgnis und wollte gerne wissen, ob wir uns morgen abend um neun Uhr treffen könnten.

«Jeremiah!»

Als ich in seine Kammer stolperte, erhob sich Jeremiahs Gesicht von seinem Kissen.

«Jeremiah», sagte ich und wedelte mir mit dem crèmefarbenen Papier unter dem Kinn hin und her wie mit einem Damenfächer, «wer bitte hat diesen Brief abgegeben?»

«Ein Gentleman, Sir», erwiderte er.

«Derselbe Gentleman wie zuvor», fügte Samuel hinzu, dessen weißes Gesicht sich ebenfalls von seinem Kissen erhob. «Ich würde ihn sicherlich überall wiedererkennen! Ausgesprochen ansehnlicher Kerl», sagte er, «ausgesprochen gut angezogen.»

Früh am Morgen schickte mich Sir Endymion zu Mr. Middletons Laden in der St. Martin's Lane. Ich war von Haymarket bis zum Königlichen Theater hinaufgegangen, als ich erkannte, daß die Straße, da Markttag war, von einem Dutzend Heuwagen blockiert wurde, und, schlimmer noch, von rund hundert Menschen, die hin und her wogten, wie die Feiernden in Pancras Wells. Als ich mich darauf einstellte, einen Umweg durch die Panton Street zu machen, fiel mir plötzlich ein, daß ich vergessen hatte, Geld für die Farben mitzunehmen, die wenigstens einige Guineas kosten würden.

Während ich mein Mißgeschick verfluchte, denn es war ein kalter Tag, und die ersten Tropfen eines eisigen Regens hatten unmittelbar zuvor meine Stirne besprüht, machte ich auf dem Absatz kehrt und stapfte zurück in die St. Alban's Street. Ich kehrte mit einigem Widerstreben zurück, denn an diesem Tag war Sir Endymion mir gegenüber ziemlich schroff gewesen, vielleicht als Folge seines reichlich unmäßigen Genusses von Erfrischungen am Vorabend. Oder vielleicht wegen der Art, in der ich Robert angegriffen hatte? Vielleicht waren sie Freunde, einander liebe Gefährten. «Unerfreulich», «unhöflich»; zweifellos war ich da zu weit gegangen. *«Unangenehm»* – was beim Teufel hatte mich dazu getrieben? Kein Wunder, daß mein Meister so eifrig darauf bedacht gewesen war, mich an diesem Morgen aus der Tür zu scheuchen!

Oder vielleicht – ich erwog das jetzt, während ich durch die Market Lane schritt, die von Fuhrleuten noch überfüllter war –, vielleicht war es statt dessen meine Shaftesburysche Antwort auf den Anhänger gewesen? Ich schloß meine Augen und sah das Bildnis erneut so deutlich, als wenn es auf die Innenseiten meiner Lider gemalt worden sei. Ich mußte den Kopf schütteln, um es wieder loszuwerden. Ich fragte mich, ob ich es nur geträumt hätte.

Hatten die ungezählten Becher Porter auf irgendeine Weise dieses beunruhigende Bildnis in mein Gehirn gebracht? Was ich gesehen hatte, schien nicht möglich zu sein. Daß Sir Endymion, der das Antlitz unseres Königs gemalt hatte – daß *er*, ein Mann von solchem Genius, mein Meister, so etwas gemalt haben sollte!

So unvereinbar war die Miniatur mit der *Schönen Mansardenbewohnerin* oder der *Göttin der Freiheit*, daß ich mit Pinthorpe und Mr. Hume fast glauben mochte, daß eine Person in der Tat Tag für Tag ihre Identität verändere; daß der Sir Endymion, den ich kannte, auf irgendeine Weise entwichen war, sich verändert und gedreht hatte wie ein Meisterposeur und sich mir dann in der fremdartigen und neuen Form des gestrigen Abends präsentiert hatte.

«Noch wissen Sie weder wie», hörte ich seine Stimme erneut, «noch haben Sie das Recht, die Welt zu beurteilen. Sie sehen nur die Erscheinungen, nicht aber die Substanz, die unter ihnen liegt . . .»

Da Sir Endymion mich mit einem eigenen Schlüssel ausgestattet hatte, öffnete ich jetzt die Tür und begann, die enge Stiege hinaufzusteigen. Was wäre wohl geschehen, habe ich mich später gefragt, wenn ich mir wie üblich den Kopf an dem Balken gestoßen und daraufhin vor Schmerz geschrien hätte? Oder wenn ich den Fuß unversehens auf die nicht existierende zwanzigste Stufe gestellt und mit lautem Gepolter kopfüber hinab zum Fuße der Treppe gestürzt wäre? Dadurch hätte ich sicherlich Sir Endymion ausreichende Warnung zukommen lassen; und dann hätte ich sicherlich, als ich oben ankam, nicht gesehen, was ich sah: ein schlimmeres Bild, das jenes aus dem Anhänger aus meinem benommenen Gehirn vertrieb.

Doch weder stolperte ich, noch schrie ich, und ich war es, nicht Sir Endymion, der die Geräusche hörte – wie Schreie klangen sie, dann ein heftiger Schlag; oder vielleicht, dachte ich, das Geräusch von etwas, das auf den Boden geworfen wurde, gefolgt von weiteren Schreien.

Ich stieg rasch, zwei Stufen auf einmal, und als ich die letzte krumme Kehre erreichte, wurde mir klar, daß die Schreie die eines Mannes waren – von Sir Endymion.

«Jetzt geschieht es», sagte ich mir, «sie bringt meinen Meister um! Diese Teufelin bringt meinen Meister um!»

Ich griff nach der kleinen Kohlenschaufel, die bei der Tür lag, und sprang dann hinein in das Atelier, wie üblich, den schiefen Boden hinunterstolpernd. Das Zimmer war leer. *Die Göttin der Freiheit* stand auf der Staffelei und roch nach Terpentin und Königsgelb, über welchem Geruch ich das kräftige und ausgeprägte Bouquet der «Foolish Pleasures» ausmachen konnte. Mehr Schreie, reichlicher und eindringlicher jetzt. Die beiden waren, so schien es, in der kleineren Kammer aneinandergeraten. Ich stürmte hinein, mit erhobener Schaufel.

So groß war das Getümmel, daß während einer oder zwei Sekunden keiner der Teilnehmer an dem stürmischen Kampf mein Kommen bemerkte, und ich hatte es fast geschafft, mich mit gesenkter Schaufel zurückzuziehen, als das Leinen, das die um sich schlagende Zweisamkeit bedeckte, unter der Gewalt irgendeiner heftigen Geste beiseite flog. Es enthüllte meinen entsetzten Augen ein schockierendes und unkeusches Tableau – das Bildnis auf dem Anhänger wurde lebendig, von der rautenförmigen Tür eingerahmt. Denn durch diese ungelegene Enthüllung wurde ich Zeuge des Anblicks, wie mein Meister sich über die Pritsche beugte, sehr ähnlich der Haltung des Sextus Tarquinius, jedoch minus des Leinenhemdes und der roten Schärpe; und tatsächlich minus jeglicher Bekleidung, einschließlich seiner Perücke, in deren Abwesenheit sich sein Schädel als völlig kahl erwies. Seine Lucretia – ich konnte den Blick von diesem Schauspiel nicht abwenden – krümmte sich unter ihm, gleichermaßen von allen Verhüllungen befreit, ihre weißen Glieder und ihr noch weißerer Rumpf völlig sichtbar, einschließlich jener besonderen Bühne der drängendsten Freuden meines Meisters, die, als sie übereinander stürzten, seinen Herrn willig empfing.

Solch einen Anblick bot sie dar! Nicht die plumpe Venus mit ihrem vollen Bauch, den wogenden Hüften und den ballonförmigen Brüsten – sondern eine magere Person, deren Busen höchst sparsam gebildet war, deren hervortretende Rippen ihren engen Rumpf umklammerten wie die gespreizten Fingerknochen einer Hexe oder Zauberin und deren Schultern die ausgedehnten und weißen Stränge von Narben trugen, die, wie es schien, vor langer Zeit eine Peitsche zugefügt hatte. Das Leben glich wahrhaftig nicht der Kunst! Und doch bewegte – bemerkenswert – und wand sich Eleonora trotz all ihrer Fragilität ebenso kraftvoll wie ihr Partner, verfügte über all jene Energien, die normalerweise wütenden Ausfällen mit dem Stocheisen vorbehalten waren, und verwandte sie für einen neuen und ganz andersartigen Zweck. Während sie das tat, breitete sich ihr gelbes Haar wie ein Fächer über den Strohsack, und ihr Kopf bewegte sich von Seite zu Seite, als ob sie durch ihre geschlossenen Augenlider ein Tennisspiel verfolge, das mit rasender Geschwindigkeit gespielt wurde. Ihr sich hin und her drehendes Gesicht war mir kopfüber zugewendet, und ihr Mund stieß so erschreckende Geräusche aus, wie ich sie niemals aus der Kehle einer Frau vornommen hatte.

«Ah, guter Sir», schrie sie, «schont mich nicht – schont mich nicht, Sir – oh! oh! oh! *oh*!»

«O du Schlampe», kam meines Meisters Antwort zu allem hinzu, «o du Hure, du sollst es jetzt bekommen, beim Himmel!»

Ich trat zurück, den Blick immer noch auf diesen höchst erschreckenden – und zugleich höchst faszinierenden – Anblick geheftet; als aber Eleanora beim Knarzen meiner Schuhe ihre Augen aufschlug, gab sie einen Schrei von sich, dessen Timbre – ganz anders als seine freudvolleren Vorgänger moduliert – dazu diente, Sir Endymion aufzuschrecken. Seine Schreie und Bewegungen hörten auf, als sein nackter Kopf – dessen Schädel wie der Rücken einer Taube gefleckt war – sich vor mir erhob mit empörtem, beschämtem und überraschtem Ausdruck, alles zugleich. Doch sein Gesichtsausdruck hätte nicht empörter, beschämter und überraschter sein können als mein eigener, denn mein Meister bot einen noch beunruhigenderen Anblick feil als seine Dame. Während ich entsetzt auf dieses Schauspiel glotzte, konnte ich nur noch denken: ach Vitrivius – ach Phidias –, *wie habt Ihr Euch geirrt*! Denn da gab es nichts von Vollendung am nackten Körper meines Meisters, der da jetzt vor mir hin und her schwabbelte und zappelte, von den Taubenflecken auf seinem kahlen Schädel bis zu seinem Hintern – rot wie der eines jeden Pavians und schrumpelig wie eines alten Mannes Hosen.

«Meine Perücke!» schrie diese nicht wiederzuerkennende Gestalt, als sie sich nach der hübschen rosafarbenen Beutelperücke ausstreckte, die auf dem Nachtstuhl ruhte. «Meine Perücke, Mann – um Gottes willen, *gib mir meine Perücke*!»

Ich ging langsam zur St. Martin's Lane und kaufte die Farben von Mr. Middleton auf Kredit. Dann ging ich noch langsamer zurück.

Noch wissen Sie weder wie, hörte ich indessen Sir Endymions Stimme im Innern meines Kopfes sagen, noch haben Sie das Recht, die Welt zu beurteilen ...

Hatte ich nicht? Nein. Ja. *Nein.* Ich wußte es nicht. Ich wußte nur, daß der Schleier, der vor zwei Stunden herabgeglitten war, mir mehr enthüllt hatte als zwei um sich schlagende Körper: etwas von den großen Verworrenheiten dieser Welt. Mein Kopf wirbelte jetzt vor Verwirrung, als wäre ich auf der Spitze eines schlagenden Windmühlenflügels, der sich so schnell drehte, daß ich weder sehen noch fühlen, noch denken konnte.

«Sie sehen nur die Erscheinungen, nicht aber die Substanz, die darunterliegt ...»

Neunzehn

Nach der großen Uhr auf dem mit Arkaden versehenen Glockenturm von San Giacometto war es nach sechs Uhr am Abend, als an einem warmen Abend im frühen Frühjahr des Jahres 1720 ein Gentleman einen kleinen Laden auf der Rialto-Brücke betrat. Der Besitzer, Domenico Belloni, wollte gerade die Tür und die Läden seiner Schaufenster schließen und hatte seinen Gehilfen, Cametti, bereits entlassen. Zu dieser späten Stunde war das Auftauchen des Gentleman – tatsächlich eines jeden Kunden – etwas Besonderes, denn das Geschäft war den ganzen Tag lang schlechtgegangen. Belloni hatte für den Rest der Woche – in der Tat für den Rest der Saison – keine weiteren Kunden erwartet – denn wenn die Fastenzeit nur noch wenige Tage entfernt war, pflegte sein Geschäft immer einen Niedergang zu erleiden, der vermindert bis zum Himmelfahrtstag andauern würde, mit dem der Karneval schließlich wieder begann. Dieser Einbruch in Signor Bellonis Geschäften läßt sich leicht erklären, denn sein Handel bestand aus Masken und Maskenkostümen – also aus Verkleidungen. Und selbst in Venedig hat der Hunger nach Verkleidungen seine seltenen Momente des Rückgangs.

Da es jetzt nach sechs Uhr war, hoffte Belloni, der Kerl würde seinen Laden ebenso unvermittelt wieder verlassen, wie er ihn betreten hatte. Er wünschte sich im Augenblick nur, seine Tür zu verschließen, die Brücke zu überqueren und im Schatten eines Baldachins einen Kaffee zu trinken und eine Pfeife spanischen Tabaks mit dem alten Grossi zu rauchen, dem Perückenmacher, dessen Geschäft ähnliche saisonbedingte Einbrüche und Verluste erlitt und ihn dadurch zu einem Gefährten machte, der keine Vorwürfe äußerte und mit dem man gemeinsam feiern oder klagen konnte. Nach zehn Minuten Geplauders – heute würden sie das mäßige Geschäft beklagen – würde er die Asche aus seiner Pfeife in den Kanal klopfen, Grossi auf Wiedersehen sagen und die Wanderung zu seiner Wohnung in der Nähe des Campo San Polo beginnen.

Er kannte den genauen Weg, dem er folgen würde, hatte er ihn doch schon seit dreiunddreißig Jahren mit wenigen Abweichungen beschritten. Nachdem er Grossi an der Brücke allein zurückließe, würde er entlang der Riva del Vin gehen, wo der Gestank des Kanals sich mit den Düften der Traubenlager in den *fondachi* und der Weinfässer mischte, die aus festgemachten Gondeln entladen wurden. Dann würde er den meist leeren Campo San Silvestro überqueren und fünf Minuten später die Fondamenta della Tette erreichen, die nicht ganz so leer sein würden. Denn hier würden einige Damen sich über ihre Balkone lehnen und unverfroren jene Objekte bloßlegen, von denen die Fondamenta ihren Namen erhalten hatte.

– Signor Belloni, würde die eine sagen, während sie diese Artikel ihres Handels ausstellte, wollen Sie heute nacht mit mir ins Bett gehen?

– Signor Belloni, würde eine andere in kläglichem Ton fragen, warum lassen Sie mich denn allein schlafen?

– Wir sind so einsam, Signor Belloni . . .

Mit bescheiden gesenktem Haupt würde der kleine Kostümverleiher zum Campo San Polo hasten, wo er ihr krächzendes Gelächter nicht länger hinter sich hörte. Doch wie verlegen ihn diese kühnen

Zurschaustellungen auch immer machen mochten, als Händler und als Lieferant von Illusionen verstand Belloni das freimütige Versprechen nur zu gut, das diese offenen Blusen andeuteten. Denn wer mochte wohl das Überhandnehmen von Hochstapelei und Verstellung besser verstehen als einer, der Gentlemen beim Kauf von Korsetts, Unterröcken und karminroten Manteaus mit Quasten und Schichten von französischen Spitzen beriet oder wunderschöne Damen mit seidenen Westen, samtenen Kniehosen, Stulpenstiefeln und burgunderroten Röcken mit geflochtenen Epauletten und goldenen Verschnürungen schmückte?

Zu dieser Stunde würde der Campo San Polo immer noch gedrängt voll sein, und Belloni würde gezwungen sein, sich an seinen Ecken vorbeizudrücken und sich an die Pilaster und Erkerfenster zu pressen, die sich vor den gewaltigen Massen der *palazzi* befanden. Und wie immer würde er über das, was er sah und hörte, höhnisch grinsen. Solch ein Gelärme! Solche Narrheit! Als Hanswurst verkleidete Akrobaten und Jongleure, Schlangenmenschen; ein Marktschreier, der auf einem Weinfaß hockte; ein Gentleman, der Steine verschluckte; Käfige mit Tigern oder Zwergen; zwei Burschen, die auf Stelzen über das Steinpflaster schwankten; zwei andere in grellroten Hosen, die einen Bullen reizten, der am Ende seines kurzen Stricks wütend schnaubte. Und dann die übliche Gruppe der Maskierten: Ehemänner, die ihren Frauen nachspionierten; Ehefrauen, die ihren Männern nachspionierten; oder beide beim Versuch, der Aufmerksamkeit des anderen zu entgehen. Belloni hatte keine Zeit für solche Frivolität: Jeder, der närrisch genug war, dazustehen und diesen Wahnsinn anzugaffen, verdiente es nicht besser, als eine Viertelstunde später seine Börse zu öffnen und zu entdecken, daß der Inhalt von gerissenen Kerlen geleert worden war, die sich jetzt inmitten der arglosen Maskierten drängten. Nun war es nicht so, daß Belloni nicht auch von Zeit zu Zeit am Rande des *campo* stehenblieb, aber sein Interesse war natürlich nur streng professioneller Natur, die Bewunderung für ein besonders Kostüm, das ihm in den Blick geraten war: der türkische Janitschar zum Beispiel, der vor der Kirche vorüberging, oder der sibirische Kamtschadale, der am Rande des Canàl Sant'Antonio stand. Wenn das Gewand in seinem Laden gekauft worden war, mochte er wohl insgeheim über die Handwerksarbeit schmunzeln und versuchen, deren Wirkung auf die Vorübergehenden zu erahnen. Wenn es andererseits von einem rivalisierenden Kostümverleiher stammte, würde er es je nach Qualität entweder mit Neid oder mit hochmütiger Verachtung studieren.

Solche Augenblicke, in denen er sich gestattete, an der Ecke des wimmelnden *campo* zu stehen, gewährten ihm noch ein anderes geheimes Vergnügen, eines, das in mancher Hinsicht einem Kostümverleiher die größte Befriedigung verschafft. Denn Belloni wußte bei diesen Gelegenheiten, daß er unter allen, die sich auf dem *campo* drängten, als einziger die Identität, sagen wir, der maskierten Dame erraten konnte, deren weißer Domino mit rosafarbenem Taft besetzt war, oder des Gentleman, der die Rüstung eines Conquistadors vorführte – denn natürlich hatte er diese Gewänder erst einige Tage zuvor verkauft. Er allein wußte, daß der reichgekleidete Moor, der vor dem Palazzo Maffetti-Tiépolo am Arme des bärtigen Korsaren einherschritt, in Wahrheit die blauäugige Frau eines wohlhabenden Parfumeurs war und daß ihr Begleiter, der Korsar, unter dem schwarzen Bart in Wirklichkeit ihre unverheiratete Schwester war, eine der berüchtigtsten Kurtisanen Venedigs. Er allein konnte erraten, daß es niemand anders als der Marquis von V— war, der als Mikado verkleidet der Gräfin von B—, der verschleierten Odaliske, in dem gleichen Augenblick in die Gondel half, in dem der Graf selbst mit dem Hut und in der Tracht eines Kosaken in die Schatten hinter dem Palazzo Cornèr-Mocenigo schlüpfte, mit einem jungen *carabiniere* im Schlepptau – einer englischen Herzogin, wenn Bellonis Gedächtnis ihn nicht trog.

Wer weiß, welche anderen Intrigen und Verwicklungen Belloni hätte erraten können, wäre er nur im geringsten geneigt gewesen, sich auffälliger in der venezianischen Gesellschaft zu zeigen und nicht lediglich unaufdringlich in einer Ecke des Campo San Polo zu lauern? Cametti, der junge Narr, sehnte sich nach diesen Kreisen, aber die Wahrheit war, daß Belloni die moralische Toleranz für solche Dinge fehlte. Er wußte besser als sonst irgendeiner, wie ein paar Rüschen und Falbeln zusammen mit einer einfachen Seidenmaske die Hemmungen und Zurückhaltungen der Sittsamkeit beseitigen konnten; wie sie zu Freizügigkeiten ermutigten, deren Schuld die Gesichter ihrer Eigner durch ihr Erröten verraten würden, wären sie nur so nacktgesichtig wie Gott sie erschaffen hatte. Er sah die Beweise dafür jeden Tag, oder besser jeden Abend, wenn er über den fackelbeleuchteten *campo* nach Hause zurückkehrte: Es war, als ob seine Kostüme den Menschen, die sie trugen, eine eigenartige Macht verliehen – oder vielleicht andersherum bei ihren Trägern einen *Verlust* an souveräner Selbstkontrolle verursacht hätten. Sie glichen jenen Kleidern, von denen man in Märchen las, die in abergläubischen Zeiten für Kinder niedergeschrieben worden sind: Mäntel oder Hüte, die die Macht haben, den vernünftigen Sinn nicht nur jener zu zerstören und in die Irre zu führen, die zusahen, wie sie wer auch immer anlegte, sondern auch derer, die sich so ausstaffierten. So geschah es, daß eine junge Dame, die am Vormittag schüchtern darum gebeten hatte, sich Säbel und Leopardengewand einer Amazonenkönigin ansehen zu dürfen, sich nach dem Anlegen noch am selben Abend vollständig in eine hochmütige Herrscherin verwandelte, bereit, ihren Platz in der kriegslüsternen Phalanx halbnackter Krieger einzunehmen. Die keusche Tochter eines Senators oder Ratsherrn mochte durch seine Tür rauschen und eine Viertelstunde später mit einem Gewand in der Schachtel – einer Venus vielleicht oder einer Iphigenie – wieder auftauchen, dessen tiefe *décolletage* und dessen durchsichtige Wolken aus Spitze völlig ausreichten, um einige wenige Stunden später lustvolle Schauer in die am tiefsten verankerten Streben und widerstandsfähigsten Balken weiblicher Tugend und männlicher Zurückhaltung zu jagen.

Nein, nein – dieser kleine Prometheus hatte keine Lust, das volle Ausmaß seiner Verwandlungskünste zu betrachten: Diese flüchtigen Einblicke aus dem Schatten heraus genügten vollkommen.

So würde denn nach nur wenigen Minuten solcher Beobachtungen Belloni über die Brücke hasten, die den Rio di San Polo überspannt, und kurz darauf nach einigen wenigen Wendungen und Drehungen die dunklen Kapillaren der *calli* hinab sich sicher an der Abendbrottafel gegenüber von Signora Belloni wiederfinden. Und da es Freitag war, würde Signora Belloni den Koch beauftragt haben, eine Seezunge zu braten, die am Morgen in der Lagune gefangen worden war. Es würde Rotkohl und Rote Bete geben, die man auf der Erberia gekauft hatte, eine Flasche Wein und zum Abschluß des Mahles die Süßigkeiten, mit denen er sich nach eines langen Tages Arbeit zu verwöhnen pflegte . . .

Ja, ja, mit seinem geistigen Auge konnte Belloni das alles jetzt sehen und würde es bald genug schmecken, wenn nur dieser zaudernde junge Herr rasch zu einer Entscheidung käme. Durch sein Schaufenster konnte er den alten Grossi bereits unter dem Baldachin sitzen sehen, wie er ihm zuwinkte und glücklich an seiner Johannisbrotbaumpfeife sog ...

– Kann ich Ihnen behilflich sein? Belloni erkundigte sich bei dem Gentleman in der Hoffnung, so das Verfahren auf seinem Weg zum Abschluß zu beschleunigen.

– Ich suche ein bestimmtes Kostüm, erwiderte er langsam, aber leider, Signor, scheine ich es nicht finden zu können.

– Bitte, mein Herr (denn Signor Belloni war von unfehlbarer Höflichkeit, wie ungeduldig er auch sein mochte), um welches Kostüm handelt es sich denn?

Wenn Kunden sein Geschäft betraten, war Belloni nach dreiunddreißig Jahren im Beruf fähig, ziemlich zuverlässig einzuschätzen, welche Sorte Kostüm ein jeder für das abendliche Bankett oder den *bal masqué* auswählen würde. Das heißt, er wußte im vorhinein, daß die vornehmsten Bürger – die reichen Handelsherren zum Beispiel, besonders aber jene Patrizier, deren Namen im Goldenen Buch verzeichnet waren – sich unweigerlich dazu entschlössen, sich als Küchenmädchen, Obstverkäuferin, Blumenhändler, Marktträger und Waschweib mit Morgenhaube verkleiden würden. Auf der anderen Seite würde das arme Volk – also die *wirklichen* Küchenmädchen, Obstverkäuferinnen, Blumenhändler, Marktträger und Waschweiber – natürlich wünschen, sich glänzend mit den königlichen Gewändern von Kalifen, Maharadschas, Sultaninnen, Pharaonen, Zarinnen und Admirälen auszustaffieren oder manchmal sogar mit dem *corno* und den hermelinbesetzten Roben des Dogen selbst. Und natürlich würden die kühngesichtigen Dirnen, die Damen mit beflecktem Ruf, und jene Kavaliere, die sich den grellsten Lastern hingaben, ohne Fehl die Gewänder und Skapuliere von Mönchen und Nonnen fordern, die Scheitelkäppchen und gebügelten Chorröcke von Priestern und Muftis, die langen Roben und Manipel der Kardinäle – während die Nonnen und Mönche furchtlos die Kostüme von Kupplern, Kurtisanen, Kupplerinnen, Konkubinen oder Satyrn verlangten, und manchmal sogar die roten und schwarzen Gewänder mit der Gabel des Teufels selbst.

Des Lesens unkundige Bauern würden die schwarzen Heroldsröcke und fehbesetzten Kapuzen der Akademiker bevorzugen, ebenso wie man bei gelehrten Professoren damit rechnen konnte, daß sie die Strohhüte und ausgebeulten Hosen unwissender Landbewohner an sich nehmen würden. Die Jungen? Die wählten sich die langen Bärte und die eichenen Stöcke des Alters aus, während ihre graubärtigen Vorfahren die Lätzchen, Klappern und Häubchen der Kindheit bevorzugten. Die Richter? Halseisen und Ketten von Gefangenen und Galeerensträflingen. Ärzte? Die Kapuzenüberwürfe von stolpernden Leprakranken. Und dieser Bursche...? – Das Kostüm eines ungarischen Husaren, erwiderte er schließlich, indem er die Reihen augenloser Satingesichter durchmusterte, die an der Wand hingen, ein Schauspiel, das noch jeden erstmaligen Besucher innehalten ließ.

Ja, dachte Belloni, der in der Tat vermutet hatte, es werde irgend etwas von dieser Art sein. Denn der junge Gentleman bewegte sich jetzt, da Belloni ihn mehr aus der Nähe sah, mit einer bescheidenen und unsicheren Schüchternheit durch den Laden und mit glattem Gesicht, das kaum imstande war, auch nur ein einziges Barthaar hervorzubringen. Seine Glieder, obwohl wohlgeformt, waren zart; seine Stimme war in den seltenen Augenblicken ihres Gebrauchs nicht vom männlichsten Kaliber; und er war kaum einen Zoll oder zwei größer als Belloni, der wegen einer Rückgrattuberkulose nach eigenem Begriff von kleiner Statur war. Ja, dachte Belloni, das Kostüm eines energischen und kriegerischen Husaren wurde ständig von jungen Kerlen wie diesem verlangt, jenen, die sich mittels ihrer Kleidung einiges von der Männlichkeit ergattern mußten, die ihrer Person so offenkundig fehlte.

– Ein ungarischer Husar, wiederholte Belloni jetzt. Sein Stolz als Venedigs bester Kostümverleiher war durch diese Suche angestachelt, und jetzt war er geradezu begierig, behilflich zu sein.

– Wollen Sie sich vielleicht meinen Katalog ansehen? fragte er. Er hielt etwa ein halbes Dutzend Husarengewänder zur Verfügung, alle mit unterschiedlicher Auswahl von Zubehör, Degen und Pistolen und dergleichen. Sicherlich würde dieser Knabe einen Degen wollen?

Der Gentleman zeigte keine Neigung, den angebotenen Katalog zu studieren, sondern setzte statt dessen seine Suche unter den auf

Modepuppen ausgestellten Kostümen und jenen fort, die von den Haken unterhalb der Reihen von Samt- und Satin-Gesichtern baumelten. Solch ein Suchen auf gut Glück mochte leicht den Rest des Abends und einen guten Teil des folgenden Morgens verschlingen, denn Bellonis Bestand war groß: Toreadores, tscherkessische Jungfrauen, Schäferinnen, polnische Prinzessinnen, Piraten, Zigeuner, Moskowiter, Harlekine, Pierrots aus Kaliko und mit hohen Rüschenkragen ...

– Ah, rief der Bursche nach einem Augenblick sorgfältiger Untersuchung eines bestimmten Einzelteils aus, ja, hier ist es! Ja, ja! Das muß ich haben!

Solch ein Getue um ein einfaches, pelzbesetztes Husarenkostüm und eine goldene Satin-*moretà*! Paß auf, dachte Belloni, das *ist* teuer – 150 Florin, die sich noch um ein Viertel erhöhten, nachdem der Gentleman überredet worden war, sein Gewand durch einen Degen zu vervollständigen. Belloni packte Maske und Kostüm in einen Kasten, nahm das Geld des Burschen entgegen und steuerte ihn dann hastig (endlich!) durch die Tür.

– Ich danke Ihnen, *signore*, danke sehr. Guten Abend ...

Als der Gentleman auf die bevölkerte Brücke hinaustrat, fiel Belloni ein, daß der Bursche seinen Namen nicht genannt hatte. Na ja, spielt keine Rolle; es war ohne Zweifel niemand von Bedeutung – und jetzt, ah, da saß der alte Grossi und winkte ihm zu ...

Vorausblickend, wie ihn sein Handel gemacht hatte, nahm Signor Belloni dennoch zu Unrecht an, daß dieser Gentleman vollkommen unbedeutend war. Der Widerwillen des kleinen Kostümverleihers, sich in die venezianische Gesellschaft zu stürzen, war zweifellos an seinem Irrtum schuld. Hätte er entweder zum Beispiel eine Oper im nahebei gelegenen Teatro San Giovanni Grisostomo besucht oder einen vom Grafen Provenzale gegebenen *bal masqué*, oder wäre der junge Cametti, der solchen Ereignissen beiwohnte, im Laden gewesen, dann hätte Belloni sich vielleicht durch die Kenntnis geehrt gefühlt, daß er an einen der berühmtesten Sänger Venedigs ein Gewand verkauft hatte. Wie die Dinge jedoch lagen, hätte er den Namen nicht einmal dann erkannt, wenn man ihn ihm ins Gesicht gesagt hätte; doch würde ihm bald genug, wenige Monate später, diese Kenntnis den Tod gebracht haben.

Aber als sei er lässig gleichgültig gegenüber dem, was das Schicksal bringen sollte, warf Belloni nicht einmal einen Blick in die Richtung, wo der junge Gentleman jetzt die Neigung der Brücke zur San Marco-Seite hinabging und sich dann nach links dem Durchgang zuwandte, der nach Cannaregio führt. Nachdem er einige Minuten später am Teatro San Giovanni Grisostomo anhielt, wo er morgen abend den Part des Rinaldo in einer Wiederaufführung von Händels gleichnamiger Oper singen würde, erreichte der Gentleman seine Wohnung in den oberen Etagen eines schmalbrüstigen *palazetto* hinter dem eingerüsteten Kampanile der Kirche Santi Apóstoli in dem nämlichen Augenblick, als der kleine Kostümverleiher einen Kuß auf die mollige Wange von Signora Belloni drückte. Eine Stunde später und nach einigen Waschungen in Rosenwasser, dem Wechsel der Kniehose und der Anwendung von parfümierter Stärke bei einer Perücke – einer schönen *perruque à marteaux*, die er am Vortag bei Signor Grossi erstanden hatte –, setzte er den pelzbesetzten Hut auf, legte den Umhang über, zog sich die *moretà* übers Gesicht und befestigte den kurzen Degen an seinem Gürtel.

Eine schwarze Gondel mit purpurnem Baldachin erwartete ihn an der *stazio* des Rio dei Santi Apóstoli. Der Baldachin der Gondel war mit Lampions geschmückt, und der Gondoliere in rotem Samt mit silbernen Spitzen gekleidet, der Livrée des Grafen Provenzale. Nachdem man ihm an Bord geholfen hatte, wurde der Sänger in den Canàl Grande gefahren, zurück unter den breiten Steinbogen der Rialto-Brücke, jetzt mit Feiernden gefüllt, die ihre Erfrischungen mit sehr viel weniger Zurückhaltung zu sich nahmen als die Herren Belloni und Grossi. Vielleicht durch das Schauspiel dieser lärmigen Versammlung angeregt, begann der Gondoliere eine Arie aus einer der elf Opern von Gasparo Piozzi zu singen, doch wurde das Stück so abscheulich vorgetragen, daß der Meister selbst sich zweifellos nur höchst widerwillig dazu bekannt haben würde.

– Bitte, forderte der sich räkelnde Husar, dessen Hand eine Spur durch die kalten Wasser des Kanals zog, ich glaube, daß der Graf Sie zum Rudern angestellt hat, nicht zum Singen.

Der Kerl stellte sein Gelärme ein, wandte sein Ruder verantwortungsbewußter den Wellen zu, und wenige Augenblicke später manövrierte er sie mit Stößen und Schaukeln zwischen die mit Wappen geschmückten Vertäupfähle unterhalb des Palazzo Provenzale. Der *palazzo*, einer der neueren an dieser Biegung des Kanals, war eine mit zinnenartigen Ornamenten reich verzierte Masse gegenüber der Ca'Foscari, nahe dem Campo San Samuele, auf dessen Steinpflaster sich jetzt Licht aus den Reihen der Erkerfenster ergoß. Auch die Musik von Geigen schwappte in den *campo*, und noch über diesem Oratorium, das es fast überdröhnte, lag das Gebabbel von an die tausend Stimmen. Diese Zahl mochte wohl erreicht sein, denn heute abend fand der letzte – und größte – Maskenball der Saison statt, die jährliche *festa* des Grafen Provenzale: ein Bankett, ein Orchester, Kostüme, Feuerwerk über dem Canàl Grande. Die letzte Gelegenheit einer amüsanten Zerstreuung vor dem Fasten. Und welch eine Zerstreuung! Unter den vielen Festzügen, Prozessionen, Opern, Maskenbällen und *fêtes galantes*, die den Karneval bildeten, genoß der Maskenball des Grafen schon seit langem die Auszeichnung, die spektakulärste und oft auch die berüchtigtste Episode der Saison zu sein.

– Da, sagte der Gondoliere mit einem Blinzeln, *ich* habe für den Grafen gerudert. Nun werden *Sie*, wie ich glaube, für ihn singen.

– Um Vergebung? erwiderte der Husar, aufgeschreckt dadurch, daß man ihn erkannt hatte. Wollen Sie behaupten, mich zu kennen?

– Vergessen Sie Ihren Degen nicht, *signore*. Und wieder war der Bursche ganz Bescheidenheit und Fürsorge. Erlauben Sie mir, Ihnen an Land zu helfen.

Die stazio war überfüllt von einem Dutzend anderer schimmernder Boote, deren lackierte Seiten lange Kanallandschaften widerspiegelten. Der Gondoliere half dem Sänger – sehr unsicher – auf die kurze *fondamenta*, wo sich ihnen ein Portier näherte, der zwischen einem Paar korinthischer Säulen, die die Tür flankierten, gewartet hatte. Zumindest erfüllte der Bursche die Dienste eines Portiers, obwohl er die Kleidung eines tatarischen Soldaten trug. Anders als der Gondoliere gab er kein Zeichen des Erkennens von sich.

– Bitte, *signore*, hier entlang bitte ...

Die meisten Masken befanden sich oberhalb der Stufen im großen *portego*, das die Weite des Gebäudes durchlief und nahezu den gesamten zweiten Stock einnahm. Aus diesem enormen Raum waren das Licht – einiger Dutzend Wachsfackeln in goldenen

Haltern – und die Geräusche des Oratoriums wie der Stimmen gekommen. Und hierhin geleitete der Tatarensoldat jetzt den Husaren, vorüber an ausgesuchten Nabobs, Jägern und chinesischen Mandarinen, die die Korridore durchschritten oder das halbkreisförmige Treppenhaus hinabliefen, einige rutschten im Damensitz die verschnörkelte Balustrade hinab und landeten unter kreischendem Gelächter in leuchtend kostümierten Haufen auf dem Boden.

Schließlich erreichten sie die Tür des *portego*, dessen Kaminaufsatz zwei vergoldete Cherubim krönten und dessen apfelgrüne Decke gewölbt war, das Gesims eine weiße Einfassung vergoldeter Stukkatur mit den Emblemen von Tritonen, die überfließende Urnen trugen, und Göttinnen mit Dreizack auf Seepferden. Etwas unterhalb der Urnen und der Seepferdschwänze erstreckte sich auf zwei Seiten eine Galerie mit Balustraden, deren jede jetzt mit Musikern aus dem San Giovanni Grisostomo gefüllt war, zweiundzwanzig insgesamt, die als Mohren mit Kopfschmuck aus Federn, Blumen und Edelstein kostümiert waren und planlos und fast unhörbar vor sich hin spielten.

Unter ihnen ein langes Zwischengeschoß, über dessen Geländer einige Gäste hingen, schweigend und gleichgültig, wie ermattete Hausfrauen, die aus wäschegeschmückten Fenstern im zweiten Stock ihre Kinder unten in der Straße beobachten. Unter diesen schließlich eine tobende bunte Menge, die begeisterten Gäste des Grafen.

So viele Maskierte! Oh, wie heftig beschäftigt muß Signor Belloni gewesen sein! Hier unterhielt sich beim breiten Eingang ein persischer Schah mit einem Negerpagen mit befedertem Turban, während unterhalb der Reihe von Fenstern, die den Kanal überblickten, ein türkischer Meuchelmörder mit dampfender Wasserpfeife einem livrierten Lakaien mit goldbesticktem Zweispitz höflich einen Becher Punsch reichte. Auf den Stühlen daneben genossen ein Stubenmädchen und ein Fischweib mit Kopftuch die Aufmerksamkeit eines Don Quijote und einer Zigeunerin, die einen silbernen Gürtel und ein hellrotes Tuch trug. Und überall in der Menge bewegten sich in raschelnden Seidenmänteln und schwarzen Spitzenumhängen und mit schwarzen Kapuzen weißmaskierte Dominos, sich vervielfältigende Bilder in einem zersprungenen

Spiegel. Hundert von ihnen, zweihundert, streunten durch den Raum. Wer waren diese Menschen? Heute nacht wäre selbst Signor Bellonis Ratekunst schwer auf die Probe gestellt worden. Denn der kleine Kostümverleiher wußte, daß unter all den vielen Kleidungen und Verkleidungen, die das moralische Verhalten seiner Kundschaft veränderten, dieses einfache Gewand das vielleicht machtvollste war, das Gewand für jene, die wirklich inkognito bleiben wollten, die aus ihren eigenen geheimnisvollen – oftmals ruchlosen – Gründen wünschten, unter ihren prahlerischeren Brüdern inkognito zu bleiben.

Der Husar betrat die Halle, ohne jemandes Aufmerksamkeit zu erregen, nicht einmal die der Musiker auf der Galerie, die ihn während der letzten vierzehn Tage jeden Abend in der Oper gesehen hatten. Doch zu dem Zeitpunkt, da er die Halle durchquert und eine der Punschschalen erreicht hatte, wurde sein Eintreffen von einem römischen Centurio bemerkt, der eine silberne Brünne und einen Helm mit Visier trug; doch als der Husar ihm seinen Kopf zuwandte, fast so, als habe er ihn erkannt, da blickte der Centurio rasch weg und zog sich dann in die Menge zurück.

Ein Becher Punsch, ein Tanz mit der Zigeunerin; ein weiterer Becher, ein weiterer Tanz, diesmal mit einer Schäferin. Die Schäferin war betrunken, lehnte sich sehr nahe an ihn, ihr Atem roch übel.

– Meine Herde, kicherte sie dem Husar ins Ohr, während ihr Hirtenstab hinter ihr auf den Boden krachte und einen roten Domino nur knapp verfehlte, ich fürchte, guter Herr, daß ich meine Herde verloren habe ...

Nach einem Moment des Ringens befreite eine hohe Gestalt in schwarzem Domino den Husar aus dieser Umarmung.

– Bitte nehmen Sie meine Entschuldigung an, sagte der Domino sehr förmlich. Ich brauchte einige Zeit, ehe ich Sie gesehen habe.

– Zumindest gibt es hier nicht noch mehr ungarische Husaren.

– Das wäre sehr unbequem gewesen.

– Äußerst unangenehm.

Die weiße *gnaga* – die groteske Maske – beugte sich näher.

– Hat man Sie erkannt?

– Der Gondoliere ...

Der Domino wischte mit der weißbehandschuhten Hand durch die Luft und schüttelte die seidene Kapuze.

– Der Bursche weiß viel weniger, als er glaubt.

– Nein.

– Von ihm abgesehen?

– Nein. Und Sie?

– Wer weiß? Es kümmert mich nicht, sagte der Domino mit einiger Erregung, der Spitzenschleier über seinem Mund bauschte sich leicht. Der weiße Handschuh erschien erneut aus dem Innern des schwarzen Mantels und berührte den pelzbesetzten Bauch des Husaren und wanderte dann vorsichtig aufwärts, wo sie auf keinen Widerstand traf. Jetzt?

– Ja.

– Dann gehen Sie. Sie wissen, wohin? Ich werde nachkommen – in fünf Minuten, ja? Ah! Die Stimme, hohl und gedämpft hinter Maske und Schleier, wandte sich schon jemand anderem zu, ehe noch der Husar sich mit flatterndem Pelzumhang abgewandt hatte. Ich kann mit Sicherheit erraten, wer *Sie* sind, Signora! Nicht einmal das Kopftuch eine Fischweibs kann *Ihre* bezaubernde Schönheit verbergen!

Der Husar stieg eine Treppe empor, dann eine weitere, engere, deren Stufen sich verjüngten und uneben waren. Als er oben anlangte, atmete er schwer – sowohl von der Anstrengung wie von der Erregung –, und der Boden schien sich unter seinen Stiefeln leicht zu bewegen, wie das Deck eines Bootes in schwerer Dünung. Er schwitzte in dem Husarenkostüm, und sein Atem in der Maske war laut, ein rauhes Wispern. Er blieb einen Augenblick stehen, um sich zu beruhigen, eine Hand gegen die Wand. Hier waren die Geräusche aus dem *portego* verstummt, die Beleuchtung war ärmlich, und duftende Küchenaromen – nach Zwiebeln, Knoblauch, Portulak, einer Sorte Fisch – sickerten durch den engen Korridor aus einer Küche, die sich irgendwo darüber befand, von wo auch das ferne Klappern von Töpfen, das Zischen von Dampf herrührte. Er verhielt länger, hörte jetzt Fußtritte, das schnelle Plitsch-Platsch nackter Füße, die sich durch den Korridor entfernten, um eine seiner Biegungen. Dann Stille. Er holte langsam Atem und bog um eine Ecke, an zwei Türen vorbei, seine Füße klopften auf die gewachsten Fliesen, dann wandte er sich nach links in ein Zimmer, dessen Tür er fest hinter sich schloß. Seine Hand fuhr instinktiv zum Riegel, bevor er innehielt.

Der Raum, ein Schlafzimmer, war im Vergleich zu den barocken Exzessen, die den übrigen *palazzo* kennzeichneten, bescheiden möbliert: ein von einem Baldachin überdachtes Bett mit japanischem Kopfbrett, ein kleiner *armoire*, ein silberner Kandelaber und silberne Lichtputzscheren auf einem *cassone*, ein goldgerahmter Spiegel an einer der Wände, die mit geprägten Tapeten beklebt waren. Alles recht vertraut... aber was war das? Die bestickte Tagesdecke war verrutscht, und die Kerzen, ihrer drei, waren heruntergebrannt und erfüllten das Zimmer mit einem unsicheren Licht und, eindeutiger, mit ihrem Geruch. Und da auf dem Boden: eine blaue Straußenfeder – Teil eines Kopfputzes. Das Überbleibsel eines Federschmucks?

– Hallo? er beugte sich nieder, um die Feder von dem Knüpfteppich aufzuheben. Bitte – ist da jemand?

Keine Antwort. Schatten flackerten über den *armoire* und die Tapeten an den Wänden, während die Kerze mit sanftem Zischen brannte. Die Geigen waren wieder hörbar, ihre Töne tröpfelten in den Hof; unter ihnen das schwere Trommeln einer *gamba*. Das Fenster war, wie der Husar bemerkte, offen. Er bewegte sich zu ihm hin, einem hohen Bogen mit einem kleinen Balkon, der den Innenhof überblickte. Er nahm seine Maske ab und preßte seine Nase gegen eine der verbleiten Scheiben, die in einem Winkel von dreißig Grad offenstand. Draußen befand sich, drei Etagen tiefer, ein überdachter Brunnen inmitten der Fliesen, deren Ränder ein kleiner Kräutergarten und ein eingetopfter Orangenbaum säumten. Jenseits der Mauern wurde der dunkle Kanal der Salizzada San Samuele immer wieder kurz vom Schein der Laternen erleuchtet, deren gelbes Licht flackerte und in kurzen Bögen schwang, während verhüllten Gestalten entweder zum Kanal hinab geleuchtet wurde oder in Richtung zum Campo Santo Stéfano. Die oberen Reihen der hölzernen Stände auf dem *campo*, für das Stiertreiben errichtet, waren über die dazwischenliegenden Ziegeldächer und über die dichter werdenden Atemwolken des Husaren hin sichtbar. Er begann, das Fenster weit zu öffnen, und hatte einen seiner Stiefel sacht auf den Balkon gesetzt, als die Tür hinter ihm seufzend aufging. Die folgende Brise, ein kühler Hauch, löschte fast die Kerzen, deren Flammen sich neigten, sich aufrichteten und sich erneut neigten.

– Ah, sagte der Husar und wandte sich um, als der schwarze Domino die Tür mit einem weiteren kurzen Seufzer schloß. Sie sind es.

– Wer sonst? Komm, mein Lieber.

– Aber das Bett . . .

– Ich bitte um Entschuldigung. Die Hausmädchen . . . Der Umhang zuckte mit den Schultern.

– Bitte, schließen Sie die Tür, sagte der Husar und erinnerte sich an das Trappeln von Füßen im Korridor.

Das geschah mit einem kurzen Knarren.

– Die Kerzen . . ., wisperte der Husar und wies mit den Fingern.

– Nein –, sagte der Domino. Ich will dich sehen.

Mit diesen Worten griffen die weißen Handschuhe nach oben, schlugen die schwarze Kapuze ihres Besitzers zurück und entfernten die weiße *gnaga*, wodurch dem Husar das wohlbekannte Gesicht des Grafen Provenzale enthüllt wurde. Es war ein furchterregender Anblick, fast grotesk in seiner Einmaligkeit, zweigeteilt von einem Ohr zum anderen durch ein Paar schwarzer Augenbrauen, über denen eine mächtige Stirne sich erhob, ihrerseits in verschiedenen Winkeln zerschnitten von einer Reihe dicker Falten; darunter ragte eine rötliche Römernase hervor, die über einem Paar fetter Lippen hing, von denen wiederum die obere über die untere hing. Der Kiefer war eckig, von derselben Dimension und Breite wie die gekerbte Stirn, und der Hals war kurz und gleich dick und kaum zu unterscheiden von den Schultern, über denen der rechteckige Schädel den Eindruck vermittelte, kraftvoll, aber ungenügend erhoben zu sein.

– Komm, polterte die Stimme des Grafen, als er sich die Handschuhe abstreifte und dann die Hände ausstreckte, ebenso dunkel und viereckig wie sein Gesicht. Nachdem der schwarze Dreispitz entfernt war, glomm eine schneeweiße Perücke in kräftigem Gegensatz zu den dunklen Gesichtszügen. Komm her, mein scheuer Junge.

Der Husar durchquerte das Zimmer, vier kurze Schritte, während denen Stiefel und Umhang abgelegt wurden. Als nächstes galt es, sich der Perücke von Signor Grossi zu entledigen, die auf den Teppich fiel und ihn mit einem federförmigen Muster aus weißem Stärkepuder befleckte; dann der Degen, ein gedämpftes Klappern; dann die Strümpfe, die sich wie Bänder am Boden ringelten.

– Ah, ächzte der Graf, der sich rücklings auf die Tagesdecke fallen ließ, während er mit der einen Hand seinen Ledergürtel löste und mit der anderen an den Knöpfen der Seidenjacke des Husaren herumarbeitete. Ja, mein Junge – o ja, ja, mein schöner kleiner Kerl.

– Was war das?

Der Husar saß aufrecht, die Jacke halb abgestreift, so daß sie eine Schulter entblößte so weiß wie des Grafen Perücke. Die Kerzenflammen bogen sich in einer Brise seitwärts, und die Schatten der Gestalten auf dem Bett, kaum unterscheidbar, tanzten und sprangen über Kopfbrett und Wand.

– Das Fenster ...

– Ich höre nichts, flüsterte der Graf. Die Schulter verschwand unter seiner schwarzen Hand, die dann langsam den Rest der Jacke abschälte.

– Jemand kommt, begann der Husar und dachte erneut an die eiligen Fußtritte.

– Niemand, erwiderte der Graf. Niemand von Bedeutung.

Auf der Tapete erhob sich sein großer viereckiger Schatten und schien den kleineren des Husaren ganz zu verschlucken.

Zwanzig

«Aber der Graf irrte sich», sagte Lady Beauclair, «denn da *war* jemand. Haben Sie es erraten? Ja – draußen auf dem Balkon, flach gegen die kalten Steine gepreßt. Haben Sie erraten, wer? Nein? Nun, es ist Tristano. Der Husar? Haben *Sie* geglaubt – ? Nein, nein, nein. Mein lieber Mr. Cautley, ich fürchte, Sie müssen genauer zuhören . . .» My Lady hatte recht: Ich hatte in Wahrheit nicht so genau aufgepaßt, wie ich es hätte sollen; ich war an diesem Abend ein schlechter Zuhörer und achtete weder sonderlich auf die Geschichte noch auf mein Malen. Als ich ihr etwas früher unter die Augen getreten war, hatte meine Dame sich zuerst freundlich wie bei unserem letzten Treffen erkundigt, ob ich krank sei; und tatsächlich fühlte ich mich an diesem Abend so schrecklich wie damals. Madam Chapuys Festmahl – gebratene Ente in Scheiben von Treibhausananas, ein gemischter Salatteller mit Heringen und eingelegten Essiggurken, ein Kartoffelauflauf, Wildpasteten und Ingwer-Lebkuchen – verzehrte ich gleichgültig. Nur den drei Gläsern Rheinwein war ich etwas günstiger gesonnen.

Die Gründe für meine Niedergeschlagenheit werden Sie sicherlich erraten haben. Nachdem ich die Farben gekauft hatte, war ich nicht in der Lage gewesen, in die St. Alban's Street zurückzukehren. Statt dessen ging ich Whitehall und die Parliament Street hinab, dann über die Westminster Bridge zur Südseite des Flusses. Da habe ich viele Stunden lang am Ufer gesessen, in einer Art von moralischem Schock. Tatsächlich saß ich den ganzen Tag über da, bis der Himmel dunkel wurde und der Sonnenuntergang sich wie Quittengelee über das Durcheinander der Dächer verbreitete; über die Abtei und die Admiralität, die Mauern des Banqueting House, die Schlammbänke des Flusses. Hier und da wurden entlang der Brücke und der Parliament Street die Lampen entzündet. Fackelträger erschienen, mit schaukelnden Laternen. Binsenlichter glommen fröhlich in den Tavernen und Bierschänken. Fackeln bewegten sich in sanften Schwüngen hinter der Mauer des Privy Garden hin und her. Wie ein Ertrinkender auf die Sterne starrt und keucht, starrte ich lange Zeit auf diese zitternden Funken jenseits des Flusses – diese *ignis fatuus* von London – und dachte an die Menschen, die ich kannte, oder von denen ich glaubte, sie zu kennen, und wie ich mich unsichtbar unter ihnen, hinter ihnen bewegte: wie sie sich jeden Tag mit jedem Blick oder jedem verwirrenden Lichtgeflacker veränderten gleich den Maskierten in Vauxhall oder Ranelagh Gardens und nicht mehr Gestalt oder Substanz besaßen als Handpuppen oder Schneiderpuppen. Denn, wie Sie sehen, wurde ich in diesen Dingen jetzt fast ein Skeptiker, ein überzeugter Pinthorpianer.

«Zunächst bin ich verängstigt und verwirrt», hatte Mr. Hume (gemäß Pinthorpes Brief) in seinem *Treatise* nach der verstörenden Untersuchung der Identität geschrieben, «ob jener verzweifelten Einsamkeit, in die mich meine Philosophie versetzt hat, und betrachte mich selbst als ein sonderbares ungehobeltes Monstrum, das, da nicht fähig, sich mit der Gesellschaft zu vermischen und zu vereinen, aus allem menschlichen Treiben ausgestoßen worden ist und völlig verlassen und trostlos zurückbleibt...»

Nachdem die Worte des Philosophen mir ein gutes Dutzend Male durch den Kopf gegangen waren, erinnerte ich mich plötzlich – fast schon zu spät – meiner Verabredung mit Lady Beauclair; die einzige Gesellschaft, so schien es, die mir verblieben war. Und in Panik war ich zurück zu meiner Leinwand in Richtung Haymarket gestürmt.

«Ist vielleicht Ihr Freund – Ihr Diener –», sagte sie jetzt, während sie einen Strahl roten Weines in mein Glas goß, «ist er vielleicht immer noch krank?»

«Nein, nein, es geht ihm sehr viel besser, danke», erwiderte ich. Die Wahrheit jedoch war, daß ich in diesen Tagen kaum einen Gedanken für den armen Jeremiah übrig gehabt hatte, nach allem, was ich wußte, mochte er mit dem Schwarzen Tod ringen. Oftmals während der letzten Woche hatte er – und manchmal auch Samuel – gehofft, mich in die St. Alban's Street oder nach Chiswick zu begleiten; doch indem ich ihre Hoffnungen abwies und sie von meiner Tür stieß, war ich ebenso unerbittlich und herzlos gewesen wie mein Verwandter. Denn damals, noch vor ein paar Tagen – tatsächlich noch vor ein paar *Stunden* –, war ich voll des heiteren Geistes und hatte die jungen Sharps als Stricke an der

Gondel eines großen Heißluftballons aus geölter Seide in Grundfarben betrachtet, den ich unmittelbar darauf in einen herrlichen Morgenhimmel aufsteigen lassen wollte.

«Ich fürchte, daß Sie mir böse sind», sagte my Lady in forschendem Ton.

«Nein», erwiderte ich mit schleppender Stimme, die genau die gegenteilige Meinung heraufbeschwören sollte. Denn es gab an diesem Abend noch einen anderen Grund für meine Niedergeschlagenheit und damit auch für meine kaum merklichen Fortschritte an *Eine Dame bei Kerzenschein*. Nachdem wir uns zu Tisch gesetzt hatten, fühlte ich mich in meiner Verzweiflungslaune mutig genug, meine Dame zu fragen, ob ich das Privileg genießen dürfe, sie zum Maskenball in Vauxhall zu begleiten. Sie gab zu, daß ihr diese Bitte schmeichelte, doch schwankte sie dann recht geziert, ob sie ihr nachgeben solle oder nicht. Ich bedrängte sie weiter, und dann wurde sie deutlicher.

«Ich bedaure, Mr. Cautley», sagte sie und schlug die Augen nieder, «daß ich leider nicht imstande bin, diesem Ihrem Wunsche nachzukommen.»

Mein wunderschöner Ballon krachte zu Boden, die Hunderte Yards Seide schlaff, die Seile schlapp.

«Doch muß ich gestehen», fügte sie nach einigen nachdenklichen Sekunden hinzu, «daß ich in der Tat an jenem Abend in Vauxhall erwartet werde – und so werden wir uns vielleicht dort doch *trotz allem* begegnen.»

Von dieser Enthüllung und ihrem hypothetischen Schlußteil bei weitem nicht befriedigt, war mein Geist nur um so verstörter. Ich argwöhnte, daß eine Ratte am Werk sei, nämlich Robert – obwohl ich mich nicht dazu aufschwingen konnte zu fragen, ob dieser duftübersprühte kleine Schuft die privilegierte Partei sei. Bei meiner Ankunft hatte ich natürlich das Zimmer nach Zeichen von ihm abgesucht und hatte auch in der Luft nach den Duftspuren seines Parfums geschnüffelt; aber es gab keinerlei Spuren. Doch ließ ich mich nicht überlisten: Zweifellos war sie lediglich vorsichtiger gewesen.

Ich knirschte einen Augenblick lang schweigend mit den Zähnen und ließ den Grad meines Mißvergnügens erkennen; dann, nachdem sie meine unausgesprochene Botschaft erhalten haben mußte, erkundigte ich mich, welches Kostüm zu tragen sie vorhabe.

Lady Beauclair weigerte sich standhaft, mir dessen Natur zu verraten. «Wenn ich Ihnen das erzählen würde, Mr. Cautley», sagte sie in ihrer vertrauten neckenden Art, die ich heute abend erheblich herausfordernder empfand als zuvor, «würde ich sicherlich unseren gemeinsamen Spaß verderben!»

Kokettes Weib! Ich wollte ihr sagen, daß ich nicht wünschte, unsere Beziehungen durch Regeln beherrscht oder auf lärmenden Maskenbällen durch Masken und Verkleidungen getrennt zu sehen. Ich wollte ihr sagen, wie sehr ich mir wünschte, daß wir beide offener und ungekünstelter miteinander umgingen; daß wir unseren Umgang auf einem kraftvollen Gibraltar aus Glauben und Vertrauen gründeten und nicht auf Kniffen und Intrigen: Denn das Leben wie die Kunst sollten nicht von Künstlichkeit und Betrug geleitet werden, sondern vielmehr von Wahrhaftigkeit und aufrichtigsten Absichten beherrscht sein, von einer Treue zum Universalen, zum Idealen und zur inneren Gestalt der Dinge. (Wie Sie sehen, war ich doch trotz allem noch kein wahrer Pinthorpianer.) Aber traurigerweise diente meine alte Philosophie jetzt dazu, mich an ihre spektakuläre Widerlegung durch meinen Meister zu erinnern, der doch scheinbar ihr größter Befürworter war; und so sagte ich abermals nichts.

Ich fühlte die Blicke meiner Dame auf mir, während ich ein paar nervöse Farbkleckse auf die Leinwand brachte. Kein Zweifel, sie betrachtete mich jetzt als einen ungestümen jungen Kerl, der unfähig war, seine Leidenschaften zu beherrschen, doch zum ersten Mal gab ich in diesem Augenblick nichts um ihre Meinung.

«Es spielt keine Rolle», sagte ich. Erneut verfiel ich in einen Ton, der dazu bestimmt war, das Gegenteil anzudeuten. «Vielleicht werde ich Sie auf dem Maskenball sehen . . . vielleicht auch nicht. Und jetzt», sagte ich, furchte die Stirn und preßte die Lippen zusammen, «fahren Sie doch bitte, wenn Sie nicht zu müde sind, mit der Geschichte fort.»

Einundzwanzig

Tristano war vor über einer Stunde im Palazzo Provenzale angekommen. Wie der Husar traf er mit der Gondel ein, wenngleich aus der entgegengesetzten Richtung; er lehnte in seinen Kissen und trank ein Glas Wein, während sein Gondoliere ebenso entsetzlich sang. Auf der einen Seite tauchte die Sonne unter die parabolische Kuppellinie von Santa Maria della Salute, während sich auf der anderen die Piazza San Marco, von der er kam, mit Harlekinen füllte, mit langnasigen *Punchinelli*, Musikern mit rasselnden Tamburinen und Salzbüchsen, Süßwarenhändlern und vielerlei unbestimmbaren Gestalten, die die *campi* und Bogenbrükken in ihren Seidenkapuzen und schwarzen Spitzenumhängen überquerten.

Wie sieht Tristano jetzt aus, da er sich auf den Kissen räkelt und seinen Wein trinkt? Von welcher Gestalt ist er zu dieser Zeit? Heute abend trägt er ein Van-Dyck-Kostüm (auch er ist ein Kunde von Signor Belloni, der ihm das Gewand vor zwei Tagen für 250 Florin verkauft hat): ein dunkelrosa, mit Hermelin besetzter Umhang, ein weißer Seidenhut mit Straußenfedern, ein Spitzenhalstuch, eine weiße Samtmaske. Zuerst ist er nicht leicht zu erkennen – von der Maske ganz abgesehen –, denn es ist fast zehn Jahre her, seit wir ihn zuletzt gesehen haben. Natürlich hat sich nicht alles an ihm verändert. Lüftete er seine weiße Maske, sähen wir, daß seine dunklen Augen immer noch zu eng beieinanderstehen und daß seine Nase immer noch kühn nach Form und unregelmäßiger Krümmung hervortritt. Aber er ist jetzt größer, als wir erwartet hätten, obwohl vielleicht einen Zoll oder zwei kleiner als die Mehrzahl seiner Zeitgenossen. Seine unzureichende Länge muß wohl das Ergebnis einer Verkürzung im Rumpf sein, denn seine Gliedmaßen erscheinen ebenso wie sein Hals lang, schlank, anmutig; und bisher hat er Korpulenz vermieden, eine Art berufsbedingtes Risiko in seinem Gewerbe. Als er die *fondamenta* durchquert – denn seine Gondel ist jetzt vor dem *palazzo* angekommen –, ist sein Schritt lang und langsam, als wate er durch Wasser.

Von der *fondamenta* aus wurde er von dem tatarischen Soldaten in das *portego* geleitet, das bereits überfüllt war. Wie der Husar stieg er unerkannt die Treppe hinauf. Jemandem von seinem Ruhm bereitete diese Anonymität offenkundiges Vergnügen. Normalerweise wurde er im selben Augenblick, in dem er eine Halle wie diese betrat, von miefigen alten Herzögen und uniformierten jungen Gentlemen belagert, die nadelfeine Degen und gekünstelt albernes Lächeln zur Schau trugen. Deren Damen gingen ihn noch aggressiver an, jene hageren gelangweilten Geschöpfe, deren Augen einen Moment lang lebendig wurden, wenn sie ihn erblickten. Dann begann mit einem Geraschel von Seide und Satin ihr Vorwärtsströmen: eine Flut von goldenen Stolen, Papierfächern, rosa Quasten, Muffs aus Pantherfell, kläffenden Pudeln. Unglücklicherweise waren ihre Ehemänner höchst zufrieden, sie in seine Obhut zu entlassen; der italienische Ehemann ist oftmals ein höchst gleichgültiger Liebhaber, der seine Gemahlin nach Belieben jedem aufhalst und selbst so die Freiheit gewinnt, anderen Dingen nachzugehen – der Tabakspfeife, dem Spieltisch, der abgeschobenen Ehefrau eines anderen. Als Ergebnis dieses ehrwürdigen Brauchs häuslicher Politik hatte Tristano manchen seiner Abende damit verbracht, dem Geschwätz über verstockte Töchter, nachlässige Bedienstete, beim Pharo verlorene Zechinen, noch größere bei der Putzmacherin hinterlassene Vermögen, wohlhabende Schwiegereltern, die boshaft am Leben hingen, zu lauschen.

Jetzt trat er, frei von solchen Aufmerksamkeiten, in die Halle, wobei die blauen Federn seines Kopfputzes über seinem Haupt schwebten und wippten. War er aber wirklich frei? Er bemerkte, wie eine der Masken – ein römischer Centurio – hinter seinem Helmvisier von ihm Kenntnis nahm. Oder beobachtete er ihn gar? In einem Wirbel seines roten Umhangs duckte sich der Helm und verschwand in der Menge.

An der Punschschale sprach ihn eine Dame im Kostüm einer Schäferin an. Er lehnte ab, als sie die Gunst eines Tanzes erbat, sie aber nutzte den Vorteil der schiebenden Menge und drängte sich an ihn, wobei sie mit ihrem langen Stab seinen befederten Hut auf den Boden stieß. – Dann aber etwas zu trinken, gütiger Herr, sagte sie, während er den Hut auflas. Ich bin furchtbar durstig . . .

Sie erhob einen leeren Becher, dessen schwankende Bewegungen vor ihrem maskierten Gesicht andeuteten, daß die Dame schon seit geraumer Zeit versucht hatte, ihren Durst zu stillen.

Als Folge dieser Bewegungen ebenso wie durch einen verirrten Ellbogen wurde jedoch der größte Teil ihres frisch gefüllten Bechers auf den Boden vergossen. Im Fallen besprühten einige rosafarbene Tropfen außerdem den Spitzensaum ihres Kostüms und einen ihrer ziegenledernen Schuhe.

– Sehen Sie nur, jammerte sie, und ihre Augen schienen hinter ihrer Maske fast in Tränen zu schwimmen.

Tristano, dessen Ellbogen wahrlich unschuldig an diesem schicksalsschweren Blick war, kniete dessenungeachtet zu ihren Füßen und wischte mit seinem Taschentuch an den Flecken herum. Während seiner hingebungsvollen Arbeit erholten sich die Lebensgeister der Schäferin ganz augenscheinlich. Einer ihrer Füße schlüpfte nun aus seinem Schuh und wanderte zunächst zur Mitte seines rechten, dann des linken Oberschenkels empor. Nachdem er deren Lage festgestellt hatte, bewegte er sich zu ihrem Schnittpunkt, wobei die Zehen in ihrem rosafarbenen Strumpf herumspielten. Tristano versuchte aufzustehen, aber rasch umfing die Krümmung ihres Stabes seinen Nacken.

– Kommen Sie, sagte sie und hielt ihn mit einer Kraft am Boden, die die vormalige Schwäche ihrer Glieder Lügen strafte. Sie balancierte immer noch auf einem Fuß, und die Augen in der Maske waren hart und glänzend. Kommen Sie – ich kenne da einen Ort.

Tristano hätte wohl zugestimmt, denn die unerwartete Berührung ihrer sich windenden Zehen war durchaus nicht unerfreulich gewesen. Doch hatte ihm seine untergeordnete Stellung einen Blick auf das Gesicht hinter dem Schleier erlaubt, und was er da gesehen hatte – Grübchen in einem Kinn, auf dem weder das schärfste Rasiermesser noch die kräftigste Anwendung von Bleipuder einen bläulichen Schimmer vollständig verbergen konnte –, ließ ihn zunächst hochfahren und sich dann aus der Umklammerung des Stabes freiwinden. Während er auf diese Weise seine Freiheit wiedergewann, stolperte er rückwärts in die Rüschenröcke einer Dame, die daraufhin kreischend über ihn fiel. Nachdem er sie auf die Füße gestellt hatte – die Schäferin war zu diesem Zeitpunkt verschwunden –, versicherte ihm die Dame, daß sie keinerlei Verletzungen erlitten habe, nahm seine Entschuldigungen entgegen und gab ihm seinen Federhut zurück, der in der Verwirrung umgekehrt auf ihrem eigenen Kopf gelandet war. Der Hut sei, darauf wies sie gutgelaunt hin, durchaus mit ihrem eigenen Kostüm nicht unvereinbar, denn auch sie war à la van Dyck gekleidet – ein hoher Spitzenkragen, mit Rüschen besetzter Überrock, Schlitzärmel, die mit künstlichen Blumen und kleinen rosa Bändchen geschmückt waren.

– Wenn andererseits, *signore*, sagte sie mit einem bezaubernden Lachen, Sie die Pelzmütze eines Husaren trügen ...

Sie tranken einen Becher Punsch zusammen; dann flüsterte die Dame, die bisher geradezu bezaubernd und sittsam gewesen war, Kommen Sie – ich weiß da einen Ort. Treppauf, *signore.* Sie nahm seine Hand und begann zu führen. Bitte, kommen Sie.

Zupf – zupf – zupf. Sie zog ihn mit präzisen Rucken hinter sich her, der Druck auf seine Hand ließ nicht einmal nach, als sie nach der zweiten Treppe oben angekommen waren und sein Widerstand, wie unbedeutend auch immer er war, schließlich gänzlich schwand. Dieser Widerstand war nicht etwa aus der Erinnerung an die Schäferin erwachsen, sondern aus dem Anblick des römischen Centurio, der durch das Visier unmißverständlich Kenntnis von ihrem Vorrücken über die glatten Terrakottafliesen des großen *portego* nahm.

– Hier hinein, sagte sie jetzt, führte ihn um eine Ecke und wies auf ein Zimmer zu ihrer Linken. Schnell jetzt.

Sie war nur um Sekunden entkommen, denn kaum war sie durch die Tür entschlüpft, die Teile ihres Kostüms an sich pressend, in die sie nicht mehr hatte hineinsteigen oder die sie sich nicht mehr hatte hastig über den Kopf ziehen können, als auch schon eine andere Gestalt, die eines Mannes, erschien. Mangels anderer Möglichkeiten – er hatte zunächst den Gedanken erwogen, unter das baldachinüberspannte Bett zu tauchen, ihn dann aber wieder aufgegeben – sprang Tristano in einem ähnlichen Zustand des Entkleidetseins, die erst einen Augenblick zuvor abgelegten Hosen und den Rock hinter sich herschleifend, auf den winzigen Balkon.

Als sie zuerst die Schritte auf der Treppe vernahmen, war Tristano dafür gewesen, so wie sie waren, im Bett zu bleiben; denn würde es das erste Mal sein, daß man ein Paar unter diesen Umständen überraschte, besonders auf einem Maskenball? Selbst wenn der Eindringling das Zimmer beträte, würde er, was auch immer sein Anliegen wäre, sich hastig zurückziehen und eine überraschte Entschuldigung hervorstoßen. Außerdem hatte das gelöste Korsett, in das Tristano gerade eine Hand versenkt hatte, Zeugnis davon abgelegt, daß sie, obwohl er sich für ihr Gesicht nicht verbürgen konnte (denn sie hatte ihre Maske noch nicht abgenommen), eine wirklich schöne Dame war, nicht eine, die man so einfach fallenließ. Und so hatte er beim ersten Geklapper der Absätze lediglich den Kopf gesenkt und das leicht vertiefte Tal des Busens geküßt, der sich durch einen tiefen Atemzug der Überraschung gehoben hatte.

– Da kommt jemand . . .

– My Lady . . ., hatte er gemurmelt, halb vorwurfsvoll, bevor er den intimen Verkehr mit Lippen und Busen wiederherstellte. Diese sanften Schwellungen zeichneten sich am Punkte ihrer tiefsten Klüftung, wie er wahrnahm, durch eine eigentümliche W-förmige Anordnung von Leberflecken aus: Cassiopeia, dachte er, während seine Küsse immer heißer wurden, je tiefer sie gerieten, und die Zugschnüre des Korsetts immer weiter geöffnet wurden.

Doch die Dame wollte aus irgendwelchen Gründen nicht kompromittiert werden. Es schien in der Tat fast so, daß, während er mit den Falten und Befestigungen ihres Kostüms kämpfte, sie auf diese Schritte lauschte, die tatsächlich bald genug ankamen. Die Leidenschaft, die sie bewegt hatte, ihn zwei Treppen hinauf hinter sich herzuziehen, schien im selben Augenblick mit Gewißheit verflogen, da sie ihren Bestimmungsort unter dem Baldachin erreicht hatten. Vielleicht war es ja ihr Gatte, ein eifersüchtiger, gewalttätiger Mensch. Vielleicht der Centurio? Ja – nachdem sie entflohen war, hatte er erwartet, den Helm mit Visier in der Tür erscheinen zu sehen, und daher war er entsprechend überrascht, als er in dem Lichtdreieck statt dessen die pelzbesetzte Mütze eines Husaren auftauchen sah. Zu diesem Zeitpunkt war er versucht gewesen, wieder ins Zimmer zurückzutreten und sich dem Burschen zu erkennen zu geben, denn jetzt, da die Dame in Sicherheit war, gab es keinen Grund für Diskretion mehr. Aber etwas in ihrem Verhalten – sie hatte um mehr als ihren Ruf gefürchtet – bewog ihn dazu, obwohl er halbnackt war und bibberte, auf dem

Balkon zu bleiben. Und also blieb er still und hielt sich im Schatten, selbst als der Bursche ihm am Fenster so nahe kam, daß er ihn hätte in die Nase kneifen können. Die Ankunft des schwarzen Domino, den er rasch als den Grafen erkannte, machte eine Flucht nur noch unmöglicher. Tristano war dem Grafen natürlich wohlbekannt. Wer, meinen Sie denn, hatte ihn zum ersten Mal nach Venedig gebracht? Graf Provenzale entstammte einer alten neapolitanischen Familie, deren Reichtum selbst in Venedig legendär war. Dennoch hatte er, wie Tristano immer wieder dachte, sogar in seinen feierlichsten Augenblicken wie ein dickschultriges Tier ausgesehen, das sich auf einem Paar ungewohnter Hinterbeine aufgerichtet hatte und brüllend in seinem Bau umherstampfte. Was nur sollte er, fragte Tristano sich jetzt, mit diesem Burschen anfangen, diesem Husaren? Der Graf hatte ganz sicherlich großen sexuellen Appetit, von dem aber nicht bekannt war, daß er sich auch in diese Richtung erstrecke...

Linkisch kleidete er sich auf dem Balkon an in der Hoffnung, daß der Graf die Bettvorhänge zuziehen und ihm so gestatten würde, sich auf Zehenspitzen zu entfernen. Außerdem hoffte er, daß keine der Gestalten, die im Innenhof unten zu erscheinen begannen – ein lockerer Haufen betrunkener Festbesucher –, die Augen ausgerechnet jetzt zu diesem Fenster erheben würden. Er verriet sich dann aber beinahe selbst, als eine der noch an seinem Hut verbliebenen Federn ihn an der Nase kitzelte – entweder das oder der überreichlich parfümierte Puder des Husaren – und er mit einem kurzen, unterdrückten Schrei nieste.

Er erstarrte. Die Schatten an der Wand erstarrten. Gelächter – auf ihn gemünzt? – stieg widerhallend aus dem Innenhof empor. Nach ein paar Sekunden nahmen die Schatten im Zimmer ihre Bemühungen wieder auf und bewegten sich hin und her wie Kämpfer in einer Pantomime. Abgelegte Kleidungsstücke fielen zu Boden.

Aber was war das?

Nach kurzer Zeit hatte Tristano die Nase gegen die Fensterscheibe gepreßt, um besorgt den Stand der Bettvorhänge zu überprüfen. Was er dann sah, ließ ihn seine Flucht vergessen, denn zu seiner großen Überraschung sah er, daß der Husar, gleich der Schäferin, ein Schwindler war: nachdem der Graf seinen Genossen von Rock und Hosen befreit hatte, ging er, immer noch in seinem schwarzen Umhang, in die Hocke über dem, was jetzt als der Körper einer jungen Dame erkennbar wurde. Im Schein der Kerze konnte Tristano ihre gabelförmig gespreizten Beine erkennen, in deren dunklen Kreuzpunkt der Graf jetzt zunächst seine große fleischige Nase einführte und sodann, nachdem er einige Sekunden unter dem Umhang herumgefummelt hatte, ein bogenförmiges Glied, dessen erstaunliche Dimension die Berechtigung seines beneideten Rufes bezeugte.

Die Dame empfing ihn mit einem kurzen Aufschrei, beantwortete die Bewegungen seiner Hüften mit einigen weiteren Schreien und danach mit einer Reihe gleichzeitiger Hebungen. Zu ihrem Nachteil ermangelte die gerühmte Ausrüstung des Grafen aber jeglicher Ausdauer. Nach einem kurzen Augenblick endeten seine Bewegungen mit einem unterdrückten Schrei, einem, der in Wahrheit fast wie Tristanos unterdrücktes Niesen klang. Die Dame brachte mitfühlend einen verwandten Laut hervor, und nachdem der Graf sich schwer auf die Seite gerollt hatte, lagen sie auf den Fledermausschwingen seines Umhangs heftig atmend beieinander, als ob ihre Vergnügungen den Stunden getrotzt hätten und nicht nach einer Dauer von kaum zwei Minuten zu ihrem Ende gekommen waren. Auf Betreiben der Dame hin genossen sie sodann einige Zärtlichkeiten und Turtelküsse, wobei jene der Dame bei weitem kunstvoller und eifriger waren und offensichtlich dem Zweck dienen sollten, ihres Liebhabers Kraft zu deren vormaligen Pracht zu erheben. Aber der Graf bereitete bereits seinen Rückzug vor.

– Die Gäste, murmelte er entschuldigend, nahm seinen Umhang hoch und zog die Hosen über seinen umfangreichen und ziemlich wabbligen Hintern, während, verursacht durch diese Verrichtung, ihm sein mächtiges Anhängsel wie ein Klöppel zwischen seinen Beinen schlug. Die Gräfin, sagte er und zuckte die Achseln.

– Ja, stimmte die Dame auf neutrale Weise zu und blickte beiseite.

– Werden Sie zur Aufführung fertig sein? Er war ganz geschäftig, richtete Hut und Perücke, glättete seinen Domino.

– Ja, ja ...

– Alsdann, leb wohl, mein Junge.

Er kicherte über den vertraulichen Ursprung dieses Spaßes,

gab seiner Dame einen letzten Kuß auf die Stirn, zog sich die weiße Maske über das breite Gesicht, entriegelte die Tür und ging ohne ein weiteres Wort davon; sein Umhang bauschte sich hinter ihm.

Nachdem die Tür zugeschlagen war, schien die Dame durchaus abgeneigt, ihr Kostüm mit irgendwelcher besonderen Eile wieder anzulegen, ja, sich auch nur zu bewegen. Statt dessen lag sie auf den Kissen in einer trägen Haltung, die nur wenige Geheimnisse ihrer Gestalt verbarg. Auch wenn ihre Anreize im Falle des Grafen versagt hatten, so hätte sie doch auf frische Verstärkung vom Fenster her rechnen können, denn die Wahrheit war, daß während Tristano verstohlen durch die Scheibe starrte (seine Nase hatte sie kaum für eine Sekunde verlassen), seine eigene Manneskraft einen Zustand höchster Not erreicht hatte. Inzwischen aber hatten die Äußerungen seiner Leidenschaft, eine Reihe tiefer Atemzüge, den Erfolg gehabt, die Scheibe zu beschlagen und ihm so den verstohlenen Einblick zu verdunkeln. Er hegte Bedenken, ob er es wagen dürfe, sein Taschentuch dagegen einzusetzen und so vielleicht unbeabsichtigt auf sich aufmerksam zu machen und sich damit auf jeden Fall diese Sicht zu verderben, als ihn etwas – ein kleiner Kiesel – scharf in der Mitte des Rückens traf.

Noch bevor er sich umwenden konnte, um herauszufinden, von wo das gekommen war, zischte ein weiteres solches Geschoß, ein etwas größeres, an seinem Ohr vorbei und schlug mit dumpfem Knall neben seiner rechten Hand auf den Mörtel. Er warf gerade rechtzeitig einen schnellen Blick hinab in den Hof, um drei nach oben schauende Gesichter – vielmehr Masken – zu erblicken und zwei ausgestreckte Arme, deren jeder einen weiteren Ziegelbrokken entsandt hatte. Rufe und Beleidigungen wurden gleicherweise geschleudert, und also hatte er sowohl zum Schutze seines Rufes wie auch seines Kopfes keine andere Wahl. Er stieß das Fenster auf und stieg hinein.

Die Dame schrie natürlich auf und wurde, aus ihrer melancholisch-sehnsuchtsvollen Gleichgültigkeit aufgeschreckt, plötzlich sehr beweglich. Um ihre entblößten Reize zu schützen, ergriff sie zunächst die in Unordnung geratene Tagesdecke und dann, eine Sekunde später, ihren pelzbesetzten Umhang. Diese letzte Anstrengung jedoch störte ihr Gleichgewicht, und sie stürzte halb zu Boden.

– Herr! schrie sie, indem sie auf das Bett zurückkroch und sich in die Falten von Tagesdecke und Umhang wickelte. Bitte! Was …?

– Beruhigen Sie sich, meine Dame, sagte er in seinem manierlichsten Ton, während er ergänzend eine tiefe Verneigung vollzog. Haben Sie keine Angst. Ich bin Tristano, der berühmte Kastrat. Vielleicht haben Sie schon von mir gehört?

Zu dieser Verlautbarung bewegte ihn vor allem der Wunsch, ihre Ängste zu zerstreuen. Vielleicht war sie ja unwissend genug zu glauben, wie es in der Tat einer geläufigen Meinung entsprach, daß Impotenz seinen künstlichen Zustand begleite und daß er demzufolge einer Dame gegenüber nicht respektlos handeln könne. Doch war auch Eitelkeit im Spiel – ja, er war ebenso eitel wie der Rest seiner Artgenossen – ebenso wie sein Begehren, dem Grafen in dessen jüngsten Vergnügungen nachzufolgen: Denn wie wir gesehen haben, bewegte sein Name oftmals selbst die keuschesten und edelsten Damen zum Verfolg dessen, was die Philosophen die niedrigeren Tröstungen unseres Seins nennen.

Doch wurden ihm diese letzten Hoffnungen unerklärlicherweise zerschlagen. Während die Dame durch seine höflichen Worte und die sie begleitende Verneigung in gewisser Weise beruhigt worden war, wuchs ihre Beunruhigung bei der Nennung seiner Identität wieder an. Denn jetzt suchte sie nicht nur jene lieblichen Teile zu verhüllen, die jüngst noch dem Grafen seine kurzen, wenngleich intensiven Freuden gewährt hatten, sondern auch ihr Antlitz, das sie hastig mit ihrem Umhang bedeckte. Nachdem sie sich auf diese Weise verhüllt und ein zerstreutes Gemurmel hervorgebracht hatte, raffte sie hektisch den Rest ihres Kostüms an sich und tastete sich dann durch die Tür und in den Korridor. Womit sie ihren Bewunderer verließ, auf daß er über sein sonderbares Schicksal nachgrübele, wie er da zum zweiten Mal an diesem Abend inmitten dieses Zimmers stand und zusah, wie eine Dame unerklärlich in einem fieberhaften Wirbel von Kleidungsstücken vor ihm floh wie ein Schiff in Seenot, das unter wankendem Großsegel fuhr.

Weder erwartete Tristano zu erfahren, wer diese Dame war, noch sie wiederzusehen, und er hatte sie, nachdem er die dauerhafteren Aufmerksamkeiten einer Schäferin – einer echten dieses Mal – empfangen hatte, fast schon vergessen. Wie überrascht war er daher, als zwei Stunden später im *portego* eben dieser Husar in

Begleitung des Grafen an die Fensterreihe trat, die Aussicht auf den Kanal gewährte.

– Meine Damen und Herren, kündigte der Graf an, dessen Maske abgesetzt worden war, um nun sein rötliches Gesicht darzubieten. Er winkte dem Husaren zu, dessen Maske ebenfalls abgelegt worden war und der Gesellschaft die sanften Züge des jungen Gentleman enthüllte, der früher am Abend seine Geschäfte mit Signor Belloni betrieben hatte. Darf ich zu Ihrem Vergnügen, sagte er, heute abend den Gentleman vorstellen, der in jüngster Zeit in meiner Produktion des *Rinaldo* in San Giovanni Grisostomo singt – den berühmten Kastraten Il Prizziello!

Ihr Name war, wie er später erfuhr, Maddalena Broccolo, obwohl sie niemand so kannte. Im Ospedale della Pietà – dem Findelheim, das in Wirklichkeit ein *conservatorio* für junge Mädchen war, von denen nur wenige in Wirklichkeit Findelkinder waren – war sie jenen, die sie von der Galerie hoch über dem Konzertsaal singen hörten, kurz als «La Maddalena» bekannt. Später, nachdem sie dem Grafen bei einer solchen Versammlung begegnet war und nachdem er die Kosten für ihre private Ausbildung im Haus des großen römischen Maestros Ottaviano Prizzi übernommen hatte, durchlief sie eine tiefergreifende und dauerhaftere Umwandlung als jede, die von Signor Belloni vorgenommen wurde, und war von dieser Zeit an als «Il Prizziello» bekannt. Vier Jahre nun als Il Prizziello. Vier Jahre der Maskerade.

– Er wird dich töten, wenn du es wagst, irgendwas zu sagen.

– Willst du mir drohen?

– Der Graf ist ein ungemein mächtiger Mann.

– Ich halte nicht wegen des Grafen meinen Mund.

– Willst du mich erpressen?

– Mußt du das fragen?

– Ja, erwiderte sie. In diesen Tagen mißtraut man jedem.

Tristano rollte sich aus dem Bett und tappte zum Fenster. In der Ferne konnte er über den dunklen Platanen des Taubenschlags und einer Familie schlanker Zypressen – zwei hohen, einer kleinen – die dreieckige Dachlinie und die melonenförmige Kuppel der Villa des Grafen sehen. Jenseits erblühten zu einigen zusammenhanglosen Beifallsrufen die ersten Feuerwerke in den staubfarbenen Himmel:

eine Schule schwimmender Lichter, gefolgt von großen Quallen aus grauem Rauch. Der Graf war immer schon ein großer Liebhaber von Feuerwerk. Feuerwerk und spielen. Und jagen und sich duellieren und intrigieren. Und Damen – gewöhnlich von der übelsten Sorte. Wenn die Bürger von Venedig in früheren Zeiten bekannt waren wegen ihrer Seefahrerkunst, als Erforscher und Fernhändler oder als Maler und Dichter und Musiker, so waren sie jetzt bekannt als Spieler, Zuhälter, Intriganten; die Bordellwirte Europas. Ein Niedergang, dachte Tristano, der sich nirgendwo deutlicher, beklagenswerter darstellt als im Falle dieses Neuankömmlings, des Grafen Provenzale.

– Wann wirst du seine Protektion aufgeben?

Maddalena rührte sich unter der Steppdecke. Sie hatte sich eher aus Schamhaftigkeit als aus irgendwelchen anderen Gründen verhüllt, denn es war jetzt früher Juli, die Zeit der Sommerfrische auf dem Lande. Venedig war, ein Dutzend Meilen entfernt, heiß und leer und seine Herren hatten sich aufs Land verstreut, zu Plätzen wie diesem. Hier dauerte der Karneval an. Gestern abend hatte es im Ballraum des Grafen eine Musik gegeben, heute morgen ein Bankett auf einer kühlen Lichtung, eine Meile vor den Toren der Villa. Der Graf, dachte sie, hatte sie beobachtet, als ihr Wagen über die von Pappeln, Ulmen und Stecheichen gesäumte Serpentine in die Villa zurückkehrte. Er und Il Piozzino – ja, auch Scipio war da, ein großer Günstling des Grafen – waren in ihrem eigenen Wagen gefolgt. Ja: Als er ausstieg und auf die Fußbank neben dem plätschernden, veilchenduftenden Springbrunnen trat, hatte der Graf ihn ganz entschieden beobachtet, sich ein Urteil gebildet. Was mochte er hinter jenem Lächeln vermuten? Und heute abend war es dann so schwierig gewesen davonzuschleichen. Nur die Verwirrung der *festa* hatte es ihnen erlaubt, sich – unentdeckt? – durch den Garten mit seinen halbmondförmigen Beeten von Oleander und Acanthus fortzustehlen. An den Marmorstatuen vorbei – Eber, Greife, Cupidos rittlings auf Delphinen –, die in sanftem Weiß durch die Dämmerung glommen. Durch einen hufeisenförmigen Bogengang, dann entlang einer niedrigen Mauer aus vermörteltem Bruchstein. Schließlich in eines der kleinen, weißgekalkten Ferienhäuschen hinter dem Taubenschlag und der halbkreisförmigen Rückseite des Tempels der Würdigen.

– Das wird er niemals zulassen, erwiderte sie nach einem Augenblick.

– Dann ist er es, der erpreßt.

Doch war die Angelegenheit, wie er wohl wußte, sehr viel komplexer. Sie hatte es ihm – schon ein halbes Dutzend Mal – erklärt. Diese ständige Maskerade war deshalb nötig, weil sie schließlich eine Frau war. Im Kirchenstaat – wo sie Opern zu singen begonnen hatte – wurde eine weibliche Stimme als öffentliches Ärgernis für die Frömmigkeit angesehen, nicht nur in den Kirchen verboten, sondern auch auf der Bühne. Andernorts standen die Dinge kaum besser. Il Prizziello, die Verkleidung, war der Einfall des Grafen gewesen. Er hatte sie während eines der öffentlichen Konzerte der Pietà auftreten gesehen. Vielmehr, er hatte ihren Auftritt *gehört*, denn den Versammelten war die volle Ansicht auf die Mädchen verwehrt und darauf beschränkt, was man durch ein Eisengitter von diesen bemerkenswerten Geschöpfen erblicken konnte. Eine himmlische Heerschar von Engeln, dem Auge unsichtbar. Einen Tag später wurde er als Besucher empfangen, wenn auch nur auf der anderen Seite eines anderen Gitters. «La Maddalena» trug ein goldenes Kruzifix und ein plissiertes Leibchen aus blauer Moiréseide, doch immer noch konnte er ihr Gesicht nicht sehen, das die Schwestern raffiniert verschleiert hatten. Zwei Tage später und nach einer bescheidenen Spende an die *Pia Congregazione* wurde er von einer dieser frommen Damen an das Bett des Mädchens geleitet.

– Er wird uns beide ermorden lassen, sagte sie mit einer Stimme, die wenig verriet. Erinnerst du dich an den armen kleinen Calvé? Auch er hat seine Liebe gestanden.

Ein Jahr zuvor hatte der kleine Franzose, ein Landschaftsmaler, sie mit seinen Aufmerksamkeiten in der Überzeugung verfolgt, daß Il Prizziello in Wahrheit ein Mann sei. Im Verlauf dieser Aufmerksamkeiten, die um so heißer wurden, je kälter sie zurückgewiesen wurden, hatte Calvé ihre Identität in Gefahr gebracht. Im letzten Herbst hatten zwei Männer, die in ihrem *bragozzo* Meeräschen fischten, ihn in ihren Netzen aus der Lagune gezogen.

– Heute nacht haben wir, meine Dame, uns mit wichtigeren Dingen zu beschäftigen. Er kehrte zum Bett zurück und küßte sie auf die Stirn. Komm, das Feuerwerk ist fast beendet. Wir dürfen nicht zu spät zum Maskenball erscheinen. Wo, bitte, ist dein Kostüm? Werde ich heute nacht deine Identität wissen, mein schöner Jüngling?

Maddalenas weiße Hand kam unter der Steppdecke hervor und berührte einen cremefarbenen Karton, dessen Deckel sie aufstieß. Darinnen lagen in Falten der lange Kaftan aus ultramarinblauem Damast und der edelsteinbesetzte Gürtel eines türkischen Kostüms, das sie vor zwei Tagen in Signor Bellonis Geschäft an der Rialto-Brücke für zweihundert Florin gekauft hatte.

– Ich danke Ihnen, *signore*, hatte der kleine Kostümhändler mit einer höflichen Verneigung und einem breiten Lächeln gesagt. – Ich danke Ihnen. Eine Ehre, Signor Il Prizziello. Wahrlich eine Ehre!

Zweiundzwanzig

«Aber wie kam es, daß Signor Belloni jetzt seinen – oder besser *ihren*...? Das heißt», begann ich erneut, «woher kannte er den Namen Il Prizziello?»

Lady Beauclair hatte ihre Geschichte lange genug unterbrochen, um uns ein neues Glas Rheinwein einzuschenken und Erdbeerkuchen von Madam Chapuy entgegenzunehmen. Viel von meiner früheren Heftigkeit war durch vier Gläser Wein gelöst worden, der bei jedem Schluck im Innersten meiner Brust träge und tröstlich herumzuwirbeln schien. Mit der Erlaubnis meiner Dame hatte ich die Tabakspfeife an der Kerzenflamme entzündet und blies nun fette, stinkende Rauchfahnen gegen ihre Decke, wodurch ich ihrem Zimmer den Anblick eines schwelenden Buschfeuers verlieh.

«Ach, den hat er von Signor Cametti erfahren», antwortete sie, nachdem sie ob diesem großen Brandopfer zierlich in die Hand gehustet hatte, «denn wie ich schon gesagt habe, war Signor Cametti ein begeisterter Freund von Opern und Maskenbällen.

Und tatsächlich war er an jenem Abend im Palazzo Provenzale anwesend.»

«Ich habe ihn mir aber als einfachen Gehilfen gemerkt», sagte ich, während ich dem Großbrand ein paar Zirruswölkchen hinzufügte. «Hat sich denn dieser Bursche über seinem Stand bewegt?»

Bei dieser Bemerkung lächelte sie schwach. «Haben Sie noch nie Venedig zur Zeit des Karnevals besucht, Mr. Cautley?»

Ich gestand, daß mir dieses Vergnügen noch nicht zuteil geworden sei, und kam mir durch dieses erzwungene Geständnis meiner Mängel als Mann von Welt klein und häßlich vor. Zugleich aber schmeichelte es mir doch, daß diese Frage immerhin gestellt worden war, schien sie mir doch jene Weltläufigkeit zuzuerkennen, nach der ich mich so sehr sehnte, die mir aber noch nicht zu eigen war. «Nicht während des Karnevals», fügte ich hastig hinzu, täuschte Husten vor, schob mir die Pfeife betont bewußt zwischen die Zähne und biß energisch zu.

«In Venedig ist während des Karnevals», erklärte sie, während ein weiterer schlanker Strahl roten Weines sich in mein Glas kringelte, «dieses Vermischen der Stände – wie Sie das nennen – strikter Tagesbefehl. Jeder trägt immer eine Maske, vom Dogen bis zum niedrigsten Küchenmädchen. Tatsächlich sieht man kaum ein nacktes Gesicht oder eine gewöhnliche Kleidung während des gesamten Karnevals, der im Oktober beginnt, sich bis Weihnachten erstreckt, am Dreikönigsabend wieder beginnt und erneut bis zur Fastenzeit andauert, bevor er für die vierzehn Tage wieder beginnt, die dem Himmelfahrtstag folgen. Und wegen dieser ewigen Masken und Verkleidungen – weil die ihre Träger anonym, inkognito, geheimnisvoll machen – teilen alle Bürger der Republik gleichermaßen – wenn auch unwissentlich – ihre Freuden. Denn Sie müssen wissen, Mr. Cautley, es ist dies die Zeit von unzählbaren Möglichkeiten!»

Diese Beschreibung rief mir natürlich die buntgewürfelte Menge in den Sinn, die ich zu Pancras Well beobachtet, und dann meine eigene Maske und Verkleidung, die ich mir in Mr. Johnsons Bekleidungshaus in der Tavistock Street ausgesucht hatte. Welche «unzählbaren Möglichkeiten» mochten mich wohl, fragte ich mich, in den Vauxhall Gardens erwarten?

Meine Aufmerksamkeit jedoch war gegenwärtig mit einer

Maske – wenn ich sie so nennen darf – von ganz anderer Art beschäftigt. Mitten in my Ladys Beschreibung von Venedigs lärmiger Gesellschaft hatte ich begonnen, Terpentin über die rechte Ecke meiner Leinwand zu klatschen hinter das stetig deutlicher werdende, gewachste Bildnis des teilweise verschleierten Kopfes meines Sujets. Ich wendete *à la* Sir Endymion eine recht großzügige Dosis an, und die erzielte Wirkung war ebenso eigentümlich wie unerwartet. So reichlich war meine Anwendung und so aggressiv war mein Pinsel, daß es mir gelang, nicht nur die zuletzt aufgetragene Farbe aufzulösen und abzustreifen (das war in der Tat meine Absicht gewesen, denn durch meinen früheren Anfall von Gekränktheit und wohl auch wegen der drei Gläser Rheinweins hatte ich aus der Draperie hinter ihrem Turban eine scheußliche Schweinerei gemacht), sondern auch die Farbe – die Grundierung –, die unter ihr lag. Kurz, ich hatte ein kleines Fenster zu dem versteckten Portrait geöffnet, über das sich meine eigene Anstrengung schichtete.

Bevor ich aber eine Gelegenheit hatte, diesen Palimpsest genauer zu betrachten, bot my Lady ein spitzbübisches Lächeln dar und fragte sich laut, ob ihr wohl das Privileg gestattet sei, einen Zug aus meiner Tabakpfeife zu nehmen, oder nicht. Ich erwiderte, daß, wenn sie während der letzten fünf Minuten auch nur einen einzigen Atemzug getan habe, sie das mit Sicherheit schon getan hätte; doch da sie sich nicht so leicht abspeisen ließ, streckte sie ihre Hand aus, und ich gab nach, fragte mich allerdings, warum eine Lady von solcher Kultiviertheit den Wunsch hegen sollte, an einem so männlichen Vergnügen teilzunehmen.

Sie nahm die Pfeife mit großem Eifer entgegen, wurde dann aber schnell zögerlicher und untersuchte sie während einiger Sekunden, so als ob sie unsicher sei, wo denn zu saugen sei. Dann aber schob sie schnell ihren Schleier beiseite und nahm den Stiel zwischen ihre karminroten Lippen, die sie zierlich um ihn herum kräuselte. Zuerst saugte und nuckelte sie so sanft und geziert, daß ich, während ich ihr mit einem köstlichen und unerklärlichen Vergnügen zuschaute, einen Moment lang fürchtete, die Glut möchte von selbst erlöschen; dann aber, als ob diese sanften Bemühungen nicht den erhofften Lohn brächten, fing sie bald an, aufs heftigste zu saugen. Ich begann zu besorgen, daß sie nicht nur Rauch in ihren

Lungen ansammle, gegen dessen berauschende Eigenschaften ich ihr nun eine beunruhigte Warnung aussprach –, sondern auch dessen schwelende Quelle, die nach jedem kräftigen Zug im Kopf so hell wie Höllenfeuer aufglühte.

«Geben Sie Obacht, my Lady», sagte ich mit zögerlicher Stimme und erinnerte mich an meine erste Unterweisung in dieser Kunst durch Mr. Sharp vor einem Monat. Ich hatte begierig an der Pfeife des guten Mannes gesaugt, als ob ich versuchte, ein Kamel durch ihr schlankes Rohr zu zerren, als inmitten meiner Anstrengungen mir die Wangen einsanken, die Augen zu schielen anfingen und meine Lippen, die sich halbenwegs den Stiel hinabbegeben hatten, als wollten sie die ganze Pfeife verschlingen, sich zu bewegen begannen wie die einer Forelle mit einem Haken im Maul. Meine prompte Belohnung für diese Anstrengungen war eine höchst schmerzliche und von Stöhnen begleitete Übelkeit. «Sie müssen darauf achten, den Rauch nicht einzuatmen», warnte ich jetzt in den ernsthaftesten Tönen.

Doch blieb sie bei ihren fürchterlichen Zügen, zwischen denen sie ihre Meinung vorbrachte, daß sie jetzt die Sache beherrsche. Aber leider war das Ergebnis dieser unklug energischen Anstrengungen nach kurzer Zeit, wie ich befürchtet hatte, ein Anfall heftigen Hustens, durch dessen unverminderte Erschütterungen ihr Gesicht die Farbe unseres Rheinweines annahm.

«My Lady», wiederholte ich mit einiger Besorgnis, als dieser Anfall keine Anzeichen des Abflauens zeigte und nun noch von Würgen begleitet wurde. Tränenströme stürzten ihre Wangen hinab, die ihre gesunde Farbe selbst durch die Schichten von Bleiweiß behalten hatten. Doch flossen diese Tränen so reichlich, daß sie bald in gleicher Weise auf ihr Aussehen zu wirken begannen wie das Übermaß an Terpentin auf die Ecke der *Dame bei Kerzenschein*, nämlich teilweise die dicke Farbschicht fortzuspülen, das Rouge und das Bleipulver, und Streifen der Grundierung – des Fleisches – zu enthüllen, die darunter lag.

Sie werden sich vorstellen können, daß ich nicht tatenlos Zeuge dieses Phänomens wurde. Ich eilte zum Fenster, warf es auf, dann eilte ich zu ihr zurück. Ich legte meine Hände auf ihre Seiten, die sich unter der Einengung durch das Korsett zusammenzogen und krümmten, steuerte sie zum Fenster und befahl ihr durchzuatmen.

Das tat sie mit einigen schnarchartigen Krächzern – bevor prompt ihr heftiger Husten und das Würgen wieder einsetzten. Die Stöße des Abendwindes (der leider fast ebenso unerfreulich roch wie meine Pfeife) schienen machtlos, gegen die betäubenden Dämpfe anzukommen, und als ich sie einen Augenblick später dazu überredete, den Kopf aus dem Fensterrahmen zurückzuziehen, schien sie kaum in besserer Verfassung. Sie schien statt dessen nur um so schlimmer dran zu sein, da ihr Aussehen sich von einem leuchtenden Karminrot in ein bläuliches Weiß gewandelt hatte. Große Tropfen standen ihr auf der Stirn, und ihre Augen schienen, während sie die Kerze widerspiegelten, herauszutreten und in einem unnatürlich lebhaften Leuchten zu glänzen.

«Bitte», krächzte sie schwach, «Mr. Cautley . . .»

Mitten in dieser flehenden Bitte fiel sie in Ohnmacht, fiel mit solcher Macht über mich, daß wir beide fast auf dem Boden landeten. Es gelang mir, mich an einem Lehnstuhl abzustützen, in den ich, nachdem mein Gleichgewicht wiederhergestellt war, meine bewußtlose Last sanft niedersinken ließ, während ich die ganze Zeit nach dem Beistand von Madam Chapuy schrie. Doch da diese gute Frau sich offenbar ihren Aufgaben einige Treppen tiefer hinzugeben schien und daher meine Forderung nach Riechsalz nicht hörte, mußte ich meiner Dame Handgelenke und Wangen schlagen und sie dann, als diese Maßnahmen der Wiederbelebung versagten, von der starren Einengung durch ihr Korsett befreien und ihr dadurch ermöglichen, ungehindert zu atmen.

Eine höchst delikate Aufgabe! Während einer Sekunde taxierte ich die wollüstige Unordnung ihrer Kleidung, wie sie da über dem Lehnstuhl lag, dann holte ich tief Atem und versenkte meine Hände in den weichen ultramarinblauen Stoff ihres Gewandes, das ich zu lösen trachtete. Unter allen anderen Umständen wäre eine solche Handlung sicherlich als indezent ausgelegt worden – und trotz der Umstände war ich, wie ich befürchte, nicht frei von einigen indezenten Gedanken. Denn obwohl ich ein tugendhafter Jüngling und außer mir vor Furcht war, konnte ich doch nicht anders als für eine Sekunde innezuhalten, als meine farbenbeschmutzten Hände entdeckten, wie unbegreiflich sanft das türkische Kostüm, dann aber vor allem meiner Dame nackte Haut waren, wie fein gemahlenes Frankfurter Schwarz, wenn man es zwischen den Fingern reibt.

Durch ein kurzes Stöhnen und einige konvulsivische Zuckungen meines Sujets aufgeschreckt, fuhr ich schnell damit fort, an den Schnüren des Walbeinkorsetts zu zerren und zu zupfen, in das Madam Chapuy sie einige Stunden zuvor gequetscht hatte. Wie danach deutlich wurde, war dieser schwache Schrei das Vorspiel ihrer Wiederbelebung, denn meine Patientin kam in demselben Augenblick wieder zu Sinnen, als ich das Korsett aufgeschnürt und ihr Unterhemd bloßgelegt hatte. Doch wurde meine Erleichterung ob meiner Dame schneller Erholung erheblich durch die Bedeutung eingeschränkt, die sie meinen Handlungen beizumessen schien.

«Was ...?» Als sie zur Besinnung kam und höchst verwirrt und erschreckt wirkte, blinzelte sie entsetzt auf ihr herabgleitendes Kostüm und ihr bloßes Korsett, was sie beides mit einer Reserviertheit zusammenzuraffen versuchte, die völlig außerhalb ihres früheren Wesens war. «Pfui! Was ist denn das? Ich muß schon sagen!»

«My Lady ...», ich beugte mich vor und versuchte, ihr mit den Schnüren zu helfen, aber sie widerstand meinen Bemühungen in einer heftigen Art von Zorn.

«Lassen Sie mich los, Sir! Gemeiner Kerl, Sie überraschen mich! Ein skandalöser Schuft! Sich solch niederer Vorteile gegenüber einer Dame zu bedienen! Ich hoffe nur, Sie haben nicht gewagt – nicht ...! Rühren Sie mich nicht an! *Starren Sie mich nicht an*!»

Es schien so, als wisse sie nicht, wohin mit den Händen, ob vor ihren Busen, der teilweise entblößt war, oder vor ihr gestreiftes Antlitz, dessen Kosmetik rasch an Kraft verlor.

Ich wandte mein Gesicht von diesem Schauspiel ab, aber als meine Proteste und die Versuche, zu einem *éclaircissement* zu gelangen und sie dadurch zu beruhigen, nichts einbrachten, als ihre Wut noch zu steigern, entschloß ich mich, meinen Ruf dadurch zu wahren, daß ich Hilfe auf eine Art leistete, die sicherlich keiner falschen Auslegung offenstand: Ich nahm mein Taschentuch heraus und begann, an den Bächlein herumzutupfen, die sich während der explosivsten Augenblicke ihres Anfalls den Weg über ihre Wangen hinab gebahnt hatten. Das erinnerte mich heftig an einige der Portraits von Sir Endymion, als des Meisters große Klumpen und Brocken von Farbe die Leinwand herabrutschten und -schlitterten und auf den Boden klatschten, als ob die Gesichter der Prinzessinnen und Händlerfrauen in einer mächtigen Hitze zerschmölzen.

My Ladys Antwort auf meine Dienste an ihrem eigenen zerschmelzenden Gesicht – denn so sah es fast aus – war jedoch ebenso widerspenstig und gewalttätig wie ihre früheren Handlungen; denn sie kippte nahezu ihren Lehnstuhl hintüber in ihren Bemühungen, meinen Aufmerksamkeiten zu entkommen. Nichts hätte meinem Erstaunen – meinem Entsetzen – ob ihrer Verdächtigungen, ob dieser unerklärlichen Veränderung ihres Wesens gleichkommen können.

«Fort von mir!» befahl sie, nachdem sie erneut den Schleier als Vorhang übergezogen hatte und darüber hinaus ihr Gesicht vor Entdeckungen auch noch mit ihren Händen schützte, als erschrecke sie der Gedanke, daß ich hineinschaute. »Fort!» kreischte ihre Stimme durch diese Zehnfingermaske. «Lassen Sie mich allein! *Lassen Sie mich allein*!»

Woraufhin sie die Kerze ausblies und, ihre durcheinandergeratene Kleidung um sich zusammenraffend, ins anschließende Zimmer floh, wobei sie die Tür hinter sich zuschlug und verriegelte und mich inmitten einer durch nichts gemilderten Dunkelheit zurückließ.

Zehn Minuten später jedoch hatte sie nicht nur ihre Kleidung, sondern auch ihr Temperament wieder in Ordnung gebracht. Und auch ihr Gesicht war in Ordnung gebracht worden, kunstvoll mit Rouge und Perlpuder in der Abgeschlossenheit ihres Boudoirs neu bemalt. Als sie in einem länglichen Lichtstreifen wieder auftauchte, entdeckte sie mich im Aufbruch begriffen, wie ich statuenhaft erstarrt an der Tür stand; wie Harmodius oder Aristogeton, allerdings jetzt seiner Göttlichkeit entkleidet. Das Zimmer war immer noch so dunkel wie Pech.

Zuerst Sir Endymion, jetzt my Lady, hatte ich eine Minute zuvor gedacht, während ich in der Dunkelheit über den Boden kroch, um meine Farben und die Pfeife einzusammeln: die verderbliche Pfeife, der Apfel, um dessentwillen ich sicherlich aus dem Paradies vertrieben werden würde.

«Jetzt, George, hast du beide verloren. Nie wiedergutzumachende Risse haben sich geöffnet. Und wohin willst du jetzt gehen? Was willst du jetzt machen?» Mein Kopf war schmerzvoll gegen das Tischbein gestoßen.

Sie entzündete die Kerze, nur ein Stummel noch. Dann füllte sie unsere Gläser mit Wein.

«Bitte.» Ihre Stimme war ruhig, obwohl ihre Hand leicht zitterte und einen oder zwei Tropfen auf den Tisch verspritzte, wie Blutstropfen. «Setzen Sie sich doch, guter Herr. Trinken Sie.»

Ich setzte mich, argwöhnisch, widerstrebend. Ich nahm das Glas und trank. Auch meine Hand zitterte und vergoß einen oder zwei weitere Blutstropfen. Ich umklammerte immer noch meine Farben und die feuchte Leinwand; die Fragmente, die *disjecta membra* meines Lebens, versammelten sich in der Dunkelheit. Sie füllte wieder mein Glas; die Flasche war fast leer, ein halber Zoll Weines verblieb noch.

«Trinken Sie», wiederholte sie.

Während der nächsten fünf Minuten bat sie mich sanft um Verzeihung. Sie wisse, daß meine Aufmerksamkeiten schicklich gewesen seien. Sie dankte mir für meine Besorgnis. Tatsächlich konnte sie mir nicht genug danken. Sie entschuldigte sich tausendmal, auf tausend verschiedene Weisen. Sie sagte, sie sei krank gewesen, voller Furcht – ihrer Sinne nicht mehr mächtig. Gentlemen, sagte sie, hätten sich schon früher Freiheiten herausgenommen – sich ihrer zu ihrem Vorteil bedient; gleichgültig wie. Gentlemen, denen sie vertraut habe. Ach, welche Geschichten sie erzählen könnte! Die Schurken, die sie mit Namen nennen könnte! Daher ... würfe ich ihr etwas vor? Eine Dame müsse ihre Tugend verteidigen, und Gentlemen seien so – betrügerisch. Doch wisse sie (hier lächelte sie freundlich, vertraulich), daß ich nicht so sei, und sicherlich verdamme sie die Spezies nicht wegen einiger ihrer gemeinsten Exemplare! Meine Tugend, sagte sie, habe mich ihr empfohlen; habe sie zu mir hingezogen. Sie wisse – sie sei *überzeugt* –, daß ich niemals ihren Glauben oder ihr Vertrauen verraten würde.

Nachdem dieser Monolog beendet war, betupfte sie sich die Augenwinkel, die im Laufe ihrer Verteidigung feucht geworden waren und, so schien es, erneut die Zusammensetzung ihrer *maquillage* bedrohten. Doch keine Tränen strömten, und so hob sie den Kopf. Sie schien meine Reaktion zu erwarten.

Schweigend baute ich Leinwand und Staffelei wieder auf und öffnete meinen Farbkasten. «Wir brauchen eine frische Kerze», sagte ich schließlich.

«Das Feuerwerk ging zu Ende», sagte sie einen Augenblick später, als sie die neue Kerze an der Flamme der alten entzündete und dann ihre gewohnte Haltung wieder einnahm. «Die letzten Pyramiden, Säulen, Löwenmähnen aus Licht spiegelten sich in dem kurzen Stück des Kanals und den Fenstern der Villa und erloschen dann ...»

Als ich meine Arbeit wieder aufnahm, verbarg ich vor ihren Blicken den bloßgelegten Flecken auf der Leinwand, das Fenster, das sich unerwartet geöffnet hatte – auf was? Denn ich fragte mich, ob meine Dame wohl auch hierüber einen Schleier zu ziehen versucht hätte.

Dreiundzwanzig

Die Gäste kletterten von den Bankreihen herunter, die sich zwanzig Fuß hoch hintereinander auftürmten, und traten in die Villa Provenzale ein. Auf der immensen geschnitzten Galerie über der Großen Halle spielte ein Orchester – vierunddreißig Instrumente –, doch die Musik wurde bald übertönt von dem Durcheinander der eintreffenden Gäste, derer es vielleicht zweihundert gab, alle maskiert und kostümiert.

Die Villa Provenzale, fast ebenso geräumig wie der Palazzo Provenzale, war früher zweifellos ein hervorragendes Bauwerk gewesen, das vom großen Palladio vor fast zweihundert Jahren für einen der Vorfahren des Grafen entworfen worden war. Aber nach den endlosen und scheinbar wahllosen Anfügungen und «Verbesserungen» des Grafen (einschließlich, wie man sagte, des Einbaus einer Reihe von geheimen Treppen) ähnelten das Haus und seine Seitenflügel jetzt eher einer Sammlung von Hutschachteln, die man über die grünsamtene Fläche eines Pharo-Tisches gestreut hatte. Im Innern überwog eine ähnlich ungezügelte Ordnung um sich greifender Erneuerung, und als Ergebnis bot die Große Halle, ein grandioser achteckiger Salon, einen spektakulären und beeindrukkenden Anblick. Die vier Türen waren architravähnlich eingefaßt, die Wände mit Mahagoni vertäfelt, mit goldenen Weinranken, Ährenketten und Geißblatt verschnörkelt und, wo immer es diese Dekoration erlaubte, mit Büsten und Urnen auf Konsolen ausgestattet ebenso wie mit rund zwanzig Gemälden: biblische Szenen und Märtyrer von Ricci, Städteansichten von Carlevaris und Portraits von Carriera, darunter eines vom Grafen selbst, dessen finsteres Gesicht aus einem Rokokorahmen in einem ihm vorbehaltenen Alkoven finster auf seine Gäste herunterblickte. Den Salon deckte die melonenförmige Kuppel, die mit Stuck in Deckenfelder aufgeteilt worden war, deren gemalte Szenen – wiederum von Sebastiano Ricci – klassisch und militärisch inspiriert waren. Bei Tag erhielt er sein Licht durch die halbkreisförmigen Fenster in der Trommel der Kuppel und bei Nacht, wie jetzt, von Dutzenden duftender Kerzen, die ruhig unter der großen Wölbung brannten.

Spektakulär und beeindruckend – ja. Der Graf bildete sich ein, ein Mann von wirklichem Geschmack zu sein. Zu dieser oder jener Zeit hatte er die erfahrensten und geschätztesten Künstler und Handwerker aus Italien, Frankreich, England und Deutschland herbeigerufen und sie dann wieder fortgeschickt mit der Verpflichtung, schmiedeeiserne Eingangstore, marmorne Kaminsimse mit Karyatiden, spiralige Treppengeländer aus Lindenholz, Edelsteinschränkchen mit Elfenbeinintarsien, Lehnsessel mit Aufpolsterungen aus Chiffonstoffen mit Samtmustern, Fresken und Friese, pompöse Stukkaturen, üppige Vasen, silberne Löffel, Kandelaber, Türknäufe, Kerzenhalter, Uhrgehäuse oder ein Dutzend anderer Bereicherungen des Hauses anzufertigen. Bildhauer, Möbeltischler, Stukkateure, Schmiede, Kunstschnitzer, Maler von Gebirgslandschaften – der Graf streute seine Aufträge unter sie, wie der Verwalter eines großen Gutes impulsiv eine große Handvoll Getreidekörner in einen Teich voller hungrig planschender Karpfen streut.

Keiner der Maskierten hielt inne, um seine Umgebung zu bewundern, denn die meisten waren schon viele Male bei früheren Sommerveranstaltungen hiergewesen. Tatsächlich gab es trotz allen Gelächters und aller offensichtlichen Ausgelassenheit, trotz des wetteifernden Gerangels an Punschschalen und Wildpasteten oder der Begeisterung, mit der sie sich einem Pharo-Spiel näherten oder an einer Quadrille teilnahmen, etwas Bekanntes, Erfahrenes und daher Unnatürliches in diesen Feiereien. Sie erweckten den Anschein von Alter und ehrwürdigen Bräuchen, so als ob diese selben zweihundert Menschen sich seit hundert oder mehr Jahren hier zusammengefunden, vermischt, getanzt und getrunken hätten; so als ob jemand – der Graf vielleicht – eine Reihe sinnreicher Hebel und Züge in Gang gesetzt und sie dadurch in diese mechanische, fast uhrwerkmäßige Bewegung versetzt habe.

Die Neugier der Gäste – oder vielmehr ihre laszive Gier, denn es waren diese Leute unfähig zu irgendeinem ersichtlichen Interesse – wurde zu fortgeschrittener Stunde lediglich von der Ankunft des unbekannten Gastes im türkischen Gewand ultramarinblauen Damastes mit befedertem Turban und einem Schleier aus weißem Sarsenett geweckt. Es schien, als sei das Kostüm ebenso spektakulär wie die letzten Feuerwerke, denn als die Dame den Salon durchquerte, wobei die bestickten Säume der Kleidung volle zwei Yards hinter ihren sandalenbewehrten Füßchen herschleiften und der Damast herabglitt, um den sanften Hügel ihrer Schulter zu entblößen, da wandten sich Dutzende von maskierten Gesichtern im Gleichklang um wie Blumen, die dem Lauf der Sonne folgen. Dutzende von Stimmen murmelten im Gleichklang vereint: Wer, wisperte einer wie alle, ist *das*?

– Madame de V—, behauptete ein Mann in einem Tigerkostüm vertraulich.

– Donna Rosalba Lombardo, brachte ein anderer vor, der in eine *faux* Rüstung gekleidet war, und benannte die berühmte Kurtisane.

– Nein, nein, die Gräfin von B—, spekulierte ein fahrender Ritter.

– Nein – *ich* bin die Gräfin von B—, kam die scharfe Antwort von einem Apfelsinenmädchen, das in der Nähe stand.

– Keine Sorge, ich glaube, wir alle werden ihre Identität erfahren, bevor der Abend endet. Ein römischer Centurio beobachtete die Dame über seine Hand Karten hinweg. Er spielte Piquet an einem Tisch neben der Punschschale, eine Tabakspfeife ragte unter seinem Visier hervor. Sie wird sie bald entgleiten lassen, sagte er, dessen können Sie sicher sein. Der Zweck eines solchen Kostüms ist es immer, eine Identität zu enthüllen, nicht sie zu verbergen. Er fuchtelte mit seiner Pfeife herum wie mit einem Stab, während er sprach. Alle Verkleidung ist, sagte er mit sanfter Stimme, lediglich das Vorspiel zu einer großen Enthüllung – das eine hängt völlig vom anderen ab.

Aber niemand, nicht einmal sein Gefährte am Kartentisch, zollte ihm Aufmerksamkeit, also schob er die Pfeife wieder zwischen die Zähne, biß kräftig auf den Stiel und verhalf sich selbst zu einem weiteren Becher Punsch.

– Man wird ihren Namen erfahren, sagte er leise, während er seine Karten betrachtete. Früher oder später. Doch wiederum zollte ihm niemand Aufmerksamkeit, vielleicht weil niemand, nicht einmal sein Gefährte, erraten hatte, wer es war.

Das Tanzen ging weiter: in Reihen, in Kreisen, in Paaren, in Achterfiguren; die Damen huschten unter Bögen aus Herrenarmen dahin oder drehten sich wie Kreisel, wobei sich ihre Röcke hoben und aufblähten, von ihren Händen wieder geglättet wurden und bei jeder Drehung die Gestalt änderten wie Ton, der sich auf dem Rad eines Töpfers dreht. Die rätselhafte türkisch Maskierte hatte sich ihnen angeschlossen, und wann immer sie sich einem Partner näherte, versuchte er, seine Maske in Berührung mit der ihren zu bringen und hineinzuspähen. Ohne Erfolg: Der Schleier aus weißem Sarsenett, der von der Spitze ihres Turbans herabhing, verhinderte sogar den Anblick ihrer Augen.

Nachdem der Tanz beendet war, wurden ihr Getränke und Wildpasteten aufgedrängt. Gentlemen verließen ihre verstimmten Partnerinnen, um das Vergnügen einer Gaillarde oder eines *pas de deux* zu erbitten. Ihre Damen, die sich wieder erholten, drängten sich um sie, zogen sie ins Gespräch und schlugen vor, Backgammon, Pharo, Bassett zu spielen. Spiele sie? Nein? *Wünsche* sie zu spielen? Denn man würde sich *höchlich* freuen, es sie zu lehren.

Allen zuvor kam der Graf, vom Trunk etwas angeschlagen, in Kittel und Hose eines Bauern gekleidet, ein Hosenbeutel aus Fell (den seine Hand immer wieder streichelte und glättete) ergänzte seine Verkleidung. Er verneigte sich vor ihr, seine fetten überhängenden Lippen liebkosten ihre Hand; ein Pilger, der eine geheiligte Reliquie küßt. Seine Hand berührte ihren Ellbogen, die nackte Kontur ihrer Schulter, bewegte sich dann langsam die lange Säule ihres Halses empor; er erschien jetzt nicht mehr ganz so fromm. Er hatte sie, unter seinem Portrait stehend, mit einer Mischung aus lippenkauender Bestürzung und geilem Begehren beobachtet. Zunächst überwog die erstere massiv das letztere, denn obwohl er ein Mann war, der es liebte, Neugier und Intrige unter seinen Gästen anzustacheln, genoß er es sehr viel weniger, selber neugierig gemacht zu werden oder Gegenstand einer Intrige zu sein: Verblüffung und Verwirrung waren nur für niedrigere Leute als einen Provenzale da. *Und* er liebte es gar nicht, sein Feuerwerk oder seinen prächtigen Salon oder seine Musiker aus dem Teatro San Moisè so beiseite geschoben zu sehen. Keine Frage – die Dame besaß zuviel Kühnheit.

Doch aber das *Kostüm*: Um *seinet*willen konnte er in seinem Herzen sehr viel vergeben – o ja. Und jetzt, da er ihren sanften Nacken berührte, fühlte er eine bekannte Schlange sich in ihren fetten Schlingen rühren: Mit anderen Worten, die Geilheit hatte die Oberhand gewonnen. Kein Zweifel, dachte er, die Dame war eine Schönheit; er konnte solche Dinge selbst durch eine Maske fühlen. Man mußte da natürlich vorsichtig sein: Eine maskierte Dame war so oft wie jenes Gericht, das zugedeckt die Säfte der Verdauung anheizt und strömen macht, einem aber aufgedeckt den Magen umdreht. Doch nach dem Augenschein der entblößten Schulter dieses Geschöpfes, ihrem kühnen Betragen, der birnenförmigen Bildung ihres hochgeschnürten Busens . . .

– *Signorina*, sagte er in seinem höflichsten Ton und führte sie unter eine Laube von Armen auf der Tanzfläche, wobei er bereits an das treppauf gerade für eine solche Gelegenheit vorbereitete Zimmer dachte: einen jener kleinen Schreine, in denen er die Riten der Venus zelebrierte. – Der Graf tanzt mit ihr, kam das Geflüster. Denn jeder wußte natürlich, wer *er* war, Bauernkostüm hin oder her. Und erneut wandten sich die Gesichter, um zu beobachten.

Der Graf war, wie bald klarwurde, ein unbeholfener und ungeschlachter Tänzer. Während er sich verneigte und Schritte machte und sich drehte oder seine Partnerin herumschwang, sah er weniger anmutig aus als irgendeiner seiner Bauern. Er hätte wohl wirklich der Dummkopf sein können, den sein Kostüm darstellte. Er war auch weniger anmutig als der gezähmte Bär aus den Bergen, der während der vorausgehenden *villeggiatura* für seine Gäste getanzt und großen Beifall geerntet hatte. Halb betrunken wie jetzt war er noch unbeholfener, noch schwerfälliger als gewöhnlich: Die eleganten Schritte übertrug er in solche eines Ackerknechtes, der einen Hügel hinanstapft oder eine eingesäte Furche flach stampft. Während er die Achterfigur vollzog, zottelte er mit all der Anmut eines blinden Esels in einer Olivenmühle dahin. Dann stolperte er; ein paar Leute kicherten. Er richtete sich wieder auf. Er nahm die Hand der Dame und reichte sie durch die sich verschlingenden und sich wieder lösenden Arme. Dann stand er ohne Unterstützung in der Reihe, schwer atmend, unsicher schwankend, bis ihn entweder die Anstrengung oder der Trunk oder irgendein schwächendes Zusammenspiel beider zu Boden streckte: ein von einer Musketenkugel inmitten seiner Schlachtformation gefällter Soldat. Alarmgeschrei; zwei Dutzend Arme streckten sich ihm entgegen wie die Sprosse eines großen Heliotrop. Nachdem man ihm auf die Füße geholfen hatte, brüllte er wie ein Bär und wischte sie beiseite. Seine Hose geriet ins Rutschen, seine Maske saß schief: Er war zu einer janusköpfigen Gestalt geworden, das eine Gesicht weiß und unbeweglich, das andere gerötet und verwirrt. Beide durchsuchten hektisch den Salon, jedes spähte in die entgegengesetzte Richtung. Die schöne Maskierte, die Dame in dem türkischen Gewand – sie war gegangen, er hatte sie verloren, sie war in der Menge verschwunden.

– Wo ist sie? grollte er. Er befand sich neben der Punschschale und den Kartenspielern. Dann, ruhiger, in seine Maske: *Wer* ist sie?

Der römische Centurio schob seine Karten zusammen und klopfte die Asche aus seiner Pfeife.

Tristano, heute abend ein schwarzer Domino, war ebenfalls verschwunden, schon fünf Minuten früher. Erschöpft von den immer gleichen Festlichkeiten, fast schon, ehe sie begannen, war er durch eine Tür gegangen und dann durch einen Spielsalon, in dem man Bassett und Pharo und andere Glücksspiele auflegte. Würfel klikkerten über einen Nußbaumtisch. Er stieg eine Wendeltreppe empor. Oben angekommen, wandte er sich nach rechts und stieß die Tür zu einem Zimmer auf. Es war klein und einfach eingerichtet: Ein Fackelständer stand neben einem Anrichtetisch, über dem ein Spiegel hing, und ein Sofa befand sich unter dem Fenster. Eine Vase weißer Lilien, ein kleiner Konsoltisch an der Wand, eine Brise voller Zitronenduft. Neben dem Fackelständer ein Schrank mit geschlossener Tür.

Er ging zum Fenster und atmete, indem er die Maske lüftete, tief ein. Diese Festlichkeiten mit all dem Getrinke und dem Tabakrauch – sie waren auf gar keinen Fall gut für die Stimme. Schon begann die Scipios – das Opfer jeglichen Lasters, ein kleines goldenes Kind, das jede Nacht von seinem betrunkenen Vater ausgepeitscht wurde – rauh, kratzig zu werden. An jenem Abend in der Karwoche zum Beispiel, im Teatro San Moisè, als sie (zum erstenmal zusammen auf einer Bühne) Couperins «Troisième Leçon à Ténèbres» sangen und die Kerzen eine nach der anderen erloschen: Als er die Worte des Propheten Jeremias sang, hatte Scipio zuzeiten geklungen wie ein Messerschleifer, der seine Instrumente auf Granit schärfte; zu anderen wie ein Rabe, der an Abfall würgt. Nur noch für die *opera buffa* geeignet, wenn überhaupt. Erkannte der Graf das denn nicht? Aber sicherlich: Obwohl er dumm war, war er doch noch nicht taub. Obwohl keineswegs ein frommer Mann, war er dennoch um der Tenebrae willen in seiner Loge gewesen; zusehend, abschätzend. Es war sicherlich eine Prüfung gewesen, sie beide derart zusammenzuspannen. Und dennoch munkelte man sogar noch nach jener Katastrophe, daß Il Piozzino und nicht Tristano – und nicht einmal Il Prizziello – erneut des Grafen *primo uomo* sein würde, wenn die Opernsaison mit einer Wiederaufführung von Scarlattis *Tigrane* beginne.

Durch das offene Fenster konnte er die dunklen Wirbel von Gesträuch im Ziergarten erkennen, in das sich offenbar zwei oder drei Gäste zurückgezogen hatten, ihre Masken ein leuchtendes Weiß. Dahinter lag zur Linken der Dienerflügel; noch dahinter des Grafen Grotte; und hinter der Grotte seine Narretei – eine kleine Ansammlung von strohgedeckten Hütten mit verschiedenen, angebundenen Hoftieren. Weitere «Verbesserungen». Ein launischer Bursche, dieser Graf. Die Grotte wies ihren eigenen Eremiten auf, dem pro Jahr hundert Zechinen ausgezahlt wurden dafür, daß er in seiner kleinen Zelle lebe und sich gelegentlich sehen lasse, wenn

Gäste durch den Garten schlenderten. Ihm war ein verstaubter Band gegeben worden, den er mit sich führen sollte – *De Imitatione Christi* –, aber in Wahrheit war er illiterat und unfähig, seinen eigenen Namen zu lesen, geschweige denn Latein.

Die strohgedeckten Hütten enthielten ferner Kuriositäten von einer noch eigentümlicheren Art – Hervorbringungen nicht abartiger Phantasterei, sondern von «wissenschaftlichem Interesse». Gestern hatte der Graf einige von ihnen bevorzugten Gäste vorgeführt, während er ständig die Magie der neuen Wissenschaft beschwor und die Tugenden des Fortschrittes pries, die einem «Automaten» innewohnten, der ganz passabel Cembalo spielte, außerdem die Wachsnachbildung eines Mannes, dessen Penis sich mit Hilfe eines Uhrwerks erigierte, das hinter seinen Ohren versteckt war, und die verschrumpelten Überreste eines zweigesichtigen Kindes, die in einem Gefäß voll mit einer zähen Flüssigkeit aufbewahrt wurden.

– Sind die nun menschlich, fragte der Graf, oder nicht? Er nahm eine genaue Untersuchung dieser letzten Kuriosität vor, indem er in die Flasche schielte, die er dann plötzlich vor ihren entsetzten Gesichtern schwang.

– Ein Monstrum, erwiderte eine der Damen, Donna Francesca, die sich bekreuzigte und ihre Augen von den häßlich deformierten Hervorbringungen der Natur abwandte.

– Durch die Mittel der technischen Künste, die uns der wissenschaftliche Fortschritt mit seinen Erfindungen gebracht hat, fuhr er fort und stellte das Gefäß beiseite, sieht das Unmenschliche aus – und *handelt* – wie das Menschliche und täuscht das Auge in dem Glauben, daß es Leben gebe, wo in Wahrheit keines ist. Wer soll uns da sagen, was *wirklich* ist und was *nur Illusion*?

Trotz seiner Vorhersage, daß geistreiche Erfindungen wie die des cembalospielenden Automaten eines Tages sein Frühstück zubereiten, ihm die Stiefel schnüren und seinen Garten pflegen würden, enthüllte der Graf als nächstes, daß er der Welt der Lebenden noch nicht den Rücken gekehrt hatte, denn die nächste Hütte war das Heim eines Geschöpfes – oder nach näherer Untersuchung vielmehr eines Mannes –, den die Natur mit ihren Gaben höchst geizig bedacht hatte. Er wurde den Gästen als «Salvestro» vorgestellt, doch war seine einzige Antwort ein Grunzen und dann den Kopf zu senken und ihn in einer stierähnlichen Weise herumzustoßen. Sein Äußeres war insgesamt bemerkenswert: Stirn und Nase waren so flach, als seien sie mit einer Bratpfanne eingeschlagen worden; die Ohren verjüngten sich zu ihren Spitzen; und jedes seiner kleinen Augen schien auf sonderbare Weise in das andere verliebt zu sein, so eng standen sie beisammen und so entschlossen starrte jedes in die wolkigen und verwirrten Tiefen des anderen. Doch war es Salvestros Verhalten, das die wahre Ursache seiner Kuriosität war. Der Graf erklärte, wie er vor einigen Jahren entdeckt worden sei, in einem Wald bei Vicenza hausend und keiner Worte fähig als einer Art «Wolfssprache» (wie der Graf sie nannte), die sich aus Grunzen und Knurren zusammensetzte. Seine Nahrung hatte lediglich aus Beeren und kleinen Nagetieren bestanden, die er mit der Hand fing und roh verzehrte; seine Kleidung aus stinkenden Tierhäuten.

In früheren Jahren war Salvestro ein häufiger Anblick bei diesen *fêtes* gewesen, bei welchen Gelegenheiten ihn der Schneider des Grafen mit einem bestickten Gehrock und Hosen, sein Perückenmacher ihn mit einer immensen Perücke ausgestattet hatten. Er wurde mit Parfum besprüht, ihm wurde eine Krawatte um den Hals gebunden, seine Füße wurden in Schnallenschuhe gesteckt, und ein Stock wurde ihm in seine rauhen Beerenpflückerhände gedrückt, die man in ein Paar weiche Ziegenlederhandschuhe quetschte, mit edlen Steinen geschmückt. Ein französischer Tanzmeister war angestellt worden, um ihm einen angenehmeren Gang beizubringen – kurz, einen aufrechten –, und der Graf hatte es selber übernommen, ihm Piquet, Dame, Backgammon und Tivoli beizubringen. Bald wurden gelehrte Doktoren für ganz andere Aufgaben angemietet, nämlich zu versuchen, ihm Hebräisch, Griechisch und Deutsch beizubringen in der Hoffnung, auf diese Weise das alte Geheimnis zu lüften, welche dieser Sprachen wirklich die erste war, die sich nach der Verwirrung von Babel entwickelt hatte, und ob Sprechen tatsächlich dem Schreiben vorausging oder umgekehrt. Doch leider verliefen diese aufregenden Unternehmen völlig ohne Ergebnis, und die gelehrten Doktoren sahen sich gezwungen schlußzufolgern, daß sich nach Babel unsere Altvorderen in einer primitiven Wolfssprache aus Grunzen und Knurren miteinander verständigt hätten, ergänzt durch einen begrenzten

Bestand an groben Gesten. Der Tanzmeister und der Graf trafen es bei ihrem Schüler nicht besser. Nicht nur hatten sich die Schritte des *pas seul* und die Regeln, die die Bewegungen der elfenbeinernen Damesteine des Grafen vorschreiben, als schmerzlich jenseits seiner Talente erwiesen, sondern Salvestro erwies sich selbst den simpelsten Aufgaben nicht gewachsen und jämmerlich unfähig, mit den Vertracktheiten von Gabeln, Löffeln, Knöpfen, Schnallen, Perückenkräuslern, Puderquasten, Türknäufen, Nachttöpfen und Klosettschüsseln fertig zu werden, gleichgültig wie erfahren oder unbarmherzig seine Lehrer waren. So war denn nach all diesen enttäuschend endenden Versuchen der Graf seiner müde geworden und hatte ihn in diese Hütte exiliert, in der er sich in Lumpen kleidete und geheimen und unerklärlichen Vergnügungen nachging.

– Ist denn nun mein Salvestro menschlich oder nicht? fragte der Graf seine Gäste, indem er mit einer zärtlichen Geste des Besitzertums eine Hand auf den verfilzten Haarschopf legte, wie man es wohl bei einem besonders geliebten Wolfshund tut. Besitzt er eine vernünftige Seele wie Sie oder ich? Sollte er getauft werden? Ist er im Körper einer Frau von einem Wolf oder einem Mann gezeugt worden? Ist er tatsächlich aus dem Bauch einer Frau hervorgekommen?

– Er ist ein Teufel, erwiderte Donna Francesca, die sich ein weiteres Mal bekreuzigte, während sie die Augen abwandte.

– Menschlich oder nichtmenschlich? fragte der Graf, der sie nicht zu hören schien, so sehr war er mit seinem Gegenstand beschäftigt. Was sind, bitte, die Grenzen unserer Spezies? Ist es unsere vernünftige Seele? Ist es unsere Sprache? Unsere Kleidung? Unsere Kunst? Erinnern Sie sich, meine Freunde, der Definition Platons? *Animal implume bipes latis unguibus*, beantwortete er seine eigene Frage mit prahlerischem Stolz. Er schien seine Rolle als gelehrter Doktor zu genießen. Ja, *gut* – mein Salvestro hat keine Federn und kann, wenn er will, auf den Hinterbeinen laufen. Doch ich frage Sie, meine Freunde, ist er deshalb ein Mensch?

Salvestro wählte sich ausgerechnet diese Sekunde aus, um sich kräftig an den Hoden zu kratzen und so durch seine Lederhosen hindurch die Umrisse einer nicht unerheblichen Männlichkeit zu verraten. Die Gesellschaft lachte.

– Mehr ein Mann als manch anderer! wandte sich eine der Damen, eine Marquise, kichernd mit weithin hörbarem Flüstern an Donna Francesca und nickte zu Tristano und Il Prizziello hinüber. Donna Francesca lachte laut und hart.

– Form ohne Vernunft, verkündete der Graf. Was sollen wir daraus lernen?

Als auf diese seine philosophische Scherzfrage keine Lösung vorgebracht werden konnte, führte er sie wieder hinaus und hinter der Hütte zu einem kleinen hölzernen Käfig. Dieses letzte Wunder bot einen ebenso traurigen Anblick: ein schwarzer Panther, der sich in der Enge aufrieb, im Käfig hin- und herlief und seine Feindseligkeit durch ein kränkliches Anknurren der Gäste zu erkennen gab. Ein Faden silbrigen Speichels hing ihm vom rechten Unterkiefer herab, seine Rippen standen hervor, und das Fell hing ihm über den Rücken wie nicht zugeschnittener Samt. Die gelben Augen zwinkerten langsam wie die eines Trinkers.

– Er ist krank, erklärte der Graf mitfühlend. Vor einem Jahr aber, als ich ihn kaufte – oh, was war er da noch für ein herrliches Geschöpf!

Jetzt allein in der Kammer und auf die Stimmen lauschend, die hinter ihm in der Großen Halle anschwollen und absanken, konnte Tristano die schöne Ruine jenes Gesichtes mit den erschlafften Kiefern nicht vergessen. Er, Scipio, Maddalena – sie waren natürlich nichts anderes als das arme Tier oder als Salvestro: bloße «Kuriositäten», gesammelt zur vorübergehenden Erheiterung des Grafen. Selbst seine Opern waren Kuriositäten, voller sonderbarer Neuheiten und Kunststücke der bizarrsten und manchmal gefährlichen Darbietungen. Die Requisiten, die Kulissen – alles ausgefallene Mischungen von Wirklichkeit und «bloßer Illusion»; eine magische Vorführung, nicht mehr, verwendbar lediglich zur Erheiterung des Pöbels und als solches erniedrigend für einen Sänger, eine äußerste Verschwendung seiner Talente. Wie oft hatte Tristano eine Arie auf dem rückwärtigen Teil eines Triumphwagens singen müssen, während ihn grünschuppige mechanische Drachen über die Bühne zogen, aus deren Nasenlöchern Rauchfahnen und Feuerbälle hervorschossen? Oder am Rand eines schwefligen Vulkans, der Asche und große schwarze Wolken in die aufgeschreckte Zuhörerschaft rülpste? Auf blumenbeladenen Barken, die den

«Nil» hinabtrieben, einem wassergefüllten Kanal, dem bei einer denkwürdigen Gelegenheit die Ufer barsten und der fast das ganze Orchester ertränkte? Durch die Luft über der Bühne, gehalten von Seilen und Flaschenzügen? Auf schwelenden Katafalken, die in die See hinausgestoßen wurden, eine große Zisterne mit schwappenden Wogen? Unter kataraktähnlichen Wasserfällen, die durch komplizierte Arrangements von Fässern, Rohren, Pumpen, Winden und Gewichten geschaffen wurden? Vor Windmühlen, deren scharfkantige Flügel sich knapp an seinem Kopf vorbei drehten? Auf dem schwankenden Deck vollgetakelter Galeonen oder dem Bug eines maßstabsgetreuen Modells des *Bucintoro*? Zwischen riesigen Ensembles von Legionären, Centurionen, Amazonen, Harems, Höfen, Ratsversammlungen, athenischem Pöbel, römischen Sklaven, selbstmörderischen Hebräern – sie alle zusammen ausreichend, um die Bühne einstürzen zu lassen?

Ja, wie schon zuvor, würde Tristano aus seiner Gefangenschaft entfliehen: Denn als er im letzten Monat in Dresden auftrat, hatte man ihm einen Vertrag angeboten, in London zu singen – 1 500 Guineas für eine einzige Saison. Man sagte, daß die italienische Oper beim englischen Adel populär sei. Der englische König – der Deutsche – hatte eine Musikakademie gegründet; ein anderer Deutscher – Händel, dem Tristano einmal in Neapel begegnet war – war Orchestermeister und seine neue Oper, *Radamisto*, wurde mit viel Erfolg aufgeführt. Sein *Rinaldo* – Tristano kannte ihn gut – war bereits früher in London ein großer Erfolg gewesen. Also würde er gehen. Noch wußte das niemand – nicht der Graf, nicht Maddalena; aber wenn morgen die Sonne über der Lagune unterginge, würde er gegangen sein, die lombardische Ebene unter einem mohnblumenroten Himmel durchqueren und sich in der sinkenden Dunkelheit den französischen Alpen nähern.

Ja, mochte Scipio den *Tigrane* haben – und die Flammen und den Rauch und die Wellen und das Feuerwerk und was sonst noch, welches neue Schauspiel auch immer der Graf im Sinn haben mochte. Er, Tristano, würde all das hinter sich lassen.

– Tristano?

Einschließlich Maddalenas.

Er wandte sich um und sah das leuchtende Ultramarin und die Federn auf dem herausgeputzten Turban, die jetzt auf ihn zutrieben, während die Tür zuschwang. Ja, die Kleidung war wirklich eine Sehenswürdigkeit: kein Wunder also, daß der Graf so fasziniert gewesen war. Tristano hatte gesehen, wie er liebevoll seinen Hosenbeutel streichelte.

– Ich habe großen Eindruck gemacht, sagte sie erfreut. Niemand hat es erraten.

– Der Graf?

– Der schon gar nicht. Wir haben zusammen getanzt. Er runzelte die Stirn als Antwort, aber sie fügte schnell hinzu: Hast du ihn nicht gesehen? Er war so betrunken, daß ich die Gräfin selbst hätte sein können.

– Das mag der Himmel verhüten.

– Seit meiner Zeit in La Pietà hat er mich nicht mehr in der Kleidung einer Dame gesehen. Sie studierte ihr Abbild im Spiegel, während die Pechfackel ihre Maske beleuchtete. Also nur ein- oder zweimal. Aber manchmal, wenn sie allein zusammen waren (das erzählte sie Tristano nicht), hatte der Graf sie in das Habit einer Nonne gekleidet und sie dann mit hektischen Händen wieder ausgezogen. Heute abend, sagte sie, glaubt er, ich hätte einen schwarzen Domino gewählt – was ich natürlich getan habe – für später.

– Mußt du mich daran erinnern! Dann wurde seine Stimme leichter, und er wies auf seinen Umhang. Ich werde daran denken, sagte er lachend. Vielleicht wird dem Grafen ein Irrtum unterlaufen.

– Ich meine, daß ich später zu singen habe.

In diesem Fall, lachte er wieder, wird es wenig Gelegenheit für einen solchen Irrtum geben.

Als sie sich auf das Sofa zubewegte, nahm sie die Lichtputzschere vom Anrichtetisch und löschte die Kerzen. Das türkische Gewand wurde gelöst und war bereits halb auf ihre Füße in den Sandalen herabgesunken, und Maske und Turban waren abgelegt worden, als plötzlich die Tür aufknarzte.

– Oh! Sie raffte die Maske vom Boden auf und versuchte, ihr Gesicht zu verbergen.

Der römische Centurio. Er zog sich rasch mit einer höflichen Verneigung zurück und schloß sorgfältig die Tür.

– Wer ...?

Tristano schüttelte den Kopf. Einer der Männer des Grafen. Zweifellos einer seiner Spione. Dein Herz klopft . . .

– Bitte – nicht hier.

– Doch. Zum letzten Mal. *Komm.*

Sie hatte die Tür geschlossen und begann nachzugeben, als einige Augenblicke später eine andere Tür – die des Wandschranks – aufging. Im Lichtstrahl, den eine Laterne warf, erschien ein Bauer in schlaff herabhängenden Hosen. Seine Maske war auf die Seite geschoben, über das linke Ohr. Im wabernden Licht wurde sein viereckiges Gesicht, das halb im Schatten lag, plötzlich sichtbar: das gerötete Gesicht des Grafen, noch röter durch das Trinken. Die mythische Treppe, dachte Tristano, während er versuchte, Maddalena in seinen eigenen Umhang zu hüllen; einer der geheimen Durchgänge, die der Graf verwendet, um geheime Treffen abzuhalten – oder um zu spionieren.

– Ha, sagte der Graf mit belegter Stimme. Was, was . . .?

Glücklicherweise war er inzwischen schwer betrunken, schlimmer noch, schien es, als einige Minuten zuvor: Er hing an der Tür, schwankte, seine Augen rollten und blinzelten langsam das Tableau vor ihnen an. Seine überlange Zunge rollte ihm im Mund umher, leckte lüstern seine Lippen und streckte sich dann vor wie ein rosafarbener Aal aus seiner Korallengrotte. Mit seinen dicken Schultern und dem kurzen Hals hätte er Salvestro sein können; oder wenigstens dessen Bruder. Nach einer Sekunde weiteten sich seine Augen wie die eines Betrunkenen, der sich mühsam aufrichtet und nüchtern erscheinen möchte; aber er versuchte statt dessen, seine langsam kreisenden Augen auszurichten und sie auf das Schauspiel vor ihm zu fixieren. Er schlurfte unbeholfen vorwärts und sah dabei noch mehr wie Salvestro aus.

– Trisch-schtano, stotterte er, wobei seine herabhängende Zunge kaum imstande war, mit den Silben fertig zu werden. Ein Eunuch in meinem Serail? Ha! Wen hast du denn hier, Junge? Seine Augen vollführten eine schwankende Umdrehung und hefteten sich dann auf das türkische Kostüm, das Maddalena, die sich rasch maskiert hatte, vor ihre Brüste gerafft hielt, doch nicht eher, als er sie mit einem unappetitlichen Starren gewürdigt hatte. So, sagte er und stolperte auf sie zu. Ha, ha! Meine schöne Maskierte! Mein Ehrengast! Nun werden all Ihre Geheimnisse enthüllt werden!

Der vorausgesagten Enthüllung kam eine Reihe von Schreien von unten aus der Großen Halle zuvor. Der Graf blieb halb taumelnd stehen und hob den Kopf. Dadurch erinnerte er wieder an einen Bergbären, der innehält und auf einer kleinen Waldlichtung wittert, sich auf einem Paar unsicherer Hinterbeine aufrichtet und in die Brise schnüffelt. Mehr Schreie, dann unten an der Wendeltreppe ein Geklapper. Ein lauterer Schrei – der einer Dame. Der Graf drehte sich um – langsam, langsam –, öffnete die Tür und schleppte sich mühsam durch die Öffnung und stieß zunächst an der einen Seite des Rahmens an und dann an der anderen, ehe er die enge Durchfahrt ins hellere Licht bewältigte.

– Salvestro! schrie jemand, ein Mann, irgendwo draußen über sein Gelächter hinweg. Nein, Salvestro, *nein*!

Etwas über eine Stunde später sang Maddalena (oder vielmehr Il Prizziello), ein schwarzer Domino, für die Gesellschaft. Die Zuhörer waren gegenüber seiner Vorführung gleichgültig. Ermüdet vom Tanzen, ermüdet sogar vom Pharospielen und Punschtrinken, waren sie auf die Stühle niedergesunken oder auf den Boden und lehnten ihre Rücken in den unterschiedlichsten Winkeln gegen die Wände; oder hörten mit halbem Ohr vom Frontportico oder vom Ziergarten aus zu: sie alle eine Sammlung abgelaufener Uhrwerke. Auf jeden Fall gab es nichts mehr zu trinken: Die Punschschalen waren leer, abgesehen von einigen Dreiecken und Halbmonden durchtränkter und verfärbter Früchte. Den Rest ihres stärkenden Inhalts konnte man als klebrige Flecken auf den schachbrettförmigen Bodenfliesen sehen, wie Blutspuren nach einer Schlacht. Auch Masken, Gläser, Spielkarten waren über den Fliesen verstreut. Ein paar Bänder und Federn, von denen sich ihre Träger gemausert hatten. Und viele Kerzen waren von selbst erloschen und schwelten nun wie Baumstümpfe nach einem Waldbrand. Schon hatten die Dienstmädchen mit den Säuberungsarbeiten begonnen.

Der Graf verschwand, noch bevor Il Prizziello mit seinem Gesang begann. Es schien, als ob die geheimnisvolle Dame im türkischen Gewand vergessen worden sei; wie vielleicht, wenn auch weniger anstandslos, Salvestro, den man mit gebundenen Armen in seine Hütte zurückgeführt hatte. Wann genau er in die

Große Halle gekommen war, konnte niemand sagen; doch konnte mit Sicherheit bezeugt werden, daß seine ausgiebige Aufmerksamkeit für die Punschschalen jetzt für deren vorzeitige Leerung verantwortlich war. Als er sich dann, aufgeputscht von seiner verwegenen Zecherei, auf die Tanzfläche begeben hatte, jubelten die Zuschauer bei seinem Erscheinen ihm zunächst zu. Ermutigt durch diese leichtfertige Reaktion, hatte er sich eine der Damen gegriffen – es handelte sich um Donna Francesca als Minerva gekleidet – und sie durch einen verbissen tapsigen *pas de deux* geleitet. Die Schritte, die aus den tiefsten Abgründen seines Gehirns emporblubberten, entsprachen, wie er sie jetzt ausführte, eher den angeborenen Handlungen eines Reptils oder eines ausgestorbenen Raubtiers als dem Ergebnis einer Saison erfolglos gebliebener Bemühungen der französischen Tanzmeister. Donna Francesca hatte sich sofort widersetzt, doch diese Proteste trafen lediglich auf diverse feurige Beweise der zunehmenden Leidenschaft ihres Partners: Er küßte sie herzhaft auf die Lippen und durchwühlte dann mit seinen haarigen Händen ihren Busen, ihre Hüften und ihren wunderbar weitläufigen Hintern. Die Proteste ihrerseits wurden immer lautstärker, doch dienten sie wiederum nur dazu, die unzüchtigen Begierden Salvestros weiter anzustacheln. Jetzt empfingen ihre bebenden Gipfel und höchst delikaten Täler seine immer wilderen Blicke, als sie gewaltsam ihrer Kleidung entblößt wurden, deren laut reißende Säume ihr Angstgeschrei begleiteten. Durch die Zuschauer ermutigt und Beute seiner unbeherrschbaren und ungestümen Leidenschaft, kämpfte ihr Angreifer für eine Sekunde mit seinen eigenen Hosen, bevor aus ihnen ein Glied hervorsprang, dessen Ausmaße selbst die Erwartungen jener übertraf, die am Vortag bei der Vorführung Zeuge seines Kratzens geworden waren.

Inzwischen hatten sich ihm zwei der heroischer gesonnenen Gäste an den Rücken gehängt, doch trotz dieser Behinderung blieb Salvestro dabei, sich vorwärts auf seine beabsichtigte Partnerin zu werfen wie ein Ochse, der, unter seinem Joch zusammenbrechend, nach vorne stürmt. Glücklicherweise reichte die Einmischung aus, Donna Francesca zu gestatten, sich freizuwinden und quer durch den Salon in den Schutz bekömmlicherer Umarmungen zu taumeln.

Der Graf war, als er schließlich stolpernd im Salon erschien, nicht so betrunken, daß er unfähig gewesen wäre, auf dieser Bühne des Chaos eine Art Ordnung wiederherzustellen. Donna Francescas zerrissenes Kostüm wurde hastig wiederhergestellt, während sie selbst von vielerlei Händen in Form gebracht und getröstet und dazu bewegt wurde, große Mengen von herzstärkenden Wässerchen zu konsumieren. Salvestro, der sich unter einer Vielzahl von Tritten und Schlägen jener krümmte, deren Mut und Gerechtigkeitssinn sie noch Sekunden zuvor im Stich gelassen hatten, wurde von einem Verwalter und einem Lakaien zu seiner Hütte geführt, wo ihn eine professionellere Strafe erwartete; mit anderen Worten, ihm wurde für die nächsten Tage seine übliche Portion an Süßigkeiten verweigert. Einer der Mitfeiernden, der Donna Francesca zu Hilfe gesprungen war und dem dann Salvestros Ellbogen in Beantwortung dieses Aktes der Tapferkeit die Nase blutig gehauen hatte, wurde ebenfalls fortgetragen und in ein benachbartes Zimmer gebracht, wobei er eine Spur kleiner roter Sternsprenkel hinterließ.

– Trinkt, hatte der Graf dann den übrigen Gästen befohlen. Eßt! Tanzt!

Der Graf selbst aber befolgte seine gebrüllten Befehle durchaus nicht. Er stolperte zur Treppe zurück, und nachdem er sturzbachartig in einen Nachttopf gepißt hatte, fiel er ins Bett, wo er tigerähnliche Schnarchgeräusche von sich gab, fast noch ehe sein Kopf die Gänsefedermatratze berührte. Was zufällig der Augenblick war, in dem Maddalena zu singen begann: zunächst eine sentimentale Arie, der Arien der Rache und der Trauer folgten. Dann, nach einer kurzen Unterbrechung, eine Abschiedsarie:

Partirò, ma teco resta,
questo core incantenato . . .

Tancredis Abschied ist das, aus *Gerusalemme liberata.*

Die meisten der Gäste hatten zu diesem Zeitpunkt bereits Abschied genommen, und die Große Halle war fast leer. Als sie geendet hatte, suchte Maddalena einen Augenblick lang vergebens nach Tristano. Dann stieg sie die Treppe zum Schlafzimmer des Grafen hinauf. Als sie sein lärmendes Schnarchen hörte, sagte sie sich, daß er nichts gesehen habe – nichts verstanden. Es war dunkel gewesen, er war betrunken gewesen. Sie – und Tristano – waren sicher; sie konnten so weitermachen wie bisher. Und so füllte Tristano eine Stunde später ihre Träume aus, nachdem sie in ihrem eigenen Zimmer in den Schlaf gesunken war.

Was genau der Augenblick war, in dem sich die Träume des Grafen mit der Dame im türkischen Kostüm füllten, die langsam tanzte und sich vor ihm entschleierte, wobei ihr Gesicht allerdings hinter unbestimmtem Weiß verborgen blieb.

Was genau der Augenblick war, in dem Tristano eine Treppe höher seine drei Mantelsäcke vollständig gefüllt hatte. Als Maddalena und der Graf Stunden später aus ihren Träumen erwachten, war er verschwunden.

Wie der dunkle Lebensroman Tristanos sich fortspinnt, erfährt der Leser aus der im Februar 1996 erscheinenden Buchhandelsausgabe. Und auch, wie sich in London die Geschicke des armen George Cautley weiterentwickeln: Ob es ihm gelingt, die Rätsel um die mysteriöse Lady Beauclair zu lüften?

Ebenso wie der naive Cautley wird sich der Leser in eine labyrinthische Welt des Scheins und der schönen Täuschungen eines dekadenten Zeitalters verstricken, wird auf den Spuren des Helden durch das London und Venedig des 18. Jahrhunderts irren, Opernhäuser und Maskenbälle besuchen, erotische Abenteuer bestehen, mit philosophischen und kriminologischen Problemen konfrontiert sein, geblendet von überbordenden Sinneseindrücken.

Was ist Trug und was Wirklichkeit auf dieser Bühne flirrender, verführerischer Bilder? Und wie ist es angesichts dieser Fülle von Phantasmagorien um die Zuverlässigkeit unserer Erkenntnis bestellt?

Einer entzauberten Gegenwart setzt Ross King in seinem furiosen Historienroman eine Welt voller Geheimnisse entgegen.